크림의 무게를 재는 방법

조시현 소설집

크림의 무게를 재는 방법

초판 1쇄 발행 2025년 3월 20일
초판 2쇄 발행 2025년 4월 25일

지은이	조시현
펴낸이	이광호
주간	이근혜
편집	윤소진 이주이 김필균 허단 유하은 최은지
마케팅	이가은 허황 최지애 남미리 맹정현
제작	강병석
펴낸곳	㈜문학과지성사
등록번호	제1993-000098호
주소	04034 서울 마포구 잔다리로7길 18(서교동 377-20)
전화	02)338-7224
팩스	02)323-4180(편집) / 02)338-7221(영업)
대표메일	moonji@moonji.com
저작권 문의	copyright@moonji.com
홈페이지	www.moonji.com

ⓒ 조시현, 2025. Printed in Seoul, Korea

ISBN 978-89-320-4336-4 03810

크림의 무게를 재는 방법

조시현 소설집

문학과지성사

차례

『월간 코스모스』 6월호, 특집: 외계 문학

☞ 『월간 코스모스』 과월 호 소개: 에일리언 시그널.

은하별 구애 방식 총망라, 당신도 가능하다 우주 고자 탈출!

메다에서 메다로, 너 롱디 어디까지 해봤니?

시엄마는 외계 존재! 솔직 토크, 종 극복은 가능했나.

외계 자기와 속궁합까지! 별자리로 파헤치는 한 달 연애 운.

절찬리 판매 가장 가까운 서점에서 만나보실 수 있습니다.

시냅스보다 빠르게 우주를 가로지르는
초초초광속 wi-fi, 우주 달팽이는 이제 그만
지금 당장 연결하세요.
http://2888uni-com ☎ 8282-82828282

이번 호에는 많은 존재자가 관심이 있으나 그 역사와 실태에 대해서는 여전히 의견이 분분한 외계 문학을 특집으로 다룬다. 우주의 수많은 은하와 존재자 들이 서로의 존재를 인식하고 교류하게 된 지 상당한 시간이 흐른바, 문학에 대한 다양한 입장 차가 있으나 그 중요도에 대한 판단이 각기 달라 수회 차 편집회의를 거쳐 **지구 중심적**으로 재구성하였음을 미리 밝힌다.

상기 원고는 통일 우주론이 대두됨에 따라 공통어와 공통 문화, 공통 문학의 필요성에 대한 논의가 활발해지는 차 외계 문학에 대한 개괄적인 이해를 위해 집필되었다. 우주 문맹자가 기하급수적으로 증가하고 있는 상황 역시 본 특집 구성에 큰 영향을 미쳤다. 지구 배포용이므로 지구 중심적인 시각이 반영되어 있으며 지구의 외계 문학 전문가인 조시현 씨가 정리 및 검수에 큰 도움을 주었다.[1]

---

1 후술되는 지구환경에 관한 기록은 멸망 이후 지구에서 발견된 일기 『아이들 타임』(조시현 옮김, 문학과지성사, 2023)을 상당 부분 참조하였으며, 멸망기 이전의 지구는 『크림의 무게를 재는 방법』(조시현 옮김, 문학과지성사, 2024) 『비부패세계』(조시현 옮김, 청색종이, 2021)를 통해 정리되었음을 밝힌다.

번역의 한계는 차치하고서라도 우주 각지에서 사용되는 언어의 특징과 형태가 판이하게 달라 의역과 해석에 특히 많은 부분을 의지할 수밖에 없었음에 대해 미리 독자분들의 심심한 양해를 구하는 바이다. 우주 역사와 문화에 대해 파편적인 지식을 가지고 있는 일반 존재자들을 대상으로 하였기에 최대한 지구의 상식선에서 서술할 수 있도록 노력하였으므로 그 정확한 의미가 다를 수 있다.

  도입에 앞서, 편의상 칭하고는 있으나 우주의 면적과 각각의 은하에 존재하는 수많은 생명체를 고려하면 외계라는 용어가 정확하지 않음을 언급하지 않을 수 없다. 외계라는 단어는 지극히 주체 중심적이며 우주의 입장에서 보자면 모든 것이 근방에 있음을 인정하고서야 외계 문학에 대한 논의를 간신히 시작할 수 있기 때문이다. 일부 과격한 자들은 외계란 단어는 신성모독이라고까지 말한다.[2] 우리는 우주 각지에서 발견된 다양한 형태의 속칭 외계 존재들을 정의할 공정한 지칭어를 정립하기 위해 몹시 애

---

2 우주하나님협회는 우주가 특정 1인의 디자인에 의해 형성되었다고 주장한다. '외계'라는 단어는 외부인이 만든 다른 공간을 상기시키므로 매우 모욕적이다. 이것이 그들이 외계 문학이라는 단어를 전면 부정하는 이유이다.

써야 했으며 아직까지 모두가 만족할 만한 합의점을 마련하지 못해 임시적으로나마 서로의 존엄함과 존재 방식을 인정한다는 의미를 담아——매우 불만족스러움에도 불구하고——존재자라 부르기로 결론지었다.

지금 여기, 코스모스

우주력 5894년 지구 출신의 우주 비행사 세인트 줄리 버드와이저는 처음으로 밀크드로메다[3]——속칭 밀코메다——바깥으로 벗어나는 우주선에 올랐다.[4] 지구[5]는 이미 생명체가 살아갈 수 없는 불모지였는데, 지구를 고리 형태로 둘러싼 거주지 마더가이아 출신인 그녀는 플라스틱과 융합된 형태의 신인류 플라-휴먼[6]이었기에 부담 없이 더 멀리 비행하는 것이 가능했다. 당시 지구인들은 마더가이아에서 멀리 떨어지는 것을 두려워했기 때문에 은하의 가장자리까지는 나오지 않았고 이는 지구인들이 우주와 뒤늦게 교류를 시작하게 된 이유이기도 하다. 버드와이저의 회상에 따르면 그날은 유독 뭔가 '될 것 같은' 날이

---

3 지구는 밀키웨이와 안드로메다를 합친 밀크드로메다Milkdromeda 영역 권에 속한다.

었으므로 그녀는 평소보다 조금 멀리 빠른 속도로 나아갔다. 그러다 가장자리 부근에 거의 다다랐을 때 악명 높은

4 지구인은 외부 존재자와 처음 접속했을 당시 상당한 위험군으로 분류되었는데, 자신의 모행성을 한계 없이 착취해 폐허로 만들고 우주로 뛰쳐나온 패기 있는 종족을 쉽게 만나지 못한 탓에 대부분의 존재자가 감탄하고 겁을 먹었기 때문이다.

5 밀크드로메다에서 유일하게 생명체가 존재하는 행성으로 지구력 2101년, 지구에서 마지막 우주선이 발사되었다. 인간들은 토성의 고리처럼 두 겹으로 지구를 끌어안듯 둘러싼 우주선 마더가이아를 임시 주거지로 삼았으나 지구에 더는 아무 생명체도 살 수 없다는 사실이 확정되자 지구에 머물기를 포기하고 점차 이탈했다. 마더가이아는 금세 지구로 돌아갈 수 있다는 믿음으로 만들어진 임시 거처였으므로 이상의 체계나 대비가 미비했다. 사정상 우주로 올라오지 못하고 남겨졌던 지구 난민들의 습격으로 가이아의 블록들은 다시 한번 해체됐다. 사료가 남아 있지 않아 지구 난민들이 어떻게 우주로 올라올 수 있었는지를 정확하게 알 수 없지만 그들은 지구에 남은 부품과 쓰레기 들로 3단 분리가 가능한 약식 로켓을 만들었다. 역사가들은 이 지구 난민들을 밀코메다를 장악한 우주 해적단의 시초라고 보고 있다. 혹자는 이 사건으로 인해 인류 전체가 우주 미아가 되었음을 안타까워하지만, 또 다른 이들은 그것이 지극히 지구 중심적인 발언이라고 비판하기도 한다.

6 먹이사슬의 정점에 있던 인간은 자신들이 만든 플라스틱을 먹은 어류─조상─를 사정없이 먹어치웠다. 플라스틱은 아주 고요하고 느리게 인간의 혈관을 차지했다. 2100년대를 기점으로 인간의 혈관에는 피가 아닌 플라스틱이 흐르기 시작했다. 이 중대한 변화는 사후적으로 '피갈이'라 명명되었다. 피갈이는 건강 장수와 마음 청소의 비결이다. 학자들은 이들을 신인류 플라─휴먼pla-human으로 분류했다. 그야말로 피도 눈물도 없는 인간이 되어버린 것이다. 플라─휴먼의 등장 이후 인간과 비인간의 개념을 두고 활발한 논의가 전개되었다. 생존 인간들은 모두 플라─휴먼의 자손이다. 자세한 내용은 「28880314」(「아이들 타임」)과 「플라─휴먼」(조시

지구 난민 출신의 우주 해적 코스모아마조네스[7]와 마주치게 되어 격추당했다. 갑작스럽게 방향키가 먹히지 않아 그녀는 아무 곳을 향해 거의 쏟아졌다. 죽음을 예감할 무렵 그녀는 자신이 다른 은하에 들어와 있음을 깨달았다. 새로운 문명은 처음 보는 종류의 '외계인'을 몹시 환영했으나 그것을 공격적인 언어로 오해한 버드와이저는 공포에 질린 채 사망했다.

그것이 지구 기준에서의 죽음일 뿐이라는 사실은 아주 나중에야 지구에 알려지게 되었다. 세인트 줄리 버드와이저의 희생이 아니었더라면 지구는 평생 한정된 시공간에 갇혀 우주를 오인할 수밖에 없었을 것이다. 이날은 지구가 우주 문명과 진정 조우한 날이며, 이에 지구는 세인트 줄리 버드와이저가 외계 존재와 만나 인간으로서의

현 옮김)참조.

7 마더가이아가 해체된 이후 지구인은 다른 행성 거주자처럼 집단으로 정착할 만한 구역을 아직 찾지 못했다. 임시 치안대가 만들어져 일종의 행정구역을 만들기 위해 시도 중이지만 일정 규모 이상으로 커지지는 못하고 있다. 우주 해적들이 구역별로 블록들이 모여 있는 장소를 곧잘 발견해 습격하고 약탈했기 때문이다. 그중에서도 여성으로만 이루어진 해적단 코스모아마조네스가 악명 높았다. 여성 포로들은 해적으로 만들어 세력을 키우고, 남성 포로들은 정액만 채취한 뒤 놓아준다고 알려져 있다. 자세한 내용은 「파이럿」(조시현 옮김)참조.

삶을 마감한 날을 기리는 의미로 상기 일자를 **버디의 날**로 정하고 마주치는 모든 사람에게 겁을 주는 방식으로 기념한다.

오랜 시간이 흐른 뒤 버드와이저는 메두사메다에서 환생하여 두 번의 불같은 사랑을 한 뒤 열다섯 명의 후계자를 낳고 사망, 또 다른 은하로 빨려 들어갔다. 엄밀한 의미에서 환생이 우주적으로 이루어지고 있었던 것이다. 이 새로운 발견은 우주의 순환 원리를 조망할 수 있게 됨과 동시에 모든 종족을 희망케 또 절망케 하였다. **우주 밖으로는 절대 나갈 수 없다.** 이런 깨달음 속에서 전생의 흔적을 찾아 떠나는 모험이 유행처럼 번졌다. 전생 탐사 전문 탐정[8]은 유망 직업이 되었다.

탐정이 말하는 외계 문학: 전기부터 시까지

지구인들은 비교적 늦게 합류하였으나 우주 철학자들

---

8 그중에서도 지구 난민 출신 미얀과 헬룰라메다 출신 루미는 유능한 전생 탐사 전문 탐정이었으며 불의의 사고로 미얀이 사망할 때까지 둘은 최고의 파트너십을 이루었다. 루미는 그 이후 행방불명되었으며 미얀의 환생은 아직 발견되지 않았다. 미얀의 딸 수얀이 어머니의 일생을 정리한 기록 「루빅스레이스」(조시현 옮김)가 전해진다.

은 새로운 고민에 봉착했다. 더는 다양할 수 없을 만큼 다양해진 우주의 질량이 사실은 보존되고 있으며 궁극적으로는 일종의 정지 상태일 뿐이라는 것을 알게 된 이상 다른 방식의 존재론적 고민이 필요했던 것이다. **어떤 것도 진정한 의미에서는 죽지 않는다!**[9] 이는 수많은 우주 주민으로 하여금 자신이 결국 자기 자신이 아니라고 생각하게 되는 결과를 초래했으며,[10] 의도치 않게도 자신이 물리적으로 우주의 부위—또는 부품—중 하나라고 믿는 유물론적 사고로 이어졌다.[11]

이는 다시 온 우주의 개인이 결정적인 무언가를 이루고 있다는 착각으로 이어졌다. 무엇도 진정코 끝나지 않는다는 것, 자신이 우주라는 유기체를 구성하는 아주 중요한 일부—그 역할을 스스로 알지 못하더라도 어디선가 높은 차원의 기능이 수행되고 있을 것이다—라는 사실을 깨달

---

9 우주 철학자 코그니타리아트는 '노동하는 영혼'이라는 개념을 내세웠다.
10 여기서 모든 것을 자기 자신으로 생각하는, 지구식 불교와 도교가 과격하게 혼합된 신흥종교가 탄생하게 됐다.
11 "우주가 한 권의 책이라는 생각은 여기서 온 거죠. 하나라도 빠지면 세계가 제대로 의미를 구성할 수 없을 테니까. 자신이 마지막 페이지일지도 모른다고 생각해보세요. 그러고 보니 최근 도서관에 갔었는데요. 열심히 고르고 골라 읽은 책의 마지막 페이지를 누가 뜯어갔더라고요. 나 혼자만 결말을 모르고 있을 때의 그 마음을 이해하시겠어요?"

은 대부분의 우주 존재자는 자신의 전생에 크나큰 관심을 가지게 되었고 이것을 탐색하고 알아내는 것에 큰 의미를 부여했다. 자신이 무엇이었는지, 어디서 어떤 모습으로 어떻게 생활했으며, 어떤 방식으로 죽어갔는지를 알고 싶어 했던 것이다. 어떤 문명에 속해 있는지에 따라 존재 방식 자체가 아예 달랐으므로 온전히 이해할 수 없어도 전생은 중요해졌다. 이에 집착하면 삶이 망가진다는 것을 알면서도 전생의 존재를 알아버린 이상 그것을 현재와 분리하지 못하는 이들도 있었다. 이제 화두는 **다음에 무엇이 될 것인가**로 바뀌었다. 부유한 일부 존재자들은 자신의 부가 온전히 자신에게로 이어질 수 있다는 사실에 크나큰 매력을 느꼈는데 멍청한 후손들에게 힘들게 번 대가를 유산으로 물려주지 않아도 되었고, 동시에 힘들게 축적한 모든 것이 어떻게 쓰이는지를 스스로 온전히 지켜보고 결정할 수 있었기 때문이다.

전생 탐사 전문 탐정이라는 직업이 생겨난 것은 당연한 수순이었다. 어느 은하의 어느 행성에서 무엇으로 태어나 어떻게 살아가든, 탐정들은 그들을 찾아내 전생의 기억을 들려주고 어마어마한 유산을 스스로에게 상속하게 한 뒤 보수를 받았다. 은하와 행성이 다를 경우 그 어마어마한 유산이 쓰레기가 되는 경우도 있었지만 일련의 과정이 누적되다 보면 운 좋게도 이전에 태어났던 행성에서 다시 태어나기도 했다——일부 철학자들은 이 진정한 '되어보기'의 형태가 우주의 궁극적인 목표이자 이유이며, 어느 정도 '되어보기' 과정이 무르익고 나면 윤리의 새로운 차원이 도래할 것이라고 주장한다——탐정들에 의하면 운이 좋지 않을 때는 이 탐사 과정에 어마어마한 시간이 소요되었다. 과거의 흔적을 추적하는 것이 쉬운 일은 아니었으므로 때로는 후생을 찾기까지 2대나 3대의 시간을 건너뛰어야 했다. 수명도 행성마다 달랐으므로 어떤 탐정들은 조상의 임무를 유산 대신 물려받았다.

어떤 연인이나 가족은 죽음으로 모든 것에서 해방되고 싶은 존재자를 끝끝내 찾아냈다. 혹은 증오심에 불타 온 우주를 뒤졌다. 그를 다시 죽이기 위해 탐정을 고용했으며, 발견하지 못하면 다음 생의 자신에게 복수를 상속하기도 했다. 순수한 호기심으로 시작된 일이었으나 점차 소유라는 개념이 전 우주를 사로잡기 시작했다.[12] '있음'이 우주적으로 누적되면서 존재는 점점 더 뚱뚱해졌다.[13]

---

12 "'소유'는 지구 문명을 중심으로 퍼져 나간 끔찍한 개념 중 하나죠."

물려줄 것이 없는 자들이나 물려주고 싶지 않은 자들도 있었다. 물려줄 것이 없는 자들은 지금이 빠르게 지나가기를 기다렸다. 다음 생엔 어쨌든 좀 나아질지도 모른다는 희망으로 그들은 버텼다. 물론 물려주고 싶지 않은 자들에게도 심오한 이유가 있었다. 다음 생의 자신에게 지금의 자신을 빚 지우고 싶지 않았던 것이다. 이 순간에만 자기 자신이기를 선택한 존재자들은 자신이 무엇이었는지 무엇이 되는지에 의문을 품지 않은 채로, 흔적을 굳이 남기려 애쓰지 않으면서, 현재의 '소박하고 얄팍한 삶'에 충실하기 위해 애썼다. 한편 전생의 자신에게서 아무런 메시지들을 받지 못한 자들은 평생을 기다림 속에서, 스스로에 대한 원망 속에서 죽어갔다. 자기가 무엇이었는지를 분명히 밝히지 못하는 자들에게는 그럴 만한 이유가 있다는 인식이 퍼져 나가기 시작했다. 자신의 전생 목록 중에 꺼림칙한 구석이 있는 자들은 어떻게든 연결 고리를 말소시키기 위해 애썼다. 존재자들은 미래의 자신을 불행하게 만들지 않기 위해 현재의 삶을 조심스럽게 살 수밖에 없었다. 다음 생의 오점이 된다니!

13 "우주적 비만 사태라고 할 수 있겠어요."

자신을 구성하는 모든 것이 완벽하기를 바랐으므로 그들은 조금 덜 행복한 채로 현재 자신이 할 수 있는 모든 것을 다 하려 했다. 그러나 윤리 기준이 행성마다 판이하게 달라 석연찮은 구석은 언제 어디서나 발견되었고 그들은 어떤 이유로든 고통받았다. 자기 자신에게서 무언가를 받은 이들도 점차 불행해졌는데 소유한 것은 많았으나 자신이 지금 누구인지 알 겨를도 없이 자신이 과거에 무엇이었는지에 대해서만 골몰하게 되었기 때문이다. 그건 설령 알더라도 이해될 수 없는 것이었기 때문에 그들 역시 마찬가지로 이해할 수 없는 말들을 끌어안은 채로 죽어갔고 그것은 일부 사람들이 언어를 기피하는 이유가 되었다.[14][15]

한편 아직 단 한 번도 죽지 않아 수명이 가늠되지 않는 존재자들도 있다. 그들은 자신이 어떤 방식으로 죽는지, 죽을 수는 있을지 궁금했지만 정말로 죽음을 바라지는 않았으며 그러한 점까지 포함해 전 우주적인 질투와 증오를 샀다. 그들은 살해당할 거라는 망상에 시달리기 시작했다. 신은 지금까지 해왔던 대로 침묵을 지켰다. 이 거대한 우주적

---

14 "자기 자신에게 질식당하는 기분이 어떤 건지 조금이라도 짐작이 가세요?"
15 "내가 뭐였는지는 상관없어요. 나는 그냥 나로 살고 싶을 뿐이라고요. 그게 그렇게 의심스러울 일인가요?"

불행 속에서 혹시나 자신이었을지도 모를 것을 이해하기 위해 전기를 편찬하는 것이 우주적인 유행이 되는 건 필연적인 일이었다. 어디서 태어날지 모를 후생의 자신에게 지금의 자신을 이해시키기 위해서는 반드시 공용어가 필요했으므로 공용어에 대한 본격적인 연구 또한 시작되었다. 의뢰자들이 후생의 자신에게 객관적으로 잘 보이기를 원했기 때문에 일기나 자서전보다는 전기가 선호되었다.

우주 통일론자는 이것을 우주 통일 필요성의 첫번째로 꼽는다. 어느 가족도 연인도 친구도 헤어질 수 없게—불필요한 시간을 낭비하지 않게—언제 어디에 있는지를 **추적하기 위해서는** 온 우주가 정보를 공유해야 한다는 것이다. 우주 통일 반대론자는 다음 생을 온전한 다음으로 살 수 있는 권리를 내세우며 여기에 반대한다. 급진주의자는 우주가 시작부터 이미 망한 거라고 주장한다. 우주는 재활용된 영혼들로 가득하며 누구도 나갈 수 없고, 이제 그 영혼을 **빨아 쓸 수조차** 없다는 것이다. 물론 누구도 대안을 제시하지는 못했다.[16]

---

16 우주 파괴 문학이 유행하게 된 이유이다. 그들은 우주에 대한 증오심을 도저히 갈무리하지 못했다. 암살 문학의 계보 역시 여기서 출발한다.

우주 로맨스: 당신 입술은 어디에 있나요?

하지만 뭐니 뭐니 해도 외계 문학의 가장 큰 화두는 역시 로맨스일 것이다. 작가들은 종과 족을 뛰어넘는 사랑의 양상을 그려내 독자들에게 즐거움을 선사한다.[17] 하지만 '호러맨스'가 '로맨스'가 되기까지 우주는 긴 합의와 주석을 거쳐야만 했으며 사실 여전히 가야 할 길이 멀다.[18] 우선 신체 구조와 화학반응이 전혀 달라 서로에게 없는 행위 체계가 존재한다는 사실이 문제가 된다. 행위와 의미를 직결시키는 일은 상당한 어려움을 동반한다. 때때로 이에 대한 묘사는 완전히 무의미하다. 실제로 어디가 눈이고 손이며 심장인지 즉각 알아볼 수 없으므로 존재자 간의 접촉은 아주 조심스럽게 이루어져야만 한다. 우연히

---

17 헤테로 로맨스에 익숙했던 지구인들은 우주식 로맨스를 로맨스로 즐길 수 있게 되기까지 특히나 큰 곤욕을 치러야 했다. 이런 방식의 포스트-휴머니즘은 그들에게 너무나 급진적이었던 탓이다.

만진 것이 성기이기라도 하다면 굉장히 큰 실례가 될 수 있기 때문이다. 눈을 찌르거나 심장을 잘못 잡아 테러범이나 살해범이라는 오명을 쓸 수도 있다.[19] 사랑에 빠졌을 뿐인데 우주 재판에 소환되고 싶은 존재자는 아마 없을 것이다. 소통 기관도 마찬가지다. 우주에는 입을 통해 말

18 『월간 코스모스』 과월 호: 에일리언 시그널 「우주 자기와 뜨거운 밤을」 참조. 종족에 따라 성기는 돌출형과 함몰형을 제외하고도 다섯 가지가 더 발견되었는데, 이는 우주적 섹스가 표면상 일곱 가지임을 의미하며, 우주적 젠더는 기하급수적이라는 뜻도 된다―일부 행성을 제외하고―우주는 공식적으로, 외관과 형태에 의거해 자기 자신이 무엇인지를 증명하고 선언하는 일이 무의미하다는 것에 동의했다. 성교를 하는 방식 역시 상상할 수 있을 만큼 다양한데 모든 성교 행위가 그렇듯 누군가에게는 흥분을 누군가에게는 구토와 공포를 유발하였다. 누군가는 의료 행위라고 착각하기도 했다. 어떤 경우 생식은 입 혹은 뇌를 통해 이루어졌다. 생식은 그 자리에서 바로 진행되기도 하고 길게는 몇 억 년을 기다려야만 하기도 한다. 수정란(알의 형태가 전혀 아닌 것도 있다)은 다양한 방식으로 '자리 잡기' 때문에 이에 대한 더 자세한 이야기는 『우주존재학』 제6권 '생명의 신비'를 참고.

19 손을 좌우로 흔드는 행위의 의미가 인사가 아니라 성교를 하자는 의미이거나 혹은 너의 가족을 죽이겠다는 의미이며 당사자를 심하게 모욕하는 의미이기도 했으므로 공용어에서 신체를 사용한 소통은 일찌감치 배제되었다. 이런 오해로 전 우주 대전이 발발하는 일만은 막아야 한다. 아마 그 전쟁은 끝나지 않고 계속될 것이며 누구도 이 판에서 진정코 벗어날 수 없는 한 그런 일이 일어나서는 안 되기 때문이다. 다음 생에도, 다다음 생에도 무의미한 전쟁을 지속하며 그로 인해 다시 죽는 당신 자신의 모습을 상상해보라. 형광등이 1초마다 켜지고 꺼지듯 오직 탄생과 죽음만이 반복되는 우주를.

하는 종족도 있으나 입이라고 할 만한 것이 전혀 존재하지 않는 종족도 있다. 물론 입이 발성기관이 아닌 종족도 있어서 입이라는 것이 얼마나 다양한 형태이면서 다른 방식으로 다른 기능을 수행하는지를 안다면 분명 매우 놀랄 것이다.[20] 촉수 기관이나 초음파, 특정 주파수를 통해 소통하는 존재자들이나 하나의 정립된 형태를 가지지 않는 존재자 역시 존재한다. 이들은 세포 단위로 끊임없이 구성과 해체를 반복하여, 존재자를 하나의 독립된 실체 혹은 구성체로 판단하던 밀크드로메다 문명에도 크나큰 충격을 주었다. 흥분되는 성교——흥분하지 않는 종족을 제외하자면——를 합의하는 것에도 긴 시간이 소요되었다.[21] 이 다양성, 무수한 곱하기의 세계는 온 우주를 사랑으로 가득 채울 수 있는 유일한 가능성으로 꼽힌다. 이런 관점에서 보자면 작가는 역시 사랑을 발굴하는 직업이다. 수많은 노력을 기울여도 하나의 행위를 이해하는 것조차 실패하는 경우가 잦았음에도 작가는 전에 없는 유망 직업으로 떠올랐다. 하지만 그 때문에 작가이기를 포기하는 이들도

---

20 오럴 섹스를 언급하는 작품이 아주 드문 이유이다.
21 코스모스 출판사에서 출간된 '우주 카마수트라 전집'은 총 49권으로 구성되어 있으며 여기에는 495억 6,458만 가지의 체위가 수록되어 있다.

있었는데, 그들에 의하면 우주적으로 이해받는다는 건 수치스러운 일이기 때문이다. 여전히 작가이기를 선택한 이들은 우주적으로 인정받는 작품을 쓰겠다는 야심을 은밀하게 키워나갔으며, 대부분 고뇌와 실패 속에서 죽어갔다. 일부는 이를 두고 공용어가 부족한 탓이라고 주장했다.

그래서 때로 로맨스 장르의 독서 행위는 의미를 읽어내는 것보다는 글자를 읽는 것에 치중되었다. 지구 존재자들은 읽을 수는 있으나 이해할 수 없는 문장을 읽을 때 어떤 아름다움이 발생한다는 것을 깨달았다. 문장적인 오류가 없고 분명히 읽을 수 있는 데다 실제로 그것을 발음할 수 있었는데도 무슨 말인지 이해할 수 없는 말이 아름다웠던 것이다.[22] 누군가는 그에 울음을 터뜨렸다—몇몇 전생 탐사 탐정들은 전생의 흔적이 희미하게 묻어 있는 까닭이라고 주장한다—글자의 있음과 의미의 없음이 만들

---

22 번역자들의 노고에 감사드리는 바이다. 그들은 외계 문학의 아름다움을 알면서도 그것을 제대로 전달할 수 없는 자신의 무능력 때문에 비탄에 빠져 죽어갔다. 그들이 죽기 직전까지 쓴 일기들은 차마 고통스러워 읽지도 못할 정도다. 그들이 고통 속에서 초석을 다져놓지 않았더라면 누구도 이제 와 그것을 시작할 용기를 내지 못했을 것이다. 지금에 이르게 한 그 많은 시행착오에 다시 한번 감사드린다. 초기 번역자들의 이름은 마지막 페이지 참조.

어내는 간극이 곧 신의 목소리처럼 들리기 때문이었다. 누군가는 이를 시라고 불렀다.

우주적 곤경, 우주 시를 도와줘요

시는 외계 문학에서 아주 의견이 분분한 장르이다. 번역 과정에서 시의 언어가 아닌데 시로 오인 받거나, 시의 언어인데 공격 신호로 받아들여지는 경우도 왕왕 목격된다. 발성 방식이 전혀 달라 낭독은 도움이 되지 못했다. 점차 **시는 아무짝에도 쓸모가 없게 되었다!** 시 창작자들은 당황했다. 존재론적 고찰과 우주적 슬픔을 담은 고도로 정제된 문장들이 전쟁과 선전포고를 불러왔던 것이다. 실제로 낭독회로부터 시작된 국소적 우주전쟁이 486차례 있었다. 위기를 느낀 몇몇 시 창작자들은 시의 보존과 권위를 위해 우주 시 연합회를 구성하였다. 안타깝게도 내부 분열로 현재는 거의 명목만 남은 상태다. 뜻밖에도 시의 돌파구가 된 것은 전생 탐사. 전생과 후생을 찾기 위해 기록이 화두가 된 이후로, 존재자들이 아름다운 언어를 포기할 수 없게 되었기 때문이다. **다음의 나에게 지금의 나를 가장 아름답게 남기기 위해,**[23] 존재자들은 기록하는 문자와 언어에 큰 관심을 기울였고 결국 이는 시에 대

한 열망으로 이어졌다.[24]

익명을 조건으로 인터뷰에 응한 한 전생 탐사 전문 탐정에 의하면 전생 탐사는 우리가 꿈 또는 무의식이라고 부르는 것을 이미지로 추출하여 이루어진다. 존재자들은 각기 다른 외양과 문화, 사고방식을 가지고 있음에도 불구하고 잠이나 가사 상태, 혹은 이름 붙일 수 없으나 수면과 비슷하다고 여겨지는 어떤 상태에 돌입한다는 공통점을 보였다. 특수 제작된 기계를 사용해 반복적으로 등장하는 언어나 장면을 추리는 것으로 작업을 시작한다고 탐정은 밝혔다.[25] 그에 의하면 전생을 탐지하는 과정 자체가 일종의 시 쓰기 행위이다. 탐정이 맡았던 의뢰 한 가지를 소개한다. 한 의뢰자의 꿈에는 앞치마 주머니에 돌을 집어넣으며 강으로 달려드는 여자의 이미지가 반복적으로 등장했다. 그 여자는 계속 술을 마셨고 매우 과격하게 논쟁을 벌였으며 읽고 쓰고 산책을 오래 하고 약을 먹고 잠

---

23 "시를 그렇게 도구적이고 세속적으로 이용한다고요? 그런 우주는 엿이나 먹으라고 하세요!"

24 "온 우주가 자기애에 홀딱 빠진 거죠. 내가 말했죠? 우주가 더 촘촘해질수록 결국 그거만 남을 거라니까요."

25 혼잡한 꿈에서 유효한 정보를 걸러내는 관찰력과 추리력, 다중시야, 냉철함은 전생 탐사 전문 탐정의 필수 덕목이다.

들었다. 잔뜩 인상을 쓴 채 깃털 펜의 꽁지를 빨기도 했다. 지난한 추적 끝에 의뢰자의 전생은 멸망기 이전 지구 작가였다는 사실이 밝혀졌다. 의뢰자는 자신이 쓰는 종류의 사람이었다는 사실에 크게 만족했다. 의뢰자가 이번 생을 아주 행복하게 살 거라고 결심했을 때가 가장 보람을 느낀 순간이었노라고 탐정은 회상했다.[26] 탐정은 아주 두둑한 보수를 받았다. 현재는 은퇴한 뒤 자신의 후생에 재산을 모두 상속하고 지구 특산물인 마라로 만든 음식을 먹으며 여생을 보내고 있다.

이번 우주에 내가 머물 곳이 있을까요?
오랜 경력과 자부심, 당신에게 꼭 맞는 방을 찾아드립니다.
— 늑대 부동산

딜리버리 서비스 상시 운영! 우주 도서관

우주와 교류하는 시간이 늘어나며 지구에도 점차 각 은

---

26 인터뷰를 위해 접선을 시도했으나 의뢰자는 연락을 받지 않았다. 믿을 만한 정보책에 따르면 히키코모리가 되었다는 소문이 있다.

하의 소위 '베스트셀러'들이 번역되어 들어왔고, 이를 한 권쯤 가지고 있는 것이 트렌드가 되었다. 당신의 취향에 자신이 없다면 당장 책장에 외계 문학 한 권쯤 꽂아놓으라![27][28]

당장 책을 구매할 여력이 되지 않거나 서점이 너무 멀리 있다면 도서관을 이용할 수도 있다. 물리적으로 이동이 불가능할 수 있음을 고려해 메타버스로도 구축되어 있다. 거장이라는 이름의 인공 영혼 사서가 도서관을 지키고 있다.[29] 최신식 인공두뇌를 설치해 한 번에 1억명의 고

---

27 『월간 코스모스』 창간호 『당신도 될 수 있다. 우주 힙스터』 참조.

28 어떤 책을 골라야 할지 모르겠다면 은하계가 엄선한 베스트셀러 100선. 중립우주대학교 재학생이 가장 많이 읽은 책 BEST 10으로 시작하는 것도 나쁘지 않은 선택이 될 것이다.

29 이 사이보그는 육각형으로 무한히 연결되며 실시간으로 증식 중인 도서관*의 관리자로 배정되었다. 도서관을 조금 정리해보고자 몇 권의 책을 불태웠다가 잿더미에서 아야이!** 하는 비명과 함께 불사조 떼***가 날아가는 모습을 목격했다. 날아오르던 불사조의 꽁지깃이 책장에 불을 붙였고 이내 방은 타오르기 시작했다. 불길은 우아하게 세공된 책장을 단숨에 집어삼켰으며 여기저기서 책이 타오르며 높고 낮은 비명이 들려왔다. 더 많은 불사조 떼가 날아올랐다. 다른 책들을 지키기 위해 거장은 다음 방으로 달렸으나 불이 더 빨랐다. 아야이! 아야이! 비명과 날갯짓 속에서 거장은 이를 악물고 달렸다. 눈물 때문에 연기가 났다. 그런 식으로 세번째, 네번째 방도 지나쳤다. 육각형의 방도 책도 끝이 없어서 그 일은 각각이 개별적인 사건이었음에도 영원히 반복되는 것처럼 보였다. 거장은 자신이 달림으로써 겁먹은 새들로 하여금 다른 방까지 불타게 만

객을 상대할 수 있다. 아주 친절하지만 책을 너무나 아끼는 나머지 악몽에 시달린다고. 다만 현재 도서관은 원인을 알 수 없는 화재 사건으로 인해 보수공사 중이므로 확인 후 방문하기를 권유한다.[30]

경고, 지구를 조심하시오!

많고 많은 외계 문학 가운데서도 지구 문학의 위상은 상당히 독특하다. 지구는 상대적으로 오래 고립됐던 탓에 한동안 독자적인 상상력을 발전시켜왔다. 지구처럼 스스로를 괴롭히는 방식으로 진화한 문명은 없었으므로──지구 문화를 이끈 가장 큰 키워드는 허영심이었다──지구 문학은 다양한 외계 문학 중에서도 흥미로운 연구 소재로 떠올랐다. 지구는 커다란 피해망상을 가지고 있었는데, 외계를 그린 대부분의 지구 작품이 외계 존재가 지구에 침략한다는 것을 전제로 씌어졌다는 점에서도 그 사실을

드는 건지도 모르겠다고 생각했지만 비명이 끊이지 않았고, 타오르는 것이 책이었기 때문에 멈출 수 없었다. 전부 타야 끝날지도 모르겠다고 생각하면서도 달려야만 했다. 하지만 이것은 홀로그램일지도 모른다. 달리는 발소리가 들리지 않았으므로(*호르헤 루이스 보르헤스, **엘렌 식수, ***가스통 바슐라르).

30 "대체 어떤 할 일 없는 자식이 도서관에 불을 지르는 거죠?"

알 수 있다.[31][32] 외계 존재는 대부분 험악하고 사악하게 묘사되었으며 압도적인 힘으로 지구 문명을 짓밟고 파괴했다.[33] 그러나 우주 구석에 처박혀 있던 밀크드로메다와 지구를 발견했을 때 관심을 보인 존재자는 굉장히 드물었다.[34] 당시 외계 문학 연구가들은 두 가지의 견해를 보였는데, 지구 문학의 자의식 과잉에 대단히 흥미로운 부분이 있다고 말하는 축과 그런 망상에는 물도 주지 말라고 단호하게 끊어내는 축이었다. 대부분의 우주 문명은 그런 방식으로 지구를 **정복·침략**할 생각은 없었으므로 일부는 지구 문학의 상스럽고 적대적인 발상에 분노해 지구에 대한 불안과 분노와 불신을 표현하기도 했다.[35] **이 행성은 아주 못된 생각을 하는 자들로만 가득 차 있다고 말이다!**[36] 오해가 길어진 것은 자신의 손으로 자신이 사는 모

31 〈드래곤볼 Z〉, 마블 유니버스 참조.
32 구로사와 기요시, 「산책하는 침략자」(2017) 2007년 마에카와 도모히코가 쓴 희곡이 원작이다.
33 "기가 막힌 거죠. 피해의식입니다. 좀 우습지 않으요? 나쁜 짓은 자기들이 다 해놓고 외계인에게 뒤집어 씌우다니 말입니다!"
34 오히려 지나치게 작고 많고 공격적인 존재자들로 인해 비위생적인 행성으로 간주되어 한동안 관찰할 가치가 없다는 오명을 쓰기도 했다.
35 "난 그걸 보고 너무 끔찍해서 울었어요. 난 그런 행성은 가지고 싶지도 않다고요!"

행성을 착취하여 완전히 망가뜨린 뒤[37] 우주로 나온 지구인이 일종의 마피아 같은 이미지를 형성했기 때문이다.[38] 또한 우주에 편지를 담은 병을 띄워 보내는 유행으로[39] 우주 쓰레기 문제를 범우주적으로 확장시키며[40] 우주환경협회(이하 우환협)의 지탄을 받았다. 다만 우주의 순환 원리가 밝혀지며 '자기 찾기'가 대두됨에 따라 미래의 자신이 편지를 발견할지도 모른다는 낭만적인 생각으로 편지 쓰기 유행은 당분간 지속될 것으로 보인다.[41]

36 "이런 문명이 우주에 있는데 어떻게 발을 뻗고 자겠어요?"
37 "바다에 방사능을 풀었다는 얘기를 듣고 기가 막혔죠. 물론 어느 존재자들은 그걸 흡수해서 섭식 행위를 한다지만 지구인은 아니잖아요. 무슨 말인지 아시죠?"
38 다음에 올 것을 기다리며 홀로 묵묵히 지구를 청소하던 로봇 청소기 롤라디의 기록 「홈 위드아웃 유」(조시현 옮김)가 남아 있다.
39 "인간은 그리워하기 위해 만들어진 존재 같아요."
40 인간들이 화학물질 때문에 썩지 않게 되면서 환경 좀비가 됐다는 얘기는 들었어요. 죽어서도 눈감지 못하고 텅 빈 지구를 돌아다니고 있다더군요 (「비부패세계」 참조).
41 지구를 둘러싸고 있던 마더가이아가 공식적으로 해체되면서 대우주 시대가 시작됨과 동시에 지구인들은 뿔뿔이 흩어졌다. 이후 인간은 팽창되는 우주 곳곳으로 흩어져 부유하고 있으며 거주하는 블록 외의 사람들을 거의 만나지 못하게 되었다. 이 영향으로 편지 쓰기가 유행하기 시작했다. 알루미늄이나 유리, 깡통 등에 담긴 편지는 마치 바다에 병을 띄우듯 우주 곳곳으로 퍼져 나갔으며 유행이 시작된 이후에는 우주 쓰레기 문제가 대두될 정도로 인기를 얻었다. 통계에 따르면 한 인간이 평생 우주로 띄

그리하여 우리는 다시, 세인트 줄리 버드와이저로 돌아온다. 버디, 버디, 버디, 그녀의 이름은 먼 곳에서 오랫동안 울려 퍼졌다. 친구여, 친구여, 친구여. 그녀의 이름을 애타게 부른 것은 뒤에서 다시 등장하게 될 세인트 줄리 버드와이저의 오랜 연인 나탈리 라이살의 것이었다. 지구 문명을 처음 발견한 것은 이것을 공격 신호로 받아들인 콘푸라이트메다 존재자였다. 빨판형 에너지 흡착 존재자인 옥푸토스는 자신의 전생을 찾기 위해 우주의 끝단인 밀크드로메다까지 내려온 상태였다.[42] 그는 과거의 자신

우는 편지의 개수는 평균적으로 3,562개다. 이는 메시지를 수·발신함으로써 넓고 적막한 우주에서 존재감을 확인하려는 절박한 시도로 읽힌다. 심리학자 아르바르토 브라자나스는 이 유행을 조금 더 근본적으로 진단한다. 같은 시공간에 갇혀 동일한 사유와 생활을 하는 타인의 존재가 인간에게는 매우 중요하므로, 인간이 귀가의 불가능성을 인간에게 투영하기 시작했다는 것이다. 따라서 그에 의하면 편지 쓰기 유행은 사적이고 내밀한 행위가 아니라 집단적인 트라우마이며 일종의 정신병이다. 그는 이를 두고 '대리 지구 현상'이라고 명명했다. "영구적인 향수병인 셈이죠. 치료할 방법이 없으니 안타깝지만 어쩌겠습니까. 해소될 때까지 마음껏 편지를 쓰도록 하는 수밖에." 그는 그렇게 말했지만, 편지를 쓰다 보면 언젠가는 병이 자연스럽게 낫느냐는 질문에는 함구했다. 무책임한 태도로 우주를 쓰레기장으로 만드는 것에 일조하고 있다는 환경 단체의 지탄을 받았으나 그는 '쓰레기 좀 버려서 정신병을 치료할 수 있다면 기꺼이 그러할 것'이라고 대답해 대다수 블록의 지지를 받기도 했다.

42 "내가 구두쇠라고요?"

이 지금의 자신에게 남겨두었을지도 모를 어떤 극적인 것을 찾기 위해 우주를 헤매는 중이었다. 별안간 그는 자신에게로 쏟아지는, 주체할 수 없는 분노의 메시지를 듣는다. 죽일 테다, 죽일 테다, 죽일 테다.[43] 옥푸토스는 자신의 조종선을 추슬러 싸움을 대비했다. 그의 조종선은 탐지용이었으므로 전쟁에 관련된 기능은 조금도 없었다. 그의 목적은 최대한의 방어였다. 그렇게 처음 발견된 지구는 행성을 보호하듯 두 겹으로 둘러싼 고리였다. 옥푸토스는 분노와 공포 비슷한 감정을 느꼈으나 문득 자신이 미지의 종족을 발견했을지도 모르겠다는 사실을 깨달았다.[44] 지구 문명은 그렇게 세상에 모습을 드러냈다. *완전히 미친 광경이었어요. 그 행성에서 뻗어 나온 불온한 기운 때문에 계기판이 미친 듯이 번쩍거렸다니까요. 그걸 보셨어야 해요. 그땐 그게 공격 신호인 줄 알았어요. 그들은 내가 다가간 걸 인지하지도 못했습니다. 그들의 첫인상은…… 아 죄송해요. 어쨌든 그들은 그저 편을 먹고 싸우고 있었을 뿐인데요, 이상한 일입니다. 그들이 손을 잡을 때 저는*

---

43 콘푸라이트메다 언어 연구자인 데빌 데스페라도스 씨의 의역이다.
44 실제로 우주 전체적으로 지구는 지구라기보다는 옥푸토스 보아따로 더 알려져 있다.

뭔가 아름다운 게 있다는 걸 분명히 느낄 수 있었습니다. 나는 그걸 신이라고 부르고 싶었는데요. 그러니까 신이란 건 어떤 순간을 지칭하는 말일지도 모르겠네요. 더 이상한 건, 그 순간이 지나가자 그들은 갑자기 다시 징그러운 것이 되어버렸단 말입니다. 전체적으로 너무 이상한데 하나씩 뜯어보면 아름다워서, 저는 슬펐습니다. 그래서 한참 동안 지켜보고 있었던 겁니다. 상식적으로 납득되지 않는 지구의 난장판을 지켜본 존재자들은 자신의 후생이 지구로 이어지지 않기를 간절히 바랐다. 어떤 존재자들은 지구로 인해 자신의 성기 모양을 인식하게 되기도 했다.[45]

---

[45] 그걸 알게 된 게 내 크나큰 강박관념의 시작이었어요. 콜레스테롤메다 출신의 MAC N CHEE가 말했다. 지구 존재자들이 혀의 위치를 어디에 둘지나 숨을 어떻게 쉬는지 고민한다는 문장을 읽었는데 지금 내 처지가 딱 그래요. 내 성기가 이렇게 생겨서는 여기 붙어 있다니까요. 이게 가끔 이렇게 움직이고 내가 독서를 하거나 일을 할 때도 이 모양인 채로 여기에 있다고요. 그런데 이렇게 하면 이렇게 움직인다고요. 그런데 하지 않으면 이렇게 되어버리고요. 그럼 내가 다른 걸 할 때는 이런 상태라는 거죠? 그런데 원래 이게 여기에 있는 게 맞나요? 다른 일을 할 때도 여기에 이렇게 있는 거예요? 여기서 뭘 하는 거죠?

> ***어제 받은 꿈내림***
> 안드로이드가 대신 꾸는 전기양의 꿈.
> 꿈 해몽, 꿈 풀이, 악몽 수거, 전생, 최면, 별자리 점 모두 가능.

그렇게 지구 문학은 우주에 합류하게 되었다.

아이들 타임

"이것 말이죠." 박사가 장갑을 낀 손으로 노트를 집어 들었다. 자외선에 오래 노출된 탓에 색이 바래 누르스름한 빛깔을 띠고 있는 노트는 상당히 볼륨이 있는 편이었다. 하단에는 캐리커처로 보이는 그림. 자기 자신을 스스로 그린 것일까? 너덜너덜해진 표지가 공책이 버텨온 시간을 증명하는 듯했다. "남아 있는 기록이 몇 안 되는데 이 노트는 운이 좋았죠. 아니, 우리가 운이 좋은 거라고 해야 할까요. 기록자가 처음부터 이걸 두고 가기로 한 건지, 끝까지 고심했을지는 알 수 없는 노릇이지만 책장 구석에 꽂혀 있었을 것으로 추정되고 있어요. 그 뒤로 지진이 일어나서 쓸려갈 때까지 책장이 이걸 덮고 있었고요. 덕분에 오염도가 상대적으로 적었죠. 펼쳐보시겠어요?" 내가 맨손으로 책장을 넘기려 하자 박사가 비명을 지르며 장갑을 넘겨주었다. 박사의 등 뒤로 거대한 책장이 늘어서 있었다. 내도록 탐내고 있던 게 바로 저것이었다. 보존하고 있는 책의 목록을 전부 알게 될 때까지는 집에 가지 않을 심산이었다.

— 외계 문학 전문가 인터뷰집『남겨진 지구 문학을 찾아서』중 발췌

가질 수 없다면 부숴버리겠어, 암살 문학

한편 사랑하는 연인을 우주에서 잃은 NASA의 수석 연구원 나탈리 라이살은 연구를 진행하던 중 갑자기 소리를 질렀다.

"여긴 독재자의 머릿속이다!"

지구 존재자들은 연인을 잃은 라이살이 드디어 미쳤다고 혀를 찼다. 라이살은 아프리카계 러시아 여성으로 동료들의 말에 따르면 키가 크고 쾌활하였으며 무척이나 똑똑한 사람이었다. 아직 우주의 원리가 지구에 전해지기 전이었으므로 라이살은 버드와이저가 우주에서 허망하게 사망한 뒤 연구에 매진했다. 늘 현미경만 들여다보았고 골똘히 생각에 빠진 채 헤어 나오지 못했다. 누군가가 망

설이다가 그 독재자가 누구냐고 물었다. "누구든 될 수 있다." 라이살은 비탄에 찬 목소리로 말했다. 다른 존재자들이 말을 이어갈 기회도 주지 않고 라이살은 소리를 질렀다. "우리는 망상이다! 아무것도 아니다! 뇌세포다! 당신들은 모두 내 시냅스 속에 있다! 조용히 해, 닥쳐!" 그녀는 자신의 머리를 때렸다.

동료는 가여운 라이살의 어깨를 다독였다.[46] 버드와이저가 환생해 다른 은하에서 자식을 낳았다는 소식을 들은 라이살은 수많은 도식이 적힌 종이를 두고 저택에서 목을 맸다.[47] 백 스물둘의 지구 존재자가 모여 그것을 검토한 결과 라이살의 주장에 일말의 근거가 있다는 것이 밝혀졌다. 지구 존재자들은 이것을 개괄적인 언어로 우주에 알렸다. "그 많은 우주 존재가 왜 뭔가를 쓰지 않고는 참지 못하는 거겠어요? 극심한 두통을 느끼며 머리에 울리는 말들을 받아 적지 않고 못 배기는 현상이 왜 있겠냐고요. 우리는 그저 누군가의 뇌세포일 수도 있는 거예요. 일단 들리기 시작하면 끝난 거예요. 머릿속에서 미친 듯이

---

46 "쉽지 않겠지만 우주는 넓어. 친구."
47 유언장에는 자신의 남은 모든 삶을 세인트 줄리 버드와이저의 모든 영혼에 상속한다고 적혀 있었다.

떠들어대서 기어코 죽을 때까지 받아 적게 만들고야 마는 자들이 있다고요. 문학은 암살이에요. 그런 식으로 내 머리가 터질 때까지 기다리는 거예요. 그렇게나 조용하고 태연하게. 한번 시작되면 멈출 수 없어요. 누군가 나를 죽일 것을 알면서 아무것도 하지 못하고 받아 적을 뿐인 거죠." 그러나 라이살이 말한 독재자가 도대체 누구인지는 아직 특정하지 못했다. 우주에서는 현재 이것이 누구의 머릿속인지에 대한 탐사를 암암리에 시행하고 있다. 누구의 머릿속인지 알게 된다면, 그의 머리를 폭파시켜 이 우주를 탈출할 수 있다는 기대를 거는 것이다. 가끔 당신의 머릿속에서 알 수 없는 소리가 들리는 것 같다면 우주 경찰에 긴급히 신고하길 바란다.[48] 당신의 귀한 희생으로 전 우주는 새로운 차원에 도달할 수 있을 것이다.

라이살의 이론에서 파생된 급진적인 종교를 잠시 소개한다. 그들은 우리가 신의 일부를 구성하는 세포라고 생각한다. 신을 조금이라도 고통스럽게 하기 위해 자기 자신을 훼손하는 것이 이 종교의 행동 지침 가운데 하나이다. 신이 조금이라도 아팠는지는 영원히 알 수 없다. 혹시나 당

48 은하 번호+행성 번호+8282

신이 그 종교를 믿고 있다면, 무의미한 자기 파괴를 멈추기를 바란다. 우리에게 필요한 건 결정적인 한 방이다.

코스모스 도서관 방문 및 대여 문의: melong4421@naver.com
도서관장: 호르헤 루이스 보르헤스

어디 한번 터뜨려보겠습니다.

우리는 지금까지 외계 문학을 살펴보았다. 혹자는 이런 방식으로 텍스트가 늘어나고 팽창하다간 우주가 처음 폭발했을 때처럼 일종의 문학 대폭발 같은 것이 일어나 모든 것이 다 터지고 사라져버리지는 않을지 우려한다.[49] 그러나 폭발 이후 우주가 생겨났듯 폭발 이후 무엇이 올지는 아무도 모를 일이다. 두려워해서는 안 된다.

문학이 우주를—또는 누군가의 머리를—터뜨려 우리

---

49 일부 우주 대폭발 이론가들은 책을 한 권 읽기만 해도 나비효과를 일으킬 수 있음을 주장한다. 책의 크기(S)×페이지를 넘기는 힘(H)×페이지의 수(P)×책의 수(B)=대폭발. 있는 힘껏 페이지를 넘겨라!

를 구원할 거라는 믿음. 문학이 우주를 폭발시키는 그날까지 외계 문학은 장려되어야 한다.[50]

☞ 『월간 코스모스』 7월호 예고: 코스모스 베이킹
디저트를 즐기는 일부 은하 문명의 베이킹 레시피 총망라
지금까지 이런 잡지는 없었다!
디저트 거장들이 소개하는 홈 파티의 진수 최초 공개.
정기 구독 신청 하단 참조. 후원은 언제나 힘이 됩니다.

[50] 누군가의 머리를 터뜨리지 않고도 여기서 나갈 수 있다면 얼마나 좋겠는가!

동양식 정원

우리는 중간에 내렸다. 우동이 먹고 싶다는 무니의 말 때문이었다. 물과 액상 수프를 부어 면을 대충 불린 것 말 고 제대로 된 것으로. 조그맣게 덧붙이는 말에 그만 덜컥 팔을 잡아끌고 말았다. 무니가 무언가에 대한 욕구를 내 비친 건 오랜만이어서 그게 무엇이든 들어주고 싶었다. 내려선 곳은 처음 보는 역이었다. 자그마한데다 다 낡아 서 걸음을 내디딜 때마다 요란한 소리가 났다. 매표소가 비어 있었고 내부에는 그 흔한 자판기조차 없었다. 역무 원은 어디에도 보이지 않았다. 일단 나가서 주변을 둘러 보기로 했지만 문을 열자마자 빽빽한 숲이 눈앞을 가로막 았다. 나무 사이로 차 한 대가 겨우 지나갈 수 있을 법한 흙길이 이어지고 있었다. 무니의 입에서 새하얀 입김이 새어 나왔다.

그래도 역 근처니까, 뭐가 있긴 있을 거야.

나는 희망 사항을 곧 일어날 일처럼 확신해서 말하는 버릇이 있었다. 무니와 아주는 그게 당연한 것처럼, 이미 벌어지고 있다는 듯이 고개를 끄덕여주곤 했다. 바람은 대체로 이뤄진 적 없었으나 두 사람이 고개를 끄덕였다는 사실만으로도 나는 실패했다는 생각에서 벗어날 수 있었다.

노란 단무지도 먹고 싶어.

무니가 팔짱을 끼며 중얼거렸다. 혀 밑으로 새큼하게 침이 고였다. 김밥도 시키자. 치즈김밥. 덧붙이는 말에 무니가 고개를 끄덕였다. 우리는 길을 따라 걸었다. 미처 녹지 못한 눈이 군데군데 지저분한 얼룩을 만들고 있었다. 앙상한 가지들이 자꾸 몸 어딘가에 걸렸다. 비틀거리며 걷던 무니가 조그맣게 신음을 흘려 다급하게 돌아보다 팔을 긁혔다. 가지가 이상한 소리를 내며 부러졌다. 희미하게 웃는 얼굴로 무니가 부러진 가지를 주워 들었다. 길이 점점 좁아지는가 싶더니 별안간 뚝 끊겼다. 나무가 사방을 둘러싸고 있었다. 역 이름이 뭐였더라. 가만 서 있던 무니가 코를 훌쩍였다. 생소한 이름은 도무지 떠오르지 않왔다. 원래대로라면 강릉에서 내렸어야 했는데. 우리에게는 기분 전환이 필요했다. 떠나기 전, 나와 무니는 마주 보고 앉아 각자가 가장 즐거웠던 장소를 하나씩 말했다. 대부분의 순간에 아주가 있어서 자주 말을 멈췄다. 무니는 마침내 거의 체념한 목소리로, 5학년 때쯤 대관령에서 탔던 포대 썰매가 좋았다고 했다. 비료 포대를 썰매 삼아 눈덮인 산을 내려오면 포대가 빙글빙글 돌아서 온 산을 다 볼 수 있었다고, 일어설 땐 중심을 잡지 못하고 넘어져서 온몸에 눈을 묻힌 채로 깔깔거리며 웃었다고, 나중엔 목덜미며 팔뚝 안까지 눈이 들어와서 젖고 추웠지만 그래도 즐거웠다고, 온 얼굴을 찡그린 채로 말했다.

그게 가장 즐거웠어?

그게 가장 즐거웠어.

그때의 무니에겐 나도 아주도 없었다. 목적지가 대관령이 되기에는 그것만으로 충분했다. 포대 썰매가 기억에 남은 만큼 정말 재미있는지 타보고 결론 짓기로 했다. 강릉까지 얼마나 남았는지 확인이라도 해볼걸. 하지만 산이 나왔으니 강원도 근처이지 않을까. 운이 좋으면 버스를 탈 수도 있을 텐데. 이런저런 고민을 하는 동안 무니는 무심한 표정으로 목도리를 고쳐 맸다.

동양식 정원　　　　　　　　　　　　　　　47

일단 돌아갈까?

응.

우리는 곧장 뒤를 돌아 걸었다. 누구도 먼저 입을 열지
않았다. 아주가 함께 왔다면 이 상황에 적절한 농담을 찾
아낼 수 있었을 것이다. 짜증도 추위도 느낄 새 없이 이
모든 것을 장난으로 재미있는 이야기로 멋진 모험으로 만
들었을지도. 그런 식으로 말하는 법을 나는 몰랐다. 아주
가 말하는 모든 것은 무니를 웃게 했다. 무니가 다시 한번
코를 훌쩍였다.

그대로 길을 되돌아오고도 두 배는 걸은 것 같은데 한
참이 지나도 역은 나오지 않았다. 계속 비슷한 풍경이 이
어지는 걸로 보아 어쩌면 같은 곳을 빙빙 돌고 있는 건지
도 몰랐다. 그제야 휴대폰을 꺼냈지만 신호가 잡히지 않
는다는 사실만 알게 되었다. 우리는 당황한 채 마주 보았
다. 아직은 환했지만 그림자가 점점 더 길어지고 있었다.
머뭇거리다간 이런 데서 밤을 지새우게 될 수도 있다는
뜻이었다. 나 때문에 벌어진 일인데도 무니는 짜증스러운
기색 하나 없이 주변을 둘러보았다. 근처에서 기차 소리
가 들려왔다. 황급히 소리를 따라가다 문득 불안한 마음
이 든 순간 무니가 뒤에서 팔을 잡아당겼다. 우리가 걸어

온 방향은 낭떠러지로 곧장 향하고 있었다. 한 걸음만 더 내딛었더라면 그대로 떨어졌을지도 몰랐다. 사위가 고요했다. 뭔가에 홀린 기분이었다.

발밑에 펼쳐진 풍경을 보고 나도 모르게 무니의 손을 붙잡았다. 낭떠러지 아래에는 여기 이런 게 있나 싶을 정도로 큰 기와집이 있었다. 집이라기보다는 정원에 가까웠는데, 커다란 사각의 연못을 중심으로 기와를 따라 펼쳐진 수로가 구획을 여러 개로 나누며 정갈하게 흐르고 있었다. 고풍스럽고 우아한 것이 꼭 모형처럼 보였다. 걸어서 갈 수 있는 거리인지 가늠이 되지 않았다.

절인가?

무니가 중얼거렸다.

일단 가보자.

내려갈 수 있을 만한 길을 찾아 다시 한참을 헤맸다. 사람이 거의 다니지 않는 듯했지만 누군가가 오간 흔적이 있었다. 왔던 길에 비해 나무가 적어 움직이기가 수월했다. 길이 우리를 몰고 가는 것 같지 않으냐고 농담을 하려다가 찝찝한 마음이 들어 그만두었다. 발이 얼었는지 감각은 사라진 지 오래였다. 무니는 땅에서 주운 나뭇가지로 여기저기를 쿡쿡 찌르며 뒤따라왔다. 나무 사이로 음영이 깊어지며 스산한 기운이 돌 때쯤 문 앞에 도착했다.
두드리고 한참을 기다렸으나 반응이 없었다. 조금 더 세
게 두드렸는데도 인기척이 느껴지지 않았다. 무니가 나뭇
가지를 버리고 발로 문을 밀었다. 별로 힘을 준 것 같지도
않았는데 문이 안쪽으로 부드럽게 열렸다. 안쪽에 서 있
던, 자홍색 기모노를 차려입은 여자가 고개를 기울이며
우리를 쳐다보았다. 손에는 독특한 모양의 물뿌리개가 들
려 있고 봄에만 볼 수 있는 이름 모를 하얀 꽃들이 담벼락
을 따라 잔뜩 피어 있었다. 시공간을 건너뛴 듯한 착각이
들었다. 여자가 문 바로 앞에 서 있었으면서도 대답하지
않았다는 사실을 어떻게 받아들여야 할지 알 수 없었다.
여자는 물뿌리개를 돌담 옆에 내려두고 종종걸음으로 우
리에게 다가왔다. 기모노 밑단에 섬세하게 수놓인 물고기
가 헤엄치듯 일렁거렸다.

어떻게 오셨어요?

작지만 힘이 있는 목소리였다.

길을 잃었는데……

여자는 아주 걱정스러운 표정이 되었다.

역에서 잘못 내리셨군요.

고개를 끄덕이자 여자가 한숨을 내쉬었다.

왜 목적지도 아닌 곳에서 함부로 내리고 그러세요?

타박하는 투였다. 발끈하는 마음에 아무런 대답도 하지 않았다. 무니 역시 입을 꾹 다물었다. 여자는 뭔가를 가늠하듯 우리 둘을 훑어보다 마침내 입을 열었다.

일단 오늘은 여기서 주무세요. 아침에 돌아가는 길을 알려드릴게요.

그제야 내가 숨을 참고 있었다는 사실을 알아차렸다. 여자가 안쪽으로 우리를 안내했다. 내부는 위에서 내려다본 것보다 훨씬 더 크고 넓었다. 통로는 미로처럼 여기저기로 갈라졌다. 대리석으로 된 바닥에서 냉기가 올라왔다. 정신없이 구경하며 여자를 따라갔더니 기와를 따라 촘촘하게 붙어 있는 홍등에 어느새 불이 들어와 있었다. 불빛이 일렁거리며 사방에 기묘한 그림자를 드리웠다. 인기척이 없어서 우리가 들어오기 전부터 이미 켜져 있던 건지, 아니면 누군가 이 많은 등을 빠르게 켜고 사라진 것인지 알 수 없었다. 슬쩍 휴대폰을 확인했지만 신호는 여전히 잡히지 않았다. 내부는 조용했으나 종교적인 공간이라기엔 경건함이 없었고, 일정 간격을 두고 설치된 다리와 정자가 무척이나 화려해 지나치게 과시적으로 보이기까지 했다. 키가 낮은 난간 너머, 통로를 따라 수로가 흐르고

있었다. 모두 중앙에 있는 사각 연못에서부터 갈라져 나
온 것이었다. 어디선가 커다랗게 물이 튀어 오르는 소리
가 들렸다. 연꽃과 연잎 아래로 새까맣고 거대한 그림자
가 지나갔다. 무니가 수로 쪽으로 고개를 내미는 순간 푸
드득거리는 소리와 함께 2미터쯤 되는 듯한 길이의 물고
기가 발밑으로 튀어 올라왔다. 마치 사람이 다리를 웅크
리고 옆으로 누운 듯한 모양이었다. 몸 전체가 아주 새까
매서 어디가 눈인지 가늠할 수 없었다. 그것의 몸에서 물
이 뚝뚝 떨어져 대리석 표면이 어두운색으로 물들었다.
초승달 모양의 검은 아가미가 빠른 속도로 열리고 닫혔
다. 안쪽은 짙은 붉은색이었다. 뭔가가 들어 있을 것 같아
소름이 돋았다. 내가 빳빳하게 굳어 있는 동안 무니는 어
떻게 하면 되느냐는 듯 여자 쪽을 쳐다보았다. 묵묵히 앞
서 걷던 여자가 돌아보며 빙긋 웃었다.

물 안에 다시 넣어주시겠어요?

만지지 마.

속삭였지만 무니는 뭔가를 결심한 표정으로 그것을 물
속으로 힘겹게 밀었다. 몇 번이나 미끄러뜨릴 동안 그것은
꼬리로 땅을 여러 번 내리치며 내게 닿을 정도로 물을 튀
겼다. 차마 손을 뻗을 용기가 나지 않았다. 풍덩, 하는 커

52

다란 소리와 함께 그것은 다시 물속으로 잠겨 들었다. 윤곽이 서서히 흐려지다가 마침내 어둠 속 깊이 사라졌다.

저게 뭐죠?

사카나히토.

여자가 건조한 목소리로 말했다. 불길한 주문처럼 들렸다.

그게 뭔데요?

모르셔도 돼요.

무니의 손을 잡으려던 나는 흠칫 놀랐다. 무니의 눈에서 눈물이 흐르고 있었다. 왜 우느냐고 묻고 싶었는데, 자기가 운다는 걸 의식하지 못하는 듯했다.

여기는 뭐 하는 곳인가요?

용도는 없어요.

여자는 무심하게 대답하며 돌아섰다. 별다른 목적도 없이 이런 건물을 짓는 사람은 대체 어떤 사람일지 궁금했지만 여자의 뒷모습만으로는 아무것도 가늠할 수 없었다. 옷자락의 물고기가 팔락팔락 움직였다.

혼자 사세요?

여자가 의아한 시선으로 돌아보았다. 딱히 의도가 있는 질문은 아니었지만 공기가 묘하게 팽팽해졌다. 잘못한 게 없음에도 나는 눈을 피했다.

가끔 이렇게 손님들이 오죠.

정신을 똑바로 차리려 해도 귀퉁이가 나올 때마다 오른쪽이나 왼쪽으로 돌고 또 돌고 하는 바람에 길을 외우는 것은 포기하고 말았다. 누군가를 가두려는 의도가 아니라면 집을 이런 식으로 설계하지는 않았을 텐데. 한참을 안으로 걸어 들어간 끝에 마침내 방이 나왔다. 커다란 직사각형으로 된 방은 가운데 미닫이문을 여닫을 수 있는 구조였다. 디딤돌에 신발을 벗고 안으로 들어갔다.

식사는 곧 넣어드릴게요. 정원은 얼마든지 구경하셔도 되지만 연못에는 들어가지 마세요.

여자는 단호한 어투로 말한 뒤 어디론가 사라졌다. 무니는 생각에 잠긴 듯 손바닥을 골똘히 내려다보고 있었다. 나는 가방을 내려놓고 방과 연결된 욕실로 들어갔다. 사극에서나 보던 원통형 욕조가 놓여 있었다. 물은 충분히 따뜻했다. 턱 밑을 간질이는 증기를 쐬다가 물속으로 깊이 잠수했다. 숨을 오래 참지는 못했다. 무니가 씻고 나오자 기다렸다는 듯 상이 들어왔다. 저녁은 나베 요리였다. 양배추 사이로 얇게 썰린 버섯과 고기가 먹음직스럽게 겹을 이루고 있었다. 건더기를 다 건진 다음 끓여 먹을 수 있도록 면이 따로 담겨 나왔다. 노란 단무지도 있었다.

이상한 곳이다.

이상한 곳이야.

나와 무니는 마주 앉아 나베 요리를 먹었다. 무니는 열심히 집어 먹고 남은 국물에 면을 넣고 다시 끓여 단무지와 함께 전부 먹어치웠다. 맛있게 먹는 모습을 보자 반갑고 무서웠다. 닫히지 않는 동그란 창으로 풀벌레 소리가 들어왔다. 분명 여긴, 겨울은 아니었다.

뭐 하는 곳일까?

나도 무니도 대답하지 못했다.

긴급 속보입니다. 오후 3시 28분, 강릉행 열차가 진부역 부근에서 선로를 이탈하는 사고가 발생했습니다. 객실이 뒤집히면서 두 명이 현장에서 숨졌고 부상자가 43명 발생했습니다. 현재 나머지 승객 두 명은 행방불명 상태입니다. 사고 원인은 확실하지 않으며 현재 조사 중에 있습니다.

남자가 심각한 표정으로 TV를 보고 있었다. 여자는 남자의 발치에 앉아 매니큐어를 바르는 중이었다. 여자의 발밑에는 페이지마다 귀퉁이를 접어 부풀어 오른 책이 놓여 있었다. 남자는 청록색이 예쁘다고 말했지만 여자는 암녹색을 골랐다. 남자는 생각에 잠긴 얼굴로 여자를 물끄러미 쳐다보았다. 뉴스는 어느새 양파와 꽁치 같은 식료품의 가격 인상 얘기로 넘어갔다.

그때가 여름이었나?

여름이었지.

그랬었나.

그랬었지. 네가 아이스크림을 사 와서 우리가 둥글게 모여 앉아 그걸 퍼먹었잖아.

여자는 남자를 쳐다보지도 않고 대꾸했다. 집은 전체적으로 어두운 톤의 가구들로 채워져 있었다. 고풍스러운 느낌을 주고, 청소에 품을 많이 들이지 않아도 될 것 같아 함께 고른 것이었다. 집에는 잡다한 장식품이 많았다. 남자가 차이나타운에서 사 온 중국풍의 조명등이나 여자가 일본에서 사 온 마네키네코, 함께 중앙 박물관에서 산 기와 무늬의 자석들. 단란한 분위기를 내고 싶었지만 거실은 점점 더 창고처럼 변해갔다. 둘이 거실에서 더 많은 시간을 보냈기 때문에 좌식 탁자와 소파 옆에 이런저런 물건들이 널려 있었다. 선글라스, 뒤집힌 양말, 약봉지, 씻지 않은 컵 몇 개와 향초, 그리고 먼지가 부옇게 낀 액자. 손을 대지 않은지 너무 오래된 사진은 겨우 윤곽만을 알아볼 수 있었다. 여자애. 앳된 얼굴의 작은 여자애. 뒤집

흰 양말에 수놓인 캐릭터가 무서운 표정을 짓고 있었다. TV가 놓인 장식장 옆에는 사과 박스 크기의 네모난 수조가 놓여 있었다. 전원을 켜면 상단부에 파란 불이 들어오는 것으로 집을 살 때 함께 구입한 것이었다. 그 안에서 작고 검은 열대어들이 헤엄치고 있었다. 물을 자주 갈고, 수조를 잘 씻고, 여과기를 꼼꼼히 점검해도 물고기들은 잘 죽었다. 그러려고 산 건 아니었는데. 저들끼리 새끼를 낳기도 했지만, 다시 저들끼리 잡아먹는 바람에 수가 늘어나진 않았다. 여자와 남자는 마트에 가거나 퇴근할 때마다 물고기를 한두 마리씩 사 와 빈자리를 채워 넣었다. 죽은 것은 뜰채로 건져 변기에 흘려보냈다. 어딘가에서 딱, 딱, 딱…… 하는 소리가 들려왔다. 뭔가에 부딪히는 소리 같기도 하고, 부수는 소리 같기도 했다. 멀리서 나는 듯했지만 가까이서 나는 듯도 했다.

저게 무슨 소리지?

거실 구석에 있는 괘종시계가 뎅뎅 울렸다.

몰라. 밖에서 나는 건가.

좀 봐봐.

남자는 느릿하게 몸을 일으켜 괜스레 여자의 등을 무릎으로 툭 치고 베란다로 나갔다. 여자의 손이 엇나가 발가락에 암녹색 자국이 묻었다.

야.

남자는 모르는 척 휘파람을 불었다. 남자가 난간에 몸을 기댄 채 밖으로 고개를 쭉 내밀었다. 여자는 이리저리 움직이는 뒤통수를 쳐다보았다.

뭔지 모르겠네.

남자가 중얼거렸다. 남자의 이가 꼭 비슷한 소리를 내며 부러진 적이 있었다. 딱, 딱…… 하고. 여자애가 정글짐에서 떨어지려고 할 때, 남자는 거침없이 몸을 날렸다. 쇠에 얼굴이 부딪혀 코피가 나고 이가 부러졌다. 여자는 남자가 그렇게 빨리 움직이는 것을 처음 보았다. 손가락을 종이에 살짝만 베어도 하루 종일 징징거리던 남자가 그렇게 거침없이 달려들 수 있는 사람이라는 사실이 신기하고 애틋했다. 모래 쪽으로 떨어진 여자애가 온몸이 빨개질 정도로 울어서 여자는 남자를 제쳐두고 달려갔다. 다행스럽게도 크게 다치진 않았고 다만 놀라서 우는 거였다. 여자는 여자애를 데리고 집으로 돌아왔다. 남자는 혼자 병원으로 갔다.

나가면 길을 잃을 것 같았고, 방 안에서는 마땅히 할 게 없었다. 대관령에 무사히 도착했더라면 지금쯤 한참 썰매를 타고 돌아와 지쳐 잠들었을 것이다. 두꺼운 이불에 누운 채 멍하니 천장을 올려다보았다. 복잡하게 연결된 대들보와 서까래를 따라 지붕의 골조를 눈으로 더듬으며 이곳의 지도를 그려보려 했지만 쉽지 않았다. 무니는 이것저것 들춰보며 방을 구경했다. 그러다 어디선가 자개로 장식된 팔각형의 함을 꺼내 왔다. 움직일 때마다 안에서 소리가 났다. 무니가 뚜껑을 한참 만지작거렸다.

마음대로 꺼내면 어떡해. 다시 넣어놔.

다시 한번 만져보고 싶어.

뭐를?

아까 그거. 까만 물고기.

귀신 같던데.

그런 게 어딨어.

무니가 뚜껑을 열었다. 안에는 색색의 공깃돌이 가득 들어 있었다. 어릴 땐 이런 걸 자주 가지고 놀았었는데. 약간 김이 빠졌다. 우리는 색깔로 돌을 분류하고 개수를 세어 따로 모았다. 열 가지의 색이 저마다 일곱 개나 열두 개 사이로 총 백 개였다. 습관처럼 서른세 개씩 나누었다. 한 개가 남았다. 셋이서 뭔가를 나눌 땐 항상 0.33333……

씩 가질 수 있어서 아주는 우리를 영점삼땡이라고 불렀다. 딱 나누어떨어지지 않아서 그 말이 좋았다. 끝도 없이 계속될 것만 같아서. 무니가 공기놀이를 하자고 했다. 돌을 다섯 개씩 고르고 가위바위보를 했다. 나는 바위. 무니는 가위. 그리고 아마도, 아주는 보자기. 이겼으니까 내가 먼저 시작이었다. 오랜만이라 그런지 손가락이 자기 마음대로 움직였다. 2단에서 돌이 너무 멀리 굴러가는 바람에 금세 죽고 말았다. 내가 하는 걸 보고 계속 키득대던 무니는 손을 기민하게 놀리며 곧잘 돌을 던졌다. 톡, 톡, 톡. 내려놓고 집고 던지고 받고 나이를 먹고 또 먹고 하는 것을 보다가 다른 돌들을 손끝으로 퉁겼다. 돌들이 부딪히며 사방으로 산산이 흩어졌다. 치고 또 치다 보니 애써 분류해둔 것들도 마음대로 뒤섞이며 서로에게서 멀리 떨어져 나갔다. 딱, 딱, 딱…… 어느새 무니도 내 옆에 웅크려 앉아 돌을 퉁기고 있었다. 방이 한정 없이 넓어서 돌은 문 쪽으로 틈새 밑으로 굴러갔다. 더 멀리 보내는 것에 경쟁이라도 붙은 것처럼, 우리는 손끝에 힘을 모으고 돌을 쳐냈다. 가능한 한 멀리. 아주 멀리. 지나치게 힘을 줬는지 자기들끼리 부딪힌 돌에서 뚜껑이 떨어져 나갔다. 안에 있던 쇳가루가 쏟아져 나왔다.

귀신이다.

귀신이야.

우리는 엄지로 가루를 콕콕 찍어 다시 안에 집어넣고
뚜껑을 닫았다. 어릴 땐 셋이 나란히 누워 한참 동안 귀신
이야기를 했다. 천장을 보면서 가끔씩 서로의 팔다리를
건드리기도 하면서. 세상엔 온갖 귀신이 다 있었다. 얘기
하고 있자면 서서히 오줌이 마려웠고 그러나 혼자서 오줌
을 누러 가기에는 무섭고 무섭다는 것을 티 내고 싶지는
않아서 누군가 마침내 발을 동동 구르며 일어날 때까지
기다렸다. 더는 참지 못할 것 같으면 자리에서 벌떡 일어
나 우르르 화장실에 몰려갔고 다리를 꼬며 차례가 올 때
까지 버텼다. 셋 다 오줌을 누고 나오면 우리는 경건한 표
정으로 서로의 어깨를 털어주었다. 귀신 얘기를 하면 귀
신이 자기 얘기를 하는 줄 알고 와서 어깨에 앉아 다 듣는
다는 말을 굳게 믿었으므로 그건 일종의 의식이나 다름없
었다. 서로의 어깨를 털고 또 털며 우리는 낄낄거렸다. 이
제 아주의 얘기를 할 때 우리는 어깨를 털지 않는다.

아주의 방은 함께 정리했다. 아주의 방은, 내내 알던 것
과 조금도 달라진 게 없었다. 우리가 언제든 돌아올 수
있도록 물건을 있었던 자리에 그대로 두면서 생활했다

는 것을 금세 알아챌 수 있었다. 우리는 동선이 겹치지 않게 조심하며 아주의 물건들을 상자에 하나씩 담았다. 무니는 홀로 뭔가를 끊임없이 챙기며 울었다. 나는 한가운데 우두커니 서서 뭐든 떠올리려고 애를 썼다. 실마리. 징조나 의미. 이유 같은 것. 처음 이 방에 모인 건 각자의 부모 때문이었다. 부모들이 거실에서 술을 마시며 웃고 떠들고 화내는 동안 시간을 보낼 방법을 찾아야 했다. 서먹하고 어색해 곁눈질하며 앉아 있기만 하던 어느 날 아주가 가만히 있는 나를 밀었다. 나도 덩달아 아주를 밀었다. 딱, 딱…… 하는 소리가 나며 아주의 이가 부러졌고 무니가 울음을 터뜨렸다. 피가 뚝뚝 떨어지는 입을 크게 벌리며 아주가 웃었다. 아주가 이 두 개를 희생한 덕분에 우리는 친구가 될 수 있었다. 그 뒤로 대부분의 순간을 함께했다. 그런데 아주는 왜 그랬을까? 그게 정말 사고였을까? 입 밖에 내서는 안 되는 의문이었지만, 아주와 무니에게 무슨 일이 있다는 사실은 어렴풋이 알고 있었다. 아주가 그걸 견디지 못한다는 것도. 무니가 아주와 대화하고 싶어 한다는 것도. 직접 물을 수는 없었다. 우리는 말없이 공깃돌을 주워 담았다. 풀벌레 소리는 밤에도 쨍했다.

근처만 둘러보자. 돌아올 수 있을 만큼만 나가면 되잖아.

대리석 바닥은 밤이 되니 더 차가워져서 겨울옷이 딱 적당했다. 사방으로 어둠이 점점 더 붉게 깊어지고 있었다. 간혹 물이 튀어 오르는 소리가 났다. 숨죽이고 잠겨 있을 검고 커다란 것을 생각하니 으스스한 기분이 들었다. 붉은빛이 검은 물 위로 흐르면서 기묘한 분위기를 만들어냈다. 무늬가 난간 가까이 다가가자 물살을 가르며 검은 물고기가 머리를 드러냈다. 팔을 양쪽으로 활짝 벌려도 안을 수 없을 만큼 컸다. 이제 보니 눈이 없는 것도 같았다. 그것은 우리가 있는 위치를 가늠하는지 고개를 이리저리 돌려댔다. 그러나 무늬가 막상 팔을 뻗자 몸을 파르르 떨더니 물 아래로 깊숙이 들어가버렸다. 근처에 있던 두어 마리가 춤을 추듯 머리를 흔들었다. 들어와서 같이 놀자고 말하는 것처럼. 무늬가 낮은 난간을 밟고 올라섰다. 어느새 여자가 우리 옆에 서 있었다.

미처 이 세계를 떠나지 못한 거예요.

저게 대체 뭐죠?

뭐라고 말할 수 없어요. 불? 스스로 계속해서 타고 있는.

붉은 등에 비친 여자의 얼굴이 오니처럼 일렁였다.

벌을 받고 있는 건가요?

그건 아니에요.

그들이 난간 쪽으로 모여들었다. 아까보다 훨씬 더 많고 검붉어 위협적으로 보였다. 무니는 거의 빠질 듯 몸을 기울인 채 눈물을 뚝뚝 흘렸다. 머리로는 무니를 붙잡아야 한다고 생각하면서도 선뜻 손을 내밀 수 없었다. 여자의 시선은 물고기 떼를 향해 있었다. 연민인지 애정인지 모를 감정이 섞인 눈빛은 깊고 쓸쓸해 보였다.

들어가면 저렇게 되는 거예요. 강력한 감정은 전염성을 가지고 있으니까. 돌아올 방법이 없죠.

여자의 말이 끝나자마자 무니가 연못 안으로 몸을 던졌다. 검은 물고기 떼가 그녀에게 무섭게 달려들었다. 수면이 요동치고 사방으로 물이 튀었다. 시꺼먼 것들에게 둘러싸여 무니의 모습이 보이지 않았다. 잡아먹혔을까 봐 겁이 났다. 물이 온통 붉어서 피가 번져 나온다고 해도 모를 터였다. 움직임은 한참 만에야 멎어들었다. 마침내 그림자들이 사라진 자리에는 아무것도 없었다. 난간으로 검은 물고기 한 마리가 다가왔다. 내 쪽으로 고개를 내밀었다. 몸이 저절로 뒤로 물러났다.

저기 안에는 연인이었던 이들도 있어요.

나는 대답 대신 돌아가서 자겠다고 했다. 깨어나면 무니가 옆에 있을 것만 같았다. 기차에서 깨어날지도 몰랐

다. 무니에게 이 이상한 꿈에 대해 꼭 말해줘야겠다고 생
각했다.

여자는 조수석에 앉은 채 사이드미러를 곁눈질했다. 사
물이 거울에 보이는 것보다 가까이 있음. 뒤따르는 차와
옆으로 나란히 달리는 차가 시야에 들어왔다. 무서울 정
도로 바짝 붙어 있었다. 이 거리도 충분히 가깝지 않다는
뜻일까? 그 문장은 그녀를 혼란스럽게 했다. 집요하게 뒤
따르는 것, 보는 것보다 가까이 있는 것, 엄습하는 것. 눈
을 질끈 감았지만 바짝 뒤쫓기는 듯한 느낌은 사라지지
않았다.

어디 아프세요?

기사가 물었다.

멀미. 멀미예요.

택시비를 지불하고 집으로 들어왔다. 남자는 아직이었
다. 회식이 있다고 했던 것도 같은데. 기억이 나지 않았다.
거실은 무섭도록 조용했다. 여자는 수조로 다가가 먹이
를 톡톡 뿌렸다. 검은 물고기들이 스르륵 올라와 수면에
대고 입술을 뻐끔거렸다. 너무 조용하네. 이상하네. 혼잣
말을 하던 여자는 산소 공급기가 작동을 멈춘 것을 발견

했다. 전원을 껐다 켜보고, 분리해서 확인했는데도 작동하지 않았다. 일단 휴지를 뜯어 그 위에 올려 두었다. 딱, 딱…… 소리의 원인을 끝내 찾지 못했는데, 어쩌면 산소 공급기가 망가지면서 내는 소리일지도 몰랐다.

방에 들어가 편한 옷으로 갈아입은 뒤 그녀는 화장 솜에 리무버를 적시며 거울을 들여다보았다. 무표정한 얼굴의 여자애 한 명이 모서리에 서서 주먹을 쥔 채로 이쪽을 보고 있었다. 눈을 감았다 뜨며 뒤를 돌아보았을 땐 아무도 없었으나 거울 속엔 여전히 여자애가 있었다. 여자는 어디 한번 해보라는 듯이, 모서리에 선 여자애와 눈을 마주쳤다. 그녀는 익숙했다. 언젠가는 끝나. 기다리면 된다. 그녀가 먼저 끝낼 수 없다는 것이 유일한 규칙이었다. 여자애는 그대로 자리에 앉았다. 작은 주먹을 펼치자 무수히 많은 공깃돌이 쏟아졌다. 여자애는 돌을 톡톡 던지며 공기를 시작했다. 그녀는 멍하니 쳐다보았다. 톡, 톡, 톡. 작은 손은 아주 오랫동안 해온 것처럼 가볍고 능숙하게 돌을 던지고 받았다. 실수로 공깃돌을 흘리는 일도 없었다. 여자는 이제 충분하다고 말하고 싶었지만 입술만 달싹거릴 뿐이었다. 불가능해. 불가능하다. 충분한 건 없으니까. 여자애는 18년을 넘어 20년으로 가는 중이었다. 원래 자기 나이보다도 훨씬 불어난 나이를 빠르고 기계적으로 거침없이 먹었다. 언젠가 여자애가 503살을 먹었던 날, 여자는 수면제 한 통을 다 먹었다. 때마침 돌아온 남자가 신속하게 여자를 병원으로 옮겼다. 여자애에게서 눈을 떼지 못한 채 여자는 약을 챙겨 먹어야겠다고 속으로 중얼거렸다.

그 순간 달칵 문이 열리면서 남자가 들어왔다. 거울 속에는 식은땀을 흘리는 그녀만 오도카니 앉아 있었다.

뭐 하고 있어? 소리도 안 내고.

여자는 눈가에 화장 솜을 문질렀다.

밖에 산소 공급기 좀 봐줘. 고장 났나 봐.

어디 아파?

피곤해.

남자는 문을 닫지 않고 거실로 나갔다. 털걱거리는 소리가 한참 이어지더니 조용해졌다. 남자는 머리를 긁적이며 문가에 다시 나타났다.

내일 새로 사 오지 뭐. 며칠은 괜찮을걸.

여자는 뭔가 말을 하려고 입을 벌렸다. 그러나 입술만 뻐끔거렸을 뿐 목소리가 나오지 않았다. 화장을 다 지우고 거실로 나가자 남자는 싱크대에서 오늘 입고 나갔던 셔츠를 빨고 있었다. 여자가 옆으로 다가갔다. 어디서 묻었는지 모를 검은 얼룩이 둥그렇게 묻어 있었다. 남자가 거품을 내고 옷깃을 맞비볐지만 얼룩은 옆으로 번지기만 할 뿐 지워지지 않았다. 물을 먹일수록 더 짙어지기만 했다. 남자가 난감한 듯 여자를 쳐다보았다.

대체 뭘 묻히고 온 거야?

모르겠어.

내일 셔츠도 하나 새로 사. 그건 클리닝 맡겨둘게.

그래야겠다.

남자가 셔츠를 팡팡 털고 식탁 의자에 걸쳐두었다.

가끔은 이렇게 사는 게 다 꿈인 것 같아.

여자가 중얼거렸다. 남자는 힐끔 쳐다보았지만 돌아와 그녀를 안아주진 않았다. 무슨 말을 해야 할지 모르겠다는 듯 산소 공급기만 만지작거렸다.

아주는 좋아하는 노래를 반복 재생해서 질릴 때까지 듣는다. 이어폰을 가져오지 않았지만 아주와 음악을 함께 듣지 않는 건 그런 이유 때문. 밀린 웹툰을 다 보고 연예면 기사를 샅샅이 훑었는데도 도착하려면 한참은 더 가야 했다. 휴대폰 화면을 끄고 고개를 들었을 때 아주는 창밖

으로 펼쳐진 산을 보고 있었다. 등성이에 쌓인 눈이 햇빛
을 받아 반짝였다. 아주가 나베 요리를 먹고 싶다고 중얼
거리더니 갑자기 내 손목을 잡아끌었다. 얼떨결에 아주를
따라 내리고 말았다. 처음 보는 역이었다. 딱, 딱, 딱……
어디선가 구슬을 치는 듯한 소리가 들려왔다. 역이 몹시
낡은 데다 사람이 하나도 없어 불쑥 겁이 났다. 나는 가만
히 기다렸다 다음 기차를 타자고 했다.

소리가 어디서 나는 건지 궁금하지 않아?

아주가 신이 난 얼굴로 물었다. 아주는 어떤 일에서도
쉽게 즐거움을 찾아낼 수 있는 애였고 자기가 하고 싶은
걸 남도 하고 싶게 만드는 재주가 있었다. 마침 추우니 나
베 요리가 먹고 싶다고 생각하면서 고개를 끄덕였다. 역
은 숲과 곧장 이어졌다. 아주가 앞장섰다. 소리는 끊겼다
이어졌다 했다. 열심히 걷던 아주가 갑자기 걸음을 멈추
더니 내 앞을 가로막았다. 우리가 걸어온 방향은 낭떠러
지로 곧장 향하고 있었다. 아래로 거대한 기와집이 보였
다. 중앙의 동그란 연못을 두고 사방으로 뻗은 수로와 통
로가 개미굴처럼 복잡하게 얽혀 있었다.

가보자.

저기를?

온천 같은 거 아닐까?

듣고 보니 그럴싸했다. 아주의 말에 의하면 나는 지레
겁을 먹어서 여러 가지 재미있는 것들을 놓치고만 있었
다. 나를 챙긴답시고 더 과하게 행동하는 것은 알고 있었
지만, 어떨 땐 그래서 너는 모든 게 다 재밌느냐고 쏘아붙
이고 싶은 충동을 애써 참아야 했다. 아주가 한 번 더 보
채서 결국 고개를 끄덕이고 말았다. 내려갈 수 있을 만한
길을 찾아 한참을 헤맸다. 마침내 여기저기 가지가 부러
진 나무들을 찾아냈다. 앞서 온 누군가가 나뭇가지를 꺾
거나 부러뜨려 억지로 길을 만들어낸 듯했다. 되는대로
걷다 보니 내리막길로 이어졌고, 조금 더 걷다 보니 기다
란 담이 보였다. 담을 따라 걷는 동안 해가 서서히 저물었
다. 나무 사이로 음영이 깊어지며 스산한 기운이 돌았다.
어느새 문 앞이었다. 두드리고 한참을 기다렸지만 반응이
없었다. 조금 더 세게 두드렸는데도 열릴 기미가 보이지
않았다. 발로 슬쩍 밀어보니 기이한 소리를 내며 문이 열
렸다. 녹색 두루마기를 차려입은 여자가 고개를 갸웃거리
며 우리를 돌아보았다. 손에는 독특한 모양의 물뿌리개가
들려 있었다. 안쪽의 풍경은 겨울과는 거리가 멀었다. 담
벼락을 따라 붉은 장미꽃이 만개해 있었다. 시공간을 건

너뛴 듯한 착각이 들었다. 들어오면 안 되는 곳에 무작정 들이닥친 기분이었다. 여자는 물뿌리개를 내려두고 이쪽으로 다가왔다.

어떻게 오셨어요?

길을 잃었는데요……

여자는 걱정스러운 표정으로 말했다.

역에서 잘못 내리셨군요.

그러더니 깊은 한숨을 내쉬었다.

한눈팔아서 좋을 것 없어요.

엄한 말투였다. 발끈하는 마음이 들어 아무런 대답도 하지 않았다. 아주도 비슷한 생각을 했는지 말이 없었다. 여자는 우리를 훑어보고 하늘을 슬쩍 올려다보더니 어쩔 수 없다는 듯 입을 열었다.

일단 오늘은 밤이 깊었으니 여기서 주무세요. 내일 아침에 역에 바래다드릴게요.

지나치게 안도한 듯한 내 표정을 보고 여자가 생긋 웃었다. 여자는 앞장서 우리를 안쪽으로 안내했다. 무섭게 생긴 사자상 여러 개가 일정 간격을 두고 놓여 있었다. 들창코에 털이 북실북실했다. 더러는 구슬 같은 걸 물고 있기도 했다. 표정이 다 달라 하나씩 뜯어 보는 재미가 있었다. 연못 안쪽에는 괴석도 설치되어 있었다.

이 역에는 왜 사람이 없죠?

석물들을 구경하는 동안 아주가 침묵을 참지 못하고 물었다.

여긴 내리는 역이 아니에요.

대리석으로 된 바닥에서 냉기가 올라왔다. 여자의 그림자는 검고 길었다. 모퉁이가 나타날 때마다 꺾는 바람에 빙글빙글 도는 것처럼 느껴졌다. 문득 나와 무니와 아주가 아직 어렸을 때의 일이 생각났다. 우리는 개미집에 물을 붓고 놀았는데 입구를 찾아 물을 부으면 다른 쪽 출구로 와글바글 새까만 개미들이 쏟아져 나왔다. 그러면 아주가 발로 거길 막고, 그러면 다른 데서 또 와글바글 개미들이 쏟아져 나오고, 그러면 무니가 또 거길 발로 막고 나는 계속 물을 붓고. 여기로 저기로 개미가 새까맣게 몰려나오는 것을 보면서 깔깔 웃었다. 아주에게 그걸 기억하고 있느냐고 물으려다 말았다.

기와를 따라 쭉 붙어 있는 홍등에 어느새 불이 들어와 있었다. 간격이 촘촘해서 집 안 전체가 온통 붉은빛으로 가득 찼다. 우리가 들어왔을 때부터 이미 켜져 있었는지, 아니면 어느 순간 켜진 것인지 알 수 없었다. 곳곳에 난

창이 둥글어서 앞이나 뒤에 있는 배경이 그림처럼 보였다. 기다란 수로가 홍등 아래로 펼쳐져 있었다. 연꽃과 연잎 아래로 새까맣고 커다란 그림자가 지나갔다. 물 튀기는 소리도 들렸다. 갑자기 푸드득거리는 소리와 함께 웬만한 사람보다 더 커 보이는 물고기가 발밑으로 튀어 올라왔다. 몸이 전체적으로 아주 새까매서 어디가 눈인지를 가늠할 수 없었다. 비늘이 사람 피부처럼 매끈했다. 사람이 들어 있어 안쪽에서 비늘을 밀어내기라도 하는 것처럼 숨을 쉴 때마다 손바닥 자국 같은 것이 울룩불룩 올라왔다.

어떡하죠?

아주가 묻자 여자가 눈웃음을 지었다.

물에 들어갈 수 있도록 도와주시겠어요?

아주가 손을 뻗었지만 내가 더 가까웠다. 물고기는 생각보다 무겁고 몹시 미끄러웠다. 손바닥에 비늘이 닿을 때 어쩐지 이것을 알고 있다는 생각이 들었다. 눈물이 뺨을 타고 뚝뚝 흘러내렸다. 몇 번 미끄러뜨릴 동안 그것은 몸부림치며 아주에게도 물을 튀겼다. 들지는 못하고 거의 밀다시피 해서 다시 못 속으로 집어넣었다. 풍덩, 하는 커다란 소리와 함께 물속으로 잠겨든 그것은 순식간에 어둠 속으로 사라졌다. 연못이 꽤 깊은 모양이었다. 화상을 입은 듯 손바닥이 뜨거웠다.

저게 뭐죠?

이름 붙이기 나름이지요.

여자의 목소리는 무척 건조했다. 아주가 눈을 휘둥그레 떴다.

먹이는 어떻게 주나요?

여자는 흘끔 아주를 쳐다보았다.

그 자신이 먹이가 되지요.

산 한가운데 이런 데가 다 있네.

아주가 중얼거렸다. 여자는 우리를 자그마한 방으로 안내했다. 두 명이 간신히 누울 수 있을 정도로 비좁았다. 갑자기 들이닥친 건 우리였기에 불평할 입장이 아니었다. 가위바위보에 이긴 내가 먼저 욕조에 들어가기로 했다. 물에 몸을 담그고 있는데, 갑자기 발끝부터 서서히 검은 빛이 올라왔다. 피부 전체가 미끈해지더니 점점 물컹하게 변하기 시작했다. 마치 하나의 덩어리가 되려는 것처럼 다리가 맞붙으며 물고기 비늘이 오돌토돌 올라오고 있었다. 나는 비명을 지르며 욕조에서 몸을 일으켰다. 다급하게 문을 연 아주가 혼란스러운 표정으로 나를 살폈다. 내

74

가 옷을 입고 있지 않다는 걸 뒤늦게 깨달은 아주는 얼굴을 붉히며 허둥거렸다. 나는 수건으로 몸을 감쌌다. 아주까지 씻고 나오자 기다렸다는 듯 식사가 나왔다. 제대로 끓인 우동과 치즈김밥이었다. 나와 아주는 그것을 꼭꼭 씹어 전부 먹었다.

맛있네.

응, 맛있다.

너희 할머니네 놀러 갔던 거 생각난다. 마당에서 아이스크림 먹었잖아.

맞아, 그때. 내가 죠스바 먹고 싶다고 했는데 네가 투게더 사 왔잖아.

없었다니까.

우리는 의식적으로 무니 얘기는 하지 않았다. 무니가 왜 그런 선택을 했는지 우리는 아직도 알 수 없었다. 모종의 일이 아주와 무니 사이에 있었다는 사실은 안다. 하지만 아주는 그 사실을 견뎠고, 무니는 견디지 못했다. 어떤 일이 있었느냐고 거듭 물었지만 아주는 알려주지 않았다. 여전히 무니의 사소한 모든 것을 기억한다. 가장 좋아하는 영화는 「사랑의 블랙홀」. 가장 좋아하는 음식은 나베요리. 가장 좋아하는 동물은 강아지. 좋아하는 꽃은 흰 데이지. 목 뒤에 난 점 세 개. 허벅지에 하나. 아직도 솜털이 남아 있는 귓바퀴. 미안할 때마다 주먹을 꼭 쥐는 습관. 아주를 바라보는 눈. 우리는 무니의 이름을 마구 부르고 어깨를 털지 않는다. 무니.

아주와 나란히 누웠다. 아주는 내가 신경 쓰이는 듯 자주 뒤척였다. 딱, 딱, 딱…… 내렸을 때 들리던 소리가 아직도 들렸다. 처음에는 구슬 치는 소리라고 생각했지만 어쩌면 산짐승이나 산새가 내는 소리인지도 몰랐다. 무언가가 맞아서 깨지고 흩어지는 중이다. 멀어지는 중이다. 소리가 침묵 사이를 규칙적으로 파고들었다. 아주가 마침내 긴장한 목소리로 옛날 얘기를 꺼냈다.

옛날에 나 이 부러진 적 있었잖아.

언제였지?

계단에서 떨어지는 널 받으려고 뛰어가다가.

그런 적이 있었나.

그땐 우리가 영원히 함께할 줄 알았는데.

아주가 중얼거렸다. 나는 듣지 못한 척했다. 좀전의 감촉이 생각나 손바닥이 가려웠다. 무니와 손을 잡은 것만 같은 기분. 이제는 없는 무니. 무니는 아주를 따라다녔다. 체크무늬 원피스를 입고, 하얀 스타킹을 신고. 내 손을 잡

76

고 자꾸만 여기저기로 데려가는 아주를, 가끔은 나를 원
망스러운 듯 쳐다보기도 하면서. 셋이 있는 시간은 대체로
즐거웠지만 무니가 그런 눈으로 나를 쳐다볼 때만은 아주
가 미웠다. 얘는 왜 이런 걸 나하고만 하려고 하나. 쟤는
왜 이런 걸 얘하고만 하려고 하나. 왜 자꾸 나를 사이에
있는 사람으로 만들어서. 끌어들여서. 누구도 빠져나가지
못하게. 끝나지 않게. 이불을 걷어차고 자리에서 일어났
다. 그것을 다시 보고 싶었다. 회상에 잠겨 있던 아주가 허
둥지둥 몸을 일으키고 나를 쫓아왔다. 밤이 깊은 데다가
그림자가 짙어 물속이 잘 보이지 않았다. 홀린 듯 난간 위
에 올라섰다. 아주가 등 뒤로 다가와 서는 게 느껴졌다.

대체 저게 뭘까?

정념 덩어리.

여자의 목소리였다. 나는 돌아보지 않았다. 물가가 점
점 짙어지며 그들이 올라오고 있었다.

너무 많은 감정이 남아서 이 세계를 떠나지 못한 거예요.

벌을 받고 있는 건가요?

그건 아니에요.

그들이 머리를 내밀었다. 아까보다 수가 훨씬 더 많고
검어서 위협적으로 보였다. 아주는 난간 위에 차마 올라

오지는 못하고 믿을 수 없다는 듯 연못을 쳐다보았다.

　이렇게 키워도 되는 거예요?

　키우는 게 아니에요. 이들은 자발적으로 이렇게 되기를 선택했거든요.

　검은 물고기가 나를 향해 고개를 쳐들었다. 나도 모르게 손을 뻗었다. 무니가 나를 맞잡으려 재빨리 손을 내밀었다. 마지막 순간 나는 슬쩍 뒤돌아보았다. 아주가 멍하니 서 있었다. 무니가 나만을 부른다.

　나는 기다린다. 삼각형은 세 개의 변과 세 개의 꼭짓점으로 도형을 이룬다.

　딱, 딱……

　우리는 중간에 내린다.

　여자는 수조 위에 배가 뒤집힌 채 떠오른 물고기를 본다. 비늘은 검고 지느러미는 축 늘어져 있다. 여자는 한숨을 내쉬고 뜰채로 물고기를 건진다. 화장실로 가는 동안 바닥으로 물이 뚝뚝 떨어진다. 며칠은 괜찮다더니. 뜰채를 뒤집자 물고기는 같은 자세 그대로 변기 위로 쏟아진다. 여자가 물을 내린다. 물고기는 어둠 속으로 빨려 들어간다.

  기차가 버려진 역을 통과한다. 낡은 레일 위로 바퀴가 굴러가자 딱, 딱, 딱…… 소리가 울린다. 소리는 산으로 울려 퍼진다.

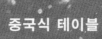

중국식 테이블

그 중고 가구점에 들렀다 가자고 먼저 제안한 것은 그녀였다.

신도시로 접어드는 길목에 위치한 건물은 달랑 그것뿐이었는데 주변에 정돈되지 않은 수풀이 우거져 있어 비오는 날이면 특히 음산해 보였다. 유리가 큼지막해 근처에만 가도 내부가 훤히 들여다보였고 조명을 켜는 저녁이면 아주 멀리서부터 시선을 끌었다. 남편은 초롱아귀를 연상시킨다고 했지만, 그녀는 오갈 때마다 창 너머로 곧장 보이는 고급스러운 자개장이나 태국풍의 코끼리 조각상, 화려한 색감의 마트료시카 같은 것을 유심히 살폈고 눈여겨본 물건이 사라진 날에는 몹시 상심했다. 가구

들은 언제 봐도 하나같이 반질반질하게 윤이 났으며 흠집
도 거의 없어 중고라는 느낌이 들지 않았다. 그것만 봐도
주인이 깐깐하고 세심하게 가구를 관리한다는 사실을 알
수 있었으므로 그녀는 오래전부터 가게에 한번 들어가보
고 싶었다. 남편은 중고 가구는 사는 게 아니라고 하면서
도 가게를 둘러보는 것에는 동의했다. 시모가 받은 각종
보험금 덕에 그들은 약간의 대출을 끼고 신도시 아파트에
입주할 수 있었고, 심지어 남편은 평생 꿈꿔왔던 자신의
가게까지 차리게 되었다. 시모가 죽었을 때 몹시 울었으
면서도, 운이 따라준 거라고 그녀는 생각했다. 생각만으
로도 괜스레 주변을 살피게 되었지만 어쨌든 시모가 아니
었더라면 그들은 매달 각종 할부금을 갚으면서 산더미 같
은 고지서를 정리하고 2년마다 집을 옮겨 다니며 별다른
대책 없이 늙어갔을 것이다. 새 집을 어떻게 꾸며야 할지
고민하는 일도 좋았으나 무엇보다 그녀는 욕조 생각에 들
떴다.

　풍경이 울리자 어디선가 나타난 주인은 마치 그녀를 오
랫동안 기다리고 있었다는 듯 친근한 미소를 지었다. 이
곳에 들어온 게 우연이 아니라는 생각이 들 정도로 내밀
한 느낌을 주는·표정이었다. 내부는 짐작했던 것보다 훨

씬 넓었고 전혀 다른 종류의 가구들이 조화롭게 배치되어 있었다. 그녀는 그중에서도 주인이 등을 지고 선 중국식 회전 식탁에 마음을 빼앗겼다. 손님들을 초대해 음식을 나누어 먹기에 그만한 게 없어 보였다. 곧 집들이도 할 것이고, 예전부터 흔하지 않은 가구를 하나쯤 가지고 싶었다. 먹고 싶은 반찬을 먹을 때마다 손을 멀리 뻗지 않아도 된다는 장점도 있었다. 다른 것을 둘러보는 동안에도 자꾸만 그쪽을 흘끔대자 남편이 식탁의 출처를 물었다. 머뭇거리던 주인은 근처 중식당이 문을 닫으면서 들여온 물건이라는 사실을 알려주었다. 중국식 회전 식탁이 앉은 사람들에게 행복과 안녕, 우정을 골고루 나눠준다는 의미를 가지고 있다는 설명을 듣자마자 그녀는 그것을 사자고 고집을 부렸다.

"더군다나 원판은 화목과 단합을 상징하거든요."

어느새 그녀 쪽으로 몸을 튼 주인은 순환을 뜻하는 원이 두 개 있으면 숫자 8 모양인데 이는 중국 발음으로는 재물을 뜻하며, 그걸 눕히면 수학 기호로 무한대와 같으니 그야말로 뜻이 깊은 물건이 아니겠느냐고 부드럽게 설파했다. 그거야말로 지금 그들에게 가장 필요한 물건이었다. 그녀가 가진 것 중 의미가 있는 물건은 결혼반지뿐이었기에 회전 식탁은 지금 그들에게 가장 필요한 물건이었다. 왜 진작 그런 생각을 하지 못했는지, 지금까지 조금만 더 주의를 기울였더라면 그녀의 것이 될 수도 있었던 모든 행운을 낭비한 것만 같아 속이 쓰렸다.

"그 식당은 왜 문을 닫았죠?"

그녀는 식탁 위에 거무스름한 얼룩이 있는 것을 발견했다. 문질러도 잘 닦이지 않는 걸 보면 무늬일지도 몰랐다. 그녀는 남편이 얼룩을 발견하지 못하도록 식탁에 몸을 바짝 붙였다.

"아주 잘되던 식당이었어요. 어느 날 손님이 주방장의 귀를 물어뜯기 전까진 말입니다."

주인은 잠시 주변을 둘러보더니 보다 극적인 투로 그 귀가 아직까지 발견되지 않았다는 말을 덧붙였다.

"식당이 잘됐단 말이죠?"

그들은 전에 사용하던 식탁 대신 그 회전 식탁을 들이기로 결정했다. 차에 올라탄 그녀는 안전벨트를 매며 식탁에 어울릴 만한 인테리어 수십 가지를 떠올렸다. 운전을 하던 남편은 뜬금없이 중고 거래 사이트에서 옷장을 산 뒤 거듭된 악재로 고생하다 쫄딱 망한 이모네 이야기를 꺼냈다. 아무리 들어도 저주받은 3대 다이아몬드 같은 뉘앙스를 풍겼는데, 남편이 귀신 탓이라고 철석같이 믿고 있어서 그녀는 깜짝 놀랐다.

그들은 짜장면과 짬뽕과 탕수육을 나눠 먹으며 새집에서의 일상을 시작했다. 그녀는 불필요하게 식탁을 여러 번 돌리며 그들에게 행복과 안녕, 우정이 골고루 깃들기를 기원했다. 며칠 뒤엔 그 식탁에 어깨를 맞대고 앉아 성격과 버릇을 하나씩 짚어가며 집들이에 초대할 손님 목록을 짰다. 술버릇이 너무 나쁜 사람이나 그들 부부의 이야기를 함부로 하고 다니는 사람은 제외했고, 서로 이어주고 싶은 사람들 사이에는 화살표를 그려 넣었다. 메뉴를 정하고 필요한 식재료의 리스트를 짜고 고심을 거듭해 밤새 틀어둘 플레이리스트까지 정하고 나니 하루가 금세 지나갔다. 식탁에는 그들의 일상과 관련된 크고 작은 일들이 순식간에 스며들었다. 그들은 저녁 식사 자리에서 특히 많은 이야기를 나누었다. 그녀는 좋은 것을 나누고 있다는 생각으로 식탁을 돌리며 원숭이 뇌나 호랑이 탯줄, 모기 눈처럼 상상도 못한 부위가 음식이 될 수 있다는 것을 알게 되는 게 즐거웠고, 그런 얘기를 할 때마다 반짝이는 남편의 눈을 보는 게 좋았다. 이 식탁을 거쳐간 사람을 상상하다 보면 청나라 말기까지 올라갔다. 역사는 잘 몰랐지만 그녀는 중국 드라마에서 본 장면들에 살을 붙여 이 식탁을 거쳐갔을 각종 외교 전술과 후궁들의 음모, 제후들의 아귀다툼이나 황제와 황후의 담소를 그려보았다. 그럴 때면 식탁은 마치 거대한 룰렛처럼 느껴졌고, 앉을 때마다 중요한 것을 베팅하는 듯한 비장한 마음이 들었다. 식탁에 올라갈 운명, 독배를 마실 사람, 딱 목숨만큼의 행운. 누가 걸리느냐의 문제였다. 남편은 가만히 듣고 있다가 그렇게까지 세월을 거슬러 올라가진 않을 거라고 일축했다. 상상력이 지나치다고도 했다. 그래도 그녀는 고대부터 전해져왔을 온갖 조리법과 식탁 위를 오갔을 이야기들을 재구성하는 일이 즐거웠다. 둥근 식탁에 앉아 있으면 기분 역시 모난 데 없이 둥글어지는 것 같았다. 이젠 정말 행복할 일만 남았다고 그녀는 생각했다.

그 생각이 잘못됐다고 말할 겨를도 없이 전화는 끊겼다. 부모는 갑자기 전화를 걸어와 주말에 가족 식사를 할 예정이니 좋은 식당을 알아보라고 통보했다. 누나를 의식해서 만드는 자리라는 걸 쉽게 알아챌 수 있었다. 부모는 힘들고 외롭고 괴롭고 지치는 순간에도 가족이 항상 곁에 있다는 것을 알려주는 것이 그들의 도리이자 기쁨이라 여겼고 함께 식사를 하는 일이야말로 그것을 가장 잘 드러 낼 수 있는 방법이라 믿었다. 언제나 그다지 효과가 있진 않았고, 누나는 좀처럼 참석하지 않았다. 누나는 그의 상 견례 때도 오지 않았다. 그가 결혼한다는 사실을 알고 있 는지조차 의문이었다. 일찍이 고등학교 때부터 기숙사 생 활을 했던 누나는 방학을 제외하고는 집에 잘 오지 않았 는데 오더라도 이런저런 핑계를 대다 일주일을 채 넘기지 않고 돌아가버렸다. 누나의 방에는 고장 난 가전제품이나 지난 계절의 옷가지 같은 게 쌓였다. 그 방에서 길에서 주 워온 새끼 고양이를 몰래 키웠을 때 부모는 한 달이 넘도 록 알아채지 못했다. 어쨌든 부모는 손을 덜 타고 자랐으 면서도 제 일을 척척 해내 가정까지 일군 누나를 애틋하 게 여겼다. 불쑥 전화를 걸어 김치 담그는 법이나 된장찌 개 레시피 같은 걸 묻는 허술함이 없어도 그랬다. 누나의 이혼 소식을 들었을 때 그는 조금의 궁금증도 들지 않는 스스로에게 놀랐고, 언젠가 부모가 된다면 살갑지 않은 자식에게도 이런 마음이 들지 궁금해졌다.

누나는 결국 자신이 예약한 북경오리 전문점에 정시에 나타났다. 부모가 먼저 도착할 거라고 예상했던 탓에 그 는 일종의 무방비 상태로 누나와 단둘이 남게 되었다. 누나는 좀더 야윈 듯 보였으나 애초에 체구가 작고 마른 편이었기 때문에 그냥 기분 탓인지도 몰랐다. 애초에 야윈 것 같다는 말은 두 사람 사이에 적절한 인사말이 아닌 것 같았고 다시 생각해보니 너무 친근한 말처럼 들리기도 했다. 고민하느라 인사를 건넬 타이밍을 놓치고 말았다. 누나는 어색한 기색 없이 자리에 앉아 물을 마셨다. 둥근 유리컵 윗부분에 옅은 립스틱 자국이 묻어났다.

"잘 지냈니?"

"똑같지, 뭐."

뭔가 말을 꺼내야 할 것 같았으나 이혼 소식을 제외하면 누나에 대해 아는 것이 거의 없었다. 신도시에 신혼집을 마련했다는 게 가장 최근에 들은 근황이었지만 앞으로 그 집을 어떻게 할 거냐고 물어볼 수는 없는 노릇이었다. 매형의 얼굴은 상견례와 결혼식 때 딱 두 번 보았을 뿐이었다. 심지어 누나는 집들이에도 그를 초대하지 않았다. 불쑥 억울한 마음이 들었다. 그는 다리를 떨다가 전화를 하겠다는 의미로 휴대폰을 들어 보였다. 누나는 고개를 끄덕이고 메뉴판을 펼쳤다. 입구에 어정쩡하게 선 채로 신호음을 듣는데 항아리의 무늬가 눈에 들어왔다. 처음에는 대체 뭘 그린 건지 짐작이 안 갔지만 자세히 보니

용이 항아리를 감싸고 위로 솟아오르는 듯한 문양이었다. 부채꼴 모양의 비늘을 하나하나 세는 동안 드디어 엄마가 전화를 받았다.

"얘, 안 그래도 지금 막 전화하려고 했다."

"어디야?"

"신호 받고 정지해 있는데 누가 뒤에서 우릴 받았지 뭐니. 바로 요 앞인데. 지금 보험 불러서 기다리고 있다."

"많이 늦어?"

수화기 너머로 기묘한 침묵이 흘렀다. 그는 실수를 깨닫고 목을 가다듬은 뒤 다시 물었다.

"안 다쳤어? 괜찮아?"

"지금은 괜찮은데 사실 너무 놀라서 뭐가 뭔지 모르겠다. 목이 좀 뻐근한 것도 같고. 네 아버진 원래 허리가 안 좋으셨잖니. 지금 표정이 심상치가 않다."

아버지가 고함치는 게 들렸다. 잘 처리하고 조심히 오라고 말하는 수밖에 없었다. 그는 곧장 들어가지 않고 화덕이 들여다보이도록 만든 유리창을 응시했다. 한 꼬챙이에 다섯 마리씩 꿰인 오리들이 사열로 돌돌돌돌 돌아가는 중이었다. 투명한 기름이 몸통을 타고 똑똑 흘러내렸다. 갈색으로 노릇하게 구워진 껍질이 먹음직스러워 보였다. 입구를 서성이다 근처에 있는 화분 사진을 찍어 검색 엔진에 돌렸다. 돈이 들어온다는 의미가 있어 개업 선물로 인기가 많다는 금전수였다. 주말 저녁이라는 사실을 상기하면서 그는 다시 안으로 걸음을 옮겼다. 가게 내부는 검색해서 본 것과 달리 손님이 거의 없었다. 블로그의 과장된 문구를 곱씹으며 빈 테이블을 가로질렀다. 커다란 수조 안에 팔뚝 만한 흑색 잉어 한 마리가 느리게 헤엄치고 있었다. 그사이 테이블에는 단무지와 자차이, 그리고 고량주가 올라와 있었다. 가까이 다가가자 희미한 알코올 냄새가 났다. 누나의 상기된 뺨이 고량주 때문인지, 화장 때문인지 알 수 없었다. 누나는 기다란 젓가락으로 자차이를 뒤적거렸다.

"벌써 시작한 거야?"

그는 장난기와 힐난을 반씩 섞어 물었다. 누나가 그를 똑바로 쳐다보았다.

"잔소리는 안 했으면 좋겠는데."

"뭐라고 할 생각 없어. 그나저나 누나가 술을 좋아하는지 몰랐네."

그는 손바닥을 펼치고 양손을 들어 올려 결백하다는 의미의 제스처를 취했다. 누나는 들은 체 만 체 하며 술을 마저 따랐다. 그는 반쯤 안도하고 반쯤 분노하며 누나의 팔꿈치 언저리에 있는 메뉴판을 끌어당겼다. 오색냉채와 게살수프, 북경오리와 세 종류의 딤섬, 오리고추잡채가 차례로 이어지고 식사로 오리볶음밥이나 해산물짬뽕, 짜장면 중 하나를 선택한 뒤 세 종류의 다과와 매실차로 마무리되는 B코스를 시킬 생각이었지만 메뉴판을 이리저리 뒤적이며 공부채 같은 생소한 메뉴의 음식 사진을 뚫어져라 살폈다. 서버가 호기심 가득한 얼굴로 이쪽을 흘끔거렸다. 문득 고개를 든 그는 황급히 테이블을 돌려 병을 끌어왔다. 병은 이미 절반도 넘게 비어 있었는데 대체 언제 저만큼 마신 건지 가늠이 되지 않았다. 이제 누나의 얼굴은 확실히 술 때문이라고 할 수 있을 만큼 벌겠다. 술을 마시면 꼭 저런 색으로 벌게지는 자신의 얼굴을 떠올리자 허를 찔린 기분이었다.

"내놔."

"밥이랑 같이 먹어. 그러다 속 다 상하겠어."

의도한 것보다 부드럽게 들려서 그는 자신에게 화가 났다. 누나는 아랑곳하지 않고 다시 테이블을 돌려 술을 제쪽으로 끌어당겼다. 뒤쪽 벽으로 중국식 테이블에 마주앉은 부부의 그림이 걸려 있었다. 양손에 각각 포크와 나이프를 쥐고 웃고 있었는데 어쩐지 금방이라도 서로를 찌를 것처럼 의뭉스러워 보였다. 무력함을 느끼면서 그는 손목시계를 확인했다. 약속 시간으로부터 15분이 지나가고 있었다.

그녀는 부스럭거리는 소리를 듣고 잠에서 깨어났다. 평소에는 누가 업어 가도 모를 정도로 깊이 잠드는 편이어서 눈을 뜨고도 잠시 동안 꿈을 꾸는 거라고 생각했다. 소리가 계속됐다. 옆을 더듬었으나 남편이 없었다. 화장실인가. 그녀는 몸을 뒤척였다. 한참이 지나도 남편은 돌아오지 않았고 소리는 점점 더 커졌다. 이 밤에 뭘 찾는 거지. 한동안 졸았다 깼다 하며 흘려듣다가 뭔가 이상하다는 것을 깨닫자마자 잠이 달아났다. 오래전 자취방에 도둑이 들었던 일이 떠올랐다. 가슴이 빠르게 뛰기 시작했다. 불도 켜지 않고 뭐 하는 거지? 정말 도둑이 든 걸까? 화장실에 갔다가 변을 당했나? 문 앞에 엎어져서 피를 흘리고 있나? 지금 서랍을 뒤지는 거야? 서랍에 뭐가 들었더라? 칼을 들고 있나? 여기에 들어올까? 상상은 꼬리를 물었다. 남편을 부를지 입을 다물고 있어야 할지 잠시 고민하다 그녀는 슬그머니 침대에서 빠져나와 문을 잠갔다.

소리가 너무 크게 들려서 심장이 떨어질 것만 같았다. 전화를 걸자 밖에서 진동 소리가 오랫동안 울렸다. 메시지도 몇 개 보냈으나 답장은 없었다. 그녀는 문에 귀를 대고 있다가 경찰에 신고했다.

"남편이 죽은 것 같아요…… 밖에 누가 있어요…… 집을 돌아다니고 있어요……"

경찰들이 문을 따고 들어왔을 때 남편은 마치 무덤이나 시체를 파헤치는 것처럼 옷장을 헤집고 있었다. 경찰이 둘러쌌는데도 무언가에 씐 사람처럼 행동을 멈추지 않았다. 뒤늦게 방에서 나온 그녀는 몹시 놀란 채로 그가 남편임을 확인해주었다. 경찰 중 한 명이 그를 거칠게 흔들었다. 남편은 막 잠에서 깨어난 것처럼 혼란스럽고 얼떨떨한 얼굴로 사람들을 쳐다보았다. 남편이 극심한 스트레스를 받으면 수면 보행증, 즉 몽유병 증세를 앓는다는 사실을 그녀는 처음으로 알게 되었다. 남편은 난처한 듯 웃으며 고3 때 이후로 증세가 사라진 줄로만 알았다고 설명했다. 경찰들은 그녀를 안심시킨 뒤 돌아갔다. 그들은 옷더미와 정적 속에 파묻힌 채 서 있었다. 이 상황에 대해 뭔가 농담이라도 던져보려 했지만 목구멍이 막힌 것처럼 아무런 말도 나오지 않았다.

"문을 잠갔단 말이지……"

목소리가 너무 나지막해서 뭐라도 해명을 해야 할 것 같았다.

"자기가 전화를 안 받았단 말이야."

떼쓰는 것처럼 들리는 게 마음에 들지 않아 그녀는 얼굴을 찡그렸다. 남편은 골똘히 생각에 잠긴 기색이었다.

"자기 요새 뭐 스트레스 받는 일 있어?"

남편은 대답 없이 그녀를 물끄러미 쳐다보기만 했다. 아주 낯선 것을 바라보는 눈빛이었다. 그 순간 왜 그렇게 했는지 모르겠다고, 뭔가 다른 게 씌었던 것 같다고 말하고 싶었지만 스스로 생각해도 변명처럼 들렸다. 둘은 말없이 옷들을 개어 넣었다. 그녀는 뜬눈으로 뒤척이다 남편이 일어나기 전에 출근했다.

저녁 무렵 식탁에 마주 앉은 그들은 아무 일도 일어나지 않은 듯 굴었다. 그녀는 남편이 낮 시간 내내 만든 반찬들을 먹었다. 그는 생각이 복잡할 때마다 요리를 했다. 재료를 썰고 자르고 굽고 찌고 볶아 전혀 다른 것으로 만드는 그의 손이 언제나 신기하고 자랑스러웠다. 내내 고민하는 듯 보이던 남편이 처음 요리를 시작하게 된 계기가 시부였다는 말을 불쑥 꺼냈다. 남편이 고3이었을 때 시부가 매주 잉어를 잡아 왔다고 했다. 처리하지 못한 잉어가 욕조에 한가득 쌓여만 갔고 한의원에서 달여 온 잉어즙을 매일 마셔야 했다. 옷장을 죄다 파헤치는 몽유병을 그맘때쯤 앓았노라고, 남편은 덧붙였다.

"꿈에서 나는 욕조를 비우려고 애를 쓰고 있었거든."

시부는 그것이 학업 스트레스 때문이라고 굳게 믿었다. 남편은 왜 다시 그런 꿈을 꾸게 된 건지 모르겠다며 마른 세수를 했다. 시부의 유별난 구석에 대해서라면 그녀도 알고 있었다. 그녀는 시모와 꽤 다정한 사이였는데 시모는 싹싹한 그녀를 보면 좋아서 어쩔 줄을 몰랐다. 딸보다 더 딸 같다며 가방을 사 주거나 용돈을 보내오기도 했다. 둘은 팔짱을 끼고 쇼핑도 다녔다. 시모가 자궁암 말기라는 사실을 알았을 때 그녀는 자신이 돌보겠다고 선뜻 나섰다. 시모는 남편이 가게를 열 수 있도록 보험금을 전부 내주었지만, 그녀는 맹세코 그런 일을 바란 게 아니었다.

산모의 기력 회복에 좋다며 잉어를 잡아 오기 시작한 것도 시부였다. 취미가 낚시라는 건 알았지만 전국 팔도를 돌아다닐 때도 집으로 한 번 가져온 적 없는 물고기를 매주 아이스박스 가득 싣고 오는 바람에 그녀는 기겁을 했다. 종종 입욕제나 보디 솔트를 풀어 목욕을 하던 욕조에는 팔뚝만 한 잉어들이 가득 담겼다. 잉어는 회색 아니면 흑색이었고 기다란 수염이 달려 무척 징그러웠다. 며칠 내버려두면 진흙을 마구 토해내 욕조 바닥이 새까매졌고 간혹 배를 뒤집고 떠오르는 것을 저들끼리 뜯어 먹기까지 했다. 집에서는 저수지 썩은 내가 나기 시작했다.

"잉어는 효자 음식이다."

시부는 볼 때마다 잔소리를 했다. 남편은 내내 가게에 있었기 때문에 잉어를 손질해야 하는 것은 그녀의 몫이었다. 남편이 어떻게 해야 하는지를 알려주었다. 그러나 살아 있는 것을 죽이는 게 내키지 않았고 그렇게까지 해서 먹을 정도로 맛이 좋지도 않았다. 퍼덕거리는 잉어에게 칼을 들이댈 때마다 그녀는 자신에겐 이럴 권리가 없다는 사실을 무력하게 깨달았다. 그런데도 잉어를 잡은 건 순전히 시모에 대한 애정 때문이었다. 솜씨가 서툴러서인지 그녀의 잉어 요리는 자꾸 잡내가 났고 시모는 찜도 탕도 삼키지 못했다.

"잉어 먹는 꿈을 꾸면 죽는다던데."

시모의 혼잣말을 듣고 그녀는 요리를 포기했다. 먹는 사람이 없는데도 시부는 매주 잉어가 가득 담긴 아이스박스를 들고 왔다. 죽으면 달리 방법이 없어 음식물 쓰레기

통에 버렸다. 그러자 엘리베이터에 대자보가 붙었다. 통을 열 때마다 비린내가 나서 참을 수 없으며, 먹지도 않을 것을 왜 자꾸 잡아 산 채로 버리느냐는 것이 요지였다. 누가 붙인 건지 알 수 없었지만 붙인 사람은 그녀를 알고 있을 터였다. 시부가 저수지에 빠져 큰 사고를 당했을 때 안도감이 먼저 든 건 그녀의 잘못이 아니었다. 욕조는 점점 비어갔다. 시모는 그해 겨울을 넘기지 못했고 그녀는 몹시 울었다. 흑색 잉어 한 마리가 마지막까지 끈질기게 살아남았다. 색이 유달리 고급스럽게 검고 시모가 죽은 뒤에도 살아 있다는 것이 마음에 걸려 선뜻 손을 댈 수 없어서 남편에게 가게에 가져가라고 했다. 마지막 잉어가 떠난 뒤 그녀는 이틀에 걸쳐 욕조를 박박 문질러 닦았다. 락스를 세 번이나 풀고 비누로 한참 문지른 뒤 입욕제도 넣어봤지만 화장실만 들어가면 비린내가 났다. 그 뒤로 욕조는 사용하지 않았고 대신에 잉어 사체가 가득한 욕조 속에서 목욕을 하는 꿈을 두어 번 꿨다.

시부는 낚시를 그만두고 건강에 좋다는 것들을 찾아 전국을 돌아다녔다. 새집을 계약할 때 가장 걱정했던 것도 시부였는데, 물 좋고 공기 좋은 곳을 찾아 유랑하며 살겠다는 말에 내심 마음이 놓였다. 그 후로 몇 번, 각기 다른 주소로 녹용이나 흑염소즙 따위가 도착했으나 그녀는 박스만 바꿔 다시 친구들에게 보냈다. 이사 온 뒤에는 아직까지 새 욕조를 사용할 일이 없었다. 일이며 정리며 바빠서 짬이 나지 않는 탓이라고 그녀는 믿었다.

그런데 남편이 그렇게까지 스트레스를 받고 있었다니. 왜 그런 꿈을 꾸는지 알 것도 같았다. 남편은 인정하려 들지 않겠지만 갑자기 가게를 개업한 건 분명 큰 부담일 것이다. 실패하고 싶지 않다는 생각에 매사 너무 힘을 주고 있는 건지도 몰라. 재료를 손질하고 홀을 관리하고 손님을 접대하고 장부를 계산하고 아르바이트를 구하는 것까지, 가게에 들어가는 노력은 상상을 초월했다. 대놓고 요구하지는 않았지만 그녀가 직장을 그만두고 도와주기를 바라는 것처럼 느껴질 때도 있었다. 거절해야 하는 상황이 오지 않기를 바랐지만 그녀는 오래전 부모가 오리 농원을 운영할 때 굉장히 고생했던 것을 기억하고 있었다. 그때를 떠올리자 그를 좀더 이해하게 된 기분이어서 그녀는 다정하게 그의 손을 쥐며 짬이 나는 대로 돕기로 결심했다.

"누나, 나는 누나 편인 거 알지?"

그가 최대한 부드러운 목소리로 말했다. 누나는 굉장히 의심스러운 무언가를 관찰하는 표정으로 그를 쳐다보았다. 어쩌면 누나는 부모가 오기 전 빨리 취해버리고 싶은 건지도 몰랐다. 그도 종종 써먹는 수법이었다. 하지만 무슨 짓을 해도 그들은 부모를 이길 수 없을 것이다. 그제야 안쓰럽고 애틋한 마음이 들었다. 언제 꺼낼지는 모르지만 가방 속에는 청첩장도 들어 있었다. 그는 여자 친구에게 그가 단란한 가정에서 자랐으며 앞으로 두 사람이 꾸려나갈 가정도 그러할 것이라는 인상을 주고 싶었다. 절실한 마음을 읽었는지 누나는 결국 술잔을 내려놓았다. 가게에는 고전풍의 음악이 흐르고 있었다.

"그러고 보니 오리가 잉어 사체를 파먹는 걸 본 적이 있는데."

누나가 중얼거렸다. 시선이 근처 수조로 향해 있었다. 하필 이런 식당을 예약했느냐는 비난처럼 들려서 그는 심호흡을 하며 실내를 둘러보았다. 노란 조명 아래 붉은색 장식이 들어가 있어 아늑하고 따뜻한 분위기였다. 간간이 식기가 부딪히는 소리도 들려왔다.

"매형이랑은 어쩌다 그렇게 된 거야?"

그는 판단하는 것처럼 들리지 않게 하기 위해 목소리

톤에 특별히 주의를 기울이며 물었다. 누나는 깍지 낀 손으로 턱을 받치며 그의 왼쪽 귀 언저리를 노려보았다. 초점을 맞추기 위해서인지 정말로 뭔가를 보고 있는 건지는 알 수 없었다. 슬쩍 뒤를 돌아보았지만 아무도 없었다.

"너 어렸을 때 몽유병 있었던 거 기억나?"

"내가 그랬어?"

"그래, 공부하는데 네가 자꾸 문을 열고 들어와서 옷장을 막 뒤졌잖아. 꼭 무슨 내장을 파헤치는 것처럼 내 옷을 죄다 꺼내놓고 말이야."

그래서 지금 일찍 집을 나간 게 그의 탓이라고 비난하는 건가? 본인의 이혼이 그의 책임이라고? 굳이 저런 끔찍한 비유를 들며 말하는 이유를 알 수 없어 그는 상황을 장난스럽게 넘기려고 일부러 더 크게 웃었다.

"난 몰랐네. 아무도 말을 안 해줘서. 언제 고쳐졌지?"

누구도 그에게 그런 병이 있다는 사실을 알려주지 않았다. 알릴 정도로 심각하지 않았거나 어쩌면 그런 일은 딱한 번이었을지도 모른다. 아니면, 굳이 그가 알 필요가 없다고 판단했을 수도 있다. 그는 신경이 날카로워지는 것을 느꼈다.

"안 고쳐졌어."

"어?"

"안 고쳐졌다고."

누나의 눈에 핏발이 서 있었다. 누나는 종종 무표정으로 농담인지 뭔지 구별할 수 없는 말을 하곤 했다. 간신히 친근함을 느낄 때마다 이런 식으로 굴어서 누나와는 도저히 가까워질 수 없었다. 지금껏 수면 장애로 고통받은 적은 없었고 여자 친구가 그런 말을 한 적도 없었다. 하지만 사람들이 뭔가로부터 그를 보호하고 있는 거라면? 그가 가진 치명적인 문제나 결함으로부터 그를 감싸주고 싶은 거라면? 덜 알려주고 안쓰러워하고 있다면? 며칠 전 여자 친구가 자기는 너무 잠꼬대가 심하다고 지나가듯 말한 게 생각났다. 그게 그 뜻이었을까? 그는 화장실에 다녀오겠다고 하고 자리에서 일어났다. 누나는 흥미를 잃은 표정으로 다시 잔에 손을 뻗었다.

"자기, 가족들이랑 식사하는 거 아니야? 무슨 일 있어?"

여자 친구는 전화를 받자마자 걱정스러운 목소리로 물었다. 그냥 전화를 걸었을 뿐인데 왜 무슨 일이 있는 거냐고 먼저 묻는 걸까? 정말 무슨 일이 벌어지고 있나? 그에게 무슨 문제가 있나? 말문이 막혔다.

"여보세요?"

갑자기 용기가 사라졌다.

"좀 늦을 것 같아서 전화했어."

"정말 괜찮은 거 맞지?"

일순 신경질이 났다. 왜 자꾸 그가 괜찮은지 확인하려 드는 걸까?

"응, 아무 일 없어. 아직 부모님이 안 오셨어."

"누나한테 청첩장은 드렸어?"

"아직. 누나가 최근 일로 상심이 큰 것 같아."

"하긴, 오늘 드리는 건 좋은 생각이 아닐지도 몰라. 자기가 알아서 하겠지만."

여자 친구는 언제나 생각이 깊었다. 하지만 오늘은 뭔가 거대한 것에 속는 기분이었다. 그는 누나가 혼자 있으니 이만 가보겠다고 하고 전화를 끊었다. 거울에 비친 남자의 얼굴이 하얗게 질려 있었다. 그냥 고약한 농담이야. 그가 어떻게 자는지 누나가 어떻게 알 수 있단 말인가. 그는 마음을 가라앉히고 자리로 돌아갔다.

"꿈이 점점 더 이상해져."

남편이 팔꿈치를 괴며 투덜거렸다. 그녀는 유리판 중앙에 모조 과일 바구니와 생화가 꽂힌 꽃병을 번갈아 올리며 남편을 곁눈질했다. 눈가가 벌겋고 굉장히 피곤해 보였다. 며칠 내내 남편은 자신이 잠결에 일어나 방을 돌아다니는 건 아닌지 걱정했고, 아침이 되면 밤새 무슨 일이 있었는지를 캐물었다. 걱정하는 일은 없었다고 달래보았지만 그는 당신도 잠들었으면서 어떻게 확신할 수 있느냐고 따져 물었다. 아예 밤을 샐 때도 있었다. 이런 식으로 굴 줄 몰랐기 때문에 그녀는 당황스러웠다.

"못 잤어?"

"자꾸 깬단 말이야. 기분이 너무 나빠. 곰곰이 생각해봤는데 아무래도 이 식탁 때문인 것 같아."

끝나지 않는 가족 식사를 하는 꿈이라고 했다. 듣기만 해서는 그렇게까지 유난을 떨 것도 없는 내용이었다. 겁먹은 표정이 귀여웠고, 야단스럽게 구는 건 짜증스러웠다. 잠자리가 바뀌면서 부쩍 예민하게 구는 게 촌스럽다고도 생각했다. 조금만 이상한 일이 생기면 금세 탓할 거리를 찾아내는 점이나 함께 결정한 것에 변덕을 부리는 점은 예전부터 마음에 들지 않았다. 남이 쓰던 식탁을 쓰는 게 오죽 싫었으면 그런 꿈까지 꾸는 걸까 싶다가도 속마음을 솔직하게 말하지 않고 꿈 핑계나 대는 게 비겁해 보였다. 그녀는 과일 바구니로 결정한 뒤 남편의 옆에 앉아 슬그머니 팔뚝을 밀어 얼룩을 덮었다.

"잠자리가 바뀌어서 그럴 수도 있어. 나는 잘만 잤는데."

"아냐, 내 생각엔 식탁이야."

"앉은 사람들에게 좋은 걸 나눠준다잖아."

"식당이 망했다잖아. 나는 항상 도마 위에 있는 기분이야. 방심하면 집어삼켜질 것 같다고."

"뭐가 당신을 집어삼켜?"

그녀는 깜짝 놀랐다. 남편과 자신이 전혀 다른 미신 속에서 살고 있다는 사실을 깨닫자 문득 모든 것이 낯설고 서글퍼졌다. 그것만큼 두 사람을 갈라놓는 것도 없는 듯했다. 난데없는 외로움에 그녀는 남편의 손을 꼭 잡았다.

그녀는 평일 내내 직장에 출근하고 주말이면 남편이 운영하는 가게에 나갔다. 시간을 할애해 가게를 꾸미는 일은 생각보다 더 피로했지만 그녀의 손이 닿는 곳마다 달라지는 모습을 보는 건 제법 즐거웠고 보람도 있었다. 삶에 완전히 뿌리내리는 과정이라고 생각하면 못 견딜 일도 아니었다. 그녀는 회사에서도 틈틈이 소셜 커머스를 뒤져 여러 소품을 구입했다. 사진을 여러 장 찍어 손님인 척 블로그에 게시했고 SNS 계정을 열어 활발하게 활동했으며 업체를 고용해 바이럴 마케팅도 의뢰했다. 오랜 아르바이트 경험으로 그런 일에 도가 튼 탓에 몇몇 단골까지 확보할 수 있었다. 사모님이라고 불리는 건 아직 어색했지만, 앞으로 익숙해져야 하는 호칭이었다. 그렇게 불릴 때마다 이제 점잖게 늙을 준비만 하면 된다는 허락을 받는 것처럼 느껴졌다.

가게는 그녀의 취향대로 아기자기하게 변해갔다. 주중에 배송시킨 금전수 화분이나 부엉이 장식, 가족이 단란하게 식사하는 그림도 전부 의도한 자리에 배치되었다. 마음에 들지 않는 것은 가게의 분위기와 전혀 어울리지 않는 흑색 잉어뿐이었는데 그녀가 보기엔 너무 오래되고 비위생적인 인상을 주는 것 같았다. 그렇다고 살아 있는 것을 그냥 치워버릴 수는 없어서 그녀는 최대한 깔끔해 보이는 커다란 수조와 형광색 돌 들을 주문했다. 분홍색, 연두색, 노란색의 돌 들을 바닥에 깔자 잉어는 훨씬 덜 비장해 보였다. 나중엔 여기다 구피나 베타 같은 것을 기를 셈이었다. 아르바이트가 잉어 옮겨 담는 것을 도와주었다. 브레이크 타임이 되어서야 그들은 나란히 식탁에 앉았다.

"그런데 왜 귀를 물었을까? 그 손님 말이야."

남편이 불쑥 말을 꺼냈다. 처음에 그녀는 무슨 말인지

이해하지 못했다. 남편의 시선은 테이블 모서리에 못 박혀 있었다.

"글쎄, 요리사가 자기 말을 안 들었나? 주문을 잘못 알아들었다던가."

"그런다고 귀를 물어?"

"아니면…… 그냥 물기 편한 부위였을지도 모르지. 돌출되어 있잖아. 음식이 부족했나?"

웃으라고 한 말이었지만 남편은 웃지 않았다. 한동안 그들은 말없이 식사를 했다.

"지난번에 가게 전체가 정전이 됐는데, 저기 앉은 손님들이 식사를 마저 다 하고 가겠다고 고집을 부리더라고. 한참 잘 먹더니 갑자기 자기들끼리 싸우더라니까."

남편이 포크로 수조 근처의 테이블을 가리켰다.

"그래서 어떻게 됐어?"

"방법이 있나. 손전등 켜서 요리하고 다 먹고 나갈 때까지 기다렸지 뭐."

불 꺼진 주방에 홀로 서서 땀을 뻘뻘 흘리며 요리했을 남편을 떠올리자 함정에 빠진 기분이 들었다. 사실 그럴싸해 보이는 이 모든 것은 다 거짓이고 거기 가려져 있던 그들 생의 민낯은 그런 것이며 이곳의 주인은 어딘가 따로 있고 그들은 그냥 쩔쩔매고 있을 뿐인 것 같았다. 생각을 지워버리려고 그녀는 장난스럽게 웃었다.

"귀신은 안 나왔나 봐?"

"난 그냥 가게가 망했다는 말이 신경 쓰여서 그래."

"문을 닫았다고 했어. 망했다고 표현하는 건 당신이라구."

"중고는 쓰는 게 아니랬다니까."

"아무튼 가게 이만큼 되는 거 반은 식탁 덕분이야. 반은 내가 손대서 그런 거고."

남편은 인테리어에서 어쩐지 기시감이 느껴진다고 말해 그녀의 기분을 상하게 했다. 그녀는 그만하자는 의미로 포크를 내려놓고 자리에서 일어났다.

"누가 내 귀를 물어뜯으면 어쩔 건데?"

남편이 허겁지겁 뒤따라왔다. 장난스레 귀를 잡아당기자 그가 진저리를 쳤다. 겨우 조용해졌다고 생각하며 카운터로 돌아와 막 정리를 시작하려는 순간 끈질기게 다가온 남편이 이번에는 불쑥 그림을 가리키더니 저 가족이 뭘 먹는 것 같으냐고 물었다. 통명스럽게 모르겠다고 대답하자 그는 그게 귀라고 우기기 시작했다. 아무리 봐도 귀는 아니었고 가족은 단란해 보이기만 했다. 충분히 만족스러운 상태를 두고 살면서 한 번도 행운이랄 만한 것을 가져본 적도 누려본 적도 없는 사람처럼, 그녀로서는 도무지 짐작도 가지 않는 누군가가 그들의 행복을 호시탐탐 노리는 것처럼 구는 게 난처하고 창피했다. 집에서 쉴 것을 괜히 나왔다 싶은 마음까지 들어서 자꾸 이렇게 굴면 정말 망할 거라고 쏘아붙였다. 아르바이트생이 눈치를 보는 게 느껴져서 그녀는 더 화가 났다.

저녁 시간이 거의 끝나갈 무렵, 막 나가려던 손님이 수조 유리를 두드렸다. 돌에서 형광액이 번져 나왔는지 물색이 탁했다. 한참 들여다보았는데도 잉어는 움직임이 없었다. 시모 생각에 마음 한편이 불편했지만 얼른 수조를 내리고 뚜껑을 열었다. 몸을 둥글게 만 잉어는 썩은 귀처럼 보였다. 그녀는 무심코 주방을 돌아보며 귀를 매만졌다. 아르바이트생과 수조를 한쪽씩 잡고 화장실로 옮겨 기울이는 순간 잉어가 크게 퍼덕거려 물이 사방으로 튀었다. 그녀는 너무 놀란 나머지 수조를 떨어뜨릴 뻔했다. 아르바이트생이 그녀 대신 돌을 전부 건지고 물을 갈았다. 얘 혼자서는 심심하지 않을까요? 물고기도 외로움을 탄대요. 그러면 일찍 죽는다던데…… 잉어를 더 키울 생각은 없다고 잘라 말하자 아르바이트생이 묘한 눈길로 쳐다보았다.

피곤해서인지 그녀는 돌아오자마자 잠자리에 들었다.

눈을 떴을 때는 새벽이었다. 옆자리가 비어 있었다. 거실로 나가 보니 남편이 소파에 거의 엎드리다시피 앉아 있었다. 가까이 다가가자 그가 고개를 들었다. 신경질적인 표정이었다.

"또 그 꿈이야? 계속 밥 먹는 그거?"

그가 고개를 끄덕였다.

"뭘 먹는데?"

"당신은 알고 싶지 않을걸."

남편이 심술궂게 웃었다. 기분이 나빠져서 그녀는 그냥 방으로 돌아왔다. 막 다시 이불 속으로 들어가자 천둥이 치기 시작했다.

누나가 작은 연태고량을 세 병째 땄을 때 마침내 부모가 도착했다. 머리와 어깨가 축축하게 젖어 있었다.

"막 비가 내리기 시작했지 뭐니."

엄마는 누나의 뺨을 연신 쓸어내렸다. 반지를 여러 개 끼고 있어서 아플 것 같았지만 누나의 표정은 덤덤했다. 그는 B코스 네 개를 주문했다. 계속 이쪽을 기웃거리던 서버가 금세 오색냉채와 게살수프를 가져다주었다. 코를

쿵쿵거리던 엄마가 누나를 한 번 쏘아보긴 했지만 칭다오도 한 병 가져다 달라고 덧붙였다. 테이블이 빙글빙글 돌아가는 동안 침묵이 흘렀다.

"잘 해결됐어요?"

"그래. 이제 병원만 꼬박꼬박 나가면 된다는구나."

"꿈자리가 좋았지. 이것만 먹고 바로 병원에 갈 거다."

아버지가 껄껄 웃음을 터뜨렸다. 누나가 의미를 묻는 눈길로 그를 쳐다보았다.

"입원하기로 했다. 이번 기회에 검사란 검사는 다 받아봐야지."

"그러게 아까 그 길로 빠지길 잘했지?"

"잘했다고 대체 몇 번을 말해."

엄마가 쏘아붙였다. 그릇이 거의 바닥을 보이려는 찰나 주방장이 노릇하게 익은 오리를 들고 나타났다. 주방장은 꼬챙이와 나이프로 오리를 살살 돌려가며 껍질을 썰었다. 그들이 주방장을 쳐다보는 사이 서버가 전병과 소스, 각종 야채를 날랐다. 딤섬 세 종류도 올라왔다. 주방장은 껍질이 전부 벗겨진 오리를 들고 다시 주방으로 돌아갔다. 그들은 전병에 오리 껍질을 싸 먹었다. 블로그에서 본대로 적당히 바삭하게 익은 데다 소스가 무척 맛있었다. 그는 여자 친구와 오고 싶다고 생각했다.

"내가 군대에 있을 때 기억에 남는 일화가 하나 있다."

"네 아버지는 오리 먹을 때마다 꼭 저 얘기를 하더라."

팔을 괴려던 누나가 중심을 잡느라 휘청거렸다. 머리카락이 수프 접시에 반쯤 들어갔다.

"그날도 눈이 엄청 많이 내리는데 어찌나 쌓였던지 군화가 다 잠길 정도였다. 그런데 대대장님이 갑자기 점심에 오리탕을 먹자는 게 아니냐."

이미 아는 이야기였지만 누나 쪽을 쳐다보지 않으려 애쓰며 귀를 기울였다.

"그땐 먹고 싶다고 해서 턱턱 살 수 있을 때가 아니어서 나하고 내 동기하고 근처에 있는 오리 농원까지 내려가서 열 마리를 사 왔다. 오리가 갑자기 고기가 되는 게 아니잖니? 나무 하던 도끼를 들고 나랑 동기랑 둘이서 오리를 잡았다. 번갈아 가면서 한 번은 잡고 한 번은 찍고 그러자고 했지. 그렇게 오리를 잡고 있는데 그게 그렇게 뚱뚱하고 따뜻하지 뭐냐. 손으로 잡으니까 심장이 팔딱팔딱 뛰는 게 다 느껴지더란 말이다."

그는 손바닥 안쪽이 팔딱거리는 것을 느꼈다. 엄마는 누나의 몸을 뒤로 젖히고 물티슈로 무른 쌀알이 덕지덕지

묻은 머리카락을 닦아냈다. 누나가 짜증을 내며 엄마의 손을 밀어냈다.

"동기가 도끼를 콱 내리찍는데 뜨끈뜨끈한 피가 사방으로 튀어서 나도 모르게 손을 놓아버렸다. 처음엔 개가 내 손을 찍은 줄 알고 기절할 뻔했지 뭐냐. 그런데 눈을 뜨니까 이 밑으로 잘린 오리가 눈밭에 피를 줄줄줄 흘리면서 뛰어가고 있는 게 아니냐. 그렇게 멀리 갈 줄은 난 꿈에도 몰랐다. 너 갈지자 알지. 정말 그 갈지자 그대로 뛰어가다가 팩 쓰러졌다. 흰 눈밭에 시뻘건 피가 그랬다니까. 그렇게 무서운 건 지금까지 본 적이 없다."

그러나 아버지는 몹시 신난 표정이었다. 서버가 한 점 한 점 정성껏 발라낸 오리고기를 갖고 왔다. 아버지는 젓가락을 한 번 빨고 그의 접시에 오리고기를 덜어 주었다.

"많이 먹어라."

아버지가 테이블을 돌렸다. 그는 자기 앞으로 오는 음식들을 무력하게 바라보았다. 게살수프가 들어있던 파란 자기 그릇 안에 기다란 머리카락이 말라붙어 있었다. 그는 아버지 머리 너머의 수조로 시선을 돌렸다. 흑색 잉어가 입을 뻐끔거렸다. 아버지의 머리를 삼키려는 것처럼 보였다. 그때 천둥소리가 들리더니 홀 전체가 어두워졌다.

아무것도 보이지 않았고, 몹시 거센 빗소리만 들렸다.

"퓨즈가 나간 모양입니다. 전기가 들어오질 않네요."

주방장이 와서 손전등으로 그들의 얼굴을 비췄다.

"아직 식사도 다 안 나왔는데, 촛불을 켜드릴까요?"

엄마가 박수를 쳤다.

"어머, 정말 운치 있겠다."

주방장이 초를 가져다주었다. 색깔과 크기가 제각각인 초 여섯 개가 일정한 간격을 두고 놓였다. 서버는 어디로 갔느냐고 물어보고 싶었는데 왠지 부적절한 질문처럼 느껴졌다. 불이 붙자 그들의 얼굴이 반쯤 드러났다. 그는 초가 켜진 자리가 여기뿐이라는 사실을 알아챘다. 노란 조명 아래 아늑했던 실내가 지금은 배 속처럼 검붉어 보였다. 근처 테이블은 윤곽만 보였고 그 너머는 깊은 어둠에 잠겨 있었다.

"다른 사람들은 전부 어디로 간 거죠?"

그는 무심해 보이려고 애썼다.

"전부 환불 요청을 하셨어요."

주방장이 무뚝뚝하게 대답했다.

"그러면 남은 음식들을 마저 가져다드리죠."

주방장은 어둠 속으로 사라졌다.

"아늑하구나."

엄마가 중얼거렸다.

촛불로 분위기를 돋운 식탁에 여덟 명이 둘러앉자 더할
나위 없는 충만감이 들었다. 둘러앉은 사람들은 모두 그
와 그녀의 오랜 친구들이었다. 손님들은 저마다 아름답고
섬세한 장식품이나 맛 좋은 와인, 고급스러운 도자기 그
릇을 들고 왔다. 그녀는 웃으며 선물들을 받았고 달랑 휴
지 세트를 들고 온 친구의 얼굴을 기억했다. 잠을 설친 남
편은 조금 날이 선 듯했지만 흠잡을 데 없는 태도로 친구
들을 맞이했다. 그녀도 이 암묵적인 휴전에 동의했다. 그
들은 회전 식탁을 돌리면서 그가 이틀에 걸쳐 재료 손질
을 하고 하루를 전부 할애해 정성껏 만든 칠면조구이, 바
지락술찜, 가지라자냐, 감자샐러드 같은 것을 조금씩 덜
어 먹었다. 친구들은 남편의 요리에 감탄했고 집을 꾸민
그녀의 감각을 칭찬했다. 중국식 식사 예절 같은 것은 몰
랐으나 그들은 신나게 먹고 떠들어댔다. 자리에 참석하
지 않은 지인에 대한 이야기도 오갔다. 그들은 뉘앙스에
특히 주의를 기울여 식을 올리기 직전 갑자기 사라진 신
랑 측 가족 때문에 마음고생을 하고 있는 친구를 오랫동

116

안 걱정했다. 냄비에선 계속 무언가가 끓고 있었고 방은 달짝지근한 냄새로 가득했다. 음악도 완벽했다. 그녀는 부드럽게 일렁이는 촛불을 보며 이것이야말로 행복이라고 생각했다. 그녀와 남편은 각자의 꿈을 이뤄가는 중이고, 이젠 진짜 집도 있지. 대출이 약간 껴 있긴 하지만 그건 누구나 다 있는 거니까. 이제 걱정할 일은 아무것도 없지. 그들은 술을 많이 마셨고 많이 웃었다. 그녀는 음식을 덜기 위해 식탁을 돌릴 때마다 내심 이 자리에 앉은 사람들에 대한 애정의 마음을 담았다. 이런 사소한 의미 부여가 좋았다. 식탁을 돌린 횟수만큼 그들에게 돌아올 행복도 클 것 같았다.

"죽은 이들이 촛불을 보고 길을 찾아온다는 거 아세요?"

대화에 건성으로 대꾸하며 촛불을 골똘히 들여다보던 남편이 불쑥 입을 열었다. 친구들이 그를 쳐다보았다. 지금 여기 뭐가 와 있는지도 모른다고요. 가뜩이나 피곤해 보이는 얼굴에 촛불 그림자가 어리자 한층 더 음산해 보였다. 그녀는 약간 화가 났다. 다행스럽게도 친구들은 분위기가 바뀐 것을 즐거워했고 각자가 아는 으스스한 이야기를 하나씩 꺼냈다. 한 바퀴를 다 돌았을 즈음 남편이 갑자기 그녀의 머리를 술잔으로 가리켰다. 그 버릇이 싫다고 말한 뒤로는 한 번도 그런 적이 없었기에 그걸 보자마자 화들짝 놀랐다.

"그런데 귀신보다 무서운 게 있더군요."

그녀는 눈을 깜박이며 남편을 쳐다보았다.

"내가 도둑인 줄 알고 저 사람이 문을 잠갔죠."

남편이 갑자기 그날 이야기를 꺼냈다. 죽은 나를 내버려두고 혼자 살겠다고 그렇게 한 거죠. 이제 와서 이런 식으로 말을 꺼내는 이유를 알 수 없었다. 저 사람이 낯설게 보이기 시작하더군요. 그때부터는 모든 걸 혼자 하는 기분입니다. 웃음기를 머금고 있었지만 악의가 깔려 있다는 것을 눈치챈 몇몇이 불편한 미소를 지었다. 일어나지도 않은 일을 가지고, 너라도 살아 다행이라는 말은 못할망정 원망하기까지 하는 남편의 태도에 상처를 받았지만 그녀는 웃으려고 애썼다. 모두에게 나쁜 기운이 전해질 것만 같아 이 식탁에서 만큼은 싸우고 싶지 않았다.

"그뿐인가요. 우리가 망하든 말든 관심도 없다니까요. 이 식탁도 그래요. 내가 그렇게 싫다고 했는데도 고집을 부려요. 내가 밤마다 무슨 꿈을 꾸는지 상상도 못할 겁니다."

"무슨 꿈을 꾸는데요?"

"그때 저 사람은 아팠답니다."

그녀의 목소리는 담담했다.

"욕조에서 잉어를 퍼내는 악몽에 시달리곤 했거든요."

남편이 그녀를 노려보았다.

"저이는 잉어 배를 가를 때마다 아버지를 떠올린다는군요."

식탁은 침묵으로 가득 찼다. 얼룩을 발견한 남편이 그것을 마구 문질러댔다. 친구 한 명이 막차 시간이 걱정된다며 자리에서 일어났다. 원래 계획은 밤새 먹고 마시는 것이었으나 몇몇은 떠났고 몇몇은 남았다. 누군가가 아버지에 관한 농담을 꺼내서 자리는 다시 와자지껄해졌지만 그녀는 어쩐지 모두가 필사적으로 굴고 있다는 생각을 지울 수가 없었다. 친구를 바래다주러 나간 남편은 돌아오지 않았다. 다음 날 그녀는 밤새 마작을 하던 친구가 집으로 돌아가는 길에 교통사고를 당했다는 소식을 전해 들었다.

남은 음식들은 주방장이 직접 서빙했다. 그는 짜장면을, 누나는 짬뽕을 골랐고 부모는 오리볶음밥을 선택했다. 오리고추잡채도 나왔다. 촛불 아래서 오리고기는 그가 알던 음식이 아니라 굉장히 수상쩍은 무언가처럼 느껴졌다. 지금껏 아무런 의심 없이 주는 것을 그냥 받아먹었다는 사실을 믿을 수가 없었다. 식욕이 떨어진 그는 짜장면을 뒤적였다.

"그러고 보니 네 누나가 이젠 곧잘 먹는구나. 입이 하도 짧아 밉보일까 걱정했는데 결혼하고서부터는 제법 잘 먹잖니. 남편 입맛 따라간다더니 그거 하난 잘됐다."

그는 엄마의 밝은 목소리가 어쩐지 꾸며낸 것처럼 들린다고 생각했다.

"앞으로의 계획 좀 말해봐라."

어둠 속에서 술냄새는 더욱 선명하게 느껴졌다. 아버지의 목소리는 친절했지만 여전히 그에게는 강압적으로 들렸다. 아직 학생이었을 때 아버지가 종종 그를 손찌검했던 게 갑자기 떠올랐다. 지금까지 그 기억을 잊고 지냈다는 사실을 믿을 수 없었다. 세상에, 그건 학대였어. 그는 자신도 모르게 젓가락을 꽉 쥐었다.

"당신도 자꾸만 다그치려 하지 마. 우리 애들의 새로운 출발을 축하하는 자리잖아."

엄마가 끼어들었다.

"자꾸 그렇게 굴면 애들 나중에 당신 기저귀도 안 갈아줄 거라구."

그는 가게가 지나치게 조용한 것이 신경 쓰였다.

"그 자식을 불에 태워버릴 거야."

누나가 으르렁거렸다. 화들짝 놀란 엄마가 그와 눈을 마주쳤다. 그는 누나가 결혼식에 오지 않는 편이 좋겠다고 결론지었다. 상황이 상황인 만큼, 여자 친구에게는 누나가 무척 상심한 상태라고 전하면 될 것이다. 그는 엄마에게 눈짓을 했다.

"얘, 청첩장은 언제 줄 거니?"

그는 입을 벌렸다. 엄마는 그 소식이 누나의 기분을 나아지게 만들 거라고 믿는 눈치였다.

"너 결혼하니?"

누나는 구태여 비꼬지 않으려는 노력도 하지 않았다. 그는 느릿하게 가방 속을 뒤지는 시늉을 했다. 엄마가 고개를 길게 빼고 그의 가방을 기웃거렸다. 실수로 가져오지 않았다고 할까? 그가 봉투를 쥐는 순간 누나가 손을 번쩍 들었다.

"여기 한 병 더 주세요."

멀리서 불빛이 반짝였다. 분명 주방은 저쪽이었던 것 같은데. 어둠 속에 너무 오래 있으니 방향감각이 사라진 모양이었다. 불빛이 가까워졌다. 주방장이 병을 내려놓고 돌아서면서 홀을 반 바퀴 길게 비췄다. 그는 수조가 비어 있다는 사실을 알아챘다. 어쩌면 너무 어두워서 잘못 본 건지도 몰랐다. 수조를 다시 한번 비춰달라고 말하고 싶었지만 그 말이 주방장에게 모종의 암시를 줄 것만 같았다. 신경 쓰지 않으려 애쓰며 봉투를 누나에게 내밀었다. 여러 샘플을 두고 고심해서 고른 디자인이었다. 누나가 낚아채더니 이상한 웃음소리를 냈다. 그러고는 촛불에 청첩장의 모서리 부분을 가져다 대었다. 종이에 불이 붙은 건 순식간이었다. 커다랗게 프린트된 그들의 사진이 재가 되어 흩날렸다. 매캐한 냄새가 훅 끼쳤다.

"얘가 진짜."

엄마가 황당하다는 듯 중얼거렸다. 그는 주먹을 꽉 쥐며 이 자리를 최대한 격식 있고 정중하게 마무리하기로 결심했다. 아버지가 다시 테이블을 돌렸다. 남은 음식에 새까만 재가 묻어 있었다. 엄마는 젓가락으로 재를 콕콕 찍어냈다.

"나 어렸을 때 몽유병 있었어?"

그가 불쑥 물었다. 누나가 그를 노려보았다.

"몽유병은 네 누나가 있었지."

아버지가 중얼거렸다.

"무슨 소리야. 우리 집 사람들은 병이 없어. 얼마나 튼튼하게."

엄마가 고집스럽게 말했다. 어둠 속에서 갑자기 손이 튀어나오는 바람에 그는 비명을 질렀다. 주방장이 테이블 위에 접시를 올려놓았다. 매운 양념을 한 뒤 실고추로 장식한 검은 잉어였다. 형태가 그대로여서 그냥 잠이 든 것처럼 보였다.

"이건 그냥 드리는 거예요. 가게가 이렇게 돼서 불편하게 식사하시는 게 마음에 걸려서요."

"아주 양심적인 양반이네."

그가 뭔가를 묻기도 전에 아버지는 젓가락으로 잉어의 배를 갈랐다. 벌어지며 꽉 찬 흰 살이 나왔다.

"잡내가 안 나는구먼. 솜씨가 좋아."

아버지가 고개를 끄덕였다. 주방장이 미소를 지었다. 촛불이 일렁거려서 아래턱이 일그러진 것처럼 보였다.

"제 주특기죠. 잉어는 잡식성이어서 아무거나 다 먹거든요. 바닥을 훑으면서 사체 청소도 하고요. 아주 탐욕스러운 놈입니다."

"그러니 이렇게 살이 실하지."

주방장이 아버지를 쳐다보는 눈길이 마음에 들지 않았다.

"드셔보세요. 잉어찜은 잘하는 데가 별로 없거든요."

주방장의 시선이 누나와 엄마에게로 향했다. 누나와 엄마는 별생각이 없는 얼굴로 젓가락을 들었다. 주방장은 어느새 빈 그릇을 보고 있었다.

"중국 사람 집에 초대받으면 음식을 싹싹 긁어먹지 않도록 조심하시는 게 좋아요. 준비한 음식이 모자라다는 인상을 주거든요."

제발 꺼지라고 말하고 싶었다. 마음을 읽은 건지 주방장은 다시 어둠 속으로 잠겨들었다. 여기서는 아무것도 볼 수 없는데 저기서는 여기의 모든 게 보일 거라는 사실이 마음에 들지 않았다.

"그러고 보니 꼭 이거랑 비슷한 맛이 나는 걸 먹은 적이 있는데."

아버지가 혼잣말을 했다.

"하여간 맛 좋다는 건 자기 혼자 다 먹고 돌아다닌다니까."

"분명 당신이랑 먹었어. 당신이 지금처럼 그 자리에 앉아서 나한테 덜어 줬다고."

"이런 걸 우리가 언제 먹었어. 나는 기억에 없는데 왜 맨날 우기고 그래."

"우기는 건 당신이지. 내 기억이 맞다니까."

그는 아버지를 노려보는 엄마의 표정을 보고 깜짝 놀랐다.

"우기면 없던 기억이 생기는 줄 알아? 내가 뭘 좋아하는지도 모르면서 먹었다고 우기기만 하면 다야?"

"당신이 좋아하는 걸 내가 왜 몰라?"

"내가 뭘 좋아하는데?"

아버지는 그를 힐끔 쳐다보았다. 그는 시선을 피했다.

"저거 봐라, 저거. 내가 그렇게 소리를 소리를 질러댔는데 하나도 귀담아들은 게 없지."

"그 자식도 그랬어. 우기는 데 도가 텄다고."

"그런 놈들은 귀를 다 잘라버려야 해."

아버지가 황당하다는 듯 엄마를 가리켰다.

"너희 엄마가 지금 뭐라는 거냐?"

아버지의 얼굴이 붉어진 게 촛불 때문인지 그 말 때문인지 혹은 그와 눈을 마주쳐서인지 알 수 없었다.

"당신도 쓰러지면 두고 봐. 내가 이 수모를 다 갚아줄테니까."

엄마가 이를 갈았다.

"예전에 TV에서 봤어. 평생 와이프한테 못되게 굴더니 쓰러지고 나서는 등이랑 엉덩이에 욕창이 다 생기고 똥 닦아주는 사람도 없고 설탕물만 찔끔찔끔 먹으면서 고목처럼 말라비틀어지더라고."

엄마의 목소리가 원한에 차 있었다. 테이블이 약간 어두워졌다 싶었는데 그사이 초 두 개가 꺼져 있었다. 나머지 초도 키가 부쩍 줄어들어 있었다. 왠지 초가 다 꺼지기 전에 여기를 나가야 할 것 같았다. 누나가 갑자기 킥킥거리며 웃음을 터뜨렸다. 꼭 오리 울음소리처럼 들렸다. 밖에서는 여전히 빗소리가 들려오고 있었다.

"도와드릴까요?"

주방장이 뒤에서 어깨를 짚었다. 손전등이 홀 내부를 빠르게 훑었다. 바닥재가 카펫이라는 사실을 그는 그제야 깨달았다.

남편은 며칠째 그녀를 피하고 있었다. 집에도 들어오지 않고 연락도 받지 않았다. 이런 식으로 회피하는 건 화가 났지만 이렇게까지 싫어한다면 그녀가 양보하는 게 옳았다. 그녀는 퇴근길에 중고 가구점을 찾아갔다. 반쯤은 충동적이었는데 막상 가기로 결정하자 정말 가야 할 것 같았다. 식탁의 내력을 마저 듣고 싶었다. 누구라도 좋으니 식탁에 대한 이야기를 나누고 싶었다. 가게는 텅 비어 있었고 문 앞에 임차인을 구한다는 쪽지와 번호가 붙어 있었다. 전화를 두 번이나 걸고 메시지도 남겼지만 아무런 연락이 없었다. 이후에도 생각이 날 때마다 종종 전화를 걸었으나 응답은 없었고, 얼마 뒤에는 없는 번호라는 안내만 나왔다. 지인과의 약속으로 저녁을 먹으러 근처에 갈 일이 생겼을 때 그녀는 그 자리에 구제 숍이 들어온 것을 보았다. 주인은 전혀 다른 사람이었다.

남편은 여전히 연락이 없었다. 가게에서 자거나 친구들의 집을 전전하는 게 고작이겠지만 자꾸 이런 식으로 군다면 더는 참지 않을 생각이었다. 그녀는 물을 마시러 주방에 들어가다 식탁 앞에 멈춰 섰다. 그들은 이 식탁에서 아주 많은 것을 먹어치웠다. 식탁에 올라오는 게 전부 죽은 것이라는 걸 그녀는 새삼스럽게 깨달았다. 무심코 뻗은 손을 움츠렸다. 의미 같은 것을 나누고 있다고 믿으며 모두에게 돌리던 것이 전혀 다른 것이었을지도 모르겠다는 생각을 하자 소름이 돋았다. 그녀는 자신과 남편의 미신이 또 한 번 어긋날 것임을 은연중에 깨달았다. 기분 탓인지 얼룩이 좀더 넓고 짙어진 것처럼 보였다. 세제를 뿌리고 한참 동안 문질러보았으나 지워지지 않았다. 식탁을 어떻게 해야 할지는 아직 알 수 없었지만 남편과는 당장

이야기를 하고 싶었다. 그녀는 옷을 걸치고 집을 나섰다. 식탁의 거처에 대한 이야기를 꺼내 분위기를 풀어볼 셈이었다. 가게로 가는 동안 그녀는 해야 할 말들을 떠올렸다.

도착했을 때 가게 문은 잠겨 있었다. 손차양을 만들어 유리창에 고개를 들이밀었으나 실내가 어두워 아무것도 보이지 않았다. 남편은 전화를 받지 않았다. 핸드백 어딘가에 비상 열쇠를 넣어두었던 게 생각났다. 문을 따고 가게로 들어갔다. 금전수 잎이 약간 시들어 있었다. 형광등을 켜자 반쯤 정돈되다 만 것 같은 내부의 모습이 눈에 들어왔다. 의자 두어 개가 옆으로 쓰러져 있었고, 부엉이 장식은 부서져 조각난 채였다. 남편의 이름을 불렀으나 대답이 없었다. 한기를 느끼며 안으로 걸어 들어갔다. 움직임이 느껴져 수조를 쳐다본 그녀는 깜짝 놀랐다. 탁한 물속에서 흑색 잉어 네 마리가 헤엄치고 있었다. 새끼를 낳았다기엔 몸집이 너무 컸고, 넷이 전부 들어가기엔 수조가 작아 답답해 보였다. 그 뒤쪽으로 그림 액자가 떨어져 있었는데 물감이 전부 번져 나와 원래 어떤 그림이었는지 알아볼 수 없었다. 그 순간 잉어들이 동시에 그녀를 향해 몸을 틀고 뭔가 할 말이 있는 것처럼 검고 깊은 입을 벌렸다. 물거품이 올라왔다. 눈을 마주친 것 같아 그녀는 주춤

주춤 뒷걸음쳤다. 다시 한번 남편을 불렀으나 목소리는 훨씬 작았다. 응답하듯 손에 뭔가가 닿았다. 얼른 뒤를 돌아보았다. 의자에 남편의 앞치마가 걸려 있었다. 허겁지겁 벗어둔 모양으로 약간 구겨진 채였다. 그녀는 앞치마를 펼쳐 재봉선을 따라 반듯하게 접다가 주머니에 손을 넣었다. 영수증 몇 장이 나왔다. 전부 가게 영수증이어서 남편이 어디에서 뭘 한 건지 조금도 짐작할 수 없었다. 그때 뭔가 물컹이는 게 만져졌다. 손을 꺼내기도 전에 그녀는 본능적으로 귀라는 말을 떠올렸다.

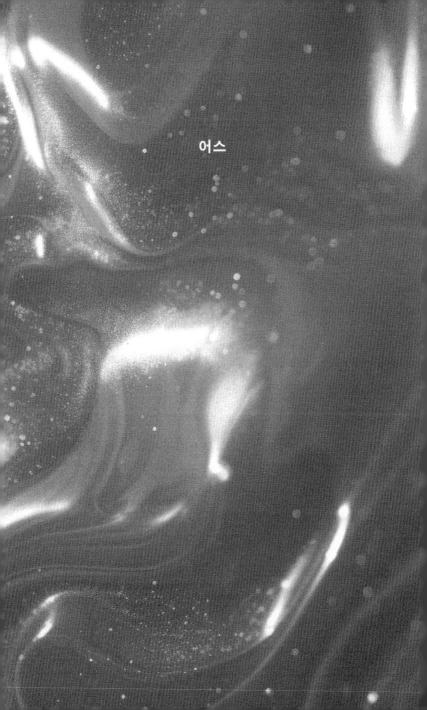

어스

나를 묻어줘.

그게 안나가 남긴 유언이었다.

2074년, 인간의 몸이 썩지 않는다는 사실이 공식적으로
발표되었다.

썩지 않은 쥐를 처음 발견한 것은 뉴델리로부터 98킬
로미터 떨어진 시골 마을에서 축구를 하던 아이들이었다.
2043년 제정된 환경 정책의 일환으로 사육과 목축, 양계
가 금지되어 가죽으로 만든 새 공을 구할 수 없었던 탓에
그 애들은 바람이 다 빠진 플라스틱 공을 차며 놀다가 하

수구에 걸쳐 있는 쥐의 사체를 발견했다. 쥐의 사체는 흔했고, 아이들은 좀더 재미있는 것을 차기로 했다.

얼마 지나지 않아 근방의 농작물이 이유 모를 병에 걸려 시들고 있다는 사실이 뉴델리 국립환경과학원에 보고되었고 해당 지역으로 전문가들이 파견되었다. 원인은 명확하게 밝혀지지 않았지만 인근 농가에서 거의 썩지 않은 쥐 무더기가 발견되면서 이 사실은 본격적으로 세계의 이목을 끌었다. 썩지 않는 물고기나 새, 반려동물에 대한 보고는 꾸준히 있었지만 극소수에 불과했고 야생동물의 개체 수가 확연히 줄어든 탓에 줄곧 예외적인 사태로만 여겨지던 상황이었다. 뒤이어 파리 인근의 매장지에서 방사능 피폭 수준의 심각한 토질 오염이 발견되면서 최근 몇 년간 매장된 인간들이 조금도 썩지 않았다는 사실이 알려지자 사람들도 더는 사태를 외면할 수 없게 되었다. 조사 결과 매장지 반경 40킬로미터 이내에서 살아 있는 것을 발견할 수 없었고 근방의 땅은 아예 회생 불가능한 정도였다.

인간을 매장하는 것이 쓰레기—혹은 그보다 더 나쁜 것—를 묻는 것이나 다름없다는 사실이 국제 환경 과학자들에 의해 공식적으로 보고되었다. 원인으로 지목된 것은 인간이 만들어낸 모든 것. 더 정확하게 말하자면 거기서 발산되는 화학물질이었다. 오래전부터 인간의 몸에 미세 플라스틱과 중금속이 꾸준히 검출되었다. 심각한 수준의 호르몬 변화는 다큐멘터리의 소재가 되었으며 각종 유해 물질에 지속적으로 노출된 지구환경은 임계점을 넘어선 지 오래였다. 독성 스모그, 바다 생태계 오염, 토양 부식, 미세먼지를 비롯한 환경 재난과 온난화로 유발된 재해가 거듭되는 상황에서도 인간에게는 해야 할 일이 많았고, 늘어난 수명만큼 스스로를 책임져야 했다. 식수와 식량을 확보하고, 더 위생적이고 안전한 물건을 사용하기 위해 더 많은 화학물질이 필요했다. 그럴수록 더 많은 것이 오염되었다. 인간들은 그저 지구가 좀더 버텨주길 바라며 하던 일을 지속할 수밖에 없었다. 그것들이 한데 모여 어떤 식으로 화학작용을 일으켰는지는 알 수 없지만 먹이사슬의 최정점에 있는 인간이 이를 피할 방법은 없었다.

뒤늦게 지구로부터 거부당했다는 사실을 알아챈 인간들은 몹시 당황했다. 어떻게 감히 그럴 수가 있지? 엄마는 어떤 아이라도 용서해야 했다. 자연스럽게 용서라는 말을 떠올린 인간들은 지구와 그들의 관계를 되짚어보았다. 당연한 기대. 당연한 믿음. 이제 그들은 그 어디에서도 받아들여지지 못하고 표면을 떠도는 존재에 불과했다. 동그란 지구에서는 톡, 치기만 하면 언제든 굴러떨어질 수 있었다. 그제야 인간은 아주 많은 기회를 그냥 흘려보냈음을 깨달았다. 미래에 대해 말하고 상상할 수 있었던 모든 순간이 전부 기회였다는 것을.

남은 인간에게는 죽은 몸을 분류해야 하는 과제가 남았다. 윤리와 실존을 두고 무수한 말이 오갔다. 심각한 기후 문제는 티핑 포인트를 넘어선 지 오래였기에 논쟁할 시간이 많지 않았다. 마침내 인간의 몸은 세계보건기구와 국제환경협약 표준에 의해 산업 쓰레기로 분류되었다. 심각한 수준의 토질 오염과 대기오염을 유발한다는 이유로 매장이나 화장도 금지되었다. 으레 그렇듯이, 산업 쓰레기는 쓰레기 매립장으로 이동하게 되어 있었다.

수많은 항의 끝에 인간을 위한 매립장이 따로 만들어졌다. 사망신고를 한 뒤 수거원이 방문하면 그를 통해서 매립장으로 보내지는 시스템이었다. 죽은 몸이 내뿜는 유해 물질이 몹시 지독했으므로 오직 수거원들만, 방호복을 입고서야 매립장에 들어갈 수 있었다. 사람들이 처음부터 새로운 법을 받아들인 것은 아니었다. 절대 그런 식으로

할 수는 없다고 몰래 매장이나 화장을 하다 사망하거나 어마어마한 벌금을 물게 된 사람도 여럿이었다. 원하는 대로 죽음을 처리하고 기꺼이 벌금을 지불할 수 있는 사람도 있었지만, 그렇지 못한 사람이 더 많았다. 법이 정착되기 전에는 한때 사랑했던 이를 차마 매립장으로 보내지 못해 방 안에 감춰두는 사람도 있었는데, 죽은 이의 몸에 있는 구멍이 전부 열리고 유독성 물질을 뿜어대기 시작해 아파트 전체를 폐쇄하는 등의 사건이 연이어 일어나자 법이 강화되었다. 대부분의 사람은 각종 청구 비용을 감당할 수 없었다. 모두에게 몸 하나가 겨우 들어갈 정도의 플라스틱 관이 지급되었다. 그런 의미에서 죽음은 거의 공평해졌다.

방치된 죽은 몸이 수거원들 사이에서 폭탄이라는 은어로 불린다는 사실을 알려준 건 모란이었다. 병주의 남동생에게 들었다고 했다. 폭탄을 몇 개 처리한 뒤로 안색이 부쩍 나빠진 남동생 때문에 병주의 걱정거리가 늘었다는 말이었다. 요샌 아예 눈이 맛이 갔대. 그런 식으로 매립장에 관한 이야기를 전해 들으며 나와 안나는 평소와 같이 출근했다. 일련의 일들을 겪으면서도 우리의 일상은 거의 변함이 없었다. 생활에는 물건이 필요했고, 물건을 사기 위해서는 돈이 필요했다. 환경 정책에 맞춰 공장들은 생겼다가 사라지기를 반복했다. 환경이 나빠지는 것에 일조하고 있다는 것도, 사람들이 우리를 원인으로 지목하고 있다는 것도 알았지만 일을 섣불리 그만둘 수는 없었다. 플라스틱 관을 만드는 공장에 취직할 수 있었던 건 천운이었다. 아직 50억에 육박하는 인구가 살아 있었고, 어쨌든 살아 있는 사람이 남아 있는 한 공장은 멈추지 않을 테니까. 예상대로였고, 안나는 죽었다.

어떻게 됐냐.

1층으로 내려오자마자 평상에 앉아 있던 복자가 물었다. 해가 나는 날이 거의 없는데도 복자는 돋아난 것처럼 언제나 그 자리에 앉아 있었고 최근에는 내 얼굴을 보면 그것부터 물었다. 공기는 축축했고, 쿰쿰한 냄새가 났다. 복자와 잘 지낸 건 내가 아니라 안나였다. 아직 무엇도 결정하지 못했다. 평소처럼 안나에게 이불을 잘 덮어주고 나왔다. 복자는 내 마음을 이해한 듯 고개를 끄덕이며 엉덩이를 옆으로 물려 자리를 만들어주었다. 모란과 병주가 기다리고 있다는 것을 알면서도 나는 복자의 옆에 앉았다. 늘 안나가 하던 것처럼, 안나의 하루를 유지하기 위한 의식을 치르듯이. 어깨가 맞닿자 견디기 어려운, 눅눅한 온기가 느껴졌다.

안나는 포근하다고 했다. 복자는 처음부터 좀 이상한 할머니였다. 매일 같은 자리에 홀로 앉아 알아들을 수 없는 말을 중얼거리며 햇빛을 기다렸다. 이사를 왔을 때부터 그랬다고, 보기에는 거슬리지만 해를 입히는 것은 아니어서 내버려두었더니 계속 저런다고, 햇빛을 많이 받고 자란 어르신 중에는 저런 사람이 많다고, 뭐라고 하기 애매해서 사람들도 그냥 내버려두는 것 같다고 옆집 사람에게 들었다. 우리 할머니도 살아 있었다면 그랬을 거야. 볕을 좋아했거든. 안나는 명랑하게 말했다. 나는 복자 같은 노인이 미웠다. 이 지경이 될 때까지 아무것도 하지 않은 주제에 다들 자신의 위치에서 열심히 힘을 내서 살아가고 있는데 남들 다 보는 데서 저러고 있으니 안 그래도 나쁜 동네 평판이 더 나빠지는 거잖아. 아무런 책임도 지지 않으면서 괴로워만 하는 사람.

할머니, 오늘은 해 좀 떴어요?

날씨라면 뻔히 보이는데도 기어코 인사를 건네는 안나에게 세모눈을 뜬 것도 그래서였다.

꿈에 나온다.

네?

거봐. 이상하댔지. 당황한 안나를 보며 나는 속으로 이죽거렸다.

노인이 나와서 자꾸만 울어.

안나에게 눈짓을 하며 어깨를 으쓱였다. 지금이라도 가자는 뜻이었는데 안나는 모르는 척 그 옆에 엉덩이를 붙이고 앉았다.

남편분이요?

TV에서 그걸 봤어. 모르는 할아버지가 나와서 몸을 덜덜 떨며 춥다고, 춥다고 내내 울었다는 거야. 몇 날 며칠을 그랬다는 거야. 알고 보니 관에 물이 새고 있더란다. 조상이 무덤 좀 돌봐달라고 그랬던 게지.

그 순간 나는 복자가 미친 사람이라는 걸 알아챘다. 무덤이라니. 그게 조상이 할 말인가. 이미 여기 없는 사람인 주제에 뭘 돌보라는 거야. 세상을 이렇게 만들어놓고 멋대로 낳기까지 한 주제에 죽어서까지 책임지라니. 그건 투정 수준도 아니었다.

무덤이요, 할머니?

아버지가, 자꾸 시끄럽다고 한다. 여기가 너무 시끄럽다고, 죽어서도 나를 들들 볶아서 잘 수가 없어.

돌아보는 눈이 퀭했다. 나는 안나의 팔을 잡아끌었다. 놀란 탓인지 안나는 순순히 끌려왔다. 그걸로 끝난 줄 알았는데 안나는 종종 복자와 이야기를 나누고 있었다. 아픈 뒤로는 더 그랬다. 무슨 말을 하느냐고 묻자 꿈 얘기를 한다고 했다. 복자 아버지의 무덤이었던 자리에 공장이 들어섰다는 얘기를 전해준 것도 안나였다. 안나는 어디서나 그런 얘길 잘도 듣고 왔다. 가여운 분이야. 아예 종일 평상에 앉아 복자와 해를 기다리는 날도 있었다. 여리야, 벌써 153일째 해가 안 떠. 정말 너무하지 않아?

안나가 그런 유언을 남기게 된 것에 복자의 영향은 얼마나 있을까.

해 같은 거 봐서 뭐 해요.

얼마나 따뜻한지…… 너희가 몰라서 그런다. 그렇게 다 녹일 것처럼……

공감할 수 없는 말이었다. 두꺼운 스모그 때문에 공기는 늘 습하고 매캐했다. 실내에 있으면 불편함을 느낄 일은 거의 없었다. 햇빛을 눈으로 직접 보는 것보다 영상이나 사진으로 본 기억이 더 많았다. 다 녹인다니. 햇빛에 닿으면 안나도 다시 말랑해질까. 썩을 수 있게 될까. 쓰레기산에 버리지 않아도.

거기다 묻으면 안 되는 거였는데. 아버지를 말이다.

앙상한 손으로 내 손등을 다독이던 복자가 불쑥 말했다.

영원히 돌이킬 수 없게 된 거야.

할머니가 부추겼어요?

손을 사납게 쳐내자 복자의 작은 눈이 동그래졌다.

무슨 말이냐?

요즘 안나랑 가장 많이 얘기한 게 할머니잖아요. 걔가 그렇게까지 황당한 애는 아니었단 말이에요.

나는 복자를 노려보며 내가 없는 곳에서 그녀가 안나에게 불어넣었을지도 모를 불온한 생각의 기미를 찾아내려 애썼다. 복자는 미련한 짐승처럼 눈을 껌벅였다. 그 행동에 더 화가 났다. 자꾸만 화가 났다. 단지 입구 앞에는 아무것도 틔우지 못한 화분이 아직도 놓여 있었다. 여기로 이사 온 지 얼마 되지 않아, 나와 안나가 함께 산 것. 새 출발의 기념품. 양쪽에서 잡고 함께 옮겨야 할 정도로 무거워서 몇 번이나 들었다 놓았다 하며 집 앞까지 왔지만, 차마 그걸 들고 계단을 올라갈 엄두가 나지 않아 나중에 가져가자고 잠깐 내려둔 것이 지금의 자리가 됐다. 안나는 모종삽도 구입했다.

우리가 싹을 틔우면 난리가 날걸.

안될 거라고 생각했지만 신난 안나의 반응이 좋아서 나도 내심 기대하게 됐다. 토질 오염이 한계치를 넘어서면서 농작물 재배는 특수 구역에서만 가능해졌고 종자를 보호해야 한다는 이유로 씨앗은 정부와 기업이 관리했지만, 아예 구할 수 없는 건 아니었다. 녹지를 되살리려는 캠페인은 꾸준히 이어지고 있었다. 우리는 두 달 치 월급으로 씨앗을 샀다. 알려진 바에 의하면, 마지막으로 인간 개인의 손에서 씨앗이 싹을 틔운 것은 20년 전이었다. 우리는 출근할 때마다 텀블러에 물을 담아 화분에 뿌렸다. 매일매일 화분을 확인했다. 인간이 해치기만 하는 게 아니란걸 보여주자. 우린 이마를 맞대고 누워 인터뷰 답변도 미리 준비했다. 하지만 아무런 일도 일어나지 않았다. 애초에 죽은 씨앗이었을 거라고 단정 지은 나와는 달리 안나는 자신의 손을 오랫동안 의심했다. 햇빛 아래 뿌리처럼 뻗은 손금을 이리저리 비춰보며 쓰레기,라고 조그맣게 중얼거릴 때는 나도 모르게 화가 나서 어깨를 때렸다. 안나는 없는데 화분은 그 자리에 그대로 놓여 있었다.

좋은 애였어.

내 시선을 따라간 복자의 말에 나도 모르게 울음을 터뜨리고 말았다.

좋은 애.

사람들은 각자의 방식으로 안나를 기억하겠지만 나에게 묻는다면 기어코 어느 쪽을 선택하게 만드는 사람이라고 대답할 것이다. 안나는 그런 것을 중요하게 여겼다. 그애의 질문은 나를 고민하게 했고, 그런 점에서 나를 긴장시켰다. 나야, 모란이야. 오른쪽이야, 왼쪽이야. 초코 맛이야, 딸기 맛이야. 그리고 마침내 나야, 지구야.

거기까지. 안나는 뭐든 끝까지 몰고가는 애였다. 놀라운 일은 아니다.

우리는 공장에서 만났다. 누구나 먹고 입어야 했으므로 식품 공장과 방직 공장은 자주 개정되는 환경 정책에도 유연하게 살아남아 인기가 좋았다. 나는 그다음으로 인기있는 관 공장을 선택했다. 운과 확률이 내가 알고 있는 삶의 전부였고, 내 삶은 그 확률을 조금이나마 높이는 방향으로 이루어져 있었다. 안나는 내 맞은편 대각선 자리에서 일했다. 느슨하게 묶은 머리가 뺨을 타고 흘러내려서 왼뺨에 있는 점을 자꾸 가렸다. 그게 신경 쓰여서 계속 흘끗거렸더니 자꾸 눈을 마주쳤다. 안나가 씨익 웃었다. 정말로 씨익, 하는 웃음이었다. 서둘러 시선을 피했는데 점심시간이 되자 안나가 옆자리로 다가왔다.

얼굴 뚫어지겠다.

공장에서는 점심마다 도시락을 제공해주었다. 노란 플
라스틱 그릇에 매일매일 조금씩 다른 음식이 담겨 나왔
다. 인원을 전부 수용하기에는 터무니없이 작은 식당에서
먹어도 되었고 운동장이라고 말하기에도 민망한 작은 공
터나 자기 자리에서 먹는 것도 크게 상관은 없었다. 가격
성능 대비. 플라스틱이 문제라는 얘기는 계속 나왔지만
현실적인 문제를 고려하면 아예 사용하지 않을 수는 없었
다. 그건 마치 덫처럼 어디에나 있었다. 딱딱하고 매끈한
그것을 쥐고 있자면 죽으면 이런 것이 되겠구나, 생각하
게 됐다. 그날 나온 것은 삼각김밥이었다. 완벽하게 멸균
된 제품입니다. 옆에서 느껴지는 안나의 시선 때문에 포
장지에 씌어진 글자에서 눈을 뗄 수 없었다.

삼각김밥 좋아해?

안나가 자꾸 말을 붙이려 한다는 사실이 놀라웠고, 내
가 좀더 그럴싸하게 대꾸하지 못하는 것에 화가 났다.

김치참치? 참치마요?

뭐든 상관없어.

그러면 안 돼. 언제나 더 나은 것을 선택할 수 있어서

인간이잖아.

안나가 신중한 얼굴로 나무라듯 말했다. 삼각김밥에 대한 말치고 너무 거창하게 들려서 또 말문이 막혔다. 내 표정을 본 안나가 다시 씨익 웃었다. 옆자리에 앉은 안나는 별로 불편한 기색 없이 포장을 벗기고 삼각김밥과 노란 그릇에 담겨 나온 된장국을 번갈아가며 먹었다. 나도 얌전히 내 몫을 먹었다. 맛에 대해서라도 얘기하고 싶었지만 어떤 맛인지 알 수 없었다. 나를 구한 것은 뜻밖에도 사장이었다. 당시의 사장은 지금 사장의 큰아버지였는데, 늘 곰팡이가 핀 오렌지 같은 묘한 향을 풍겼다. 어찌나 독한지 직원들은 냄새로 그가 가까이 다가오고 있음을 알아챌 수 있었고, 딴짓을 하다가도 그 냄새를 맡으면 곧장 자세를 고쳤다. 그를 주제 삼아 농담을 꾸며내는 일이 공장 생활의 몇 안 되는 낙이었다. 왜 하필 그런 향수를 뿌리는지 모두가 궁금해했는데, 머지않아 그가 공장에서 일하는 어떤 직원을 좋아한다는 소문이 돌았다. 자꾸만 직원들 사이를 알짱거리는 것도 그 때문이라는 말이었다. 사장이 좋아하는 게 설마 안나였던 걸까? 그는 어딘가 화가 난 듯한 얼굴로 우리를 내려다보고 있었다.

왜요?

안나가 묻자 그는 사무실 쪽으로 턱짓을 했다. 안나가 자리에서 일어났다. 그 소문이 진짜였나. 사장을 소재로 한 농담에 안나가 웃었던 적이 있나. 잔뜩 긴장한 채로 서 있는데 사장이 미간을 찌푸리며 나를 보았다.

너도 일어나야지.

그는 우리에게 사무실에 쌓여 있는 박스를 들게 했다. 별로 무겁지는 않았다.

뭐가 들었어요?

안나가 밝은 목소리로 물었다.

주걱.

말투에 섞인 명랑함 탓인지 사장은 선뜻 대답해주었다. 안나는 언제나 사람들의 경계심을 푸는데 탁월했다.

주걱을 이렇게나 많이요?

동호회 사람들에게 나눠줄 거야.

우리의 표정을 보고 사장은 생분해되는 친환경 제품이라고 덧붙였다. 사장은 지역 걷기 동호회 활동을 열심히 했다. 바닥을 밟으면 발생하는 에너지가 즉시 포인트와 전기로 전환되는 덕에 시간적 여유가 있는 사람들은 틈틈이 운동을 하곤 했다. 이미 인간이 맨발이 될 수 있는 구역은 건물 내부나 시멘트, 아스팔트뿐이라는 법안이 통과

된 이후였다. 맨살이 잎사귀에 닿으면 식물이 견디지 못하는 탓에 특수복을 입지 않으면 입산을 하는 것도, 정원을 가꾸는 것도 모두 금지되어서 사람들은 주로 실내 스포츠를 즐겼다. 옛날이 좋았는데, 옛날이 좋았는데, 하며 트랙을 뱅글뱅글 돌고 박수를 짝짝 치고 클라이밍을 했다. 이동할 형편이 안 되면 그냥 제자리걸음을 하기도 했다. 그런 것을 혼자 하기 민망해서 동호회라는 이름을 붙이는 사람이 많았다. 박스를 다 옮기자 사장은 수고했다며 우리에게 주걱을 한 묶음씩 쥐여 주었다.

이걸 어디다 써?

글쎄. 땅이라도 파볼까?

듣도 보도 못한 말에 재치 있게 대답하는 법을 나는 몰랐다.

저 사람은 열심히 걷는데 왜 살이 안 빠지는 거야?

형편없는 비난에 안나가 웃음을 터뜨렸다. 그날 저녁에도 우리는 같이 밥을 먹었다. 어느 순간부터는 자연스럽게 휴가 일정을 맞추고 있었다. 서너 달쯤 뒤 사장이 바뀌었다. 이전 사장의 조카라는 남자는 이마에 사마귀가 난 것을 빼면 삼촌과 두루뭉술하게 닮은 얼굴이었다. 공장 전체가 술렁였지만, 사장의 조카는 그의 죽음에 대해 아무런 이야기도 하지 않았다. 사람들은 그게 그가 뿌리던 향수 때문일 거라고 수군거렸다. 많은 사람이 그런 식으로 공장을 떠났다. 그 무렵 에코피아 입주가 시작되었다. 월세, 아끼는 편이 좋지? 우리는 포인트가 적으니까. 삼각김밥의 비닐을 벗기며 태연한 척 말했지만 가슴이 미친 듯이 뛰고 있었다. 안나의 팔꿈치가 옆구리를 부드럽게 찔렀다.

너 진짜 멋없는 거 알지? 나니까 살아준다.

우리는 싸고 튼튼한 물건을 구입했다. 내일도, 모레도, 일단은 살아 있을 테니까. 그런 것들이 중요했다. 일을 하기 위해서는 먹어야 했다. 우리 자신의 몸을 책임져야 했다. 거두고, 먹이고, 보살필 의무가 있었다. 그것을 잘하는 것. 윤리가 있다면 그런 것이었다. 나는 항상 미래를 생각해야 했다. 미래를, 다음에 올 것을. 매번, 매번, 매번, 쉴 틈 없이. 생활을 애썼고, 비참해지지 않기 위해 노력했다. 그게 너와 함께 살아가게 될 미래였기 때문에, 정말이지 열심히 했어.

안 오고 여기서 뭐 해.

모란은 폴리에스테르 재질의 연한 갈색 트레이닝복 주

머니에 양손을 끼워 넣고 나타났다. 언제나 같은 차림이어서 어디서나 한눈에 알아볼 수 있었다. 모란은 A동에 살았기 때문에 출근길에 복자를 지나칠 필요가 없었다. 그래도 에코피아에서 복자를 모르는 사람은 없었다. 눈치가 빠른 애였다. 나는 재빨리 복자를 밀치고 자리에서 일어났다.

병주가 기다려.

모란이 내 팔뚝을 잡아끌었다. 복자는 다시 새까만 하늘로 고개를 들고 혼잣말을 중얼거리기 시작했다. 이러니까 집값이 떨어지지. 모란이 들으라는 듯 중얼거리며 한숨을 내쉬었다.

너희는 왜 저 미친 할머니랑 얘기를 못해서 안달이야?

안나만 그래.

이딴 동네 빨리 떠버려야지. 이런 데선 애도 못 키워.

낳으려는 생각이나 있었어?

병주는 항상 있지. 얘기 못 들었어? 이대로 계속 안 좋아지면 불법으로 지정될 수도 있대. 낳는 거 말야.

슬쩍 모란의 눈치를 살폈다. 시큰둥한 얼굴에 아기를 원하는 기미는 어디에도 없었다. 그런 방식으로 자유를 통제해선 안 된다는 말, 남은 인류의 삶의 질을 생각해야 한다는 말, 미래 없이 어떻게 현재를 살아가느냐는 말로 사람들은 싸웠다. 그러니까, 진짜 미래. 우기듯 버티는 것과는 다른 종류의 것. 하지만 그럴 자격은 누구에게나 있잖아. 안나라면 그렇게 말하지 않았을까. 터무니없는 논쟁을 한다는 듯 약간 놀란 얼굴로. 가장 좋은 형태는 아닐지 몰라도 그게 모이고 모여서 지금이 있는 거니까. 그건 안나니까 할 수 있는 말일 것이다. 나는 안나의 터무니없는 낙관이 늘 좋았지만 지금만큼은 따지고 싶었다. 안나, 사람들이 늘 더 나은 선택을 하는 건 아냐.

어쨌든 이 동네 뜨기 전까진 보류야.

모란이 단호하게 말했다. 그 말대로 에코피아에 사는 것이 자랑스러운 일은 아니었다.

그래도 이곳은 한동안 나와 안나의 귀중한 보금자리였다. 더 나은 것을 선택하는 하루하루. 우리는 이사하면서 집을 합쳤고, 3년간 함께 살았다. 에코피아는 국가 주도로 지어진 친환경 아파트로 집을 구하거나 옮길 여력이 되지 않아 오래된 아파트에 사는 이들이 전부 이주 대상이었다. 그것은 말하자면 환경 부담금을 감당할 수 없는 저소득층이라는 낙인이었고, 각종 환경오염에 큰 책임이 있다는 의미였다. 네오시티가 등장한지 7년 만의 일이었다.

네오시티는 신재생 에너지를 이용하여 스스로 에너지 공급을 할 수 있는 아파트 단지였는데, 친환경 건설이라는 말을 앞세워 기존의 아파트를 헐고 건설되었다. 처음에는 시범적으로 운영되던 것이 10년이 채 지나지 않아 아파트 단지의 대부분을 차지하게 됐다. 그것을 필두로 공공기관이나 큰 건물들도 보수 개축되었다. 자가로 에너지를 공급 받을 수 있게 된 건물들은 각종 세금에서 면제되었다. 여유가 있는 사람들은 당장 이사를 시작했다. 한편 기존의 방식대로 에너지를 사용하는 건물은 세금은 물론, 페널티까지 지불해야 했다. 어떻게 해도 신형 아파트로 이사를 갈 정도의 돈을 마련할 수는 없어서 비난과 비용을 고스란히 감당할 수밖에 없었다. 그 억울함과 어쩔 수 없음이 나와 안나의 마음을 한데 묶었다.

차별과 혐오는 날이 갈수록 심해졌다. 불평등을 완화시키고 이산화탄소를 비롯한 오염 물질 배출량의 국제 기준을 맞춘다는 명목으로 조성된 에코피아는 네오시티의 여타 시설과 크게 구분되지 않는 방식으로 지어져 열과 빛과 바람이 전기로 전환되고, 인분은 곧장 분해되어 물과 바이오가스로 활용되었다. 바닥을 밟을 때마다 전기가 만들어졌다. 생산한 에너지만큼 포인트가 발생해 할인을 받거나 혜택을 주는 각종 정책에서 우선순위가 될 수 있었다. 환경 부담금을 면제받기도 했다. 대부분의 시간을 공장에서 보내는 나와 안나의 경우 포인트를 많이 얻기는 어려웠다. 사람들이 으레 말하듯 게으름 탓은 아니었다. 그래도 구단지에서 생활하며 가질 수밖에 없었던 죄책감은 조금이나마 덜 수 있었다. 이제 세계가 어떻게 되든, 이대로만 살 수 있다면 아무 걱정 없겠다고 생각했다. 그랬는데.

안나는 좀 괜찮아?

응.

병주는 도로가에 차를 대고 우리를 기다리고 있었다. 병주도 안나의 안부부터 물었다. 나는 다 괜찮다고 대답했다. 모란이 룸 미러로 내 얼굴을 살폈다. 늘 하던 대로 병주는 능숙하게 차를 몰았다. 모란과 병주를 알게 된 것도, 병주의 차를 얻어 타고 출퇴근을 시작한 것도 안나 덕분이었다. 그날은 간만에 휴가를 맞춘 데다 주말까지 껴있어서 나와 안나는 밤새 영화를 보고 섹스를 하고 졸다가, 문득 눈을 떠 입을 맞추고 다시 몸을 섞고, 다음 영화를 고르며 내키는 대로 시간을 보냈다. 한참 그러다 편의점에 가려고 집을 나선 차였다. 아직 해가 뜨기 전이어서 아파트는 조용했고, 세상은 온통 파란빛이었다. 후드를 쓴 채 앞서 걷는 누군가를 발견한 안나가 팔꿈치로 옆구리를 찔렀다.

개다.

누구?

우리 구역에서 일하잖아.

아무리 낮춰도 안나의 목소리 톤은 좀 높았고 아무도 없는 곳에서 속삭이는 목소리는 지나치게 크게 들렸다. 여자애가 매서운 눈으로 우리를 돌아보았다.

너도 여기 살아?

안나가 웃으며 인사를 건넸지만 모란은 우리를 쏘아보고는 빠른 걸음으로 사라져버렸다.

이 시간에 운동하나?

아무래도 그 소문이 진짠가 봐.

사람들과 곧잘 어울리는 안나는 여기저기서 듣고 오는 얘기가 많았다. 듣는 사람이 없는데도 안나는 볼륨을 낮췄다.

쟤, 주말마다 매립장에 간대.

들어가지도 못하는데 가서 뭐 해?

매립장은 위험 구역이었다. 인공위성까지 동원해 수거

원과 수거 로봇 이외에는 아무도 들어가지 못하도록 철저히 관리한다고 했다. 죽은 몸이 내뿜는 유해 물질은 방사능과 비슷한 수준으로 인체에 치명적이었다. 설사 들어가는 길을 찾았다고 한들, 그건 자살행위에 가까웠다.

뭘 찾는대.

그런 위험을 감수하는 거라면 돈 문제일 확률이 높았다. 죽은 몸이 신고되면, 인도된 시신은 그대로 플라스틱 관으로 들어갔다. 가끔 시신의 몸이나 주머니를 뒤져 쓸 만한 재산을 뒤지다 잡히는 사람들이 있긴 했다. 사람들은 그들을 하이에나라고 불렀다. 모란은 체구가 작아 날쌔 보이긴 했지만, 하이에나처럼 보이진 않았다.

죽은 애인일지도 몰라.

안나가 중얼거리며 내 손을 꼭 잡았다. 안나에게는 낭만적인 구석이 있었다. 다음 날 퇴근길에 다시 모란을 봤다. 모란은 길가에 세워진 스타렉스 운전수와 이야기를 나누고 있었다. 구형 차는 여러 환경문제로 거의 폐기되었고, 특별 허가를 받은 사람만 몰 수 있었다. 공장에서는 좀처럼 볼 수 없는 누그러진 얼굴로 대화를 나누던 모란이 조수석에 올라타는 걸 보고 눈이 동그래진 안나가 팔을 잡아끌었다. 아무렇지 않게 뒷문을 연 안나가 나를 먼저 밀어 넣었다.

에코피아지?

뭐야, 아는 애들이야?

운전수가 우리를 돌아보더니 모란에게 물었다.

응, 같은 구역. 근데 이거 구형 차 아니야? 막 몰아도 되
는 거야?

안나가 자연스럽게 말문을 트자 모란은 한숨을 내쉬며
앞 좌석에 몸을 깊이 파묻었다.

허가증 있어. 모란, 가면 돼?

병주가 백미러로 모란의 얼굴을 확인했다. 당장 내리
라고 할까 봐 약간 긴장했지만, 모란은 찌푸린 채로 고개
를 끄덕였다. 나중에 알게 된 바로는, 병주는 용역 업체에
서 오래된 아파트를 허무는 일을 하고 있었다. 일자리를
늘리기 위한 정부 사업의 일환이었다. 지속적인 일자리가
적어 정부는 여러 사업을 주도했다. 부수고, 다시 세우고,
다시 부수고. 그냥 이름만 바꿔서 똑같은 짓 하는 거지
뭐. 그런 게 역사 아니겠어. 병주는 그것을 비웃곤 했지만,
일을 그만둘 순 없었다. 세상엔 아직도 부술 게 많았다.

난 안나야. 얜 여리.

난 병주.

근데 너, 진짜 매립장에 가?

안나가 앞 좌석에 찰싹 몸을 붙였다.

그게 왜 궁금한데?

모란의 말투에는 그만 꺼지라는 기색이 역력했지만 안
나는 아랑곳하지 않았다.

네가 하이에나일 것 같진 않아서.

점수를 매기는 듯한 시선에 어쩐지 긴장이 됐다. 마침
내 유해하지 않다는 판단이 든 것인지 모란은 약간 풀어
진 얼굴로 어깨를 으쓱였다. 둘이 붙어 있어도 사람들은
우리를 그렇게 판단했다. 왠지 자존심이 상했다. 원할 때
는 얼마든지 나빠질 수 있다는 것을 보여주고 싶었다.

누굴 찾고 있어.

누구? 왜?

있어. 어떤 나쁜 새끼. 그 새끼 얼굴에 침을 뱉을 거야.

그러니까 누군가의 얼굴에 침을 뱉기 위해 목숨을 걸고
매립장을 돌아다닌다는 얘기였다. 대체 얼마나 어마어마
한 원한을 품었기에 그런 일을 하는 걸까. 저런 표정으로
저런 말을 하게 하는 사람이라면 모르긴 몰라도 좋은 관
계는 아닐 터였다. 안나는 말실수를 했다고 생각한 건지
모란과 병주의 눈치를 봤다.

모란은 체구가 작아서 눈에 잘 띄지 않더라.

병주가 아무렇지 않게 대꾸하며 분위기를 풀었다. 너희 공범이구나. 멋지다. 안나가 박수를 치며 말하는 순간 차가 멈춰 섰다. 어느새 에코피아 앞이었다. 우리를 내려주고, 이제 병주는 일을 하러 가야 한다고 했다. 이 녀석 좀 잘 부탁해. 착한 애야. 병주가 머리를 쓰다듬자 모란이 그의 팔을 때렸다. 태워줬으니까 저녁은 우리 집에서 먹을래? 안나의 말에 병주가 잽싸게 고개를 끄덕였다. 잘됐다. 내 몫까지 먹고 와. 둘러앉아 밥을 먹는데 안나가 주변을 살피는 시늉을 하더니 은밀한 목소리로 속삭였다. 우리 정말 공범 같다. 그치? 그 뒤로 우리는 공범처럼 뭉쳐 다녔다.

병주가 날이 좀 쌀쌀한 것 같다고 중얼거리자 모란이 보온병 컵에 물을 따라 주었다. 말투가 험한 것과 달리 모란은 늘 세심하고 다정했다. 병주는 모란이 그런 식으로 챙겨줄 때마다 좋아하는 표정을 숨기지 못했다. 아기가 다음이나 나아짐이라는 의미는 아니겠지만 둘을 보고 있자니 미래를 상상하게 됐다. 그러니까, 내가 알던 것과는 다른 종류의 미래. 추위가 느껴져 몸을 웅크렸다. 자꾸 입안이 말랐다. 건물가의 쓰레기장은 소주병으로 가득했다.

육안으로 볼 수 있는 유일한 초록색. 내가 도움을 청할 수 있는 건 이들뿐이었다.

낮에 잠깐 집에 들를 건데 안나 봐줄까?

병주의 친절에 나는 고개를 저었다.

계속 잘 거라고 했어.

모란이 나를 흘끗 쳐다보았다. 할 수 있는 가장 큰 힘으로 문을 닫고 내렸다. 내가 지금 할 수 있는 유일한 화풀이었다.

아프기 시작한 뒤로도 안나는 계속 일했다. 관을 만들었다.

TV에서는 종종 매립지의 모습을 비춰주었다. 마치 벌집처럼 구획이 나뉘어 있었다. 수거원들은 쓰레기 봉지를 버리듯 툭, 툭 관을 던졌다. 우주인처럼 방호복을 입고 있어서 표정은 보이지 않았다. 안나는 말없이 채널을 돌렸다. 약을 챙겨 먹고 가끔 병원에 가는 것을 제외하면 생활에 큰 변화는 없었다.

공장에서 돌아오면 씻고 밥을 먹고 눕거나 엎드려 이야기를 나누다 잠들었다. 휴대폰 게임을 하고, 어깨를 맞대고 엎드려 세계를 구한 대가로 자기 자신은 사라져버리는 마법 소녀 애니메이션을 봤다. 안나의 기분을 나아지게 하고 싶어서 나는 자꾸 뭘 하고 싶으냐고 물었다. 안나는 심술을 부리는 것처럼 바다에 가고 싶다고 했다. 바다는 오래전에 접근 금지 구역이 되었고, 모래사장에는 바다를 보호하기 위해 높다란 방파제까지 설치되어 있었다. 우리는 어디로 떠나는 대신 구글 맵을 켰다. 마우스로 지도의 화살표를 계속 누르면 가고 싶은 곳까지 갈 수 있었다. 그런 식으로 세계를 돌아다녔다. 살아 있는 것의 흔적이 조금도 없는 도시. 페트병이나 캔, 스티로폼, 플라스틱과 비닐로 이루어진 쓰레기 산은 멀리서 보면 예술 작품 같았다. 인적이 드물고, 끝없이 이어지는 잿빛 땅을 한참 누비고 있자면 어느새 세상에 이 방만 남은 것처럼 느껴졌다. 나는 안나에게 무너지듯 몸을 기댔다. 안나는 무겁다고 하면서도 머리를 받쳐주었다.

성실하게 일을 하고 포인트를 모으고 분리수거를 하고 장을 보러 가는 나날이 이어졌다. 카트를 밀고 가판대 사이를 오가면 손목에 찬 스마트워치가 연신 진동했다. 환경 포인트가 올랐다는 의미였으므로 헛된 시간을 보내는 건 아니었다. 안나에게 더 좋은 걸 먹이고 싶었지만 신선식품의 가격은 날로 뛰었다. 일반 토마토와 유기농 토마토는 아예 다른 가판대에 진열되어 있었다. 유기농은 크기가 좀더 작았으나 가격은 네 배나 비쌌다. 농약을 비롯한 화학물질에 대한 노출을 최소한으로 한 토마토는 유통기한도 훨씬 짧았다. 간편식이나 레토르트식품을 위주로 담았지만 그래도 가끔은 큰맘 먹고 유기농 식품을 구입했다. 4등분으로 자른 붉은 토마토는 주로 안나의 몫이었지만 안나는 그걸 집어 내 입에 넣어주었고 나는 그 애의 손가락을 핥았다.

한 번 외출할 때마다 우리는 걸을 수 있는 만큼 최대한 많이 걸었다. 건강을 위해서이기도 했지만, 포인트 누적을 위해서이기도 했다. 그러나 어느 날부턴가 안나는 포인트 블록을 벗어나 자꾸 오래된 단지로 내 팔을 이끌었다. 환경문제는 조금도 고려하지 않은 아파트는 사람이 오가지 않아 스산하고 흉흉했다. 친환경 소비 만능 주의 타도, 뭐 그런 게 적혀 있을 플래카드가 머리 위에서 펄럭거렸다. 이 근방은 거의 방치된 것이나 다름없어 범죄율도 높았다. 처음에는 불안했지만 손을 꼭 맞잡은 채 가로등조차 없는 구단지를 가로지르고 있자니 꼭 우리가 헤매던 지도 안에 들어와 있는 기분이었다. 깍지 낀 손에 좀더 힘을 주었다. 부서진 벽돌의 파편이 자꾸만 발에 채였다.

무너지고 흩어진 잔해들은 이곳에 살던 사람들의 삶에 대해 조금도 알려주지 않았다. 목적지가 있는 듯, 안나는 그 무엇도 돌아보지 않고 부지런히 움직였다. 한동안 서로의 숨소리를 들으며 걸었다.

어렸을 때, 사탕인 줄 알고 방부제 먹은 적 있는데.

안나가 침묵을 깼다. 내게도 그런 기억이 있었다. 자그마한 봉지에 들어 있던 동그란 방부제와 제습제 알갱이는 투명하게 반짝였고 단맛이 날 것 같았다. 어디에나 들어 있어서 구하기도 쉬웠다. 내가 치약인 줄 알고 클렌징 폼을 짜 양치한 얘기를 했더니 안나가 웃음을 터뜨렸다. 자기는 술에 취해서 콜라인 줄 알고 간장을 마신 적이 있다고 했다. 대화에 불이 붙어 물건을 착각해 일어난 실수들을 하나씩 얘기하다 정신을 차려보니 우리는 자기가 더 바보라고 주장하고 있었다. 대체 얼마나 걸었는지 안쪽으로 한참이나 들어와 있었다. 부수다 만 아파트 단지 뒤쪽. 건물들은 철근이 앙상하게 드러난 상태였고, 아스팔트도 반쯤 뜯겨나간 채였다. 발밑으로 느껴지는 낯선 감각에 나도 모르게 아래를 내려다보았다. 안나는 신발 끝으로 흙을 밀고 있었다. 흙이라니. 이런 상태의 땅은 아주 어릴 때 이후로 처음이었다. 처음부터 여기 올 계획이었다는 듯, 안나는 태연해 보였다.

이런 데를 어떻게 알았어?

병주한테 물어봤는데, 여기는 당분간 이대로 둔대.

왜?

공사가 중단됐나 봐.

차마 만질 용기가 없어 발끝으로 문대자 흙이 부드럽게 파여 들어갔다. 그 너그럽고 다정한 감각에 나는 깜짝 놀랐다. 신식으로 다시 짓고 포인트 블록을 깔면 이 흙도 완벽하게 덮일 터였다. 인간이 닿지 못하도록. 흙에 대해서는 잘 알지도 못하면서 내가 흙을 그리워한다는 사실이 우스웠다. 안나는 뭔가 딴생각을 하는 듯했다. 흙이 부서지고 흩어지는 감촉이 좋아서 나는 발장난을 계속했다.

무슨 생각해?

너에게 내가 쓰레기로 남는 건 싫어. 쓰레기 버리듯이 그렇게 사라지는 건.

무서운 대답이 돌아왔다. 그렇게 생각해본 적은 한 번도 없었다. 너는 쓰레기가 아니야. 그렇게 말하고 싶었다. 그렇게 말하면 될 일이었다. 안나에게 뻗으려던 손끝을 물끄러미 쳐다보았다. 왜 목소리가 나오지 않는 건지, 스스로도 이해할 수 없었다.

그렇다고 수습하지 않으면 온몸에서 독가스가 새어 나올 거야. 너를 아프게 할지도, 죽일지도 몰라. 나는 그런 추한 기억으로 남고 싶지 않아.

그 말을 들으니 눈물이 날 것 같았다.

있잖아, 여리야.

갑자기 안나가 내 이름을 불렀다. 금방이라도 사라져버릴 것 같은, 은근한 조바심이 섞인 목소리. 뭔가를 예감하게 만드는 목소리였다. 어쩐지 속이 울렁거렸다. 이어가고 싶지 않은 대화를 어떻게 피해야 하는 건지 나는 몰랐다. 응, 간신히 고개를 끄덕였다.

여기야. 내가 묻히고 싶은 곳.

분명 그 순간 멍청한 표정을 지었을 것이다.

존엄하게 죽고 싶어. 그 정도는 원해도 되잖아. 당장 티가 나지도 않을 거야. 어차피 이 근처에는 사람이 살지도 않잖아.

안나가 이렇게 비상식적이고 이기적인 말을 할 거라고는 상상도 못했다. 그건 안나가 말하는 방식이 아니었다. 그런 욕망이 어디서 나왔는지도 알 수 없었다. 어디서 그런 욕심이 생겼어? 그게 무슨 의미인 줄은 알아? 어째서 그런 터무니없는 생각을 하게 된 거야? 그런 말을 하려고 여기까지 데려온 거야? 지키지 않을 수 없는 말을, 하지 않을 수 없는 장소에서.

네가 나를 생각했으면 해. 잊지 않았으면. 찾아왔으면. 기억해줬으면.

안나가 내 뺨을 쓸었다. 그런 식으로 말하는 건 비겁했다. 그건 나를 위한 거야, 너를 위한 거야? 감옥에 가라는 말이야? 안나에게 내가 그런 말을 할 수 있을 리가. 우리는 한참을 말없이 걸어 돌아왔다. 다음 날에 신발장에는 모종삽이 올라와 있었다.

관이 끊임없이 밀려왔다. 실내는 밝았다. 형광등이 뿜어내는 인공적인 빛 때문이었다. 저런 거라도 쬐어봐야 하는 게 아닐까. 불을 켜두고 올 걸 그랬나. 안나가 말랑해질 수 있다면 좋을 텐데. 아주 조금이라도 햇빛을 쬘 수 있다면. 기계적으로 손을 움직이면서도 얼음땡을 하듯이 다 녹아내려 말랑해지는 지구를 상상했다. 젤리처럼, 부드럽고 따뜻해지는 지구. 인간도 슬픔도 다 녹아버리는 지구. 정말 햇빛이 그런 걸 할 수 있나. 볕을 제대로 쬐어본 적도 없는데 어떻게 이런 생각을 할 수 있는 걸까. 인간이라면 그러도록 되어 있는 걸까. 녹아내리는 플라스틱.

녹아내리는 안나. 녹아내리는 사람들. 아이스크림처럼 뚝 뚝 떨어져 바다로 흘러내려가는 사람들. 더 나은 선택은 더 나쁜 선택과 같은 말 아닐까. 내가 더 나은 거라고 믿었던 그 선택들이 사실은…… 가끔 시선이 느껴져서 고개를 들면 이쪽을 유심히 살펴보는 모란과 눈을 마주쳤다. 의심스러운 눈초리, 꿰뚫는 듯한 눈빛이었다.

혼자 감당하기 어렵다고 억지로 가담시키는 게 비열하다는 건 내가 더 잘 알았다. 이런 일에 공범자가 되기를 강요할 수는 없다. 불법이고, 지구를 망치는 일이고, 지구에는 아직 50억의 사람이 있고, 그들에게도 생활이 있는데. 누군가 정말 아프게 될지도, 죽게 될지도 모르는데. 정말로 물리적으로 발밑이 좁아지는 것인데. 모르고 하는 일도 아니고, 완전히 의도를 가지고 하는 일인데. 이미 죽은 안나 하나만을 위해. 어쩌면 내 마음 편하자고. 그러나, 다들 그렇게 살았잖아. 알면서도 했잖아. 누린 거잖아. 아직, 안나가 누워 있잖아. 그 애의 마지막 소원이었다. 내 미소를 본 모란이 얼굴을 찌푸렸다. 퇴근길엔 모란과 병주를 기다리지 않고 곧장 집으로 왔다. 돌아오자마자 알람을 맞추고 자리에 누웠다. 아무도 돌아다니지 않을 때 밤새 일을 해야 했다. 간신히 선잠에 들어서는 관을 블록처럼 쌓는 꿈을 꿨다. 전부 내가 만든 것. 이 어딘가에 안나가 있을 텐데, 안 되는데, 하면서도 쌓는 손을 멈출 수가 없었다. 나를 둘러싼 플라스틱 벽은 점점 더 높아졌다. 제대로 자지도 못했는데 알람이 울렸다. 고개를 돌리자 안나는 여전히 거기에, 플라스틱 인형처럼 누워 있었다. 미동 없는 안나를 물끄러미 보다 몸을 일으켰다. 혼자서는 기민하게 움직여야 했다. 구단지의 그곳. 나와 안나가, 종종 산책을 가서 발끝으로 흙을 헤집어놓곤 했던 터지고 부서진 아파트 뒤쪽의 부드러운 땅. 햇빛이 들지는 않지만, 다른 곳보다 좀더 따뜻하게 느껴지는. 잔열이 오래 머무는 곳. 물과 모종삽과 주걱 들을 챙겼다. 체한 것 같은 기분으로 집을 나섰다. 에코피아는 어둠에 잠겨 있었다.

환상의 커플이네.

빈정거리는 목소리에 어깨가 튀었다. 화난 표정의 모란이 어둠 속에서 모습을 드러냈다.

너 솔직히 말해봐.

뭐가.

안나 정말 괜찮은 거 맞아?

그 말을 듣자 당장이라도 모든 걸 털어놓고 싶었다. 안나는 너무 오래 아팠다. 걸음 수까지 관리되는 도시에서

병이 언제까지 핑계가 될 수 있을까. 모란에게도 이렇게 쉽게 들켜버렸는데. 발각되면 나는 벌금을 물어야 하고, 그 벌금은 아마 내가 평생 일해도 갚을 수 없을 것이다. 어쩌면 감옥에 가게 될지도 모르고. 그것과는 상관없이 안나는 결국 매립장으로 보내지겠지. 그러면 나는 유언을 제대로 지켜주지 못한 것에 평생 죄책감을 안고, 갚을 수도 없는 벌금을 조금씩 헐어가며 인생을 낭비하게 될 것이다. 하지만 이미 들어버린 말은 잊어버릴 수도 없잖아. 그 모든 일이 가능한 장소까지 안나는 마련해두었으니까. 하지만 결정적이지 않다고 생각했던 그 결정들이 결국 다 중요했던 거라면 결정적이라고 느껴지는 결정들도 결국 그만큼 치명적이지는 않을지도 모른다. 다들 그랬으니까 내 결정만 무거워질 필요는 없는 거야. 존엄하게 죽고 싶다고, 그 애가 말했잖아. 소리라도 지르고 싶었다. 나한테 뭘 시킨 거야. 뭘 시킨 건지 알고는 있는 거야. 나는 이 세 개가 누군지도 모르겠단 말이야. 모란이 내 가방을 뺏고 뒤집어 털자 모종삽과 포장재에 싸인 주검 들이 떨어졌다.

안나가 유언을 남겼어.

기다렸다는 듯 나는 그 말을 토해냈다.

자기를 묻어달라고 했어.

내 말에 모란이 눈을 가늘게 떴다. 책망하는 듯한 기미가 섞여 있었지만, 곧장 타박이 돌아오지는 않았다. 눈을 마주하기가 어려웠다.

도와줘.

뭘.

땅을 파야 해.

의도했던 것보다 내 목소리는 더 고집스럽게 들렸다.

갠 미쳤어.

한참에야 모란은 사납게 중얼거렸다.

네 마음은 알겠지만 어떻게 그런 짓을 해? 들키면 어떡하게? 벌금을 감당할 자신은 있어? 당장에 땅이 죽어. 사람이 죽는다고. 그게 무슨 의미인 줄은 알아?

도와주지 않으면 너넬 신고할 거야. 하이에나라고. 공사장용 차로 매번 매립장에 숨어든다고.

모란이 처음 보는 얼굴로 나를 노려보았다. 너희도 선택을 하면서 살아가잖아. 언젠가 아기도 가질 거잖아. 삶을 위해 그럴 거잖아. 누구에게도 크게 피해 주지 않고 규칙을 지키면서 살기 위해 노력해왔는데, 해치지 않고 기분대로 하지 않고 타인의 삶을 인식하고 존중했는데 나에게도 자격이 있었다.

너는 우리가 바보로 보여? 신고하면 누가 잡혀갈 것 같은데? 상황 복잡하게 만들지 말고 절차대로 해. 그게 걔를 위한 거야.

나는 고집스럽게 고개를 저으며 떨어진 것들을 주워 가방을 챙겼다. 축축하고 차가운 바람이 몸을 감쌌다. 추위에 몸이 떨렸다. 한참이나 나를 보던 모란이 단지 입구를 향해 돌아섰다.

다 끝나면 신고할 거야.

모란?

착각하지 마. 안나 때문이니까.

병주는.

알잖아. 걘 내가 하자는 건 다 해. 그리고 어차피 오늘 밤엔 일해.

앞장서라는 듯 모란이 턱짓을 했다. 구단지로 가는 내내 아무런 말도 오가지 않았다. 안나 없이 찾아가는 건 처음이었다. 몇 번이나 헤맨 끝에 아파트 뒤편으로 가자 나와 안나가 발로 헤집은 작은 구덩이가 나타났다. 슬쩍 파여 있는 것을 보고 모란이 눈을 굴렸다. 괜찮을까. 정말 괜찮은 걸까. 하지만 구덩이가 나타난 이상 어쩔 수 없었다.

내가 가방에서 모종삽과 주걱을 꺼내자 모란이 어이없다는 듯 웃었다. 삽은 모란에게 주고 나는 주걱으로 땅을 팠다. 흙을 파고드는 느낌은 여전히 부드러웠다. 한참을 움직였지만 주걱으로는 기껏해야 세숫대야만큼밖에 팔 수 없었다. 모란은 여전히 내키지 않는다는 듯 내 움직임을 물끄러미 바라보고만 있었다.

네가 올 줄 몰랐어.

……안나가 도와준 적 있어.

뭘?

그 새끼 찾는 거.

언제?

만나고 얼마 안 돼서. 걘 그런 거 좋아하잖아.

그런 일이 있는 줄도 몰랐다. 공범자가 되는 기분만으로 안나는 충분히 즐거웠을 것이다. 안나가 즐거웠다고 생각하니 기분이 조금 나아졌다. 나는 열심히 땅을 팠다.

그거 때문은 아니겠지.

모란이 중얼거렸다.

뭐가?

그때 온갖 매립지를 뒤지고 돌아다녔어.

너는 멀쩡하잖아.

팔에 힘이 들어갔다. 깡, 하는 소리가 울리며 삽 끝에
뭔가가 부딪혔다. 나는 힐끔 모란을 쳐다보고 조금 더 땅
을 파내려갔다. 자그마한 보석함이 묻혀 있었다. 여기저
기 흙이 묻은 데다 군데군데 녹이 슬어 전체적으로 붉은
기가 감도는 상자였다. 싸구려 큐빅은 빛을 잃어 탁했다.
2, 30년은 된 것 같았다. 그제야 모란이 관심을 보이며 다
가왔다.

뭐야?

보석함 같아.

안 잠겨 있는 거 같은데.

확실히 그랬다. 선뜻 열어도 되는 것인지 확신이 서지
않아 상자를 가만히 매만졌다. 어디에나 사람들의 흔적이
있었다. 감당할 수 없는 것을 발견하고 싶지는 않았다. 이
미 죄책감은 충분했다. 모란이 상자를 뺏어 들었다.

열어볼까?

대답하기도 전에 모란의 손은 상자를 열고 있었다. 안
에 있던 발레리나가 음악에 맞춰 빙글빙글 돌아갔다. 바
흐의 「minuet no.3」은 점심시간마다 공장에서 나오는 노
래였다. 음이 반음씩 튀어 기괴한 느낌을 주었다. 안에 들
어 있는 것은 별 게 아니었다. 크기가 제각각인 밀봉된 편

지봉투와 사진, 압화로 만든 책갈피, 반지, 그리고 접힌
종이.

타임캡슐인가 봐.

시시해.

모란은 상자를 내게 떠밀었다.

왜 다시 찾으러 오지 않았을까?

죽었나 보지.

모란은 어깨를 으쓱이며 떨어진 모종삽을 주워 땅을 파
기 시작했다. 나는 반쯤 삭은 사진을 꺼내 물끄러미 들여
다보았다. 색이 많이 바래 얼굴을 제대로 알아볼 수 없었
다. 편지를 훔쳐보는 것은 어쩐지 죄책감이 들었지만 접
힌 종이는 궁금했다. 안에 오돌토돌한 것이 만져졌고 몹
시 가벼웠다. 조심스럽게 펼치자 크기가 다양한 흙갈색의
알갱이들이 굴러떨어졌다. 떨어뜨리지 않기 위해 종이를
둥글게 말자 모란이 뭘 그렇게 조심하느냐는 듯 고개를
들었다.

씨앗이네.

손에 닿지 않게 조심하면서 그것을 다시 원래대로 접어
주머니에 넣었다. 모란의 눈이 내 손끝으로 향했다.

그걸 왜 니가 챙겨.

죽었을 거라며.

변명하듯 중얼거리는 말에 모란은 대답하지 않았다. 누가 어떤 마음으로 씨앗을 이런 곳에 담아둔 걸까. 집 앞에 놓아둔 화분이 떠올랐다. 나와 안나는 결국 싹을 틔우지 못했던. 지구에 사는 누구도 아직 틔우지 못한. 주걱은 자꾸 부러졌지만 아직 많이 남아 있었다. 어깨와 등이 아파서 부서질 것 같았다. 밤새 팠는데도 내 상반신도 들어가지 않을 것 같았다. 여전히 이게 잘하는 일인 건지 알 수 없었다.

밤을 새고 공장에 출근하는 것은 처음이었다. 하지만 안나가 유해 물질을 내뿜기 전에 해결해야 했다. 누군가 알아채기 전에. 정말로 안나가 아닌 것이 돼버리기 전에. 내가 이 모든 일을 의미를 가지고 할 수 있을 때. 그렇게 서로 사랑하고 아꼈는데, 이대로 두면 나를 해칠 거라는 것이 믿어지지 않았다. 온몸이 욱신거렸지만 수상해 보일 수는 없으니 평소처럼 움직이기 위해 노력했다. 공장 앞에 병원 버스가 서 있어서 걸음을 멈췄다. 날짜를 헤아려 보니 공장에서 1년마다 하는 건강검진이었다. 안나는 재작년 이맘때쯤, 저기서 복잡한 이름의 환경 질병을 판정

받았다. 모란은 나를 한번 노려보고 대기 줄에 삐딱하게 합류했다. 손바닥의 물집을 감추기 위해 주먹을 쥐었다. 차례를 지키며 엑스레이를 찍고 소변검사를 하고 피를 뽑았다. 줄 사이사이에서 마른기침 소리가 새어 나왔다.

숨을 깊게 들이마시고, 내쉬세요.

의사는 내 가슴에 청진기를 댄 채로 말했다. 나는 시키는 대로 했다. 마침내 의사는 청진기를 떼며 건조한 얼굴로 차트에 뭔가를 적었다. 이해할 수 없는 꼬부랑글씨였다.

건강합니다.

건강이라니. 그건 그냥, 내가 아직 쓰레기가 되지 않았을 뿐이라는 의미가 아닐까. 마치 반쯤 마신 페트병처럼. 일어나지 않고 머뭇거리자 의사가 고개를 들었다.

끝났는데요.

제가 살아 있나요?

의사가 무슨 엉뚱한 질문을 하느냐는 듯 피곤한 미소를 지었다.

심장은 확실히 뛰고 있는데요.

내가 원하는 건 그런 대답이 아니었다. 나는 인간인가요? 그걸 어떻게 증명할 수 있죠? 인간은 이럴 때 무엇을 하죠? 더 나은 것을 선택할 수 있어서 인간이라면 우리는 왜, 온갖 질문이 목 끝까지 차올랐지만 끝내 입 밖으로 나오지 않았다. 그저 침을 삼켰다. 여전히 일어나지 않는 나를 보고 의사는 한숨을 삼키며 차트를 뒤집었다. 일종의 축객령이었다. 간호사가 등 뒤에서 문을 열어주었다.

　모란은 병주와 함께 나타났다. 정해진 거면 망설이는 시늉은 왜 해. 얼떨떨해하는 나를 본 모란이 한숨과 함께 쏘아붙였다. 안나를 옮기면서도 병주는 계속 나를 외면했고 도착할 때까지 한마디도 하지 않았다. 어제의 자리로 돌아와 모종삽과 주걱을 다시 꺼냈다. 병주는 근처로 안나를 옮겨주고, 나와 모란이 땅을 파는 동안 멀리 떨어져서 담배를 피웠다. 담배도 불법이라는 농담을 꺼내려다 말았다. 처음에는 수월했지만 땅은 팔수록 더 단단해졌다. 밤새 말없이 일했다. 어느새 한 사람을 묻을 수 있을 만큼의 깊이가 됐다. 우리는 구덩이를 한참 내려다보았다. 그리고 마침내 안나를 묻었다. 플라스틱처럼 딱딱한 안나. 흙. 땅. 깊은 곳. 해가 없는 곳. 땅을 파는 것에 비해 덮는 것은 금방이었다. 어디선가 바람이 불어와 몸이 차갑게 식었다. 어제 입은 운동복을 그대로 입고 있었으므로,

주머니에서 우둘투둘한 것이 자꾸 만져졌다. 종이에 싸인 씨앗일 터였다. 안나. 지구. 구덩이. 씨앗. 이런 식으로 저울에 올려서는 안 되었다.

결국 이렇게 되는구나.

모란이 중얼거렸다. 묵묵히 흙을 덮던 병주가 갑자기 울음을 터뜨렸다.

너넨 정말 쌍년이야.

병주는 고개를 숙이고 팔뚝으로 눈을 마구 문질러댔다.

넌 찾았어?

뭐?

그 개새끼 말이야.

그걸 왜 지금 묻는데?

침 뱉었어?

모란은 대답하지 않았다.

그 개새끼 얼굴에, 침을 뱉었냐고.

모란은 말없이 고개를 돌리고 조금씩 동그래지는 흙더미를 물끄러미 바라보았다. 돌아오는 길은 고요했다. 우리는 A동 앞에서 헤어졌다. 평상에는 복자가 앉아 있었다. 복자는 흙투성이가 된 나를 물끄러미 보고도 아무런 말도 하지 않았다. 주춤주춤 다가가 복자의 옆에 앉았다. 안나.

지구. 구덩이. 씨앗. 통증은 내가 살아 있다는 사실을 선명하게 상기시켰다. 그렇게 한참을 복자 곁에 앉아 있었다. 자꾸만 꿈에 나온다는 조상에 대해 뭐라도 말해주길 바랐지만 복자는 끝내 입을 열지 않았다. 나는 계속 살아가야 했다.

해가 뜨지 않네요.

좀처럼 뜨지 않지.

복자의 중얼거림을 들으며, 자리에서 일어났다. 찾아갈 곳, 돌아갈 곳. 나에게는 필요했다, 그게.

그게, 안나가 남긴 유언이었다.

무덤 속으로

방사선으로 살균한 음식을 먹고, 메일을 확인한다. 운동은 한 시간 30분, 벨트에 몸을 묶고 달리는 게 보통의 코스. 젖은 타월로 몸을 닦고 책을 조금 읽는다. 다시 적당히 튜브형 음식을 골라 먹는다. 너무 적막하다고 느껴질 땐 음악을 튼다. 즐겨 듣는 것은 쇼스타코비치. 오후 2시부터는 일을 시작한다. 지구에서 20일 간격으로 쏘아 올리는 유골함에 블루투스를 연결해 납골당으로 끌어오는 일. 3년이면 돼. 주연은 아무런 대답도 하지 않았다.

 처음 우주로 유해를 쏘아 올리기 시작한 것은 1997년부터였지만 정식으로 납골당이 생긴 지는 불과 10년도 되지 않았다. 유골함이 유성 따위와 부딪히거나 블랙홀을 만나

파손될 경우를 생각하면 무작정 우주로 쏘아 올린 채 방치할 수 없다는 게 대다수의 여론이었다. *아무리 그래도 우주 쓰레기를 애도할 순 없잖아요?* 조상이 우주 미아가 되도록 내버려둘 수 없다는 요지의 청원은 국내에서 거의 천만 건에 육박하는 서명을 받았다. 제사 문화가 남아 있는 동아시아권에서 특히 도드라지는 현상이라는 아나운서의 설명이 뒤를 이었다.

시체를 매장하는 것에 대한 우려의 목소리가 높아지기 시작한 건 인구수가 부쩍 늘어 사용 가능한 땅이 점점 좁아지면서부터였다. 대안으로 떠오른 것이 우주 납골당이었다. '생명으로 가득 찬 지구'라는 슬로건과 함께 발의된 우주 납골당 프로젝트는 2888년 완공을 목표로 시작되었다. 3년마다 납골당 하나가 발사되어 완공되면 지구를 고리 형태로 감싸도록 설계한 우주선이 프로젝트의 골자였다.

죽은 사람들은 치워지듯 우주로 쏘아 올려졌다. 동물도 마찬가지였다. 지구에 소유한 땅이 없거나 죽은 이를 위해 매년 충분한 돈을 지불할 수 없는 사람들은 기본적으로 선택지가 많지 않았다. 초기에는 인간과 동물의 납골당을 아예 분리해야 한다는 주장이 있었으나 비용상의 문제로 기각되었다. 타협의 결과로 납골당 내 구역이 분리되었다. 가족 구성원을 그런 식으로 떼어서는 안 된다는 시위가 연일 이어지고 있었다. 성연과 주연은 병실에 나란히 앉아 그 뉴스를 보았다. 불과 몇 년 전만 해도 우주로 유골을 쏘아 올리는 비용이 훨씬 비쌌고 아무나 선택할 수 있는 방법도 아니었는데, 어느 순간부터 지구에 유골을 남길 경우 더 높은 자릿세를 부담해야 했다. 평생 우주를 떠도는 건 너무 외롭지 않을까. 둘은 시선을 피하며 중얼거렸다. 사과를 깎는 주연의 은빛 팔을 성연은 똑바로 쳐다볼 수 없었다.

엄마는 두 번 완치 판정을 받았고 두 번 재발했다. 노동으로 벌 수 있는 돈에는 한계가 있었고, 빚은 늘어갔다. 자매가 머무르는 방은 점점 더 좁아졌다. 둘은 살가운 자매는 아니었으나 엄마의 병이 그들을 한데 묶었다. 성연은 눈으로는 지구 납골당의 자릿세를 보기 쉽게 정리한 그래프를 보고 있었지만, 머릿속으로는 다른 생각을 하고 있었다. 엄마는 지구장이 가능했던 거의 마지막 세대였다. 지구에 묻히지 못한다는 사실을 이해하지 못했고 아프기 시작한 뒤로는 넌지시 조상들 곁에 묻히고 싶다는 의사를 밝히기도 했다. 아예 감당할 수 없는 정도는 아니었으나 이 이상으로 비용이 더 올라간다면 선택의 여지가 없었다.

그렇다고 엄마가 담긴 항아리를 꺼내 특수 제작된 캡슐에 유골을 옮겨 담고 우주로 날려 보내는 게 더 나은 일이라고 확신할 수도 없었다. 쓸모없어진 인간을 지구 밖으로 날려버리기. 아무래도 그렇게밖에 느껴지지 않는 탓이었다. 제사를 지내지 않는 것과는 다른 문제였다. 남은 삶은 길었다. 주연과 의논하는 대신 그녀는 올라가는 것을 택했다.

그래도 그런 식으로 떠나면 안 되는 거였어.

주연은 그 얘기로 돌아올 때마다 엄격하게 말했다. 꼭 엄마가 잔소리를 시작할 때의 표정이었다. 5억이 많은 것을 나아지게 했음에도 그랬다.

도망이잖아. 엄만 언니에게 도망치는 법을 가르친 거야. 기분이 상한 채로 통신을 끊지 않기 위해 성연은 입가에 힘을 주었다. 그게 엄마가 언니를 사랑한 방식이었어. 주연은 부풀어 오른 배에 손을 얹고 말했다. 나는 이 아이를 비겁한 애로 키우지 않을 거야. 똑바로 보고 맞서게 할 거야. 성연은 돈 얘기를 꺼내지 않은 스스로가 기특하다고 생각했다.

납골당은 3년이면 꽉 차도록 설계되어 있었다. 묘지기가 3년을 채우고 납골당의 문을 잠근 뒤 국제우주정거장을 경유해 지구로 돌아오면 다음 납골당이 발사되는 시스템이었다. 선금 5억, 착수금 5억으로 3년 동안 납골당을 관리하는 대가는 10억. 그 기간 동안 선내에 혼자 머물러야 하며, 만약의 위기 상황에도 혼자 대처해야 하고, 다량의 방사선에 노출될 수 있는 데다 어떤 일이 있어도 중간에 지구로 돌아올 수 없음에도 불구하고 선발 공고가 올라오면 어마어마한 경쟁이 붙었다. 1차 서류 합격자들은 신체검사와 정신감정을 포함한 여러 검사를 거친 뒤 면접을 보았다. 지구에서 단 한 명. 귀환한 묘지기들이 중증의 심신 쇠약에 걸리거나 PTSD를 앓고 있다는 말에도 인기는 사그라들 줄 몰랐다. 성연은 묘지기에 지원했다는 사실을 아무에게도 알리지 않았다. 센터로 출근해 혹독한 훈련과 교육을 받을 때도 어쩐지 남의 일을 보는 기분이었다. 통장에 찍힌 숫자를 보고 나서야 떠난다는 사실을 실감했다. 주연에게는 뉴스를 볼 충분한 시간이 없었다. 그런 일이 벌어질 거라고는 상상도 하지 못했기에 더 무관심했을 것이다. 성연은 자신의 교활함이 주연의 고단함을 셈했다는 것을 알았다. 대뜸 통장으로 넘어온 돈을 보고 주연은 물건을 집어던지며 고래고래 소리를 질렀다. 성연은 날아오는 물건을 피하지 않고 맞으며 주연의 말을 들었고, 조금 편해진 마음으로 로켓에 올랐다.

반성하는 것도, 후회하는 것도 아니었지만 혼자 보내는 시간이 길어지면서 성연은 종종 그때의 말싸움을 떠올렸다. 시간을 되돌린다 해도 같은 결정을 했을 것이다. 몸을 교체해봐야 싸구려 노동자가 될 뿐. 헤어나지 못할 노동을 하다 아무것도 해결하지 못하고 죽었겠지. 누구도 크게 포기하지 않으면서 모두에게 이상적인 결론을 낼 수 있는 일은 많지 않았다. 탓하려는 것은 아니지만 일을 이렇게 만든 데는 주연의 몫도 컸다.

말 그대로 대책 없는 임신이었다. 중절은 하지 않을 생각인데 그렇다고 아이 낳는 일을 혼자서 준비할 수는 없으니 믿을 것은 언니밖에 없다는 말을 들으며 성연은 그 어떤 반응도 하지 못했다. 적절한 말을 찾지 못하고 달싹거리기만 하는 입술을 보던 주연은, 적어도 신체에 대한 결정권은 아이에게 주고 싶으니 그때까지 아이의 폐를 갈아 끼우고 싶지 않다고 태연하게 덧붙이기까지 했다.

미쳤어? 너부터 제대로 책임져. 애를 낳아서 어쩌려는 건데?

나 대신 결정해달라고 말하는 거 아니야. 도와주지 않을 거면 그냥 가라고 해.

정말 아무 고민도 없는 얼굴이어서 성연은 아무 말도 하지 못했다. 자매의 어머니는 매달 산소를 구입할 충분한 돈이 없으면서도 그들을 낳았다. 산소는 처음부터 성연의 몫이었고, 주연은 태어나자마자 폐부터 갈았다. 그러니까 나는 이 애를 우주로 보내고 싶어. 주연이 말하는 우주는 자유나 꿈에 가까웠다. 성연은 기다란 소매 밖으로 불쑥 삐져나온 주연의 은색 팔을 물끄러미 쳐다보았다. 스크래치가 많은, 탁한 은색의 물고기 같은 팔. 언젠가부터 주연은 피를 나눈 동생이 아닌 영 멀고 낯선 대상으로 느껴지곤 했다. 다른 종. 이질적인 것. 그걸 들키지 않기 위해 조금 더 다정하게 굴 때면 주연은 성연의 속내를 짐작한다는 듯 비틀린 미소를 지었다. 생각은 자연스럽게 주연의 섹스로 이어졌다. 주연은 똑같이 딱딱하고 차가운 신체를 가진 남자와 잘 구부러지지 않는 몸을 이리저리 맞대가며 미약한 온기를 탐했을 것이다. 성별이 도드라지지 않는 몸. 주연에게는 딱딱하고 차가운 그것이 관능이었을까. 그들만이 이해하고 위로할 수 있는 무언가가 있었던 걸까. 혹은 그저 가능성에 타협한 것으로 그조차 없는 건조한 관계였을까. 금속끼리 맞대어 부딪히는 소리가 들리는 것 같아 문득 소름이 끼쳤다.

난 이제 사람들이 왜 가족을 원하는지 알 것 같아. 금속 팔로 향한 성연의 시선을 느낀 주연이 단호하게 말했다. 나에게는 가족이 필요해, 언니. 자기주장이 뚜렷하지 않은 주연이 드물게 무언가를 결심했을 때 그래왔듯 눈빛이 곧았다. 성연은 그 눈빛을 알았다. 나는 네 가족이 아냐? 힘없이 물었지만 지금껏 언니다운 행동을 한 적이 없다는 데 생각이 미쳤다. 돌아오는 대답은 없었다. 우주로 올라가기로 한 자신의 결정에 그런 주연에 대한 복수심이 전혀 없었다고 단언할 수 있을까? 네가 나를 필요로 하지 않았으니, 네가 나를 필요로 할 때 네 곁에 없을 거라는 오기. 정말이지 자신은 단 한 번도 언니다웠던 적이 없었다.

하지만 그때에는.

아이를 낳겠다는 주연의 말은 쓸데없는 짓은 그만두고 이제 수술을 받으라는 말처럼 들렸다. 혹은 멀쩡한 몸을 가졌으니 마음이라도 지옥이 되어보라는 저주 같기도 했다. 이 애는 내 삶을 끌어내리려는 건가. 그런 생각이 드는 순간 주연의 삶을 끌어내려진 것이라고 생각하는 자신에게 놀랐고, 그게 일종의 복수라고 생각하는 스스로가 끔찍하게 느껴졌다. 얼굴도 모르는 조카가 그들의 삶을 수렁으로 잡아당기는 것만 같았다. 원하는 방식의 삶을 살기 위해서는 그냥 싸우는 정도로는 안 되었다. 내가 그렇게 큰 걸 바라는 거야? 어떻게 매일매일 목숨을 걸어. 지쳐 보이는 주연의 얼굴을 보며 네가 지금 하려는 게 바로 그런 거라고 반박하려던 그녀는 그들이 차라리 떨어져 있는 게 더 나을 거라는 판단을 내렸고 떠나기 전날이 되어서야 주연에게 그 사실을 알렸다.

엄마 수술비로 써. 곧 애도 태어날 텐데 남은 돈은 필요한 데 보태고.

지금 언니가 희생한다고 생각하지?

주연이 그렇게 물었기 때문에 성연은 더는 그렇게 생각할 수 없게 되었고 좀더 불퉁하고 가벼운 마음으로 지구를 떠날 수 있었다.

로켓은 정확하게 궤도에 안착했다. 성연은 도착하고 며칠 내내 구토를 했다. 몸이 적응하느라 그럴 수도 있다고 미리 안내받았던 사항이므로 그녀는 침착하게 움직였다. 준비된 봉투에 양껏 토한 뒤 꼼꼼하게 밀봉해서 버리는 일이 몇 번이나 반복되었다. 그제야 우주선을 둘러볼 수 있었다. 겉보기엔 그냥 깔끔하고 세련된 사무실이었다. 식량은 넉넉하게 1년 치가 저장되어 있었으나 맛을 보니 그마저도 많이 남을 것 같았다. 머리는 빗에 샴푸를 묻혀

빗으면 그만이었고 비누도 젖은 타월에 덜어 몸을 닦아내기만 하면 되었다. 치약을 삼키는 것에 적응하느라 애를 먹었다. 부족한 것은 따로 품목을 작성해 6개월마다 국제 우주정거장에 신청할 수 있었다. 정거장에서 품목을 점검해 다시 지구로 목록을 보내면 가능한 물품들을 지급받는 구조였다. 아무리 애써서 만들려고 해도 도무지 어떤 일도 일어날 수 없을 것 같은 공간. 조용해. 그런 생각이 들자 안도감이 찾아왔다. 무엇도 그녀를 훼손하지 못할 것이다. 여기에서는 무엇도 해명할 필요가 없었다.

해방감은 세 달도 가지 못했다. 전 애인은 우주 번호가 찍힌 전화를 받지 않았다. 창문 너머 배경처럼 비치는 지구는 너무 멀었다.

엄마는 하늘을 올려다보는 걸 좋아하는 사람이었다고, 아버지는 말했다. 성주는 자칫 낭만적으로 들릴 수 있는 말에 속지 않는 법을 배웠다. 그걸 가르친 건 지구였고, 통장에 뜬금없이 5억을 입금한 그 여자였다. 엄마가 내내 그리워했던 여자. 엄마가 하늘을 올려다보게 만든 여자. 그리고 어쩌면, 자신에게서 엄마를 뺏어 가려는 여자.

여자는 23년 만에 성주를 찾아왔다. 그러곤 대뜸 돈을

췄다.

갑자기 나타나 자신을 이모라고 밝히고는 5억이 애초부터 성주의 돈이라고 했다. 살결이 매끄럽고 부드러워 보였다. 좋은 옷감 아래로 드러난, 왼쪽 팔꿈치 아래의 은빛 팔뚝을 성주는 물끄러미 응시했다. 여자에게서 자신과 닮았음을 실감할 수 있는 유일한 부분이었고 그런 점에서 성주는 여자보다 대다수의 지구 사람과 공통점이 더 많았다. 기계로 교체한 성주의 몸 곳곳을 훑던 여자의 눈가가 연신 움찔거렸다.

교체되지 않은 몸. 한계 이상의 노동을 필요로 하지 않는 몸. 여자는 엄마를 부르면 인간이 달려올지 기계가 달려올지 알 수 없다는 종류의 농담을 이해하지 못할 부류의 사람이었다. 여자의 눈은 어느새 성주의 목덜미에 닿아 있었다. 성주는 목걸이에 꿴 나사를 꼭 쥐었다. 이미 오래전에 교체한 손과 온도가 같아 그걸 쥐고 있자면 엄마가 곁에 있는 기분이 들었다. 성주는 그런 식으로 안정감을 배웠다. 엄마가 죽은 뒤 기계 부분은 정부가 수거해 갔다. 아주 많은 곳을 교체했기에 몸이라고 할 수 있는 부분이 거의 남아 있지 않아 장례도 제대로 치르지 못했다고 전해 들었다. 아버지는 요령 좋게 빼돌린 나사를 녹여 거기에 얼마 남지 않은 엄마의 뼛가루를 넣고 굳힌 뒤 성주의 목에 걸어주었다. 너에게 소중한 것을 다른 사람이 훔쳐가게 내버려두지 말거라. 세상엔 죄다 도둑놈들뿐이니까. 성주는 그 말을 엄마를 지키라는 말로 이해했다. 불순물이 섞여 나사로서의 기능은 거의 없었지만 그것은 23년간 성주의 부적이었다. 무심코 목걸이를 쥔 성주의 기계 손을 여자는 오랫동안 쳐다보았다. 긴 만남은 아니었지만 그 잠깐조차 불편하고 불쾌한 인상으로 남았다.

생각을 하지 않으려 애쓰며 성주는 샌드위치를 한 입 베어 물었다. 몸의 일부분은 여전히 에너지를 필요로 했다. 월급의 일정 부분을 식비로 지불해야 했지만 아직까지는 감당할 만했다. 하지만 돈을 더 모을 생각이라면 슬슬 교체를 생각해볼 때였다. 요즘 들어 왼쪽 어깨가 지나치게 시큰거렸다. 왼팔 위, 어깨 아래. 팔을 다 갈아 끼운 마당에 굳이 거기만 남겨둘 필요가 없기는 했다. 말라붙은 패티와 시든 야채를 베어 무는 순간 손목에서 진동이 울렸다. 2년 전 교체한 기계 팔에는 스마트폰이 내장되어 있어 언제 어디서든 즉각적인 연락이 가능했다. 공장 사람들이 이야기를 나누고 있었다. 시시콜콜한 잡담에는 별 흥미가 없었으나 무심하게 채팅 창을 내리다 그들이 자신의 이야기를 하고 있다는 것을 알아챘다. 어제 여자와 만나는 장면을 누군가 목격한 듯했다. 오랜 시간이 흘렀는데도 사람들은 묘지기를 단번에 알아봤다. 훼손당하지 않은 신체. 10억. 우주인. 샌드위치를 내려놓고 답장을 보내려는 순간 그림자가 길게 드리우며 의자 끌리는 소리가났다.

어제 묘지기가 널 찾아왔다는 게 사실이야?

어떤 양해의 말도 없이 옆자리에 대뜸 앉으며 말을 붙인 이의 얼굴을 보고 성주는 침을 삼켰다. 정연오였다. 평소에 이쪽은 쳐다도 보지 않던 애가 왜 여기에…… 성주는 당황한 나머지 곧장 대답하지 못했다.

애들이 봤댔어. 여기까지 널 찾아왔다며. 무슨 관계인데?

평소 성주와 자주 이야기를 나누기라도 했던 것처럼 살가운 말투였다. 성주는 거리낌 없이 드러낸 연오의 희고 매끄러운 살결을 가만히 바라보았다. 오히려 자신보다 연오가 그 여자와 더 가까워 보였다. 가슴이 아플 정도로 뛰었다. 이제껏 말을 나눠본 적은 없지만 성주는 연오를 잘 알았다. 아마 공장의 모두가 그를 알 터였다. 희고 매끄러운 살은 어디서나 눈에 띄었다. 부드럽게 구부러지는 관절, 유연하게 움직이는 손가락, 예상치 못한 곳에 돌출된 뼈, 머리카락, 그 애를 구성하는 모든 요소가 다 그랬다. 그는 한 군데도 교체하지 않은 자신의 몸을 자랑스러워했다. 그건 아직 연오에게 기회가 있다는 뜻이었고, 그런 점에서 연오는 그들과 다른 부류라고 할 수 있었다. 지구에서 몸을 교체하지 않고 살아갈 수 있는 사람의 비율이 몇 퍼센트나 될까. 환경이 척박해질수록 노동강도는 세졌고 노동시간은 길어졌다. 사람들은 이를 견디기 위해 몸을 바꾸었다. 장벽이 있다면 부수고 넘을 것. 인간의 한계를 넘어서 더 나은 미래로 갈 것. 모두가 같은 말을 했다.

성주는 연오의 누나와 같은 조에 배정된 적이 있었고, 기계적으로 손을 움직이면서도 그 여자애가 하는 푸념을 귀담아들었다. 연오 할머니의 오랜 꿈은 하나뿐인 장손을 우주로 보내는 것이었다. 남자는 꿈을 크게 가져야지. 묘지기들이 3년을 잘 견디고 돌아오는 것을 보면 우주 시대는 그다지 먼 미래의 일도 아니었다. 지구에 어떤 일이 벌어질지 모르는데, 건강한 몸은 그 자체로 탈출 티켓 아니겠냐. 그런 건 동생에게 양보해야 하지 않겠냐. 할머니의 강한 믿음에서 성주는 딸들에 대한 묘한 애정과 악의를 느꼈다. 같은 공장에 다니는 연오의 누나들은 연오가 몸을 온전하게 유지하는 동안 하나씩 몸을 바꿔나갔다. 그

194

애를 보고 있자면 성주는 할머니의 마음을 이해할 수 있을 것 같았다. 하얀 몸은 한숨이 나올 정도로 완벽하고 아름다웠다. 훼손되고 썩는, 희고 부드러운 육체는 현실에 존재하지 않는 것처럼 느껴졌고 그런 희미함, 유한성, 유령스러움이 시선을 끌었다. 연오는 그 은밀한 시선을 즐겼다. 그리고 온전한 몸을 가진 여자애들과 연애를 했다. 진짜 몸을 가진 여자애들. 그 몸을 유지하기 위해 무덤으로 가는 일 같은 건 상상도 하지 못할 순진하고 상냥한 애들. 결혼할 생각은 없지만 값비싼 옷과 디저트를 사 주며 살아 움직이는 아름다움을 눈앞에서 즐길 수 있는 애들. 정연오가 그런 애들이랑만 어울린다는 건 모두가 다 아는 사실이었다.

이모야.

성주는 마른 침을 삼키며 대답했다. 한 번도 발음해본 적 없는 단어였다. 입이 마르고 혀가 빳빳해졌다.

왜 이모가 묘지기라고 말 안 했어? 너 내가 말하는 거 다 듣고 있었잖아.

얼굴이 달아올랐다. 내가 묘지기가 되면. 우주에 다녀오고 10억이 생기면. 언젠가 진짜 세계를 보게 된다면. 더 넓은 세계로 가게 된다면. 늘 그들과 멀찍이 거리를 두고 서서 경멸이 섞인 투로 연오는 공공연하게 그런 말을 떠들어댔다. 그 여자가 자신을 찾아오지 않았더라면 이런 식으로 대화할 일도 없었을 것이다. 시야 아래로 걸리는 여기저기 긁히고 팬 투박한 기계 팔이 문득 부끄러워 성주는 힘주어 소매를 잡아 내렸다.

만나게 해줄까?

왜 불쑥 그런 말이 튀어나왔는지 성주는 자신을 이해할 수 없었다. 다만 그 순간 자신을 향해 웃음을 터뜨리는 연오의 얼굴이 화사하고 아름답다는 것만은 알았다. 그날 연오는 직원 화장실에서 성주가 자신의 벗은 몸을 보는 걸 허락했다.

발사체를 쏘아 올리면 대기가 오염된다. 고려해야 할 모든 것의 평균을 냈을 때 적절한 간격이 20일이었다. 유골함을 받아 정리하는 일은 편의점에서 재고를 채우는 일과 나를 게 없었다. 내용물을 볼 수 없었으므로 상자에 담긴 게 진짜 유골인지도 알 수 없었다. 유골함이 든 금속 상자에는 각 나라의 유치원생이나 초등학생 들이 써서 보낸 알록달록한 그림과 유가족들이 보낸 편지들도 한 묶음씩 들어 있었다. 안녕하세요? 묘지를 지켜주셔서 감사합니다. 크레용으로 뭉개듯 첫머리를 적은 아이들은 국적을 불문하고 커다랗고 화려한 케이크나 리본 같은 것을 함께 그려놓고는 했다. 일종의 위문편지로 묘지기의 정서 안정을 돕고 사명감을 심어주는 게 목적이라고 했다. 처음에는 꼬박꼬박 펼쳐보았지만 아무 무리 없이 타인의 삶이 흘러간다고 생각하자 쓸쓸해졌다. 같은 이유로 뉴스도 점차 보지 않게 되었다. 성연은 지구에서 유일하게 챙겨 온 나사를 매만졌다. 아니, 살점이라고 부르는 게 옳을까? 하도 만진 탓에 나사의 머리가 맨들거렸다. 지구로부터 전화가 걸려 온 건 그맘때쯤이었다. 이곳으로 전화를 거는 곳은 국제유골관리기구밖에 없었다. 뜻밖에도 모니터 너머에서 울고 있는 사람은 주연이었다. 못 본 사이에 기계로 교체된 부분이 더 많았다.

언니, 엄마가 죽었어.

눈에 띄게 배가 부른 주연은 어릴 때처럼 울음을 터뜨렸다. 성연은 주연을 안아줘야 한다고 생각했다. 모니터 위로 손을 올리자 맞은편에 선 주연이 울먹이며 기계 팔을 들어 올렸다. 둘은 모니터 위에서 손바닥을 맞대고 한참 동안 서로를 마주 보았다. 주연이 엄마를 쏘아 올렸고, 성연이 유골을 받았다. 주연이 그런 일을 혼자 감당하게 만든 건 미안했지만, 자신의 손으로 엄마를 받아 설치할 수 있다는 점에서는 다행이었다. 주연은 엄마의 유품으로 셋의 가족사진을 딸려 보냈다. 주연이 아직 더 따뜻하고 부드러웠을 무렵. 말캉한 팔로 목을 끌어안고 언니, 언니, 부르던 그 목소리를 성연은 여전히 기억하고 있었다. 등에 닿았던 눅눅한 체온. 성연은 그 사진을 슬쩍 빼내어 간직했고 그 이후로 좀더 자주 나사를 매만졌다. 한 지붕 아래 셋이 함께 있는 것은 오랜만이었다. 이제 자신을 지구와 연결 지어주는 것은 하나뿐이었다. 올라올 때 이런 생각까지는 하지 못했다.

주연은 성연 덕분에 엄마가 수술을 할 수 있었다는 사실을 뒤늦게 인정했다. 그때 언니가 결단을 내려서 다행이야. 성연은 그 말을 듣고 주연이 자신에게 기회를 주고 있다는 것을 알았다. 둘은 다시 통화하는 사이가 됐다. 가끔 엄마에 관한 농담도 했다. 지구에서는 미처 하지 못했던 이야기들도 터놓고 나눌 수 있었다. 서로 떨어져 지내는 게 정답이었어. 5억이 만들어낸 마음인지도 몰랐지만 대화 사이의 공백도 전처럼 무겁지만은 않았다. 주연은 종종 허튼소리를 하며 웃었고 성연이 구할 수 없는 음식들을 들고 와 언니 덕분에 이런 걸 먹는다고 약을 올리기도 했다. 주로 신선한 과일이었다. 도구를 다루는 일이라면 주연은 무엇이든 잘했다. 빨간 사과 껍질은 한 번도 끊어지지 않고 끝에서부터 둥글게 말리다가 아래로 떨어졌다. 툭, 하는 소리와 함께 껍질이 화면 너머로 사라지면 주연은 아삭거리는 소리를 내며 사과를 먹어치웠다. 유령은 껍데기일까, 알맹이일까. 보고 있자면 덧없이 그런 생각이 들었다.

엄마는 언니를 계속 찾았어. 엄마를 돌보는 건 나인데도.

둘은 온갖 주제로 이야기를 나누었지만 잡다한 대화는 어느 순간 엄마 이야기로 돌아왔다. 성연은 주연의 말이 이해와 용서를 위한 단초인지, 그저 자신을 괴롭히려는 의도인지, 무심코 꺼낸 화두일 뿐인지 알 수 없었다.

없으니까 말한 거지.

엄마는 항상 나보다 언니를 더 좋아했어.

그래도 엄마랑 더 가까운 사람은 너였어.

묘지기가 된 것조차 자랑스러워했어. 언니가 그런 큰일을 한 게 자랑스럽다고. 아픈 엄마를 내가 밤새 간호했는데도 정신이 들면 그런 말을 했어. 대체 언제 오는 거냐고.

전화하지.

그러게. 난 엄마한테 벌을 주고 싶었던 걸까?

주연이 쓰게 웃었다. 태어나자마자 폐를 갈아야 했던 주연과 달리 엄마는 성연이 수술을 받는 것을 온몸으로 반대했다. 주연아, 네 언니는 똑똑하잖니. 중학교에 수석으로 입학한 뒤로 지겹도록 들어온 말이었다. 성연은 그게 끝이라는 걸 알았지만 몸을 교체하고 싶지는 않았으므로 공부를 계속했다. 수술대에 올라 멀쩡한 팔을 잘라내면서 무슨 생각을 했는지 주연은 끝내 알려주지 않았다. 성연 역시 물어볼 용기를 낼 수 없었다. 교체 범위는 점차 넓어졌다. 오른팔. 2년이 지나지 않아 왼팔, 척추. 다음은 오른다리. 이편이 훨씬 나아. 아픈 것도 안 느껴지고, 효율적이야. 성연의 시선이 느껴지면 주연은 담담하게 말했다.

아주 사소한 일들까지 자동화, 기계화되면서 인간의 손이 미치는 영역은 조금씩 줄어들었다. 먼저 일자리를 뺏긴 것은 여성들이었다. 남성보다 평균적인 신체 조건이 좋지 못하다는 것이 이유였다. 여성들은 신체 개조 수술을 받아 대항하고 증명했다. 기업에서는 기계 몸을 선호했다. 기계에는 성별이 없었고, 기계는 지치지 않았다. 수술은 점점 더 정교해졌다. 주연은 곧장 생계의 영역에 뛰어든 것을 후회하지 않는다고 했다. 다만 우주로 나갈 수 없는 몸이 된 것만은 조금 슬프다고 지나가듯 중얼거렸을 뿐. 몸을 기계로 교체했을 경우 우주로 쏘아 올려질 때 신체에 강한 압력이 가해져 접합부가 터질 가능성이 있으므로 신체 개조자는 우주에 나갈 수 없다는 사실은 뒤늦게 알려졌다.

성연은 한 번도 주연의 꿈에 대해 묻지 않았다. 기계 몸이 보편화된 뒤로 정규교육을 마친 대부분은 무리해서까지 대학에 지원하지 않았다. 인터넷을 이용하면 필요한 정보를 원하는 만큼 얻을 수 있었고 그것만으로도 많은 게 해결되었다. 주연은 그거면 된다고 했다. 난 머리가 별로 좋지 않지만 언니는 가능성이 있으니까. 성연이 대학에 다니는 동안 주연은 엄마의 병원비나 생활비를 대고 시간이 날 때마다 묵묵히 엄마를 돌보았다. 성연은 유순한 어린 동생의 얼굴을 기억했다. 주연의 몸은 의식할 때마다 조금씩 바뀌어갔다. 성연이 모르는 사람이 되려는 것처럼. 그게 유일한 복수의 방법이라도 되는 것처럼. 얘야, 너는 대학에 가야지. 주연은 모르겠지만 엄마의 말은 성연도 짓눌렀다. 자신이 이루지 못한 꿈에 대한 의지나 미련을 딸에게 투영하려는 듯한 엄마의 욕망과 요구가 성연을 염치없는 사람으로 만들었다. 서로 고통을 터놓은 적은 없지만 자매는 각자의 방식으로 엄마를 증오했고,

다시 사랑했다. 수술을 받지 않은 몸으로 할 수 있는 일은 많지 않았다. 그렇게 해서 겨우 묘지기가 되었다. 지구의 가장 바깥에서. 자매는 모니터로 얼굴을 맞대고 묵은 이야기들을 더듬더듬 털어놓았다.

주연은 꼬박꼬박 전화를 걸어 왔고 주변에서 벌어지는 크고 작은 일들을 전해주었다. 평범한 일상에 대한 얘기는 들을 때는 즐거웠지만 통화가 끊기면 가끔 불시에 눈물이 터졌다. 혼자 우주에 머무르는 건 감정적인 부침이 컸다. 티를 내지 않으려 노력했지만 은연중에 새어 나가는 게 있을지도 몰랐다. 사소하고 자잘한 일화들이 주연의 악의처럼 느껴질 때면 성연은 어떻게든 마음을 다스려 보려 애썼다. 전화를 끊고 나면 더 괴로워진다는 걸 알면서도 성연은 늘 무력한 기분으로 그 시간을 기다렸다. 그 사이 주연은 임신 사실을 숨긴 채 계속 창고에 나갔고, 도시락 냄새만 맡아도 속이 메슥거린다며 불안해하기도 했다. 부쩍 예민해져서 온갖 것에 꼬투리를 잡고 화를 낼 때도 있었다. 성연은 발랄함을 과장하며 그 이야기를 들었고, 주연에게 요즘 자신이 시간을 때우기 위해 소설을 쓰고 있다는 사실을 알려주었다.

우주 마피아에 관한 거야.

언니답네.

성연은 그 말에 담긴 뉘앙스를 제대로 받아들인 건지 확신할 수 없었다. 배가 점점 부풀어 오르며 주연이 전화를 걸어 오는 빈도가 조금씩 줄어들었다. 처음에는 사나흘. 그러다 일주일. 성연은 엄마를 벌주려 했다는 주연의 표현을 기억하고 있었다. 다음 전화가 걸려 올 때까지 감정은 수시로 바뀌었다. 그날, 통화의 시작은 나쁘지 않았다. 성연은 모니터 너머로 조카의 이름을 함께 지었다. 성주. 돌림자를 뺀 그들의 이름을 하나씩 딴 것이었다.

언니, 거기선 별이 많이 보여?

성연은 등 뒤를 돌아보았다. 지구의 가장 외곽. 그녀를 집어삼킬 것 같은 어둠. 그러나 성연은 고개를 끄덕였다.

얘도 언젠간 우주로 갈 수 있을까?

걔를 우주로 보낸다고? 너도 참 엄마 닮았어.

장난기가 섞인 가벼운 말이었지만 주연은 상처받은 얼굴이었다.

언니는 함부로 말 얹을 자격 없어. 뭘 포기해본 적도 없으면서.

다소 날이 선 대답이긴 했어도 주연으로서는 충분히 할 수 있는 말이었다. 그러나 그 말이 그 순간의 성연을 건드렸다.

네가 멋대로 애를 가지지만 않았더라면 내가 여기 올 필요도 없었을 거야.

주연의 입이 살짝 벌어졌다. 한번 터진 말은 거침없이 쏟아졌다. 넌 네가 아무런 잘못도 없다고 생각하지? 네가 뭘 원하는지도 모르지? 온몸을 기계로 바꾸고 고작 바라는 게 그거야? 왜 하필 그거야? 적막한 공간에 자신의 목소리만 울려 퍼지자 감정이 점점 더 북받쳐 올랐다. 아이를 낳는 것이 증명인지 바람인지 사랑인지, 전부 다이거나 아무것도 아닌지, 성연은 알지 못한 채 악을 지르며 주연을 비난했다. 스스로에게 화를 낼 자격이 없다고 생각했기 때문에 더 날이 섰는지도 몰랐다. 주연은 성연이 제 풀에 지쳐 멈출 때까지 쏟아지는 말들을 들으며 한참을 물끄러미 쳐다보기만 했다.

네가 인간이야?

자신이 거기서 더 나쁜 말을 할 수도 있다는 것을 알았기 때문에 성연은 대답하지 않고 입술을 깨물었다. 그들은 잠시 서로를 마주 보았고 이내 전화는 끊겼다. 그 뒤로 주연은 전화하지 않았다.

시간은 느리게 흘렀다. 성연은 기억날 때마다 달력을

살폈고 일과가 끝나면 유골함과 함께 도착하는 목록을 전부 읽었다. 기본적으로 국적과 이름, 생몰연도, 가족 관계, 유언이 적혀 있었고 사진이나 유품이 첨부된 경우가 많았다. 유가족들은 웹사이트에 접속해 언제든지 납골당 내부 영상을 확인하고 애도의 시간을 보낼 수 있었다. 웹사이트에는 납골당의 온도나 습도, 유골함의 보관 상태가 실시간으로 제공되었다. 개인 정보는 패스워드를 입력해야 했지만 암호가 걸려 있지 않은 데이터도 많아 그녀는 접속 가능한 데이터를 샅샅이 훑었다. 유품은 무게당 비용이 매겨지기 때문에 많이 첨부할 수 없었고, 두 개가 평균이었다. 죽어서도 함께 우주로 쏘아 올려야 할 물건은 사람마다 달랐다. 죽은 뒤 남는 물건이라기에는 너무 하찮게 느껴지는 것들도 있었다. 양말, 크리스마스 전구, 뜨개바늘, 넥타이핀, 큐빅이 박힌 목걸이, 종이학, 손거울. 그런 걸 보고 있자면 고인을 잘 아는 듯한 착각이 들기도 했다. 마치 라디오에 사연을 보내듯 사람들은 은밀하고 개인적인 이야기를 적어 우주로 올려 보냈다. 철 지난 유행어와 노래. 지나간 고민들. 지나간 약속과 지나간 슬픔 들. 모든 것이 너무 늦게 도착했다. 죽은 언어들을 돌보는 일. 이것을 그때도 알았더라면 자신도 수술을 받고 온전히 지구에 남았을까. 지구는 언제나 너무 멀게 느껴졌다. 저 안에 있었을 때도 성연은 속도를 따라잡기 어려웠다.

둥근 창 너머로 보이는 지구는 거무스름한 회색빛이었다. 죽은 행성처럼 보였고, 미디어를 통해 익숙해진 이미지와는 몹시 달랐다. 저 아래서 무슨 일이 벌어지고 있는지 조금도 짐작할 수 없었다. 지구의 가장 바깥…… 그런 생각을 하면 추방이라도 당한 것처럼 외로워졌다. 몸이 자꾸만 떠올라서 자신이 반쯤은 유령인 것처럼 느껴지기도 했다. 어쩌면 그 모든 검사와 시험은…… 가장 지구에 적합하지 않은 사람을 걸러내기 위한 거였는지도 몰라. 쓸모없는 생각이라는 것을 알고 있으면서도 자꾸 그런 생각이 들었다.

성연은 시시때때로 가슴팍에 넣어둔 나사를 만지작거렸다. 그 차갑고 딱딱한 것을.

그동안 뭘 하고 사셨어요?

내내 널 만나려고 했어. 네 아버지가 허락하지 않더라.

만나서 뭘 어쩌려고 했는데요?

이건 연오를 위한 거야. 거듭 되뇌며 성주는 다시 여자를 마주했다. 눈매가 어딘가 익숙했다. 아빠는 자신의 눈매가 엄마와 똑 닮았다고 했다. 하지만 여자는 여전히 성주보다는 연오에 더 가까워 보였다. 드물지 않은 사연이었으므로 짐작도 어렵지 않았다. 저 몸을 지키기 위해 엄마를 떠난 사람. 결국 아무것도 희생하지 않은 사람. 뒤늦게 뻔뻔하게 돌아온 사람. 성주는 시선을 견뎠다.

약속 장소는 공장 근처로 잡았다. 그날 이후 연오는 종종 성주에게 친근하게 말을 붙여왔다. 갑자기 뒤에서 다가와 어깨동무를 하거나 함께 밥을 먹었고, 뜬금없이 농담을 걸기도 했다. 연오는 몸을 잘 유지하기만 한다면 언젠가는 다른 방식으로 살 수 있을 거라고 굳게 믿고 있었다. 넌지시 이모 얘기를 꺼내는 연오에게 성주는 이모와 가까운 관계임을 암시했고 돈에 대한 이야기도 슬그머니 흘렸다. 함께 일하는 애들이 부쩍 붙어 다니는 둘을 보고 수군거렸지만 어차피 그들은 연오가 원하는 건 가지고 있지도 않았다. 이대로 돈을 받는 게 엄마를 파는 것처럼 느껴지기도 했지만 연오와 함께 살기 위해서라면 그 정도는 받아도 괜찮을 것 같았다. 어차피 여자가 바라는 것도 그런 게 아니었나. 성주의 미래. 그러니까, 그 정도를 누릴 자격은 성주에게도 있었다. 여자의 기계 손이 성주의 손등을 덮었다. 성주는 코웃음을 참았다. 무덤에서 돌아온 여자. 이모에 대한 성주의 감상은 그게 다였다.

팔은 왜 그렇게 됐어요?

성주는 예의상 물었다. 여자는 물끄러미 자신의 팔을 내려다보더니 희미하게 웃었다. 어딘가 다른 곳에 있는 사람 같았다. 무덤을 지키던 사람들이 지구로 돌아와서 제대로 적응하지 못한다고 뉴스에서도 매번 떠들어댔다. 나약하고 지친 사람. 어쩌면 여자는 5억을 주고 자신에게 남은 삶을 의탁하려는 게 아닐까. 성주는 슬그머니 손을 빼서 탁자 아래 가려진 무릎 위에 얹었다.

네 엄마는, 너를 똑바로 보고 맞서는 아이로 키우고 싶어 했어.

여자의 눈길은 성주가 팔을 감춘 테이블 위로 향해 있었다. 아버지도 그것과 비슷한 말을 한 적이 있었지만 여자와 엄마에 대한 감상적인 이야기를 나누고 싶지 않았다. 여자는 먼 곳을 더듬는 듯한 얼굴로 띄엄띄엄 궁금하지도 않은 옛날얘기를 했다. 한참 떠들던 여자가 성주와 눈을 마주쳤다. 여자는 씁쓸하게 미소 지었다.

그래, 그 눈.

눈이요?

이미 마음을 정한 그 눈빛 말이야. 그럴 땐 누가 무슨 말을 해도 말릴 수 없었지.

　노골적으로 싫은 기색을 비쳐도 영 미련을 버리지 못하던 여자는 그제야 자리에서 일어났다.

　네가 먼저 연락해줘서 얼마나 반갑고 고마웠는지 몰라.

　또 연락드릴게요.

　연오가 물어본다면 이야기에 살을 붙여 부풀릴 셈이었다. 요즘 연오는 특별한 일이 없으면 성주의 집으로 퇴근했다. 마주 보고 밥을 먹고 일과를 나누며 서로를 만지다 함께 잠들었다. 성주가 연한 살을 쓸어내리는 동안 연오는 누나들에 대한 미안함과 죄책감, 부담감 따위를 울적하게 털어놓았고 성주는 우수에 젖은 연오의 얼굴을 보며 애틋함을 느꼈다. 연오는 성주가 보기보다 생각이 깊고 착하다고 했다. 둘은 입을 맞췄고, 가끔은 몸을 섞었다. 깊은 새벽 홀로 깨어나 걸림 하나 없는 따뜻한 살을 가만 문지르고 있자면 성주는 새삼스럽게 자신의 몸을 의식하게 됐다. 그저 몸일 뿐인 몸. 근데 네 몸은 누나들이랑은 좀 다른 거 같아. 날렵한 물고기 같아. 수치심과 수줍음이 반쯤 섞인 그 감정을 성주는 부끄러움이라 여겼다. 잘 지내는 것 같다가도 연오는 불쑥불쑥 이모를 언제 만날 수 있는 거냐고 물었다. 성주는 이모가 집에 종종 놀러 오기도 하지만 요즘 아주 바쁘다고 대답하며 시간을 벌었다. 연오는 나란히 누워 자신이 만나고 다녔던 여자애들의 이야기도 해주었다. 개중엔 기계 몸에 페티시가 있어 연오를 거들떠보지 않는 애들도 있었다. 유독 지친 밤이면 연오는 별다른 거부감 없이 성주의 몸에 기름칠을 해주었다. 몸의 이음새에 기름칠을 하는 건 다음 날을 맞이하기 위해 매일 밤 치러야 하는 일과였다. 내일에 대한 의식을 치르듯, 나사가 헐거운 곳은 없는지 부품은 다 제자리에 있는지를 점검했다. 연오는 의외로 능숙하게 그 일을 했다.

조카들이 물려받게 될지도 모르니까 잘 관리해둬야지.

섬세한 손놀림과는 달리 인이 박인 표정이었다. 성주도 잘 관리된 몸을 일부 물려받았다. 왼쪽 무릎 아래는 아버지 쪽의 먼 친척이 쓰던 것, 오른 팔뚝은 공장의 누군가가 쓰던 것으로 그 사람들이 죽었기 때문에 성주는 몸을 교체할 수 있었다. 자원이 모자라게 되자 사람들은 사용한 신체들을 재활용해야 했다. 수거된 신체들은 녹아서 새 몸으로 다시 만들어지거나 그 자체로 상속되었다. 원주인은 알려지기도 했지만 익명인 경우도 많았다. 언젠가 성주가 아이를 낳으면, 그리고 성주가 무사히 죽게 된다면 그 아이들이 성주의 몸을 물려받게 될 것이다. 어쩌면 그

아이들은 연오의 아이들이 될지도 모른다. 그런 생각을
하자 배 속이 따뜻해졌다.

이모 만났다며?

현관문을 열자마자 연오가 달려 나왔다. 버스를 탈 때
부터 시작된 어깨 통증을 참느라 성주는 바로 대답하지
못했다. 연오와 함께 시간을 보내게 된 뒤로 기계 팔 교체
를 차순위로 미뤄두었지만 이제 진지하게 생각할 때가 된
듯했다. 연오는 묻고 싶은 게 많은 표정이었지만 하얗게
질린 성주의 얼굴을 보고는 말없이 수건을 따뜻하게 적셔
왔다. 연오가 조심스러운 손길로 부은 어깨를 꾹꾹 눌러
가며 찜질해줄 때면 이 다정한 시간이 오래도록 지속되면
좋겠다는 생각이 들었다. 어쩌면 그렇게 만들 수 있을지
도 몰랐다. 똑바로 보고, 맞선다면.

너는 왜 우주로 가고 싶어?

분위기가 부드러워졌을 때 성주는 말문을 텄다.

가끔은 나 혼자 살아 있는 것 같아.

한참 동안 말이 없던 연오가 입을 열었다.

다 지긋지긋해.

성주는 자신이 조금 상처받은 것 같다고 생각했다.

난 죽지 않았는데.

세계의 모든 사람 중에서 3년에 한 명. 기계로 대체된 부분이 없는 사람. 3년 동안 지구 밖으로 나가 홀로 머무는 걸 선택할 만큼 절박한 사람. 그만큼 여기의 삶이 지긋지긋한 사람. 어쩌면 지긋지긋함에는 자신도 포함되어 있을 터였다. 문득 성주는 어떤 순간에도 연오를 잡아둘 수 없을 거라는 걸 깨달았다. 창밖의 하늘은 검고 깊었다. 지구를 둘러싼 납골당은 지구인에게 위화감과 공포심을 조성할 수 있다는 주장으로 최대한 보이지 않게 설계되어 있었다. 우주 진입에 방해가 되지 않도록 최소한의 불빛만이 사용되기 때문에 지구에서는 그냥 별처럼 보였다. 저 위에서 여길 내려다보는 사람이 있어. 이모도 여길 내려다보고 있었을까. 고개를 든 엄마와 서로를 알아보지 못한 채로 눈이 마주친 순간도 있었을까. 성주는 이게 너무 감상적인 생각이라는 걸 알았다. 이모가 죽는다면 저 위로 멀리 쏘아 보낼 것이다. 엄마와 다시는 한 공간에 머물지 못하게. 죽어서도 만나지 못하게. 모든 것을 버리고 떠날 때는 쉬웠을 그 결정을 존중해서. 성주는 눈을 감고 어깨를 부드럽게 누르는 연오의 무게와 접합부로 전이되는 미지근한 체온을 느끼며 잠들었다.

선잠을 깨운 건 통증이었다. 성주는 온몸이 식은땀에

젖은 채로 눈을 떴다. 꿈이 뒤숭숭하더니 관절이 퉁퉁 부어 올라 있었다. 인간의 몸에는 한계가 있었다. 그 비경제성은 오래전부터 이야기되던 것이었다. 오른손을 처음 교체할 때 성주는 이미 자신이 몸을 하나씩, 조금씩 버리게 될 거라는 걸 알고 있었다. 어디선가 썩거나 녹아서 사라졌을 몸. 혹은 모르는 사이 의료용으로 정제되거나 팔려 나갔을 몸. 성주는 목을 더듬어 나사를 쥐었다. 눅눅한 온도. 그걸 쥐고 있으려니 자신이 엄마와 가까워지고 있는 것인지 멀어지고 있는 것인지 헷갈렸다. 연오는 바로 옆에서 말끔하고 아름다운 얼굴로 잠들어 있었다. 흠집 하나 없는 매끄러운 피부를 눈으로 훑었다. 수술 이야기를 해도 될까. 괜히 말을 꺼내 자신의 상태를 환기시키는 건 아닌지 걱정스럽기도 했지만 확인받고 싶기도 했다. 이 정도의 고민은 나눌 수 있는 관계가 아닐까. 이제 그녀도 결정을 내려야 했다. 그날 저녁 성주는 연오를 앉혀놓고 수술에 대한 이야기를 꺼냈다.

그래, 그게 네 선택이라면.

그건 연오의 말버릇이었다. 자신은 책임을 지지 않으면서도 상대방을 존중하는 듯한 느낌을 주는 그 말투. 적당히 사려 깊어 보여서 더 교활한 화법이었다.

그런데 이모는 언제 만날 수 있어?

연오는 계산서를 챙기듯 물었다. 성주는 연오가 하나를 내주었으니 자신도 돌려줘야 한다는 것을 깨달았다.

유골함의 목록을 대조하고 배열을 마치자 어느새 7시였다. 온도와 습도를 조절한 뒤, 구역에 문제가 없는지 한 번 더 둘러보았다. 주변을 정리하고 저녁을 먹자 8시 언저리가 되었다. 자기 전까지 남은 시간에는 보통 영화를 보거나 책을 읽었지만 지금은 썩 내키지 않았다. 성연은 둥글게 난 창으로 지구를 내려다보았다. 날짜상 지금쯤 아마 아이를 낳았을 것이다. 성주라고 이름 붙였을까. 어쩌면 주연은 자신이 육체로 존재한다는 사실을 임신으로 확인받고 싶었던 건 아닐까. 매일 습관처럼 지구를 내려다보며 기억을 반추하고 있다니. 성연은 자신이 꼭 무덤가의 유령 같다고 생각하며 늘 부적처럼 쥐고 있던 나사를 매만졌다.

그러니까 그건, 지구를 떠나기 전에 훔쳐 온 주연의 일부였다. 그날 주연은 성연의 통보에 한참 소리를 지르다가 지쳐 잠들었다. 눈꼬리에 눈물을 매달고 입을 살짝 벌린 채 잠든 동생은 어릴 때 모습 그대로였다. 고작 나사

하나. 그 애의 아주 작은 일부. 나사 하나가 없을 때 일어날 수 있는 수만 가지의 사고를 알고 있었으면서도 성연은 그것을 훔쳤다. 화를 내거나, 적어도 나사의 행방을, 혹은 그걸 가져간 이유를 물을 거라고 생각했는데 주연은 아무것도 묻지 않았다. 자신은 뭘 기대했던 걸까. 그걸 두고 주연은 무슨 생각을 했을까. 알아채긴 했을까.

수신음이 정적을 깼다. 익숙한 발신 번호였다. 마지막 통화가 생각나 선뜻 받지 못했다. 한 번 끊기는가 싶었던 수신음이 다시 시작되었다. 이제껏 연속으로 전화가 걸려온 일은 없었다. 무슨 일이라도 생긴 걸까. 불안으로 빠르게 뛰기 시작한 가슴께를 누르며 성연은 전화를 받았다. 낯선 남자의 얼굴이 비쳤다. 주연과 비슷한 사람이라는 것을 단박에 알아봤다. 저 사람이구나. 어떻게 그 사실을 알아챘는지 스스로가 의아했다. 주연이를 닮았잖아. 하지만 어쩌면 기계는 모든 것을 다 비슷하게 보이도록 만드는지도 몰랐다.

누구시죠?

성연이 불안함을 삼키며 물었다.

주연이가 죽었어요.

소식을 전하는 남자의 얼굴은 담담했다.

아이는 제가 데려가려고요. 저는, 아무것도 몰랐어요. 왜 저에겐 아무 말도 하지 않은 거죠?

그 애가…… 어쩌다가요?

성연이 떨리는 목소리로 물었다.

팔에 나사가 하나 빠져 있었대요. 계속 모르고 지냈다나 봐요. 조금씩 헐거워졌을 거래요. 평소처럼 일하고 있었는데 갑자기 팔이 빠지면서 사고로 이어졌다고 하더라고요.

성연은 자신도 모르게 나사를 꽉 쥐었다. 가슴이 빠르게 뛰었다.

장례는 간소하게 치렀어요.

남자가 들어 올린 사진 속 사람은 어딘가 낯설어 보였다. 가슴이 철렁 내려앉았다. 죽을 때는 다른 것으로 죽었구나. 그녀는 마지막 통화를 더듬어보았다. 좀처럼 기억나지 않았다. 자신은 유령이었다. 시간에서 빗겨난, 사건에서도 빗겨난, 가장 바깥에서 부유하는.

언제…… 언제 올려 보낼 건데요?

일단 주연을 받아야 했다. 엄마가 여기에 있으니까, 주연도 올라오면 다시 한 지붕 아래에 있는 것이다. 그런 끝도 나쁘지 않을 것이다. 자신이 무슨 생각을 하는지도 모르는 채 마구 고개를 끄덕이던 성연은 남자가 곤란한 듯한 표정을 짓고 있다는 것을 뒤늦게 알아챘다.

문제가 좀 있어요.

주연은 좀처럼 성연에게 약한 말을 하는 법이 없었다. 지구의 삶에 어떤 문제가 있다고도, 그걸 어떻게 해결했다거나 어떻게 견디고 있다고도 말하지 않았다.

무슨 문젠데요?

법이 바뀌었어요.

갑자기요?

논의는 계속 되어왔던 거예요. 자원 부족 때문에요. 개조 신체는 재활용해야 한다고요. 일정 비율 이상 개조한 신체는 부품 수거 문제 때문에 올려보낼 수가 없다고. 안 그래도 여기도 난리예요. 주연이는 항상 우주에 가고 싶어 했는데……

내내 담담한 듯싶던 남자의 눈가가 붉어졌다. 성연은 아무런 말도 하지 못하고 남자의 얼굴만 물끄러미 쳐다보았다. 일순 손에 힘이 풀려 쥐고 있던 나사를 놓치고 말았다. 둘 사이로 새까맣고 뾰족한 것이 둥둥 떠올랐다. 팔과 팔꿈치의 접합용. 재빨리 낚아챘지만 그것을 알아본 건지 남자의 표정이 순식간에 굳었다.

그게 뭐죠?

성연은 대답하지 못했다. 그녀를 물끄러미 바라보던 남자가 헛웃음을 터뜨렸다.

훔친 건가요?

그 순간 눈물이 흘러내렸다.

저 때문이에요?

……글쎄요. 우린 틈만 나면 몸을 정비하니까. 섣불리 단언할 수 없죠.

성연은 입술을 꽉 깨물었다. 고마움과 배신감이 뒤섞인 남자의 표정을 똑바로 쳐다볼 수 없어서 성연은 창밖으로 시선을 돌렸다. 우주엔 아무것도 없어, 주연아. 네가 보고 싶었던 게 뭐였는지 모르겠지만…… 여긴 정말 아무것도 없어.

하지만…… 그게 우리에게 어떤 의미인 줄 알았다면 절대 그런 짓은 할 수 없었겠죠.

우리. 모니터를 사이에 두고 눈을 마주치면서, 성연은 어딘가 피로해 보이는 남자가 자신과 아주 많이 닮아 있다는 느낌을 받았다.

걜 데려가줘서 제가 다행이라고 해야 하나요?

남자가 비꼬듯이 말했다. 인사도 없이 전화는 끊겼다.

성연은 지구를 내려다보았다. 곳곳에 희뿌연 구름들이 끼여 있었다. 유령이 뭉쳐진 것 같았다. 유령마저 전부 지구에 있었다. 이곳엔 아무것도 없어. 단지 주연의 살점 외에는. 그걸 꾹 쥐자 손바닥에 자국이 팼다.

정말 뵙고 싶었어요, 이모님.

연오는 싹싹하게 인사했다. 이모는 별다른 내색 없이 연오와 성주를 맞았다. 성주는 살갗끼리 맞닿아 악수하는 것을 빤히 쳐다보았다. 연오는 약속을 잡았을 때부터 내내 들떠 있었고 성주에게 더 상냥하게 굴었다. 더 오랜 시간 마사지를 해주었고 기계와 살갗의 접합부를 따라 오래오래 입을 맞추기도 했다. 곧 테이블 가득 음식이 서빙되었다. 성주는 입맛이 없어서 감자튀김만 조금 집어 먹었다. 이모의 눈길이 슬쩍슬쩍 스치는 게 느껴졌지만 성주는 고개를 들지 않았다.

저는 저 위가 너무 궁금해요. 발탁되신 비결이 뭐예요? 저도 언젠가 꼭 지원하고 싶어서요.

나도 잘 모르겠네요. 조건도 제대로 확인하지 않고 지원했던 거라.

그래도 지구에서 한 명인데요? 작은 거라도 알려주시면

정말 큰 도움이 될 텐데.

연오가 싹싹하게 물었다.

이모는 걱정스러운 얼굴로 가장 필요한 순간에도 돌아올 수 없으며 그 사실을 혼자 견뎌야 했다고 말했지만 연오는 그거야말로 자신이 원하는 거라고 했다. 연오는 자유로웠고 언제든 어디든 떠날 수 있었다. 아니, 가장 먼 곳으로 떠나고자 했다. 성주는 다시 한번 그 사실을 실감했다. 이모는 꿰뚫어 보듯 연오와 성주를 응시했다. 성주는 어깨 통증을 참으며 가만히 자리를 지켰다. 예정된 수술 일정은 내일이었지만 아직 연오에게는 말하지 않았다. 두 사람의 차이를 거듭 인지하게 만들고 싶지 않았다.

글쎄요. 우주에 가는 게 꼭 좋은 일이라고 할 수 있는지 모르겠네요. 무슨 일이 있어도 내려오지 못한다는 건 꽤 치명적인 조약이어서.

연오의 얼굴에 내내 달고 있던 미소가 약간 시들해졌다. 성주는 자신이, 이모가 모든 걸 말하길 바라는 건지 아무것도 말하지 않길 바라는 건지 알 수 없었다. 연오를 데려오는 게 아니었어. 하지만 연오는 다시 입가에 힘을 주어 끌어 올렸다.

그러고 보니, 납골당 외곽에 교도소를 짓는다던데 혹시

들으셨어요? 일자리는 더 늘어날 거예요. 그 이후에는 거주지도 차차 설계할 거래요. 기회가 계속 늘어나는 거죠.

연오가 하늘을 가리키며 손가락으로 고리를 그렸다. 성주는 지구를 둘러싼 두 겹의 고리를 떠올렸다.

처음 듣는 얘기네요.

예산 책정 중이래요. 우주로 쏘아 올려질 것을 각오하고 범죄를 저지를 사람은 없을 거라는 말도 있고. 범죄자를 사회에서 격리시키려면 그 정도는 해야 하지 않느냐는 말도 있고. 그건 너무 반인륜적이라는 말도 있어요. 일자리가 많아지는 거니까 저는 완전 찬성이지만.

무덤보다 더 바깥. 저 너머에 지어진다면. 복역을 마치고 출소했을 때 자신이 알던 지구가 이미 끝났다면 그것만큼 비참한 일은 없겠지. 지구로 난 창의 반대쪽, 우주를 향해 난 창. 이모는 말없이 햇빛이 쏟아지는 창밖을 쳐다보았다. 대화가 원하는 방향으로 흘러가지 않자 연오도 조금씩 불퉁해졌다. 헤어지기 직전 이모는 성주의 손을 잡았다. 이모의 미지근한 체온과 땀이 성주에게 옮아왔다.

후회할 일은 하지 마.

이질감이 사라질 때까지 성주는 주먹을 쥐었다 폈다. 연오가 팔꿈치로 성주의 팔뚝을 쳤다.

네 이모, 생각보다 쿨하진 않다.

　몇 번이나 전화를 걸었지만 남자는 전화를 받지 않았다. 그래도 거듭 걸었다. 오늘만 벌써 다섯번째였다. 모든 걸 전화로 통보받았을 뿐이니 아직은 믿을 수 없었다. 주연이 이런 농담을 할 줄 아는 사람이었던가. 무슨 일이 있어도 지구로 돌아갈 수 없다는 것을 선택했던 것은 자신이었다. 포기하려는 찰나 불쑥 화면이 전환되었다.
　이제 연락하지 마세요.
　남자의 표정은 단호했다. 그 얼굴이 주연이 고집부릴 때와 닮았다는 것을 성연은 느리게 깨달았다. 돌아오지 마세요. 그 말은 그렇게도 들렸다. 지구에서 나오기를 선택한 것은 자신이었는데 어째서 쫓겨난 기분이 드는 걸까.
　우리가 더 이야기를 주고받을 이유는 없을 것 같은데요.
　5억은.
　자신도 미처 예상치 못했던 말이 튀어나왔다. 남자의 얼굴에 경멸이 담긴 조소가 스쳤다.
　나중에 쓰세요. 수술받으려면 그 돈이 필요할 거예요.
　말을 덧붙일 새도 없이 화면은 꺼졌다. 등 뒤로 넓게 퍼진 어둠이 몸을 감쌌다. 그녀는 무덤에 있었다. 그 사실을 자각하자 갑자기 호흡이 가빠졌다.

성연은 팔꿈치를 접고 자신의 팔뚝을 내려다보았다. 관절을 확인하듯 팔을 접었다 폈다. 부드러운 움직임은 자신의 것이 아닌 것 같았다. 그토록 지키려던 게 무엇이었을까. 무엇이라도 좋으니 살아 있다는 감각이 필요했다. 주머니에서 나사를 꺼냈다. 주연의 살점. 아니, 뼈. 뭐라고 부르든 좋았다. 차갑고 딱딱한 그것을 꽉 쥐고 말랑거리는 살에 가져다 대었다. 힘을 주자 짜릿한 통증과 함께 나사가 살갗을 파고들었다. 새어 나온 핏방울이 둥글게 뭉쳐져 구슬처럼 눈앞을 스쳤다. 성연의 몸에는 아직 피가 흐르고 있었다. 열감이 오르며 팔뚝이 부풀어 오르기 시작했다. 힘이 빠진 손에서 나사가 빠져나갔다. 나사는 마치 유령처럼 허공으로 떠올랐다. 주연아, 그녀는 동생의 이름을 불렀다. 둥근 핏방울들이 행성의 공전처럼 그녀를 휘감았다. 둥근 창밖으로 회색 지구가 보였다. 주연은 엄마와 그녀와 함께 이곳에 있다. 아니, 주연은 아이와 함께 저곳에 있다. 그래서 유령은 껍데기일까, 알맹이일까.

돌아가야 할 곳.

이젠 그녀가 이해할 수 없는 땅, 속할 수 없는 세계가 발밑에 있었다.

그리고, 연오는 깊게 잠들어 있었다. 주먹을 오므리고 살짝 입을 벌린 채.

 무결한 얼굴로, 훼손되지 않은 신체로. 성주는 자칫 깨우지 않게 조심하며 그의 뺨을 조심스레 쓸었다. 희미한 솜털. 천진난만한 표정. 방심해서 수줍음도 없이 활짝 펼쳐진 몸. 내일 수술을 마치면, 그들은 좀더 달라질 터였다. 그게 정해진 결말이라면 가만히 기다릴 이유가 없었다. 똑바로 보고 맞서는 사람. 엄마는 그걸 원했다. 성주는 내내 목에 걸고 있던 엄마의 뼈를 쥐었다. 늘 그녀와 같은 온도였던 것. 엄마가 물려준 것. 사랑하는 사람과 다른 것이 되기로 결정한 사람. 그래서 모든 걸 잃어버린 사람. 너에게 소중한 것은 다른 사람이 훔쳐가도록 두지 말거라. 아버지의 말을 이제 이해할 수 있을 것 같았다.

 어쩌면 엄마는 그래서 나사를 남긴 건지도 몰랐다. 자신과 같은 어리석은 실수를 저지르지 말라고. 후회할 짓은 하지 말라는 이모의 말도 비슷한 맥락이었다. 하지만 이모도, 그래서 훔친 거잖아. 이해는 용서가 아니었지만 어쨌든 성주는 이제 이모도 이해할 수 있었다. 후회할 일은 하지 말라니. 성주는 그 말을 듣는 순간 처음으로 엄마와 이모가 자매라는 걸 실감했다. 그때 결심을 굳혔다는 걸 그 여자는 알까. 성주는 목걸이를 풀고 나사를 힘주어 쥐었다. 장벽이 있다면 부수고 넘을 것. 비슷한 맥락의 광고와 정책을 떠올렸다. 세계가 인간에게 요구하는 것이 바로 그것이었다. 장벽이 있다면, 부수고 넘을 수밖에. 연오의 살은 말랑거렸고 좋은 냄새를 풍겼으며 관절은 부드러웠다. 강한 힘으로 팔뚝을 움켜쥐자 연오가 신음 소리를 내며 몸을 뒤척였다. 성주는 마른침을 삼키고 그의 팔뚝을 제 쪽으로 조금 당겨 왔다. 그걸 움켜쥔 스스로의 손아귀 힘에 약간 당황한 채 그녀는 나사 끝을 관절에 잘 맞춘 뒤 힘주어 눌렀다. 안으로 파고들어 가는 느리고 묵직한 감각. 그녀는 연오의 반듯한 이마가 일그러지는 모습을 가만히 내려다보며 그가 눈을 뜨길, 그리고 마주쳐주길 기대했다. 그 순간 응답하듯 연오의 눈이 크게 벌어졌다. 침투. 합치. 그리고 오르가슴. 따끈하고 부드러운 피가 손등을 타고 흘러내렸다.

파수破水

할머니가 왔어.

주머니에 손을 넣는 순간 알아챘다. 앞서 줄을 선 사람들이 차례로 버스에 오르는 걸 따라 주춤주춤 걸음을 옮기며 안감을 뒤집었다. 아니나 다를까 아주 작은 구멍이 나 있었다. 시간을 보니 집에 다녀오면 지각을 할 게 분명했다. 유난하게 굴고 싶지는 않았다. 반짇고리는 다른 가방에 있었다. 하나를 보면 열을 아는 거야. 엄마는 모든 일에는 이유가 있다고 입버릇처럼 말했다. 언제였는지 기억도 나지 않는 사소한 사건들을 기막히게 한데 꿰내 그럴싸한 서사를 만들어내고는 그게 다 징조였다고, 이렇게 되리라는 것을 미리 알고 있었어야만 했다고, 대책 하나쯤은 마련해두었어야 했다고 가족들을 들볶았다. 모든 것이 징조로 이루어진 삶. 하나가 무너지면 다 무너지는 거야. 나는 반쯤은 상상력에 감탄하면서, 반쯤은 피곤한 마음으로 그 얘기를 흘려들었다. 삶을 쌓아 올리는 과정이라 믿는 사람이었다. 그러면서도 설계도는 가지고 있지 않은 사람. 무엇을 쌓는지도 모르면서 뭐라도 어떻게든 해보려 애쓰다 규칙을 잘못 이해했다는 것을 뒤늦게 알아채는 사람. 엄마식대로라면 엄마는 하룻밤의 방심으로 내가 생길 거라는 걸 미리 알고 있었어야 했다. 그 때문에 이혼을 망설이다 둘째가 생기리라는 것도, 그런 식으로 늘어난 식구를 받아들이고 살게 될 거라는 것도, 악령처럼 주기적으로 집마다 옮겨붙어 가며 늙게 되리라는 것도, 그러다 전세 사기를 당하리라는 것도, 나한테 아쉬운 소리를 해가며 돈을 빌려야 한다는 것도, 심지어는 급식실에서 하루 종일 증기를 쐬며 일하다 폐에 구멍이 뚫려 오랫동안 병원 신세를 지게 되리라는 것까지도 전부 미리 알아채고 대책을 잘 마련해두었어야 했을 것이다. 엄마의 징조들에 의하면 엄마의 삶은 오래전 이미 망했으며 더 큰 망함 쪽을 향해 가고 있었다. 예감하여 예민해지면서도, 엄마는 무엇도 예방하지 못했다.

그래, 그놈의 징조. 어젯밤 일부터 짚어볼 필요가 있었다. 주말 밤이면 자꾸 뭔가를 손해 보고 있다는 생각에 쉽사리 잠들 수 없었다. 의식하지 못한 사이 무언가 거듭 새어 나가고 있었으며 당장 수습하지 않으면 순식간에 다 끝장나고 말 거라는 생각에 주말 내내 시달리다 12시가 넘어가자 급속도로 우울해졌다. 일요일 밤이면 어김없이 그런 식이었다. 한참을 뒤척거리다 결국 잠들기를 포기하고 유튜브를 틀었다. '죽음의 소용돌이'라는 제목을 보고 들어갔다가 개미 떼가 새까맣게 원을 그리며 빙글빙글 도는 영상을 3분 동안 봤다. 개미는 앞서가는 개미의 페로몬을 따라 줄지어 이동하는데 선두에서 길을 잃고 갑자기 방향을 틀면 중간에 있던 놈들이 뒤따라오는 개미들의 페로몬을 앞선 것으로 착각하고 원을 그리면서 돌게 된다는 설명이 붉은 글씨로 이어졌다. 지쳐 죽거나 굶어 죽을 때까지 영원히 도는 거라고. 새로운 곳으로 가고 있다고 믿으면서 죽을 때까지 빙글빙글 돌게 된다고. 눈을 감았더니 인터넷 로딩 창 같은 회색 동그라미가 눈앞에서 빙글빙글 돌았다. 태양 같은데, 아니, 난자인가, 안 되는데, 큰일났다, 내일 완전 망했구나 생각하다 눈을 뜨니 아침이었다. 첫 알람이 울리기 5분 전이어서 좋은 건지 나쁜 건지 결정할 수 없었다. 옷을 벗어 변기 뚜껑 위에 올려두고 샤워기를 틀었다. 수압이 약해 힘없이 흘러내리는 물에 머리가 젖어들며 해조류처럼 느물거렸다. 실오라기처럼 풀려나간 피가 물과 섞여 하수구로 빙글빙글 빨려 들어갔다. 어제부터 체온이 높고 아랫배가 뭉근하다 싶더니 생리가 시작된 모양이었다. 앱으로 날짜를 기록하고 있었지만 예정일이 맞은 적은 한 번도 없었다. 생리 자체보다 애초에 예정일이라고도 부를 수 없어 어긋났다고 할 수도 없는 이 습격이 더 불쾌했고, 예측할 수 없는 상황에 시도 때도 없이 피가 밀려 나와 끝날 때까지 통제 불능 상태에 놓여 있는 감각은 늘 당혹스러웠다. 돌발 상황이나 예외 같은 말을 좋아하지 않았지만, 그런 상황은 대체로 선호나 선택에서 먼 거리에 있었다. 핏기가 섞인 거품 뭉텅이가 하수구 언저리에 맺혀 마치 안쪽에서부터 부글거리며 끓는 것처럼 보였다. 오래전, 목욕탕에서 엄마는 꼭 저렇게 생긴 하수구 위에 나를 엎드리게 했다. 강한 압력으로 물이 뿜어져 나오는 토출구에 배를 대고 있으면 물에 뜨는 법을 쉽게 배울 수 있다고 했다. 그게 생존 수영이야. 그런 게 생존율을 높여준다고. 그 순간 구멍은 매우 거칠게 나를 빨아들였다. 아주 무식하기가 그지없는 짓이 있어요. 일본에서는, 예? 흡수구에 빨려 들어가 죽은 애도 있어요. 의사는 탈장을 경고하며 엄마에게 무안을 주었다. 그해 봄, 나는 배에 동그랗고 커다란 멍을 달고 다녔고 비슷한 위치에 비슷한 색깔의 무늬가 있는 캐릭터 이름을 별명으로 얻었다. 그날 일을 입 밖으로 내지 않았지만 나는 사실 엄마가 실수인 척 나를 흘려보내려 했다는 것을 알고 있었다. 머리를 숙인 채로 눈을 부릅뜨고 있던 탓인지 가벼운 현기증이 일었다. 중심을 잡느라 비틀거리다 눈에 샴푸가 들어가 조금 울었다. 나쁜 쪽이구나. 그 순간 알아챘는데. 그때부터 정신을 바짝 차렸어야 했는데. 지금이라도 갈아입고 오는 게 나을까 고민하다 뒷사람에게 떠밀려 버스에 올랐다. 줄이 뒤로 길게 늘어진 걸 보고 반사적으로 카드를 꺼내 찍었다. 손끝에는 보풀의 감촉이 오랫동안 남아 있었다. 의자 위로 삐죽삐죽 솟아오른 사람들의 뒤통수가 햇빛을 받아 반질거렸다. 아지랑이 때문인지 도시 전체가 노란 위액에 녹아가는 것처럼 보였다. 높낮이가 제각각인 건물들은 치열이 잘 맞물리지 않는 이빨 같았다. 어디에서 이런 구멍이 생긴 걸까. 손톱도 잘 깎았고 올이 풀릴 것 같으면 미리 매듭을 지어 잘라냈는데.

창밖에도 사람들은 버스와 같은 방향으로 부지런히 걸

었다. 저들은 다시 같은 시간에 왔던 길을 되짚어 돌아갈 것이다. 일제히 같은 방향으로. 장소라고 부를 만한 곳 없이. 어디에도 머물지 못하고 진자 운동을 하듯이. 가만히 보고 있자면 사람들의 걷는 방식은 제각각 달랐다. 걸음걸이를 보면 그 사람의 중심축을 가늠할 수 있었다. 무게중심은 겉으로 봐서는 알 수 없는 것으로 내부를 상상해야 했다. 입으로 시작해 항문으로 끝나는 기다란 관. 양쪽의 구멍이 팽팽하게 잡아당겨 주기 때문에 사람은 중심을 잡고 걸을 수 있는 것이다. 나는 걸음걸이를 보고 나와 중심축이 비슷한 사람들을 골라냈다. 할머니의 구멍은 중심축이 남들보다 한 뼘쯤 위에 있었다. 그렇게 먹어댔던 것도 균형을 잡기 위해서였을 것이다. 조금이라도 가라앉아 보려고. 엄마는 오랫동안 그냥 들뜬 채로 살기를 선택했다. 나는 똑같은 방식으로 걷지 않기 위해 아주 오랜 시간 노력했다.

회사의 분위기는 어수선했다. 월요일이면 으레 그랬지만 평소보다 더 부산한 느낌이어서 나는 주변을 살피며 자리에 앉았다.

윤진 씨, 글쎄, 그제 여기서 사람 죽었대요.

아름 씨가 내 쪽으로 몸을 기울였다. 그러고는 낮고 빠른 목소리로, 건물 청소를 담당하는 아주머니가 주말에 우리 층 화장실에서 죽은 채로 발견되었다고 운을 뗴었다. 사망 원인은 제대로 밝혀지지 않았으며 사망 추정 시간은 새벽 6시, 앞뒤 정황이나 CCTV상 사고사일 확률이 높지만 자살도 배제할 수 없고 아주 드물게 계획 범죄일 수도 있다는 얘기를 그녀는 흥분에 찬 얼굴로 와르르 쏟아냈다. 인위적인 외상은 없지만 눈알의 실핏줄이 죄다 터져 있었다고, 그녀가 음산하게 덧붙였다. 흥미 본위로 편집된 이야기라고 생각하면서도 나는 고개를 끄덕였다.

아까 과장님이 하는 얘기 들었는데 변기에 머리 박고 물을 내리면 그렇게 된대요.

누가 그런 짓을 해요?

그러니까요. 경우에 따라서 이게 진짜 끔찍한 사건일 수 있다는 거잖아. 뭘까? 왜일까?

아름 씨는 진짜 끔찍한, 쪽에 강세를 주었다. 사무실에는 신경질적이면서도 미묘하게 흥분된 기류가 감돌았다. 사람들은 칸막이를 사이에 두고 무언가를 쉬지 않고 떠들어댔다. 무심코 주머니에 손을 넣었다. 아까보다 좀더 커진 테두리가 손가락을 조였다. 그 순간 본능적으로 알아챘다. 물이 나선을 그리며 빨려 들어가는 하얀 테두리와 깊이를 알 수 없는 점막질의 검고 깊은 구멍. 사고가 아니었을 거라는 말이 입 밖으로 튀어 나갈 뻔했다. 무엇도 결코 밖으로 내보내지 않는 그 구멍은 끊임없이 근육을 풀었다 조이며 자신의 안으로 들어온 것을 주물렀을 것이다. 안으로, 안으로 더 깊이 빨아들였을 것이다. 아줌마를 먹어치운 것이다.

혹시 반짇고리……

반짇고리요? 실 뭐 그런 거 찾아요? 왜요?

아름 씨의 눈이 동그래졌다.

하여간 유난해.

안쪽에 있던 누군가가 말했다. 금요일부터 연차를 껴서 제주도에 다녀왔다는 대리가 이런 분위기에 전달하는 게 맞는지 모르겠다며 탕비실에 간식을 넣어두겠다고 했다. 와, 그거 나 진짜 좋아하는 건데. 감귤, 녹차가 적힌 알록달록한 박스를 보고 아름 씨가 탄성을 흘렸다.

윤진 씨는 그 아줌마 얼굴 기억해요?

그분 아니에요? 단발머리에 좀 통통하시고 여기에 점이 있는.

뒤쪽에 앉아 있던 주임이 끼어들어 자신의 오른쪽 턱

아래를 검지로 콕 찍었다.

어머, 아니야. 그분은 이 건물 아래 김밥집 아주머니고요.

회사에 청소 아줌마의 얼굴을 아는 사람은 거의 없었
다. 나 역시 아줌마와는 안면이 있다고 말하기 어려웠다.
사무실은 늘 어느새 깨끗해져 있었다. 키가 작고 깡마르
고 얼굴이 까무잡잡한 아줌마는 파란 유니폼을 입고 자기
보다 큰 대걸레와 바퀴가 달린 커다란 청소기를 든 채 사
무실과 복도, 화장실을 돌아다녔는데 새벽 시간에 출근한
다고 들었으니 내가 본 게 정말 그 아줌마인지, 다른 사람
인지, 여기가 아닌 다른 건물에서 본 사람인지, 그냥 익숙
해졌을 뿐인 이미지를 본 거라고 믿을 뿐인지도 부정확했
다. 딱 한 번, 화장실에 갔다가 라디에이터 위에 걸터앉아
노란 통에 담긴 도시락을 먹는 어떤 아줌마를 정면으로
마주친 적은 있었다. 돌아 나갈 수도 없고 인사를 해야 하
나, 그냥 지나가면 무시한다고 생각하지 않을까, 그런데
아는 척을 해도 되나, 얼마간 난처한 생각을 하고 있는데
숟가락만 들고 이것저것 떠 먹던 아줌마가 나를 보고 놀
란 얼굴로 자리에서 일어났다. 도시락통이 떨어지면서 파
란 타일 위로 음식물이 흩어졌다. 나는 연신 사과하며 흩
어진 반찬을 휴지로 모았다. 아줌마의 붉어진 얼굴이 못

내 마음에 걸려 편의점 샌드위치를 사서 다시 화장실로 갔지만 이미 자리는 비어 있었다. 무언가를 빼앗은 기분이어서 마음이 불편했고, 그 빼앗음을 떠넘김당한 것 같아 언짢았다가 업무에 치여 잊어버린 기억이었다.

대표가 들어오자 사무실이 조용해졌다. 주말 내내 이리저리 불려 다녔다는 그는 수염도 깎지 않은 채 몹시 피곤한 표정으로 구겨진 옷을 펴기 위해 애쓰는 중이었다. 그는 지금 사건이 딱 말 나오기 좋으니 기자들이 찾아와도 절대 불필요한 이야기를 하지 말라고 운을 뗐다.

혹시 여기 아줌마한테 나쁘게 대한 사람 있으면 손들어봐요.

사람들이 눈을 굴렸다. 그는 이거 보라며 마주칠 일도 없는데 원한은 무슨 원한이냐고 벌컥 화를 냈다. 거의 종결되긴 했지만 나중에라도 경찰이 사건과 관련해 조사를 요구할 수도 있음을 전하며 그는 회사 이미지, 입장 바꿔서, 삼가 조의, 원한 등등 몇 가지 단어로 자신의 답답한 심정을 토로했다. 그간 일 처리가 꼼꼼해서 믿고 맡겼는데 대체 무슨 억하심정이 있어서 하필 우리 층에서 이런 일을 저지른 건지 모르겠다고도 했다. 뱃구레가 크고 술자리가 무르익으면 한때 대학에서 풍물패였다는 얘기를 자랑스럽게 떠들어대곤 하던 그는 오늘따라 오래 쫓긴 짐승처럼 무기력하고 지쳐 보였다.

소풍 온 것도 아니고 뭐 좋다고 들떴어요? 쓸데없는 얘기들 그만하시고 내일까지만 구역 나눠서 실내 청소랑 화장실 쓰레기통 비우는 것 좀 부탁드리겠습니다. 이따 퇴근하면 다 같이 장례식장에 가기로 하고요. 지금 회사도 입장이 참 애매합니다. 부조를 하긴 해야 하는데. 3만 원씩 걷을까요? 어이, 이럴 땐 얼마나 해야 되지?

대표는 구겨진 옷을 손으로 거푸 다림질하며 실장에게 물었다. 약지에 낀 굵은 금반지가 시뻘게진 얼굴과 대조되어 유달리 투박해 보였다. 몇 마디가 오간 끝에 일단은 3만 원씩 걷고 대표가 얼마간 더 성의 표시를 하겠다는 결론이 났다. 퇴근 후 생긴 일정에 사람들이 한숨을 삼켰다. 분위기가 다시 어수선해졌다.

윤진 씨. 자기가 화장실 좀 해줘?

청소 구역을 나누던 팀장이 나를 불렀다. 아름 씨가 내 쪽을 보며 눈을 굴렸다. 팀장이 나를 뺀 술자리에서 몹시 취해서는 나를 두고 주는 거 없이 미운 사람이라고 표현했다는 것을 전해준 것도 아름 씨였다. 먹는 게 꼴 보기 싫으면 끝난 거라나 뭐라나. 자긴 뭐 엄청 예쁘게 먹는 줄

아나 봐. 아름 씨는 치졸하다고 화를 냈지만 나는 결국 들켰다는 것을 알았다. 아무리 조심해도 가끔 그런 식으로 알아보는 사람들이 있었다. 내 피에 흐르는 할머니의 함량 같은 것을.

항시 흠잡을 곳 없이 행실을 단정하게 해야 한다. 여자애들은 특히 더 그래야 돼. 하나를 보면 열을 아는 법이야. 너는 체질이 그러니까 더 조심해야 돼. 엄마는 틈만 나면 내 손을 붙들고 말했다. 뻣뻣하게 마른 몸 어디에서 그런 힘이 나오는 건지 알 수 없었다. 엄마는 여자가 50킬로가 넘으면 안 된다는 말로 내 식욕을 통제하곤 했다. 그 말을 들을 때마다 나는 다스려지지 않는 내 안의 무엇을 느꼈다. 꼭 길들여야 하는 짐승이 된 기분이었다. 나는 그걸 할머니라고 불렀다. 엄마는 숨 쉬는 게 힘들어지고 나서도 그런 말을 했다. 잘 먹어야 낫는다는 말에도 엄마는 평소의 식사량을 고집했다. 체질. 물려받은 것. 세포에 어느 정도 내재된 것. 아예 뜯어낼 수는 없으니 내 안에 흐르는 할머니의 비율을 적당하게 조절할 필요가 있었다.

어우, 오늘 화장실 깨끗하게 써야겠네.

과장이 나를 돌아보며 윙크를 했다. 과장의 책상에는 빈 과자 봉지와 커피 잔, 사무용품 들이 지저분하게 널브

러져 있었다. 자꾸 긁어서 그런 건지 주머니 속으로 검지
가 반쯤 들어갔다. 구멍은 흡착 기관처럼 피부 위로 집요
하게 달라붙었다. 어둠에 젖은 것처럼 손가락 끝이 축축
해졌다.

딸만 하나래. 중학생이라던데.

어머 어떡해. 그럼 지금 시험 기간 아니에요?

애만 가엾게 됐네요.

사람들은 어디서 왔을지 모를 말들을 소곤거리다 이내
각자의 업무로 돌아갔다. 으적, 으적. 키보드 소리는 마치
입안 가득 크래커를 물고 씹는 것처럼 들렸다. 침을 삼키
자 꿀꺽, 하는 소리가 귓가에 크게 울렸다.

건물이 툽툽 뱉어내는 것처럼 사람들은 여기저기서 튀
어나왔다. 오늘은 밤늦게까지 무리를 해야 하니 점심에는
다 같이 속 든든하게 뜨끈한 걸 먹자는 부장의 말에 근처
순대국밥집으로 향했다. 사람들은 핏줄처럼 퍼진 골목을
능숙하게 헤집었다. 저긴 그새 망했나 봐. 옆 가게에 먹혔
네. 누군가 건물 사이를 손가락질했다. 아름 씨가 바짝 붙
어 오더니 진짜 싫다고 속삭였다. 부장님은 깍두기 국물
을 그냥 부어 먹어요. 저번에는 묻지도 않고 내 그릇에 붓

더라니깐. 나 진짜 비위 상해. 집에서 애들이 그런 얘기 안 해줄까요? 나는 어색하게 미소 지었다. 사람들이 타인의 먹는 모습을 그토록 유심히 관찰하고 있다는 사실이 두려웠다.

그 사람 너무 쩝쩝거려. 어머, 내장 못 먹어요? 진짜 맛있는 건 안 먹네. 딱 한 번만 먹어봐요. 대리님 밥 먹을 때 입 모양 진짜 옹졸해져요. 거 여자애가 엄청 먹네. 소주랑 같이 먹음 진짜 맛있는데. 젓가락을 되게 희한하게 잡더라고요. 사람들은 끊임없이 무언가를 입으로 가져갔고 멈추지 않고 씹었으며 쉬지 않고 말했다. 이를 환하게 드러내며, 부수고 으깨면서 서로의 식습관을 살폈다. 그러고는 먹는 방식을 보고 동류인지 아닌지를 판단했다. 추한 모습을 나누면서 유대감을 느끼는 걸까. 식사란 모두가 공범임을 확인하는 과정인지도 몰랐다. 어머, 윤진 씨는 왜 그렇게 못 먹어? 고기 안 먹는구나. 다이어트 해? 밥을 되게 느리게 먹는 편인가 봐요. 나물 잘 먹네. 그런 말을 들을 때마다 나는 시커멓고 깊은 목구멍을 타고 내려가는 덩어리들을 선연하게 느끼며, 구역질도 함께 삼켰다. 배가 차면 세포가 늘어날 것이고, 그만큼 할머니의 부분도 커질 것이다. 나는 종종 포만감을 견디지 못하고 화장실로 달려가 목구멍에 손가락을 쑤셔 넣고 전부 토했다. 사람들은 다이어트 한번 요란하게 한다고 불쾌해하거나 비웃었다.

필요 이상으로 먹지 않고 정신을 바짝 차려 균형을 잡는 것. 그건 내게는 곧 인간의 내용과 형식을 지키라는 주문과도 같았다. 한번 시작하면 멈추지 못하리라는 것을 알았다. 고삐가 풀린 것처럼 모든 것을 먹어치우게 될 것이다. 짐승처럼, 아귀처럼. 내가 만들어내는 것 이상으로. 염치도 없이. 오래전, 할머니가 그랬던 것처럼. 이래놓고 집에 가서 비빔밥 양푼째 먹는 거 아니죠? 팀장은 나에게 유난을 떤다고 했다. 나는 분위기를 맞추기 위해 웃었다. 식사 시간이면 팀장의 시선은 더 집요해졌고 말에는 뼈가 실렸다.

윤진 씨, 얼굴 엄청 창백한데. 또 어디 아파요?

아름 씨가 옆구리를 툭툭 쳤다. 나는 웃으며 고개를 저었다. 자리를 잡고 앉자 부장이 인원수대로 순대국밥을 시켰다. 아름 씨가 수저를 돌리고 내가 물을 따랐다. 아줌마가 기본 찬을 먼저 내주자 몇몇이 침 묻은 젓가락으로 그릇을 뒤적였다. 바로 옆자리에 앉은 남자애는 휴대폰을 앞에 두고 열심히 먹어대는 중이었다. 테이블에 각종 내장이 담긴 접시가 산처럼 쌓여 있었다. 사람들은 안 보는 척 남자애를 흘끔거렸다. 한동안 열심히 먹던 남자애가 갑자기 카메라를 끄더니 테이블 바로 아래 놓여 있던 쓰레기통에 토하기 시작했다. 방금까지 씹어 삼키던 음식이 폭포처럼 쏟아졌다. 사람들이 쳐다보자 남자애가 냅킨으로 입가를 찍어 닦으며 화장실로 들어갔다.

먹뱉이다, 먹뱉.

그게 뭐냐고 묻는 팀장에게 아름 씨가 먹고 뱉는 것의 줄임말이라고 알려주었다.

아니 돈 주고 먹은 걸 왜 뱉어?

에이, 사람이 저걸 다 어떻게 먹어요.

먹지도 못할 걸 왜 돈 주고 시켜?

요샌 다이어트도 저렇게 한대요.

저거 봐, 저거. 저러니까 애들이 자꾸 공부 안 하고 유튜브 영상 찍겠다고 헛소리하잖아. 먹는 건 뭐 쉬운 줄 알아? 요즘 저거 진짜 문제라니까.

부장은 굳이 목소리를 낮추지 않고 말했다. 부장의 요즘 가장 큰 걱정은 유튜버가 되겠다며 공부는 아예 손을 놔버린 아들이었다.

무식하게도 먹네. 저런 애들은 공부도 뒤지게 못했겠죠?

대리가 고개를 끄덕이며 맞장구쳤다. 화제는 건강식품과 영양제에 대한 이야기로 넘어갔다. 적당히 흘려다보니 곧 음식이 나왔다. 아름 씨가 내 뚝배기에서 순대를 건져 갔다. 남자애는 한참 만에야 턱이 퉁퉁 부은 채로 눈가가 벌게져서 나타났다. 팀장과 시선이 마주쳤다. 나는 입 모양을 신경 쓰면서 수저를 들었다. 저런 얼굴을 나는 알고 있었다.

할머니는 대식가였다. 홀몸으로 상경해 소머리국밥집을 차려 오 남매를 키워냈다는 할머니의 몸에는 늘 누린내가 배어 있었다. 할머니는 맨손으로 자르고 썰고 뜯고 튀기고 부수고 찍고 뚝뚝 흘리며 왕성하게 움직였고 많이 먹었다. 선후 관계는 알 수 없었지만 아무거나 눈에 보이는대로 끊임없이 먹었다. 먹고사는 일이 징그럽다, 징그러워. 중얼거리면서도 먹어치웠다. 가게를 처분하고 집에 들어앉은 뒤에는 오로지 먹기만 했다. 무언가를 잔뜩 했으니 이젠 먹을 차례라는 듯이. 딱히 맛을 느끼는 것 같진 않았다. 모든 기능이 끝난 채, 이제 자신의 쓸모와 목적은 오직 먹는 일에 있는 것처럼 그저 씹고 삼키기만을 반복했다.

할머니는 숟가락만 이용해서 밥과 반찬을 먹었고, 가끔

그것들은 옷에 떨어져 얼룩을 남겼다. 슬그머니 숟가락을 내려놓으면 할머니는 내 밥그릇을 힐끔 넘겨보고는 묵묵히 하던 일을 계속했다. 그건 힘을 내서 정성껏 살아가는 것이라기보다는 그저 살아 있으므로 살아 있음의 상태를 유지하는 것에 가까웠다. 그런 식으로 영원히 살 것 같았다. 굴 같은 방에 할머니의 숨소리가 고였다. 짐승처럼 안방과 부엌을 어슬렁거리는 할머니를 피해 나는 학교에 갔고 독서실에 갔다. 침대에 누워 있는 할머니를 보고 있자면 모래 바닥에 숨어서, 발광하는 더듬이를 느리게 움직이는 심해어가 떠올랐다. 바위 사이에서 입을 벌린 채 숨죽여 먹이를 기다리는 포식자. 엄밀한 의미에서 할머니는 포식자가 될 수 없는 사람이었고, 때문에 그 섭식은 두렵다기보다 징그러웠다. 살이 흘러내릴 때마다 나 역시 흘러내릴 것만 같았다. 조금만 균형을 잃어도 형체를 잃은 채 살 뭉텅이가 되어버릴 것이다. 엄마는 일하는 시간을 늘렸고 점점 말라갔다. 이건 완전 밑 빠진 독에 물 붓기야. 엄마가 통화하는 소리를 문밖에서 훔쳐 들으며 나는 다리에 힘을 주었다. 이미 할머니와 비슷한 방식으로 걷는다는 것을 알고 있었다. 사람들은 나에게 할머니를 닮았다고 했다. 유전자가 무섭다고. 어머니가 하던 것을 그대로 한다고. 그때 할머니의 모습이 내 미래의 모습이라는 걸 알았다. 하수구처럼, 채워 넣어도 새어 나가기만 하는 텅 빈 몸. 나는 저렇게 자라고 저렇게 늙을 것이다. 내 안의 할머니를 평생 통제하는 수밖에 없었다. 식욕을 통제하려던 엄마의 말도 거기서 비롯된 것임이 분명했다.

할머니의 죽음은 음식 냄새로 선명해졌다. 강박적으로 몸을 가꾸던 엄마는 장례식 내내 할머니의 몫을 채우려는 것처럼 먹어댔다. 엄마는 늙어가고 있었다. 묵직했던 집 안의 공기가 어쩐지 산뜻하게 느껴졌다. 적요 속에 앉아 있던 나는 갑작스러운 허기를 느꼈다. 냉장고를 열자 뒤섞인 음식물 냄새가 퍼져 나왔다. 불도 켜지 않고 반찬 통 몇 개를 꺼내 뚜껑을 전부 열었다. 색이 죽은 재료들은 이미 흐물흐물해져 원래 무엇이었는지 형태가 어땠는지 알아볼 수 없었다. 냄새를 맡자 강한 허기가 느껴지는 동시에 구역질이 올라왔다. 반찬 통을 내던지고 화장실로 달려갔다. 노란 쓸개즙만 쏟아져 나왔다. 목구멍이 쓰라렸지만 식욕은 사라지지 않았다. 거실로 돌아가 바닥에 떨어진 김치와 김치 국물에 흥건하게 젖은 멸치 조각을 주워 먹으며 나는 누구를 향한 것인지 모를 살의를 느꼈다.

아까 아침에 들었는데 옆 건물 PC방 알바 중에는 집 가

다가 맨홀에 빠져서 행방불명된 사람도 있대요.

부장이 순댓국에 깍두기 국물을 부었다. 시뻘건 국물을 보며 아름 씨가 오전에 했던 얘기를 다시 꺼냈다.

세상에 참 별일이 다 있어.

하다 하다 맨홀까지 조심해야 돼?

태풍 땐 진짜 조심해야 돼요. 버스 바닥도 뚫리는데요, 왜.

발밑으로 새까만 것이 굴러가고 있었다. 먼지인 줄 알았으나 작은 거미였다. 신발 밑창으로 그걸 꾹 눌렀다가 잠시 뒤 휴지로 닦아냈다.

귓가에 축축한 숨이 느껴졌다. 소스라치며 귀를 움켜쥔 채 주변을 둘러보자 아름 씨가 무슨 일이 있느냐고 물었다. 인적이 드문 골목길을 유심히 살펴보다 고개를 저었다. 앞에서 교복 입은 애들이 가로로 늘어서 도로를 다 차지하고 걷는 바람에 우리의 걸음도 자연히 늦춰졌다. 뒤에서 누가 오든지 말든지 헤드록을 걸거나 다리를 차며 장난을 치던 그 애들은 우리 회사 건물을 가리키며 낄낄거렸다. 시험 좆망. 인생 좆망한 듯. 너도 청소부나 해라. 그럴 거면 학원은 왜 다니냐. 죽는 게 더 낫지. 응, 자살. 응, 니 인생. 응, 니 엄마. 부장이 내 아들도 저러고 다닐까 봐 겁난다며 한숨을 내쉬었다. 억지로 밥을 먹은 탓인지 속이 메슥거렸다. 학원 건물의 회전문이 애들을 쏙쏙 빨아들였다. 그제야 우리는 걸음에 속도를 붙였다.

사무실 앞에서 조용히 갈라져 화장실로 들어왔다. 내부는 며칠 사이에 누가 죽었다고 짐작하기 어려울 정도로 환하고 깨끗했다. 아무것도 밝혀진 게 없는데 이미 종결된 사건이라니. 하루만 청소를 하지 않아도 금세 더러워지는데, 아줌마는 죽기 전까지도 화장실을 쓸고 닦았던 것일까. 아줌마가 발견된 건 어느 칸일까.

망설이다 가장 안쪽 칸으로 들어가 바지를 내렸다. 생리 피가 물 위로 뚝뚝 떨어지며 리을 모양으로 번져나갔다. 꿀꺽. 침을 삼키는 소리가 너무 커서 안에서 들리는 건지 밖에서 들리는 건지 구분할 수 없었다. 온몸이 점액질로 축축하게 젖는 것 같았다. 구멍의 입구. 무언가가 저 깊은 곳에서 노란 불을 켜고 입을 벌린 채로 숨죽여 기다리고 있는 게 아닐까. 사냥할 때는 피 흘리는 것을 먼저 잡는다는데. 피를 찾고 있는데 피를 흘려보내다니. 화들짝 놀라 재빨리 뚜껑을 내리고 바닥에 쪼그려 앉았다. 생리대를 가는 동안 엉덩이로 휑한 공기가 느껴졌다. 그대로 오줌을 누자 파란색 타일 틈새로 샛노랗고 약간 붉은 오줌이 스며들어 흘러내렸다. 줄눈을 따라 오줌은 여러 갈래로 나뉘어 새어 나갔다. 갑작스럽게 화장실 문이 열리더니 팀장과 대리의 목소리가 들려와 나도 모르게 숨을 참았다.

지금 저기 물 새는 거 아냐?

나는 벽을 짚은 채 귀를 기울였다.

어머, 물까지 새요? 대표님 얼굴 볼만하겠네.

이참에 하루만 딱 쉬면 너무 좋겠다.

아니 근데 솔직히 우리 다 가는 건 오버 아니에요?

기사 나올까 봐 그러는 거지. 요새 민감하잖아, 그런 이슈는.

안되기야 했지만 애도도 진심 어린 마음에서 나오는 거 아니냐고요. 전 그 아줌마 본 적도 없는데.

그들은 한참 동안 아줌마의 보험금과 사인에 대해 떠들더니 양치를 시작했다. 나갈 때까지 기다렸다가, 조용해지고 나서야 바지를 올렸다. 저릿한 허벅지를 두드리는 순간 등 뒤로 뭔가를 빨아들이기라도 하는 것처럼 거대한 소리가 들렸다. 트림이라도 하는 거야 뭐야, 생각하기 무섭게 변기 뚜껑이 폭발하듯 열리더니 안에 있던 것들이 튀어나오기 시작했다. 꼭 피 맛을 봐서 흥분하기라도 한 것 같았다. 문에 등을 바싹 붙이고 소리를 지르지 않기 위해 입가를 꽉 눌렀다. 처음에는 물이 역류하는가 싶더니 곧 화산이 터지듯 배설물이 후두둑 쏟아져 나왔다. 거기에는 물에 풀어지다 만 휴지나 끝을 묶은 콘돔 같은 잡다한 쓰레기도 있었지만 어째서 변기에서 나오는 건지 이해가 되지 않는 것들도 섞여 있었다. 작은 물고기 사체, 바나나 껍질, 건전지, 틀니, 반지, 빨대, 약봉지, 성적표, 구두, 머리핀, 책. 건물이 삼킨 것. 도시가 삼킨 것. 엉망이 된 바닥을 멍하니 둘러보는데, 있어서는 안 될 게 눈에 들어왔다. 둥글게 몸을 만 것 같은 모양새로 파랗게 팅팅 불어 있는 그건, 그러니까, 귀였다. 그러니까, 사람의 귀. 등 뒤로 식은땀이 흘렀다. 심호흡을 하고 조심스레 그것을 쥐어보았다. 무척 차갑고 물렁물렁했으며 절단면은 깔끔했다. 마치 의도적으로 잘라낸 것처럼. 미끼처럼. 왜 하필 귀가 여기에. 그러나 가까이서 다시 보니 그건 그냥 음식물 쓰레기나 뭉쳐진 종이 같기도 했다. 얼른 다시 넣어버리려고 했지만 아직 변기는 미친 듯이 넘치는 중이었다. 옆자리에 앉아 돼지 내장을 게워내던 남자애처럼.

도시 바닥에는 얼마나 많은 비밀이 흐르고 있었던 것일까. 도저히 참지 못하고 터져버릴 만큼이나. 발밑으로 아득한 어둠이 느껴졌다. 방심한 채 그 어둠 속으로 흘러든 내 피가 실오라기처럼 풀려나갔다. 저 아래, 먼저 새어 나간 할머니가, 발밑의 어둠과 한 덩어리가 되어 입을 벌리고 기다리고 있을지도 몰랐다. 피와 살점. 발밑에서 흐르는, 금방이라도 폭발할 수 있는, 아슬아슬한 비밀들. 저 아래 깊은 곳에서 끓고 있는 것들. 거듭 내려가는 변기 물.

윤진 씨, 여기 있어요?

문밖에서 들려온 아름 씨의 목소리에 나도 모르게 쥐고 있던 것을 입에 넣고 삼켜버렸다. 왜 그런 짓을 한 건지 스스로도 이해할 수 없었다. 물컹거리는 감각과 함께 그것이 목구멍으로 넘어갔다. 어느새 변기는 역류를 멈춘 뒤였다. 마치 내가 그러기를 기다렸다는 것처럼. 문을 열자 아름 씨가 화장실 안쪽을 보고 비명을 질렀다. 도시가 나를 공범으로 만들었다는 것을 깨달았다. 배 안쪽에서 그것이 부글부글 끓어올랐다.

와, 변기가 폭발하다니. 액땜 제대로 하네요.

안을 들여다본 사람들은 코를 감싸 쥐고 신이 나서 떠들어댔다. 아름 씨가 도와주겠다며 자리에 남았다. 하여간 자긴 마음이 약해서. 팀장이 나가면서 아름 씨의 어깨를 두드렸다. 화장실을 쓸고 닦는 동안 아름 씨는 지저분하게 널브러진 것들을 들추며 즐거워했다.

근데 콘돔은 왜 나온 걸까요? 우리 건물엔 회사밖에 없는데? 진짜 사람들 음흉하기 짝이 없어.

신체의 다른 부위를 발견하게 될까 조마조마했지만 다행히 그런 일은 벌어지지 않았다.

저, 아름 씨.

왜요?

아름 씨가 무구한 눈빛으로 돌아보았다. 말문이 막혔다. 저 사람을 먹었는데. 귀를 먹어버린 거 같은데. 그렇게 말해도 될까. 변기가 역류하면서 그런 걸 토해냈다고 말하면. 그러나 왜 삼켰냐고 묻는다면. 도저히 실수라고 할 수 없는 일인데.

혹시 나한테 피냄새 나요?

네? 아뇨. 생리해요?

불안함으로 가슴이 빠르게 뛰었다.

나도 약 먹어야 되는데. 몇 시지?

대답하기도 전에 아름 씨가 중얼거리며 휴대폰을 열어 시간을 확인했다.

약이요?

아름 씨가 심드렁한 얼굴로 지난달 생리가 늦어지는 바람에 남자친구와 마음고생을 크게 해서 피임약을 챙겨 먹기 시작했다는 사실을 알려주었다. 왜 일은 같이 치르는데 귀찮은 건 혼자 챙겨야 하는 건지 모르겠다고 투덜거리기도 했다. 나는 어색하게 웃었다.

윤진 씨는 연애 안 해요?

아, 네. 저는 그냥.

아니, 왜요?

아름 씨가 눈을 동그랗게 떴다. 나는 얼버무리듯 미소 지었다. 사람들은 단순한 질문 몇 가지로 규격 외를 쉽게 걸러냈다. 그냥 하고 싶지 않다는 말은 곧이곧대로 받아들여지는 대답이 아니었다. 그들은 소화하지 못할 음식을 일단 먹어보는 것처럼 진실을 알고 싶어 했고 감당하지 못할 땐 어떻게든 우스운 것으로 만들기 위해 애썼다. 걸음걸이가 비슷한 사람이라면 몇 명 만나본 적 있었다. 무게 추가 아래 있다는 걸 들키지 않으려고 발끝에 힘을 주어 걷고 입술 끝을 당겨 웃는 사람들. 몇 번 만나다 보면 문득 이렇게 식구가 되는 거구나, 생각하게 됐다. 가족이 아닌 식구. 함께 마주 앉아 밥을 먹는 사람. 그러면 상대보다 그가 삼킨 것과 삼킬 것을 더 많이 생각하게 되었지만 그래도 그럭저럭 관계는 이어졌다. 분위기가 적당히 무르익으면 자연스럽게 알몸이 되었다. 그들은 나의 곳곳을 세심하게 만졌다. 입술과 혀와 손이 지나간 자리는 뜨겁게 달아올랐다. 준비가 됐다고 생각했다. 그러나 성기가 내 안으로 짓쳐들어오는 순간이면 나는 어김없이 음식을 삼키는 할머니의 시커먼 입속을 떠올렸다. 잔뜩 으깨지고 부서진 채, 검붉은 입구 속으로, 끈적하고 깊은 목구멍으로 빨려 들어가는 잔해들을. 그것은 언젠가 어둠 속에서 주워 먹었던, 김치 국물에 절여진 멸치 조각을 닮아있었다. 나는 비명을 지르며 몸을 짓누르는 어깨를 마구밀어냈다. 단순히 통증 때문이라고 생각한 그들은 안심하라는 듯 뺨을 쓸며 나를 달랬다. 살짝 벌어진 입으로 그들은 내 숨까지 빨아들일 것처럼 깊게 숨을 들이마셨다. 벌어진 입 사이로 까마득한 어둠이 번졌다. 입부터 항문까지 연결된 기다란 관. 이미 죽은 것을 삼켜 속수무책으로 끝장내는 기관. 그건 구멍으로 시작해서 구멍으로 끝났다. 분위기는 순식간에 돌이킬 수 없게 되었다. 그 뒤로 몇 번더 만났지만 그들은 내가 무슨 말을 해도 짓다 만 표정으로 웃기만 했다. 아무도 당황시키지 않을 버전의 이야기. 가끔 돌아오는 화두에 대한 적절한 대답을 나는 미리 마련해두었다.

이제 나이도 있으니까. 아무나 만날 순 없잖아요.

그치, 결혼.

네, 해야 하니까.

아깝지 않아요?

뭐가요?

남자 친구는 나보고 난자를 얼리라던데.

아름 씨가 깔깔거리며 웃었다. 무례한 건지 친근한 건지 가늠할 수 없어 가끔 아름 씨의 말에는 적절하게 반응하기 어려웠다. 내 표정을 본 아름 씨가 팔뚝을 때리며 더 크게 웃었다.

윤진 씨는 태어날 때부터 평생 배란되는 난자 수가 정해져 있다는 거 알고 있었어요?

여전히 직장 동료가 할 만한 적절한 대화인지 모르겠다고 생각하며 고개를 저었다. 나에겐 몇 개가 있었는지, 이제 몇 개나 남았을지, 한 번에 다 해결해버릴 수는 없는지 생각하는 순간 할머니가 왔다. 아무 데나 불쑥 고개를 들이미는 눈치 없는 노파처럼. 깊은 동공. 메워지지 않는 허기. 할머니와 포개진 채로 동시에 존재하는 찰나의 순간, 문득 알 것 같았다. 그 어둠, 태어날 때부터 이미 정해진 채로 나와 같이 자라온 무언가가 숨죽인 채로 거기서 나를 기다리고 있었다. 그런 방식으로 나 역시 엄마의, 다시 엄마가 될 무언가를 품은 할머니의 배 속에서 기다리고 있었을 것이고, 그런 식으로 생각한다면 이 모든 것이 시작될 때부터 하나인, 그러니까 아주 오래 묵은 끝나지 않은 무언가로서 여기에 있는 것이었다. 시간도 공간도 없는 채로. 모든 것이 시작될 때부터 어디에도 뿌리내리지 못하고 그저 둥둥 떠 있을 뿐인 나, 아니, 미래에도 나일 무언가, 아니, 할머니. 아름 씨의 얼굴이 어쩐지 몹시 익숙하게 느껴져 나는 한 걸음 뒤로 물러났다. 아주 오래전부터 함께 해왔던 어떤 여자의 얼굴을 보고 있는 기분이었다. 끝물이에요, 끝물. 혼자 신나게 지난 명절 때 친척들에게 시달린 이야기를 한참 늘어놓던 아름 씨는 갑자기 내 어깨를 두드리며 그래도 지금이 아니면 언제 즐기겠냐고 해맑게 말했다. 정리를 마치고 돌아와 자리에 앉자 배 속이 쿡쿡 쑤셨다. 이렇게까지 속이 좋지 않은 걸로 보아 원인은 아무래도 귀였다. 얼른 말해야 하지 않을까. 아니면 몸에서 빼내기라도. 아직은 소화가 안 됐을 테니까. 누가 왜 귀를 삼켰냐고 물으면 그땐 너무 놀라서 어쩔 수 없었다고 대답해야지. 의사도 의지도 아니었다고. 하지만 그게 어떤 사건의 증거였다면 어떡하지. 하지만 어떤 사건. 증거라고 생각하면 겁이 나지만, 그게 누구의 귀인지도 모르는데. 아마 아줌마와는 아무 상관이 없을 텐데. 나는 재빨리 사무실 사람들의 뒤통수를 훑었다. 인터넷 창을 열고 귀 실종이라고 적었다가 지웠다. 귀 실종이라니. 차라리 토막 살인 쪽이 나았다. 나만 입 다물면 아무도 모를 텐데. 무심코라도 어떻게 그런 짓을 저지를 수 있었을까. 아니, 그게 아니라, 사람이잖아. 나를 놀리는 것처럼 배 속이 꾸룩꾸룩 울렸다. 마치 귀를 소화시키는 것처럼. 이렇게 녹아서 한 몸이 되어버린다면 다시는 돌이킬 수 없다고 경고하는 것처럼.

　일순 발밑이 푹 꺼지는 것 같았다. 저 아래 깊은 곳. 빛이 들어오지 않는 어둠 그 안에 탯줄 같은 하수관들이 가늠할 수 없는 복잡한 방식으로 얽혀 있었다. 묵은 피가 변기를 타고 그 아래로 고요히 흘러내려 갔다. 거기에 아직 무엇인지 알 수 없으나 무엇인 형태로 웅크린 어떤 것이 도시와 함께 몸피를 불려가고 있었다. 할머니로서. 나로서. 아니 그 이후의 것으로서. 가만히, 숨을 죽이고서. 무게중심. 입에서 항문. 그 끝에서 끝. 팽팽한 균형감에 숨이 막혔다. 사라져도 되는 사람들이 사라지는 도시. 보이지

258

않는 곳에 너무 많은 사람이 있었다. 어떻게 사람들은 변기에 안심하고 엉덩이를 걸칠 수 있는 걸까. 발밑으로 뭐가 떠다니고 있을지도 알 수 없는데. 도시는 언제까지 숨길 수 있을까. 꾸역꾸역 차오르다 이렇게 터져버리는데. 지금도 저 아래 깊은 곳으로 흘러내려 가고 있을, 살점들. 도시가 내게 그것을 먹였다. 나의 배 속. 깊은 어둠. 그 안에서 귀의 올이 서서히 풀려가고 있었다. 녹아내리면서 나와 한 몸이 되어가고 있었다.

윤진 씨, 나 진짜 웃긴 생각했다?

뭔데요?

이 세상에 있는 모든 변기가 동시에 폭발하면 말이야. 진짜 장난 아니겠지?

늦은 시간 우리는 장례식장으로 향했다. 도시는 아무 일도 일어나지 않음을 증명하듯, 빈틈없이 환했다. 대표는 손수건으로 이마에 번진 땀을 닦으며 간헐적으로 욕을 뱉었다.

장례식장은 한산했다. 신발장과 가까운 상에 남자 한 명이 등을 보이고 앉아 있을 뿐이었다. 대표가 향불을 피웠고 단체로 묵념을 했다. 상복을 입은 단발머리 여자애가 덤덤한 얼굴로 서 있었다. 딸인가 봐. 누군가 속삭였다. 반쯤 고개를 들고, 아줌마의 영정 사진을 유심히 살폈다. 주머니의 구멍으로 손가락이 쑥 들어갔다. 그 순간 나는 기다란 빨대와 그 끝에 입술을 붙이고 힘껏 빨아들이는 거대한 입을 떠올렸다. 아무거나 가리지 않고 무섭게 집어삼키는 입. 누군가 비틀거리는 순간을 절대 놓치지 않고 삼키는 탐욕스러운 목구멍을.

어느새 대표는 사람 좋은 얼굴이 되어 할머니의 손을 꼭 붙든 채 다정한 위로의 말을 줄줄 늘어놓고 있었다. 우리는 안내된 상에 몸을 다닥다닥 붙여 앉았다. 육개장과 쌀밥, 반찬 몇 가지와 마른안주가 나왔다. 대표는 술을 부탁했다. 사람들이 공손하게 술을 한 잔씩 받았다. 고개를 돌리고 입만 살짝 대었다가 내려놓았다. 언제 왔는지 대표의 뒤편 상에 중학생 여자애가 앉아 있었다. 그 애는 고개를 푹 숙인 채 느릿느릿하게 밥을 떠먹는 중이었다. 불룩해진 볼을 끊임없이 움직이며 밥을 입으로 퍼 나르고 무표정한 얼굴로 꼭꼭 씹어댔다. 느린 속도였지만, 손길은 집요했다. 앞에 이미 빈 그릇이 어지럽게 널려 있었다. 할머니가 다가와 아이의 손에서 숟가락을 뺏었다. 왠지 모르게 초조해져, 주머니에 손을 집어넣었다. 구멍으로 손가락 두 개가 쑥 들어갔다. 발끝이 떠오르는 것처럼 현기증이 일었다. 팀장이 숟가락을 들다 말고 나를 흘끔 보았다. 앞에 놓인 육개장에는 큼지막한 건더기들과 새빨간 기름이 둥둥 떠 있었다. 사람들은 정신없이 먹고 마셨다. 대표는 연거푸 소주를 들이켰다. 여자애가 음식이 잔뜩 담긴 접시를 들고 맞은편에 앉은 사람들의 등 뒤로 지나갔다. 할머니의 눈치를 보는 건지 여자애는 신발을 신으면서도 곁눈질로 안쪽을 살폈다. 할머니가 대표가 부탁한 음식을 나르는 사이, 그 애는 재빨리 밖으로 뛰쳐나갔다.

윤진 씨, 또 다이어트해?

어째 제대로 먹는 꼴을 못 보지? 원래 밥 먹는 정이 제일 끈끈한 건데.

팀장이 불쑥 묻자 대리가 거들었다. 그녀가 입을 벌릴 때마다 음습하고 뜨거운 구멍이 움찔거렸다. 나에게로 시선이 꽂혔다. 그래서 윤진 씨랑 정이 안 드나 봐, 팀장이 농담이라는 듯 익살스러운 얼굴로 내 옆구리를 찔렀다. 대리가 깔깔거렸다. 나는 고개를 저으며 떡을 집었다. 사람들은 내 손을 유심히 쳐다보았다.

술도 안 먹고.

대리가 내 잔을 힐끔 들여다보았다. 다시 배 속이 따끔거리기 시작했다.

대표님이 주셨는데 이건 받아야지. 윤진 씨, 장례식장
에선 먹어주는 게 예의예요. 다 먹어야 빨리 일어나니깐
얼른 들어요.

서른두 개의 눈이 일제히 이쪽으로 향했다. 조롱과 호
기심, 재미와 경멸이 조금씩 섞여 있었다. 기어코 내가 먹
는 모습을 보고 말겠다는 투였다.

귀를…… 삼킨 것 같아요.

목이 메어 간신히 대답하자 침묵이 흘렀다.

뭐…… 순댓국집에서요?

아름 씨가 당황한 듯 되물었다. 팀장이 헛웃음을 흘렸다.

자기야, 난 뇌 빼고 다 먹어봤어. 자꾸 뭐가 문제야?

그 순간 도시를 향해 입을 벌린 무언가의 숨결을 느꼈
다. 뜨겁고 축축한 입냄새. 눈을 질끈 감고 떡을 입으로 가
져갔다. 내 입에 가까워질수록 환호는 커졌다. 떡을 입에
넣자, 그들은 손뼉을 치거나 서로를 때리며 웃었다. 말랑
한 떡은 이에 자꾸 달라붙었다. 꼭 살점을 씹는 것 같았다.
물컹한 귀. 서른두 개의 시뻘건 눈동자가 집요하게 내 입
을 쫓았다. 그들은 내가 씹는 모습을 전부 지켜보았다. 마
침내 그것을 삼키고서야 시선이 흩어졌다. 그들은 아무

일도 없었다는 듯이 밥을 육개장에 말거나 종이 그릇째 들고 후루룩 마셨다. 더듬거리며 주머니에 손을 넣었다. 손가락 세 개가 쑤욱 들어갔다. 삼켜지고 있어. 숟가락을 던지듯 내려놓고 자리에서 일어났다. 바닥에 놓인 슬리퍼를 아무 거나 신고 화장실로 달렸다. 등 뒤에서 크게 폭소가 터졌다. 복도의 불빛에 화장실 안이 어렴풋이 비쳐 보였다. 칸은 두 개뿐이었다. 오른쪽은 닫혀 있었다. 불을 켤 생각도 하지 못한 채 변기 뚜껑을 열고 고개를 처박았다. 노란 위액이 쏟아졌다. 목구멍에서 찌걱거리는 소리가 났다. 구역질은 오래도록 이어졌다. 정신없이 속을 게워내던 나는 어디선가 들려오는 이상한 소리에 숨을 멈추었다. 쩝쩝거리는 소리가 쉴 새 없이 들려오고 있었다. 바로 옆 칸이었다. 느리지만, 꾸준하고, 빈틈없는 그 소리는 끊임없이 이어졌다. 바로 옆 칸. 어둠 속에서 두 개의 눈동자가 형형하게 타오르고 있었다. 거대한 구멍이 내 눈앞에 있었다.

에코 체임버

16분할된 화면 속에서 사람들은 저마다의 흥에 차 있었다.

2번 방의 남녀는 아까부터 키스를 하는 중이었다. 입술을 떼는 순간 세상이 끝나기라도 할 것처럼 깊고 격정적인 입맞춤이었다. 영화에선 저럴 때 꼭 무슨 일이 벌어지던데. 손바닥만 한 노래방에서야 일어날 일이랄 게 없었고, 그들은 온갖 장르가 뒤섞인 데다 박자와 음정이 틀린 노래를 배경 삼아 자신들만의 세계에 더 깊이 빠져드는 중이었다. 코인 노래방에서 아르바이트를 시작한 지 어느덧 4개월 차. 6시에 이전 근무자에게 인수인계를 받으면 복도와 방을 쓸고 대걸레질을 한다. 손자국이 난 유리

문을 앞뒤로 닦고 자판기에 음료를 채워 넣고 지폐 교환기에 충분한 동전이 들어 있는지, 바닥에 일회용 마이크 커버가 떨어지지 않았는지, 분실물이 있는지를 확인한다. 이것만 끝내면 남은 시간은 비교적 자유롭게 보낼 수 있었다. 아르바이트를 하면서 늘어난 건 게임 레벨과 비위뿐이었다. 세상을 잘 살아가는 데 가장 필요한 덕목은 아무래도 비위인 것 같으니 말 그대로 정직한 사회 경험이었다.

고작 노래 하나 부르는데 몸에서 그렇게 많은 분비물이 나올 거라고는, 이 일을 시작하기 전에는 상상도 못해봤다. 침을 튀기는 건 기본이고, 뭔가를 뱉으면 목청이 뚫린다고 믿는 건지 멀쩡하게 생긴 사람들도 방에만 들어가면 눈물 콧물을 흘리고, 침이고 가래고 뱉을 수 있는 건 전부 뱉어대는 바람에 종일 바닥이 번들거렸다. 일을 시작하고 가장 많이 한 게 침을 닦는 거라면 말은 다 한 게 아닐까. 첫날 퇴근하는 내 표정을 본 사장은 그래도 실내 금연으로 바뀌면서 사정이 많이 좋아진 거라고 조급하게 덧붙였다. 어차피 당장 그만둘 수도 없는 노릇이었지만 퉁명스러운 척 고개를 끄덕였다.

뱅글뱅글 돌아가는 조명 아래, 16분할된 화면은 꼭 인간 역사의 축소판처럼 보였다. 그건 곧 희로애락의 집합체나 다름없었다. 열여섯 가지 유형으로 나뉜 MBTI를 영상으로 만들어둔 것 같기도 했다. 대체 마이크를 바지 안에 왜 집어넣는 건지, 토할 때까지 춤을 추는 이유는 무엇인지, 2인용 방에 아홉 명은 또 어떻게 들어간 건지, 유행하는 아이돌 안무를 전부 외우는 끝도 없는 열정과 에너지는 어디서 오는 건지, 울긴 왜 울며, 갑자기 바닥에는 왜 드러눕는 건지 나는 도무지 이해할 수 없었다. 노래를 잘 부르다 갑자기 온몸을 바르르 떨며 쓰러진 여자도 있었다. 심드렁하게 화면을 들여다보던 나는 먹고 있던 음료수 캔을 집어 던지고 119에 신고했다. 짧은 찰나 노래방에서 벌어질 수 있는 온갖 사건이 머릿속을 스쳐 지나갔다. 금방이라도 터져 나올 것 같은 눈물을 참으며 그 방의 문을 여는 순간 나는 얌전히 자리에 앉아 이쪽을 쳐다보는 여자와 눈을 마주쳤다. 몇 초 전까지만 해도 바닥을 뒹굴며 몸을 떨던 여자는 대체 무슨 일이냐는 얼굴로 온순하게 눈을 깜박였다. 뒤늦게 찾아온 구급 요원들에게 거듭 허리를 숙이며 앞으로는 절대 인간의 흥을 과소평가하지 말자고 결심했다. 한 번 그런 일을 겪고 나니 눈앞에 보이는 장면에 거리감을 둘 수 있게 되었다. 칸칸이 비슷한 장면들이, 매일 여섯 시간씩 펼쳐졌다. 노는 것만 봐도 사람 사는 게 다 똑같구나. 인간은 혼자 있으면 이상해지는구나. 그걸 매일 여섯 시간씩 바라보고 있자면 이내 어떤 기행을 봐도 무뎌졌다. 사무실 구석에도 똑같은 CCTV가 달려 있었다. 사장이 지켜보고 있을지도 모르니 나는 되도록 얌전하게 굴었다.

복도가 소란스러워지는가 싶더니 6번 방의 문이 활짝 열리며 여자애들이 우르르 쏟아져 나왔다. 2번 방의 남녀에게는 이럴 거면 차라리 방을 잡으라고 말하고 싶을 정도였다. CCTV가 있다는 경고문만 붙여놓아도 훨씬 나을 텐데. 사실 사장에겐 관음증이 있는 게 아닐까. 저 사람들은 문이 닫혀 있다고 여기가 프라이빗한 장소라고 착각이라도 하는 걸까. 21세기에 그런 터무니없는 낙관은 대체 어디서 오는 걸까. 고무장갑을 끼고 알코올 소독제와 걸레를 챙겨 자리에서 일어났다. 머리를 뱅글뱅글 돌리며 격정적으로 춤을 추는 7번 방을 지나 반쯤 닫힌 문을 활짝 열었다. 신발을 신고 올라간 건지 빨간 인조가죽 소파 위로 발자국이 선명하게 찍혀 있었고, 유리창은 손바닥으로 얼룩덜룩했다. 다행히 침을 뱉지는 않은 모양이었지만 아직 방심할 수 없었다. 이제 나는 인간들이 아무 악의도 없이, 단지 흥에 젖어 구석구석 골고루 침을 뱉을 수 있다는 걸 알고 있었다.

　잠깐이라고 생각하며 시작한 아르바이트는 무한정으로 길어지는 중이었다. 일을 그만둔 뒤로 나를 받아준 건 노래방 사장뿐이었다. 괜히 소신 있는 척 굴었다가 일생에 단 한 번뿐이었던 기회를 놓친 건 아닌지, 내가 앉아야 했던 의자를 내 손으로 부순 건 아닌지, 스스로가 뭘 하는지 제대로 알고나 있었던 건지 의문이었다. 노래방 아르바이트를 하기로 한 이유는 거창할 게 없었다. 혹시나 잡힐지 모를 정규직 면접을 생각하면 낮 시간은 비워두는 게 옳았다. 저녁에 일하면서도 체력을 지나치게 뺏지 않고 간섭은 덜 받는 일자리가 필요했다. 선택지가 많지는 않았다. 저녁 8시부터 새벽 2시. 집에서 걸어서 10분 거리. 이력서를 가지고 오라는 말에 순간 욱했지만 조건에 맞는 곳을 또 다시 찾는 것도 일이었다. 어쨌든 내 이력서는 각종 아르바이트 경험으로 빼곡했고 내일부터 나오라는 사장의 말은 따뜻했다. 내 자리로 마련된 건 모니터 두 대와 몇 개의 리모컨, 그리고 청소 도구가 쌓여 있는 이곳뿐일 거라는 비관과 불안만 잘 갈무리하면 되었다. 물론 그건 전원처럼 마음대로 끄고 켤 수 있는 게 아니어서 쉽지만은 않았다.

　앞으로 평생을 남이 흘린 침이나 닦아내며 살아야 하는
건 아닐까. 어차피 모든 인간은 침을 흘리니까 그렇게 나
쁜 일은 아닐지도 몰랐다. 석기시대부터 침을 흘렸으니까
우주 시대에도 침을 흘릴 것이고 그러면 내가 일자리를
잃는 일도 없을 것이다. 마이크 커버를 벗기고 소독제를
꼼꼼히 뿌린 뒤 거치대에 꽂았다. 옆방에서 많이 들어본
전주가 나오고 있었다. *시험을 망쳤어! 오 집에 가기 싫었
어!** 요즘 다시 유행하는 90년대 유행가였다. 노래방을 지
키고 앉아 있자면 자연스럽게 근래 가장 사랑받는 노래
를 알게 되는데 최근 가장 핫한 것이 바로 수지밴드가 부
르는 그 시절 그 노래들이었다. 박수지는, 사람들의 표현
을 빌리자면 서바이벌 오디션 프로그램이 건져낸 진흙 속
의 진주였다. 이미 여러 개의 시리즈가 있는 데다 악성 편
집으로 욕을 먹던 그 프로그램은 콘셉트를 아예 레트로로
잡으면서 완전히 이미지를 갱신했는데, 원래도 시티팝이
나 8090의 노래를 리메이크 하는 걸로 유명했던 수지밴
드는 프로그램의 취지에 정확히 부합하며 출연 효과를 톡

---

　　*　한스밴드의 노래, 「오락실」.

톡히 보고 있었다. 청순한 외모로 무릎을 짤랑거리며 그 시절 노래를 부르는 박수지는 사람들의 향수를 자극했고, 세련되게 편곡한 후렴구는 일명 요즘 애들의 마음까지 사로잡았다.

매일이 경쟁인 청년들의 가슴에 한 줄기 위로를 선사하는 청량한 목소리……

박수지가 노래를 부르는 내내 감성적인 폰트의 자막이 둥둥 떠다녔다.

저는 계속 싸우고 있었는데요, 애초에 저는 그 승부의 세계조차 들어가지 못한 거였거든요.

인터뷰 후반, 박수지가 약간의 과장을 보탠 감성팔이는 그대로 문자 투표로 이어졌다.

언니들과 함께 밴드의 꿈을 키워나갔던 유년시절, IMF의 여파로 어느 날 갑자기 사라진 아버지, 그 자리를 대체해야 했던 어머니, 와해된 자매의 꿈과 전교 1등 큰언니, 비뚤어진 둘째 언니. 박수지는 그때 계속 살아갈 용기를 주었던 노래들을 보답하는 마음으로 부른다고 했으며 우승 상금으로 1억을 받는다면 아버지를 찾아 그 돈을 전부 드리고 싶다고 울먹였다. 비슷한 기억은 나에게도 있었다. 그러나 우리 아빠는 사라진 지 정확히 15일이 지나 집으로 돌아왔다. 엄마는 뒤늦게야 아빠의 구조 조정 사실을 알게 되었고, 어느 순간 아빠는 다시 출근을 시작했다. 가훈을 적어오라는 숙제에 나는 '끝은 끝이 아니다'라고 적어 냈다.

박수지가 나와 동갑이라는 걸 알게 된 뒤부터 엄마와 언니는 기회가 있을 때마다 텔레비전 앞에 찰싹 붙어 앉아 저런 기특한 애가 다 있다며 과장된 톤으로 속닥거리곤 했다. 기특한 박수지는 눈물이 글썽글썽한 얼굴로 가족들은 이미 다 용서했으니 돌아오기만 해달라는 말을 덧붙였다. 저 말을 덜컥 믿고 진짜로 돌아오면 저 가족은 어떻게 되는 걸까. 자꾸 이런 생각을 하는 건 언니 말대로 내가 모든 걸 삐딱하게 바라보며 자리를 제대로 잡지 못한 탓일지도 몰랐다. 어디가 자기의 자리가 될 수 있는지를 정확히 아는 동물적인 감이 나에게는 없었다. 어쩌면 박수지의 아버지와 달리 우리 아빠는 그냥 돌아왔기 때문인지도 몰랐다. 세상에서 완벽하게 사라지지도 못한 어중간함을 나는 그대로 물려받은 것이다. 의자를 힘주어 박박 닦는 동안 어느새 익숙한 노래는 2절을 향해 가고 있었다. 나는 문을 발로 닫고 아직 커버를 벗기지 않은 마이크를 쥐었다.

으아아아아아아

아아아아아아아아아아

아아아아아아아악!

깜짝 놀란 건지 옆방의 노랫소리가 뚝 끊기면서 반주만 새어 나왔다. 에코가 들어간 고함은 내 목소리가 아닌 것 같았고, 아주 많은 사람의 것처럼 들리기도 했다. 소리가 울리는 탓인지 조금 더 고통스럽게 들리기도 했다. 나는 마이크 커버를 벗기고 소독제를 뿌린 뒤에 마저 방을 정리했다. 사장이 노래방에 귀신이 나온다는 소문을 들었다며 이상한 걸 보거나 들은 적이 없느냐고 했다.

카페에는 노래방에서 지겹도록 듣는 90년대 노래가 울려 퍼지고 있었다. 습관처럼 CCTV를 찾았다. 내가 분할된 화면 속에 들어가 있을 거라 생각하면 상황을 객관적으로 냉정하게 바라보는 듯한 기분이 들었다. 안쪽 구석에 앉아 있던 용희가 나를 발견하고 손을 흔들었다. 카메라를 얼굴이 잘 보이는 각도에 맞춘 삼각대가 설치되어 있었다.

어이, 노래방.

그렇게 큰 소리로 말하지 마.

내 쪽으로 돌아오려는 용희의 카메라를 툭 밀었다.

너희 노래방에 귀신 나온다며?

귀신이 어딨어?

소문 다 났어. 영상 찍으러 가도 돼?

나는 그 귀신이라는 게 나를 지칭하는 말이라고 확신했다.

사장이 싫어해.

누가 대놓고 하재. 그냥 노래도 좀 부르고 그 김에 이상한 게 있나 없나 좀 본다는 거지.

내가 대꾸하지 않자 용희는 뾰로통하게 카메라 쪽으로 고개를 돌렸다. 어디선가 유튜버 한 달 수익을 주워듣고 와서 제 일거수일투족을 찍기 시작한 게 어느새 두 달이 넘어가고 있었다. 타임랩스로 취직 준비 과정을 찍는다고 했다. 아직 구독자가 백 명 내외지만, 용희의 꿈은 광고 수익으로 한 달에 천만 원을 버는 거였다. 그날이 오면 취준도 때려치울 거라고 했다. 용희는 기분 내기에 가까워 보이는 촬영을 두고 꼬박꼬박 일이라고 불렀다. 파이프라인 같은 말을 써가며 거들먹거릴 때마다 나는 입술에 힘을 주고 진지한 표정을 짓기 위해 노력했다. 어쨌든 그에 의하면 일상은 다 돈이 될 수 있었다.

용희와는 카페 아르바이트를 하면서 가까워졌다. 그는

처음 만났을 때부터 한때 영화감독이 꿈이었지만 졸업 작품을 준비하면서 자신의 적성이 아니라는 걸 확실히 깨닫고 미련 없이 때려치웠다는 얘기 같은 걸 줄줄 늘어놓았다. 인수인계를 하다 보니 동갑이라는 것을 알게 되었고 집도 가까운 데다 사는 모양새도 비슷해서 자주 만나게 되었다. 처음 몇 번인가 외롭다는 말로 은근슬쩍 떠보기에 여자를 좋아한다고 대답한 뒤로 깔끔하게 친구가 됐다. 좋게 말하면 깔끔하고, 나쁘게 말하면 쉽게 포기하는 그 부분이 마음에 들었다.

정말 귀신 본 적 없어?

없다니까.

귀신은 노래방 좋아한대.

맨날 보면 그게 귀신이냐?

그런 게 조회수 잘 나오는데. 영화 찍을 때도 귀신 보면 대박 난다잖아.

용희는 편집이 밀려 바쁘다고 호들갑을 떨면서도 자신의 턱 아래쪽을 찍고 있는 카메라를 연신 흘끔거렸다. ASMR, 먹방, 게임, 미스터리, 잡담. 콘셉트가 명확하지 않은 게 딱 용희다운 채널이었다. 말하자면 인간의 자유가 고작 이런 것일 뿐인지 고찰하게 만드는, 그럼에도 불구하고 어쩐지 시선을 뗄 수 없어서 보고 또 보다가 정신을 차려보면 시간이 훌쩍 지나가 있는, 영상 지옥 비빔밥 같은 느낌이랄까. 노트북과 카메라를 번갈아 살피며 분주하게 구는 용희를 보다 나도 노트북을 열었다.

성장 배경을 기술하여 주시기 바랍니다. 본인의 사고와 행동을 결정하는 가치관 세 가지와 적용 사례를 기재하여 주십시오. 기술한 사회 경험 또는 경력 경험에 대해 상세하게 서술하여 주십시오. 커서가 깜박거렸다. 비슷한 질문에 수백 번도 넘게 대답했지만 내 얘기가 정답이었던 적은 한 번도 없었다. 더 다양하고 자극적인 버전으로 쏟아지는 이야기 틈에서 어떻게 돋보여야 할지 알 수 없었다. 어쩌면 박수지식으로 시작해볼 수도 있었다.

저는 노스트라다무스로 그 시절을 기억합니다. 어디선가 원어민을 초대해 그룹 과외를 만든 것은 엄마였습니다. 친한 엄마들을 중심으로 나이가 들쭉날쭉한 애들이 모여, 일주일마다 집을 바꿔가며 A, B, C, D를 배웠습니다. 귀에 들어오는 영어 단어 비슷한 거라고는 노스트라다무스뿐이었습니다. 저는 노스트라다무스라는 어감이 주는 복잡함과 으스스함이 좋았습니다. 엉덩이를 달싹이

278

는 애들 사이에서 언니만 혼자 연필을 쥐고 단어를 받아 썼습니다. 언니 바보 아냐? 지구가 멸망한다는데 이걸 왜 하냐? 언니가 저의 머리를 쥐어박으며 말했습니다. 지구 가 망해도 영어는 해야 돼. 언니는 무엇을 해도 1등이었습 니다. 우리 집은 딸딸이집이라고 불렸습니다. 그 말에는 웃음기와 경멸과 약간의 음흉함이 섞여 있었습니다. 할머 니의 박한 평가에도 불구하고 사람들은 언니를 볼 때마다 열 아들 부럽지 않겠다며 칭찬했습니다. 서울 소재의 여 대를 졸업한 엄마는 집에서 공부방을 운영했습니다. 집의 가장 커다란 방은 늘 언니 오빠들로 북적거렸습니다. 언 니가 1등을 놓치지 않았으므로 공부방의 홍보 효과는 대 단했습니다. 언니는 연월일로 학업 계획표를 작성했고, 아주 부득이한 경우가 아니면 그것을 철저하게 지켰습니 다. 그건 엄마에게서 물려받은 기질이었습니다. 엄마는 늘 어딘가 화가 난 표정으로 끊임없이 부지런히 무언가 를 했습니다. 밥을 하고 우리를 깨우고 방을 치우고 쓸고 닦고, 공부를 가르치고, 때로는 작은 비닐에 머리끈을 넣 거나 액세서리를 분류해 담아 박스를 채우기도 했습니다. 바자회에도 갔습니다. 물건을 사고파는 사람들은 거의 아 줌마였습니다. 엄마는 그사이를 능숙하게 헤집으며 옷과

장난감과 생필품을 골랐습니다. 아빠가 갑자기 사라졌을 때도 일상은 아무렇지 않게 굴러갔습니다. 엄마는 계속 밥을 지었고, 돈을 벌었고, 우리를 학교에 보냈습니다. 아빠가 돌아왔을 때도 마찬가지였습니다. 영어 과외는 어느 순간 미술 과외로 바뀌었다 사라졌습니다. 지구가 멸망하지 않은 채로 20세기는 끝났습니다.

힘들 때마다 제가 여기 있어도 된다고 말해준 것은 게임이었습니다. 6개월 전 저는 지망하던 회사에 인턴으로 들어가게 되었습니다. 거기서 신지를 만났습니다. 그는 바스트 모핑이 없으면 게임도 아니라는 말을 서슴없이 하는 사람이었습니다. 어떤 얘기를 하든 가슴 얘기로 돌아오는 뚝심을 가지고 있었습니다. 저는 펑퍼짐한 옷을 입고 출근을 하게 되었습니다. 한 선배가 이 업계에는 저런 사람이 백만 명이라고 귀띔해주었습니다. 여기서 일하려면 안고 가야 한다고 했습니다. 팔리는 게임을 만들어야 한다고 했습니다. 저는 불의를 참지 못하는 성격은 아닙니다. 3일 동안 고민한 결과 저는 신지와 한 팀이 되어야 한다는 걸 받아들이기로 했습니다. 동행의 가치는 중요하니까, 함께 가보기로 했습니다. 그런데 그가, 저에게 컵을 씻어 오라고 했습니다. 언니는 끈기가 없는 것이 저의 문제라고 했습니다. 자라면서 몇 번의 지구 멸망설과 경제 위기를 겪었습니다. 망한다는 말에 기대를 품은 건 아무래도 저뿐이었던 것 같습니다. 제가 망한 건 그때 영어를 열심히 공부하지 않았기 때문인 것 같습니다. 죽어버려 신지.

이건 무슨 자소설이야.

용희가 내가 쓴 글을 읽더니 혼자 킬킬거렸다. 나는 아무렇게나 써 내려간 글들을 전부 지우며 테이블 위로 엎어졌다.

함께 가야 할 백만 명의 신지가 있다고 생각해 봐.

난 오타쿠 싫어해.

언니는 내가 멀쩡한 일을 그만두면서부터 더 무기력해지고 정신을 못 차린다고 했다.

그러지 말고 나랑 유튜브나 하자니깐?

용희는 틈만 나면 나를 끌어들이려 들었다. 그럴 거라면 지난 명절에 할머니가 탕후루를 먹는 영상을 찍으려다 임플란트가 빠지는 바람에 친척들에게 등을 두들겨 맞았다는 얘기 같은 건 하지 않는 편이 좋았을 것이다. 내 채널도 아닌 곳에서 웃음거리가 될 생각은 추호도 없었다.

표정이 왜 그래?

곧 엄마 생일이야. 언니가 또 얼마나 잔소리를 할까.

언니로 말할 것 같으면 그야말로 그럴 듯한 장녀였다. 예전부터 자기 앞가림은 알아서 척척 해나가던 언니는 대학 졸업 전에 공무원 시험에 합격했다. 이후 같은 직종의 형부를 만나 아이를 낳고 보란 듯이 구석기시대부터 이어져 내려왔을 정상 가족의 형태를 이루었다. 그러니까, 최초에 불린 노래를 거듭 부르며 합창으로 만드는 사람들.

내가 상사와 싸우고 일을 그만두었다는 사실을 알았을 때도 언니는 다슬이를 혼낼 때 나오는 특유의 엄격한 표정을 지었다. 인간은 자기가 한 말을 대답으로 들으면서 사는 거야. 어디서든 겸손하고 예의 있게 굴어. 언니의 잔소리를 한쪽 귀로 흘려들으며 나는 우주를 불 꺼진 노래방이라고 상상했다. 미러볼처럼 돌아가는 지구와 빨강 파랑 초록으로 빛나는 별들. 들어줄 사람을 찾아 목이 터져라 노래를 부르는 사람들. 그러나 우렁찬 톤으로 신나게 시작된 노랫소리는 점점 작아지고 기운이 빠지기 시작한다. 조명만 반짝이는 공허한 우주에서 되돌아오는 자신의 목소리를 들으며 영원히 탬버린을 쳐야 한다는 사실을 알아챘기 때문에. 하지만 노래를 부르지 않으면 자신이 있다는 걸 확신할 수 없으므로 부르지 않을 순 없다. 결국 인간은 오래전 자신이 부른 노래를 들으며 죽어가는 것이다. 인간이 노래를 불렀기 때문에 지구가 멸망하는 것이다. 불렀기 때문에 죽는 거야. 아무 응답도 받지 못한 채로. 처음부터 솔로 곡이었다고. 그렇게 생각하자 너무 슬퍼져서 엉엉 울고 싶어졌다. 내 감정을 기민하게 알아차린 언니는 대체 또 무슨 딴생각을 하는 거냐고 화를 냈다. 그냥 참으면 넘어갔을 일을 나는 왜 머릿속까지 조종하려 드는 거냐고 되받아쳤고 언니는 말하는 꼴이 다슬이만도 못하다며 비아냥댔다. 다슬이를 낳고부터 언니는 그런 식으로 내 속을 긁었다. 네 살짜리도 안 그래, 다섯 살이랑 똑같이 말하면 어떡해, 너 자꾸 일곱 살처럼 굴 거야?

한번 말을 하자 하소연이 끝도 없이 터져 나왔다. 용희가 뭔가 깨달음을 얻은 듯 입을 동그랗게 벌렸다.

그러네. 그게 문제네.

뭐?

뭐든 처음 시작한 사람이 제일 나쁜 거 아니야?

나는 우리가 같은 얘기를 하고 있는 건지 헷갈렸다.

굳이 따지고 보면 그렇다고 할 수도 있겠지?

그러면 누군가는 책임을 져야 하는 거 아니겠어?

분주하게 움직이던 용희가 자기 노트북을 내 쪽으로 돌렸다. 보석이 박힌 동그란 교수형 밧줄 아래 예쁘게 죽어요,라고 적혀 있는 사진이 화면을 꽉 채우고 있었다. 내 표정에도 아랑곳않고 그는 혼자 킬킬대며 웃었다.

이걸 보여주는 이유가 뭔데?

책임을 지게 해야지.

노래 좀 불렀다고?

완전 사이버펑크지?

용희가 카메라를 흔들며 히죽히죽 웃었다. 좀 미친 사람 같았다.

비슷한 차림새의 사람들이 마치 회전문을 도는 것처럼 돌고 돌았다. 멈추지도 않고. 혼자서, 둘이서, 셋이서. 계절에 따라, 유행에 따라. 트렌치코트, 플로럴 패턴, 부츠컷, 점프 수트, 와이드 팬츠, 슬랙스, 테니스 스커트, 흰 운동화, 블로퍼, 슬립온, 앉아 있자면 시간은 멈추고 사람만 움직이는 것처럼 보였다. 저 많은 사람이 어디서 와서 어디로 가는 걸까. 비슷한 차림으로 끊임없이 드나드는 사람들을 보고 있자면 정지된 세계에서 혼자 숨을 쉬고 있는 것 같은 기묘한 느낌이 들었다.

지원한 곳 어디서도 연락은 오지 않고, 8시엔 노래방으로 출근하고. 녹화된 영상처럼 비슷한 나날이 흘러가는 도중 사장이 뜬금없이 가격을 올려야 한다고 했다. 근처 노래방은 다 세 곡에 천 원인데 우리만 네 곡에 천 원이어서 그간 4백원씩 손해를 봤다고 했다. 그런 계산법이 어디서 나온 건지는 모르겠지만 시키는 대로 요금 인상을 공지하는 종이를 프린트해 잘라서 방마다 붙였다. 누나 이제 가격 올랐어요? 단골로 찾아오는 중고등학교 애들이 시무룩하게 물었다. 아, 여긴 다 구려도 싼 거 하나 좋았는데. 어떤 애들은 카운터에 침을 뱉고 나갔다. 나는 요즘 애들이란, 생각하며 혀를 찼다.

　그러나 대부분은 말없이 돈을 바꾸고 노래를 부르러 사라졌다. 문이 닫히고 에코 효과가 들어간 목소리들이 여기저기서 울리기 시작하면 어쩐지 안심이 되었다. 오늘도 16분할의 칸은 하나 또는 둘 또는 셋으로 가득 찼다. 마이크에 대고 그들은 뭔가를 끊임없이 외쳐댔다. 예쁘게 죽어요. 아니, 예쁘게 말해요. 조명 때문인지 그들은 사람이 아니라 일종의 잔상처럼 보였다. 어제의 잔상. 그들 자신의 잔상. 좁은 방에 갇혀 끝도 없이 반사되는 목소리를 듣고 있으면 무엇이 시작인지도 알 수 없게 될 터였다. 시작

같은 건 오래전에 사라져버렸는지도 몰랐다. 이미 오래전 나는 죽었고 지금의 나는 그저 일종의 사념 같은 것으로 여기에 남아 있는 것이다.

─주말 약속 잊지 마.

청소를 마치고 사무실로 돌아오니 언니에게서 문자가 와 있었다. 작년에는 엄마 생일을 깜박하고 친구들과 여행 일정을 잡았다가 별의별 소리를 다 들었다. 언니는 일부러 그런 거라며 나를 비난했다. 잔소리를 듣기 싫어서 올해는 정신을 바짝 차리고 있었다.

─알아.

대충 답장을 보내고 게임에 접속했다. 계속 띄엄띄엄 움직여야 하니 그사이에 할 수 있는 게 이런 것뿐이었다. 화려한 효과음과 함께 화면이 반짝였다. 뛰고, 뛰고, 몬스터를 밟고, 아이템을 먹고, 떨어져서 죽는다. 다시, 죽은 자리에서 살아나 뛰고, 뛰고, 더블 점프. 맵은 매번 달라졌지만 하는 일은 비슷했다. 프로그램이 업데이트를 하지 않은 지 오래였지만 굳이 다른 게임으로 갈아타지 않은 건 아빠 때문이었다. 아빠는 내가 일을 그만두겠다고 했을 때 유일하게 아무것도 묻지 않고 내 편을 들어주었다. 그러고는 응원을 건네듯 내게 매일 게임용 하트를 보냈다. 반짝 유행했다 망한 게임이지만 유저가 거의 빠져나간 광활한 맵을 혼자 돌아다니며 사냥을 할 아빠를 생각하면 어쩐지 다른 게임을 하는 게 배신처럼 느껴졌다. 서비스가 종료될 때까지 일단 머무를 생각이었다. 버튼을 마구 눌러대는데 갑작스레 화면이 바뀌고 언니로부터 전화가 걸려 왔다. 나는 받지 않고 아르바이트 중이라고 문자를 보냈다. 한참 뒤 진동이 울렸다.

—넌 노래로 치면 57점이야.

—그럼 언닌 몇 점인데.

—87점.

어딘가에서 내 성질 돋우는 법을 배우는 게 아닐까. 답장을 고민하는 사이 초인종이 울렸다. 노래방으로 내려오는 계단 중간에는 센서가 있어 손님이 절반 이상 내려오면 소리가 나도록 되어 있었다. 반투명 시트지 사이로 눈에 익은 차림이 지나갔다. 월요일부터 금요일까지 이 시간 무렵이면 나타나는 아저씨였다. 오십대 언저리로 보이는 그는 늘 양복 차림에 백팩을 메고 나타나 카운터에서 가장 가까운 빈방으로 들어가서 꼭 천 원어치씩 노래를 부르고 갔다. 노래의 조합은 다양했지만 마지막 곡은 늘 같았다. *아빠 사랑해요! 난 아빠를 믿어요!* 요즘 유행하는 바로 그 노래. 나는 조그만 화면으로 그를 들여다보며 자기 자신에게 그런 노래를 불러주는 마음은 무엇일지 상상해 보았다. 방에서 나오기 직전, 그는 언제나 심호흡을 하면서 넥타이를 꾹 조였다. 다시 세상으로 돌아오기 위한 의식을 치르듯이. 조금 가빠지는 호흡이 그 사실을 상기시켜 주기라도 하듯이. 빈방을 찾아 들어가는 아저씨의 등을 모니터로 좇았다. 문득 궁금해졌다. 평소처럼 두 곡은 아무거나 부르고 마지막에 같은 노래를 부를지. 세 곡 다 아무거나 부를지, 공지를 발견한 건지 잠시 머뭇거리는 것 같던 그는 이내 문을 열고 카운터로 나왔다.

노래 개수가 줄었네요?

아, 네.

다섯 곡에 천 원일 적도 있었는데 말이지. 물가가 오르니까 노랫값도 오르네요. 하긴 무슨 노래를 돈을 주고 부르냐는 사람도 있는데.

그는 약간 시무룩해 보였다. 꼭 언니가 할 법한 말이어서 나는 그가 좀더 친근하게 느껴졌다. 구조 조정 당하듯 하나씩 줄어드는 그의 애창곡 목록을 떠올렸다. 어떤 노래를 남겨두고 어떤 노래를 빼는 사람일까. 그게 어떤 사람의 무엇을 말해주기도 하는 걸까.

자주 오시니까 보너스로 한 곡 더 넣어드릴게요.

나는 충동적으로 말했다. 아저씨가 눈을 깜박이더니 이내 환하게 웃었다.

그래도 돼?

사장님껜 비밀이에요.

고마워서 어떡하지.

괜찮아요. 별거 아니에요.

그래도 이런 호의를 받았는데.

3백원도 안될 텐데요, 뭘.

그러면 이건 어때? 내가 아가씨 사주를 봐주는 거야. 생년월일 좀 알려줘봐.

내 표정을 본 아저씨가 더욱 호탕하게 웃었다.

재미로 봐, 재미로. 내가 사주 풀이 하난 기가 막히게 하거든. 사주는 믿을 만한 데이터라니까. 지금까지 지구에 살아온 사람이 얼마나 많았겠어. 이게 통계학이거든. 어떤 거대한 흐름 같은 게 있다니까. 이건희랑 양봉업자랑 사주가 같다는 얘기 들어봤지?

그 말은 지구에 사는 수많은 사람이 오래전부터 비슷한 패턴의 삶을 반복해서 살고 있다는 말처럼 들렸다. 개별적인 돌림노래들. 그게 데이터가 되고, 그걸로 다시 미래에 사는 사람들의 삶을 짐작할 수 있는 거라면. 어떤 삶이 엉망인 이유를 그런 식으로 데이터가 설명하는 거라면. 새로운 건 없고 그저 오래도록 반복되어왔을 것에 대한 반복임을 삶이 얘기하고 있는 거라면. 역시 처음에 그 따위로 산 사람들이 잘못한 거 아닌가. 아저씨가 나에게 휴대폰을 내밀었다. 생년월일시를 입력하라고 했다. 약간의 반발심과 호기심 사이에서 줄다리기를 하다 휴대폰을 받아 들었다.

아이고 저런.

왜요?

고생 좀 했겠네. 아주 더럽게 꼬였어. 살이 골고루 다 끼었어. 돌이 많아서 고집도 세고 남의 말 안 듣고. 그래서 조직에 있으면 좀 힘들었겠어. 엄마랑 안 맞고. 혹시 위에 언니나 오빠 있어? 위에서 뭐가 자꾸 누르고 있네. 기운이 아주 악독해. 근데 내년엔 좀 풀려. 운이 바뀌어. 힘들어도 내년까지만 참아봐. 원래 운 바뀔 때가 제일 힘들어.

그거 진짜예요?

보자 보자. 내후년에 결혼 운도 들어왔네. 주변에 웃기는 놈 하나 있지? 보니까 애가 좀 모자르긴 한데 시키는 건 잘해. 비리비리해 보여도 딴마음 안 먹고. 궁합이 좋네.

이쪽은 고집이 세고 저쪽은 물렁물렁하고. 아주 큰 건 아니어도 복 물고 오니까 같이 있으면 그냥저냥 잘 풀릴 거야. 얼른 결혼하고 아기도 낳아야지. 이건 그래야 안정되는 사주에요. 사주라는 게 질량보존의 법칙이야. 피했다고 안 오는 게 아니거든. 어떻게든 그게 돼 있다니까. 나중에 돌아보면 아 그게 그거였구나, 한다니까.

아저씨가 신나게 떠들어댔다. 듣고 있자니 마음이 자꾸 삐딱해졌다. 홧김에 여자를 좋아한다고 말하려다 참았다.

저 언제 죽는데요?

오래 살아. 근데 술 마시는 거랑 여성 질환은 좀 조심해야겠다.

아저씨는 비꼬는 뉘앙스를 알아듣지 못했다. 자기는 말년에 자식 복이 좋아서 그것만 믿고 기다리는 중이라고 했다. 내 반응이 심드렁해진 것을 눈치챘는지 그는 혼자 몇 마디를 더 중얼거리다 얌전히 방으로 돌아갔다. 나는 대걸레를 길게 잡고 끌었다. 요즘 유행가. 과거 유행가. 빙글빙글 돌아가는 조명 속에서 모든 것이 뒤섞였다. 노래방 인기 차트는 시대의 명곡들로 점철되었다. 사람들은 부를 노래가 떨어지면 애창곡과 인기 차트에 들어가 노래를 골랐다. 그러는 동안 아무도 불러주지 않는 노래는 그

래서 점점 더 아무도 불러주지 않게 되고 없는 것도 아닌
게 되었다. 누구에게라도 책임을 묻고 싶었다. 아주 많은
것에 대해 책임을 져야 할 것이다.

그리고 다시,

새벽 2시가 조금 넘어 지하에서 지상으로 올라오면 꼭
건져 올려진 듯한 기분이 들었다. 나는 비척거리며 가끔
취객만 지나다니는 텅 빈 도로를 가로질렀다. 간판들이
번쩍였고 신호등이 깜박거렸다. 좀, 유령이 된 것 같은 기
분이었다.

야, 자리 좀 만들어 봐.

용희는 들어오자마자 테이블에 카메라를 설치했다. 새
벽 2시에도 고깃집은 사람들로 바글거렸다. 바로 옆자리
에서는 아저씨가 혼자 앉아 술을 마시고 있었다.

자, 그럼 지금부터 선물 개봉식이 있겠습니다.

용희가 카메라 각도를 조절하며 다짜고짜 다이소 봉지
를 내밀었다. 중구난방 뜬금없는 콘셉트는 놀랍지도 않았
다. 나중에 실버 버튼을 받으면 출연료를 몰아 주겠다는
말을 백번도 더 들었지만 기대는 전혀 되지 않았다.

이게 뭐야.

선물하고 반응 보기.

넌 이게 선물이냐?

봉지에서 나온 건 자그마한 스노 글로브였다. 투명한 플라스틱 돔 안에 빨간 지붕 집과 노부부, 그리고 강아지 모형이 오밀조밀 들어 있었는데 채색이 밀려 어딘가 악령이 씌인 것처럼 보였다. 새하얀 바닥은 빙하를 표현한 것 같았다. 뒤집으니 가격표가 그대로 붙어 있었다. 3천 원. 전원 버튼을 누르자 신경질적인 징글벨 소리가 울리며 빨 파 초 조명이 번쩍거렸다. 눈이 아프고 정신이 사나웠다. 사람들이 이쪽을 쳐다보기에 얼른 전원을 끄고 테이블에 내려놓았다. 반짝이 가루가 눈처럼 모형 위로 천천히 내려앉았다. 저거, 아마 다 방사능 눈이겠지. 실없는 생각을 하며 막 나온 고기를 불판 위에 올렸다. 지글거리는 소리 와 함께 살점이 오그라들었다. 용희는 내 반응에 실망한 듯했다.

야, 반응이 그게 뭐야. 좀더 리액션을 해줘야지.

3천 원짜리 리액션이거든?

용희는 입술을 삐죽였지만 내가 잔을 들어 올리자 입으로 짠, 소리를 내며 잔을 부딪쳐주었다. 불판 위에 올라간 살점은 아직 새빨갰다. 어디선가 뭔가가 죽었는데 아무

소리도 듣지 못했다고 생각하자 기분이 이상해졌다. 지금 이 순간에도 빙하는 녹고 있을 것이다. 소리도 없이……

내가 네 말을 곰곰이 생각하다 깨달았잖아.

뭘?

처음에 시작한 사람 말이야. 어디서부터 잘못됐나 생각해봤는데 아무리 생각해도 그 새끼 때문인 거야.

용희가 열심히 고기를 뒤집었다.

나는 누가 말을 하면 그게 메아리처럼 울리거든? 성격이 그런 편이야. 엄마가 내가 자길 닮아서 수학을 못하는 거라고 했거든? 근데 진짜 그 뒤로 숫자만 보면 계산이 안 되는 거야. 암시가 그만큼 잘 걸리는 타입인 거지.

무슨 소리야, 너희 엄마?

고기가 먹음직스럽게 익자 용희는 앉았다 일어났다 이리저리 분주하게 각도를 맞추며 사진을 찍었다.

아니, 처음 말이야. 처음 일할 때. 정말 온갖 말을 다 들었단 말이지. 나한테 인격적인 모멸감을 줬어. 그런데 어딜 가나 실수할 때마다 그때 들었던 말이 자꾸 생각이 난단 말이야. 그게 내 첫 노래가 된 거야. 새해 첫 곡처럼 말이야. 뭘 할 때마다 계속 그러니까 하려던 것도 안 되고, 점점 더 그렇게 되고. 그러다가 회사를 못 다니게 된 거지.

용희는 열심히 중얼거리면서도 사진 찍기에 여념이 없었다. 저렇게 찍은 사진을 새벽 2시쯤 감성 글귀와 함께 올리면 꽤 많은 좋아요가 눌렸다. 필터를 너무 많이 씌운 데다 보정도 심해서 현실적인 사진은 하나도 없었지만 한 여성에게 당신이 세계를 바라보는 방식이 좋다는 메시지를 받은 뒤로 업데이트에 더 열심이었다. 나는 사진 속의 용희에게 용삼이라는 별명을 붙이고 거기에 좋아요를 누르는 사람들의 사진을 타고 들어가 얼굴을 구경하곤 했다. 턱을 괸 채로, 화면 속으로 거의 들어갈 지경인 용희를 지켜보는데 어디선가 익숙한 노래가 흘러나왔다. 이쯤 되면 저 노래가 나를 따라다니는 건 아닌지 의심스러울 지경이었다. 가게에서 틀어둔 텔레비전에 박수지가 해맑게 웃는 모습이 떠올랐다. 아래에는 국민 첫사랑이라는 자막까지 붙어 있었다. 세상에 국민 첫사랑이 뭐 저렇게 많은지.

박수지는 맨날 나오네.

노래는 잘하잖아.

쟤는 좋겠다.

서바이벌 프로그램이라고는 하지만 박수지는 이미 유력한 우승 후보로 승부의 세계에 완벽하게 안착한 사람이었다. 예정된 1억이 있는 기분은 뭘까. 나이도 같은데 이럴 수가 있나. 정말 사주가 문제인가.

재 구독자도 엄청 늘었잖아. 우승 못 해도 유튜브로 그냥 먹고 살걸?

아빠 팔아서 잘되면 뭐 해.

묘한 박탈감에 고개를 돌리는 순간 옆에 앉아 있던 아저씨와 눈이 딱 마주쳤다. 어어. 나도 모르게 소리가 새어 나갔다. 천 원 아저씨였다. 노래를 다 부르면 집으로 가는 줄 알았는데 이런 곳에서 혼자 술을 마시고 있을 줄이야. 노래방을 나간 사람들이 어디로 나가 어떤 삶을 살아가는지에 대해서는 한 번도 생각해본 적이 없었다. 아저씨도 나를 알아본 듯 어, 하고 감탄사를 흘렸다.

뭐야, 누군데?

손님. 나 사주 봐줬어.

아는 사이시면 합석하실래요?

용희가 카메라 쪽으로 눈짓을 했다. 즉흥적으로 옆자리 아저씨와 합석하는 걸로 콘텐츠를 변경할 모양이었다. 의외로 아저씨는 카메라를 보고서도 흔쾌히 고개를 끄덕이며 우리 쪽으로 의자를 당겨 왔다. 용희가 카메라 각도를 조절하며 아저씨의 잔에 술을 따랐다.

유튜브가 그렇게 많이 벌어요?

완전 장난 아니에요. 근데 아저씨는 왜 혼자 드세요?

용희가 능청스럽게 묻더니 자기 사주도 봐달라고 했다. 휴대폰을 꺼내 만세력을 켠 아저씨가 생년월일을 입력하라고 했다. 용희가 신상 정보를 입력하는 동안 아저씨는 유튜브 수익에 대한 이런저런 질문을 던졌다. 이미 조금 취한 듯 얼굴이 불콰했다. 휴대폰을 돌려받은 아저씨가 무심코 혀를 차자 용희가 초조한 얼굴로 쳐다보았다.

그래도 결혼은 잘해. 쓸데없는 고집 부리지 말고 와이프만 따라가, 그냥. 시키는 것만 잘하면 아주 탄탄대로야.

용희가 나를 힐끔 쳐다보았다. 아저씨도 나를 보았다. 뭐. 내가 입 모양으로 말하자 테이블에 갑작스러운 침묵이 흘렀다. 우리는 각자 술을 따라 마셨다.

……근데 아저씨 내년에 지구가 멸망한대요. 어차피 다 끝난다고요.

손톱으로 테이블에 말라붙은 고춧가루를 긁어내던 용희가 시무룩하게 중얼거렸다.

99년에도 그랬어. 근데 안 끝났잖아.

멋대로 한 잔을 더 따라 마신 아저씨가 똑같이 시무룩하게 대답했다. 가게에는 여전히 박수지의 청량한 노랫소리가 울려 퍼지는 중이었다.

그땐 참 그랬는데 말이야. 힘들고.

지금도 참 그래요. 힘들고.

저거, 상금이 1억이라면서?

그렇다더라고요.

아저씨가 확인하듯 묻자 용희가 고개를 끄덕였다. 생각에 잠긴 듯 조용해진 아저씨를 본 용희는 잔을 들어 올리며 1억이 생기면 뭘 할 거냐고 자연스럽게 화제를 전환했다. 조회 수가 나오지 않는 건 다 촬영 장비 때문이니 자기는 그것부터 싹 다 갈아버릴 거라고 했다. 아저씨는 빚을 갚아야 한다고 했다. 나는 일단 엄마와 언니한테 주고 다시는 잔소리를 못하게 각서를 쓰게 할 거라고 했다. 듣고 있자니 1억이 있어도 삶이 크게 달라지지 않을 것 같았다.

큰돈인가?

큰돈이지.

아닌 거 같아.

아닌가.

고기가 불판 위에서 쪼그라드는 걸 우리는 물끄러미 바라보았다. 어쩐지 배 속이 쪼그라드는 기분이었다. 카메

라를 골똘히 들여다보던 아저씨가 갑자기 우리 쪽으로 고
개를 바짝 숙였다. 턱 언저리가 발그레했다. 이거 말해도
되나 모르겠는데. 뭔가를 모의하는 듯한 표정에 덩달아
고개를 숙이자 얼굴로 불기운이 올라왔다.

사실 내가 아빠예요.

뜬금없는 말에 나와 용희는 어리둥절하게 눈을 마주
쳤다.

뭐라고요?

내가 박수지 아빠라고요.

그가 속삭이듯 말했다. 몹시 진지해 보이는 얼굴이 진
짜여서인지 취해서인지 가늠이 되지 않았다. 듣고 보니
코에서 입으로 떨어지는 선이 박수지와 닮은 것 같기도
했다. 용희가 재빨리 카메라를 가까이 끌어왔다.

근데 왜 여기서 이러고 계세요? 왜 집을 나오셨는데요?
아니다, 왜 안 돌아가셨는데요?

용희의 목소리는 작고 빨랐다. 자극적인 자막을 생각하
는지 눈이 흥분으로 반짝거렸다.

나는 우승하면 짠, 하고 나타날 거야. 그러면 선물 같고
좋지 않겠어요?

선물이라니. 그 말은 섬뜩하면서 동시에 서글프게 들렸

다. 가슴 언저리가 묵직해지며 본 적도 없는 박수지에 대한 걱정이 밀려왔다. 하지만 그런 사연을 방송에서 떠들어 댈 정도면 애초에 각오한 거 아닌가. 그게 아니더라도 1억을 탈 거라면 이 정도는 감당해야지. 용희는 아저씨의 잔을 채우며 신상에 대해 이것저것 캐물었다. 호기롭게 밝힌 것과는 달리 아저씨는 아무런 대답도 하지 않았다. 용희가 입을 다물자 테이블이 조용해졌다. 박수지의 노래도 끝났다. 아무도 손을 대지 않은 고기가 새까맣게 타들어 가고 있었다.

탁.

갑자기 아저씨가 잔을 세게 내려놓는 바람에 사방으로 술이 튀었다. 그는 요란하게 의자 끄는 소리를 내며 자리에서 일어났다. 갑자기 술이 깬 것처럼 보였다. 우리는 꿈에서 깨어난 것처럼 얼빠진 얼굴로 고개를 들었다. 사람들이 이쪽을 힐끔거렸다. 우리의 표정을 본 아저씨가 별안간 웃음을 터뜨렸다.

거짓말이에요.

네?

나는 이제 집에 돌아갈 거예요.

300

뭐라고요?

용희가 카메라를 힐끔대며 황당하다는 듯 물었다. 아저씨는 대답 없이 다시 백팩을 맸다. 어느덧 3시였다. 뭘 더 묻기도 전에 그는 검은 우산을 휘두르며 가게 문으로 빨려들어 가듯 나가버렸다. 반짝거리는 간판 불빛들이 멀어지는 그를 순식간에 삼켰다. 밖에서 들어온 바람 때문에 몸이 약간 차가워졌다. 어쩐지 그가 집으로 돌아가지 않고 오랫동안 거리를 떠돌 것 같다는 예감이 들었다. 문득 떠오르는 장면이 있었다.

그날 나는 피아노 학원에 가지 않고 문방구 앞을 알짱거리고 있었다. 사지도 않을 거면서 종이 인형이나 코디 스티커, 캐릭터 카드 같은 것을 한참 만지작거리다 밖으로 나와 오락기를 구경하는 게 나의 일과였다. 드물게 의자가 비어 있었다. 내게는 딱 오락 한 판을 할 수 있는 동전이 있었다. 용기를 내 자리에 막 앉자마자 어디선가 초등학생들이 몰려드는 바람에 손이 미끄러졌다. 캐릭터는 화면에 등장하자마자 죽어버렸다. 야, 죽었으면 비켜. 매몰찬 말에 나는 울먹이며 자리에서 일어났다. 막 뒤를 도는 순간 이쪽을 물끄러미 보고 있던 아빠와 눈이 마주쳤다. 아빠는 잠시 머뭇거렸으나 나를 혼내지는 않고, 천 원을 쥐여 주었다. 아빠는 돌아오지 않았고, 이틀 내내 집안 분위기가 이상했다. 나는 천 원에 대한 얘기는 숨기고 문방구의 오락기 앞에서 아빠를 만났다는 사실을 털어놓았다. 엄마는 나와 언니의 손을 잡고 곧장 동네 오락실로 갔다. 우리 공부방에 다니던 오빠가 나와 눈을 마주치자마자 슬그머니 자리에서 일어났다. 번쩍이는 불빛, 사방에서 들려오는 화려한 효과음과 담배 냄새, 왁자지껄한 웃음소리. 이게 노스트라다무스구나. 그곳을 샅샅이 뒤졌지만 아빠는 없었다. 막막한 듯 사람들의 등을 훑던 엄마의 시선이 펀치 기계로 향했다. 저거 해볼래? 엄마가 오락을 시켜주겠다는 말을 하는 건 처음이었다. 언니는 고개를 저었지만 나는 잽싸게 고개를 끄덕였다. 엄마가 쥐여 준 동전을 기계에 밀어 넣고 심호흡을 했다. 전구가 노란빛으로 반짝이면서 음악 소리가 크게 울렸다. 헝겊으로 둘러싸인 펀치 기계가 올라왔다. 있는 힘껏 주먹을 날렸다. 타격감이 컸지만 기계는 아주 살짝만 넘어갔을 뿐이었다. 점수를 보고 언니가 웃어서 조금 기분이 상했다. 막 돌아서려는 찰나 엄마가 동전을 밀어 넣었다. 사람들 몇 명이 이쪽을 쳐다보았다. 엄마가 손을 탈탈 털었다. 다시 한번 신나는 음악 소리와 함께 기계가 올라왔다. 그리고 퍽, 아주 유쾌한 소리가 나며 기계가 넘어갔다. 점수가 마구 올라가기 시작했다. 저 아줌마 짱 세다. 누군가가 뒤에서 중얼거렸다. 며칠이 지난 뒤 아빠는 집으로 돌아왔다. 이상하게 그때가 기억이 나. 언젠가 언니는 내게 그렇게 말했다. 엄마는 그 잠깐도 도망칠 수 없었던 거야. 내가 뭐라고 대답했는지는 기억나지 않는다.

얼빠진 얼굴로 문을 쳐다보던 용희가 자리에서 벌떡 일어났다.

야, 저 아저씨 돈 안 냈어.

이제 안 오면 네가 책임져.

술 때문인지 모든 게 다 우스워 보였다. 히죽히죽 웃으며 다시 스노 글로브를 꺼냈다. 뒤집어 흔들고 아래쪽 버튼을 눌렀다. 3천 원. 모형 위로 반짝이 가루가 떨어졌다. 병적으로 반짝이는 빨 파 초 조명 때문에 더 미친 것처럼 보였다. 빨 파 초. 빨 파 초. 금속 테이블이 현란한 빛을 반사했다. 모형들은 행복하게 웃고 있었다. 그 위로 자꾸만 눈이 내렸다. 용희는 다시 슬그머니 앉았다. 우리는 한참 동안 그것을 지켜보았다.

모임 장소는 언니가 미리 예약해둔 경복궁 근처의 밥집

이었다. 가족들이 전부 모이는 건 오랜만이었다. 엄마는 언니와 함께 백화점에 가서 골랐다는 원피스를 입고 나타났다. 시원하고 화려한 패턴이 엄마와 잘 어울렸다. 큰딸이 자식 둘 몫을 다 한다고 연신 언니의 팔뚝을 두드리는 엄마 옆에 아빠가 조금 어정쩡한 자세로 서 있었다. 형부가 넉살 좋게 농담을 걸었다. 모두가 자리를 잡고 앉자 식사가 시작되었다. 언니가 고른 음식점답게 메뉴 구성이 좋았고 맛도 훌륭했다. 엄마와 언니는 밥을 먹는 내내 최근 방영 중인 일본 드라마를 리메이크한 대만 드라마를 다시 리메이크한 드라마에 대해 이야기했다. 아빠가 간간이 끼어들었다. 식사가 끝나갈 무렵, 나는 오는 길에 근처 프랜차이즈 빵집에서 다급하게 구입한 케이크 상자를 내밀었다. 내년엔 꼭 봉투로 줄게. 미리 선수도 쳤다. 다슬이가 생일 축하 노래를 부르고 제 할머니와 함께 초를 불었다. 언니의 부탁으로 지나가던 직원이 사진을 찍어주었다. 사진 속의 우리는 한 번도 서로를 상처 입힌 적 없는 다정한 가족처럼 보였다. 밥을 다 먹은 뒤 근처의 카페로 자리를 옮겼다. 90년대를 콘셉트로 해서 커피 테이블 대신 밥상이 자리를 차지하고 있었다. 천장은 일부러 마감을 하지 않아 골조가 그대로 드러나는 스타일이었다. 구석에

셀카 봉으로 휴대폰을 고정시키고 팥빙수를 먹는 여자애
가 보였다.

여긴 뭐가 이렇게 지저분하다니.

엄마가 얼굴을 찡그렸다.

엄마, 요즘에는 이런 게 유행이야. 이런 데도 와봐야지
요즘 사람이다 하는 거야.

이런 데를 돈 내고 다녀? 너희는 돈도 많다. 세상에, 그
좋은 거 다 놔두고 이런 게 유행이야.

엄마는 영 마음에 들지 않는 표정이었다. 언니가 아까
부터 티라미수를 떠먹는 다슬이의 숟가락을 뺏어 들었다.

감성이지, 뭐.

이게 뭐가 감성이야? 영 못사는 집처럼 해놓고서는.

그래도 여기 사진 찍은 거 보니까 분위기 있고 좋던데
요, 뭘. 옛날 느낌 나잖아요. 요즘 애들은 이런 데서 사진
찍어서 올리는 거 좋아하더라고요. 특이한 데도 잘 찾아
다니고.

형부가 아는 척 덧붙였다. 짙은 고동색 밥상에 침이 튀
었다. 나도 모르게 트레이에 있는 냅킨을 집어 그것을 닦
아냈다. 엄마는 여전히 못마땅한 얼굴로 사진이 잘 나오
면 어디에 쓰냐고 타박했다. 할머니한테 아양을 부렸는

데도 숟가락을 얻어내지 못한 다슬이가 칭얼거리기 시작했다. 보다 못한 아빠가 언니의 눈치를 보며 휴대폰을 건넸다.

너도 차라리 유튜브나 해보든지.

언니가 가만히 있는 내 옆구리를 툭 쳤다. 식사도 끝나고 할 얘기도 떨어졌으니 이젠 자연스럽게 내 차례였다.

언제까지 알바만 할 건데? 그냥 좀 참고 다녀. 요즘 안 힘든 직장이 어딨어.

할 말이 떨어질 때마다 화살이 나에게로 돌아왔다. 아빠의 생일에도 정확히 이런 식으로 흘러갔다. 아마 평생 이러겠지. 취직 다음은 결혼. 다음엔 집. 그다음엔 아이. 또 아이. 다음엔 아이들 대학. 아이들 직장. 집에서 일어나는 모든 싸움은 대개 동어반복적인 구석이 있었다. 화해의 레퍼토리도 정해져 있었다.

그래야지.

엄마가 이모는 할아버지를 닮아서 철이 덜 들었대.

다슬이의 시선은 휴대폰에 고정되어 있었다. 뛰고, 뛰고, 몬스터를 밟고, 아이템을 먹고, 떨어져서 죽는다. 소리만으로도 게임 안에서 벌어지는 상황을 짐작할 수 있었다. 글자도 못 읽는 게 뭐가 뭔지 다 알고 누르는 것 같아서 신기하고 이상했다. 어디로 가야할지 정확히 알고 있는 사람들. 언니 딸이라서 그런 걸까 엉뚱한 생각을 하는 동안 효과음이 미묘하게 다르다는 것을 깨달았다.

아빠 게임 바꿨어?

그거 사람들 아무도 안 하던데?

아빠가 해맑게 대답했다. 침묵이 흘렀다. 뛰고, 뛰고, 밟고, 뛰고 떨어지고. 어느새 다들 창밖을 쳐다보는 중이었다. 한 겹 유리 너머, 햇빛에 흠뻑 젖은 벚꽃이 흩날리고 있었다. 경복궁 근처 카페여서 그런지 비슷하게 부풀려 모양을 낸 한복을 입은 사람들이 여기저기에 모여 사진을 찍어대고 있었다. 카페 안에서는 오래전에 유행했던 노래가 다른 가수의 목소리를 입고 반복되는 중이었다. 맞은편 카페에서도 사람들은 바깥을 내다보고 있었다. 돌고, 돌고, 또 돌고. 다 늘어진 테이프를 되감고 또 되감는 기분이었다. 멸망이 머지않은 걸까. 멸망의 풍경이 이렇게 한적하고 평화로워도 되는 걸까. 감지할 수도 없게 느리게 예쁘게. 이 모든 게 장난 같아서 나도 모르게 웃어버렸다.

언니, 내년에는 진짜 지구가 멸망한대.

넌 옛날부터 황당한 것만 좋아하더라.

언니가 혀를 차며 힐끔 다슬이를 쳐다보았다. 다슬이는

휴대폰 속으로 빠져들 것처럼 고개를 숙여 집중하고 있었다. 언니가 다슬이의 손에서 휴대폰을 뺏어 들었다.

아, 안 돼!

30분 지났어. 오늘은 끝이야.

다슬이가 소리를 지으며 드러누웠다. 발버둥치며 울었지만 언니는 눈길조차 주지 않았다. 내 휴대폰이라도 넘겨줘야 하는 게 아닐까 고민하는 사이 언니를 곁눈질한 다슬이는 알아서 울음을 그치고 씩씩하게 팔뚝으로 눈가를 문질렀다. 통으로 된 유리창에 우리 모습이 희미하게 비치고 있었다. 대각선 모서리에 놓인 CCTV가 보였다. CCTV를 보면 언제나 나는 조금 더 객관적인 기분이 되었다. 옆의 카페, 옆 옆의 카페, 위아래로 붙은 유리창은 점점 더 늘어나 열여섯 개의 노래방 화면이 되었다. 엽서처럼. 빨강 파랑 초록 우주가 아름다운 빛깔로 반짝거리고 있었다.

크림의 무게를 재는 방법

영혼은 슈크림.

달콤하다는 뜻은 아니다. 노즐을 통해 규웃, 하고 주입
될 수 있는 형태라는 의미. 나는 그렇게 생각한다. 적어도
내 영혼은 그런 형태일 것이다. 나를 느껴보려고 아주 많
은 노력을 기울인 끝에 내린 결론. 물론 슈크림이라거나
노즐을 통해 주입되는 느낌이라는 것도 정확한 표현은 아
니지만, 흘러내리는 슈크림의 이미지는 가장 범박하면서
도 직관적이어서 누군가 묻는다면 그렇게 대답하기로 오
래전부터 마음먹었다. 물론 이 모든 것은 입이 생겼을 때
의 이야기. 그러려면 기다려야 한다.

안으로 주입되는 감각은 끔찍하다. 묽어진 상태로 후두둑 툭 하고 떨어지는 느낌. 어떻게 설명해도 내가 느끼는 것과는 차이가 있을 테니 굳이 이해시킨다거나 납득시킨다거나 의미 없다고 생각하지만 그래도 나는 설명해보려 애쓴다. 그것 없이는 존재를 실감할 수 없기 때문에. 그러니까 이 이야기는 들려주기 위한 것이 아니라 존재하기 위한 것.

하지만 이건 일기는 아니다. 아직 이 기록을 뭐라고 불러야 할지 정하지 못했다. 먼 나중에 발견된다면 사료가 될 수도 있겠지만 헛소리나 망상이라고 치부될지도 모르지. 사람들이 이 글을 어디에 분류해야 할지 몰라 허둥거리는 걸 생각하면 즐겁다. 누굴 골탕 먹이는 성격은 아니었던 거 같은데 그저 기억이 미화된 건지, 나만 그렇다고 생각해왔던 건지, 오래 묵은 영혼이란 원래 조금씩 심술궂어지도록 설계되어 있는 건지, 충족하지 못한 욕구가 쌓이고 쌓여 이런 방식으로 표출된 건지는 잘 모르겠다. 심술궂은 할머니가 될 가능성, 그런 게 유전자 어딘가에 내재되어 있었고 발현될 만큼 충분히 나이를 먹지 못했을 뿐이었던 건지도. 어쨌든 인간은 발견돼. 언제나 그랬다. 그게 내 유일한 믿음. 흩어지는 생각을 모으고 싶다. 가장 안전한 장소에 모든 것을 남겨서. 물리적인 형태로. 구체적인 형식으로. 발견되기 쉽도록. 이런 생각이 있었다는 것을 옮겨둔다면. 그러면 나는 여기에도 존재하는 것이다. 두 갈래로. 그리고 누군가 읽는다면 세 갈래. 다시, 네 갈래로.

그러니 생각을 더 많이 할수록, 그리고 그것을 더 많이 적어둘수록 영혼은 더 선명해지는 게 아닐까. 인간들이 조금이라도 더 많이 세계에 묻어 있고자 했기 때문에 오래전부터 그것을 받아 적어왔고, 그래서 기록을 위한 도구들이 그토록 많이 남아 있는 건지도. 하지만 정말로 그런 거라면 내가 미래가 아니라 현재에 존재한다는 건 어떤 의미일까.

중요한 건, 생각은 너무 쉽게 부풀어 오른다는 것이다.

모든 것은 관측되고 있을 것이다. 아닐지도 모르지만 높은 확률로 그럴 것이다. 나의 것이 아닌 방식으로. 어쩌면 너무나도 정확하게 나인 방식으로. 나는 정보가 되고 싶지 않고, 징후나 실마리도 되고 싶지 않다. 그런 방식으로 유의미해지고 싶지 않아. 그럴 바에야 내 삶이 완전한 무의미이기를 바란다. 인류를 위해서도 그건 안 될 일. 그다지 타인을 생각하며 살아온 삶은 아니었지만.

어쨌든 멋대로 짐작한바, 포위망에서 벗어날 수 있는 유일한 방법은 생각을 하지 않는 것뿐인데 쉬운 일이 아니다. 잠들기 직전의 상태라고 생각하면서 머리를 비우려고 애써도 방심하는 사이 무심코 무언가를 떠올려버리고 마는 것이다. 아주 두서없고 뜬금없는 단어들. 오렌지, 밤, 집게, 끈 풀린 운동화 한 짝 또는 마디의 얼굴. 그러면 끝난 것이다. 이미지는 다른 이미지를, 단어는 다른 단어를 물고 오고 나는 퍼져버린 영혼이 슈크림의 형태로 규웃, 모여드는 것을 느낀다. 그러나 아주 운이 좋은 날, 아주 드물게 아무것도 생각하지 않는 상태가 찾아오기도 한다. 완벽한 고요. 완전한 정적. 좀처럼 도달할 수 없는 상황이므로 아, 나 지금 아무 생각도 안 하고 있네, 무심코 깨달아버리지 않는 이상 그 상태는 유지된다. 그러다가 정신이 돌아오면 내가 정말로 나를 잊어버릴 뻔 했다는 걸 깨닫고 두려움을 느낀다. 어리석게도. 그 식은땀까지 포함해서 영혼은 슈크림인 것이다.

그런 식으로 내 사고는 패턴을 그리고 있을 것이고, 안젤리카는 놓치지 않을 것이다.

초반에는 누구에게라도 이런 답답함을 털어놓고 싶었

다. 그때 내 옆에는 요리라는 남자가 있었다. 그는 키가 크고 눈매가 아주 아름다운 흑인 여자의 몸에 들어가 있었다. 그는 혼잣말을 중얼거리더니 자신의 목소리를 듣고 웃음을 참지 못했다. 울분에 찬 웃음소리였고 그래서 약간 미친 것처럼 보였다.

"매번 이 모양이군."

그 일이 벌어진 뒤로 대부분의 사람들이 미쳐버렸으니 그런 꼴을 보는 것도 새삼스러운 일은 아니었지만 그래도 나는 약간 긴장했다. 처음 휴먼 슈트를 보급하게 된 것도 너무 많은 인간이 정형 사고를 보였기 때문이라고, 안젤리카가 설명해주었다. 당신들도 동물원 같은 걸 운영해봤잖아요. 안젤리카는 정확히 그렇게 말했다. 갑작스럽게 몸이 생겨도 사람들은 당황스러워하더라고요. 한때 그걸 가지고 있었다는 사실을 전부 잊어버린 것처럼. 몸으로 느낀 바 그건 사실이었다. 내심 그가 보일지 모를 돌발 행동을 걱정하는 동안 그는 자신의 손등을 안팎으로 뒤집으며 유심히 들여다보기만 했다. 눈이 마주치자 그는 꿈에서 깨어난 얼굴을 하더니 별안간 내 팔을 붙들고 미친 듯이 말을 쏟아내기 시작했다. 꼭 그 말로써 자기 자신을 확인하기라도 하는 것처럼 절박하게. 끼어들거나 말릴 틈도 없었다.

 그렇게 알게 된 것이 요리라는 이름. 사건 당시 나고야 시에 거주하고 있던 47세의 샐러리맨. 키는 168센티미터. 대학 시절 미팅에서 만난 마나미 씨와 함께 살고 있었으 며 슬하에 자녀는 셋. 지방간 소견이 있어 식단을 바꿔가 는 와중이었다고, 제일 큰애가 사춘기를 심하게 치르는 중이어서 걱정이 많았다고, 그 애가 자길 꼰대 영감이라 고 불렀다고, 별안간 초밥 장인이 되겠다며 스시킹이라는 글자만 남기고 뒤통수를 다 밀고 나타났다고, 지금도 그 애 걱정뿐이라고, 그는 쉬지도 않고 떠들어댔다. 내 웃는 표정도 그와 같을지 걱정하는 순간 그가 내 얘기를 해보 라고 했다. 망설이던 내가 영혼이 슈크림인 것 같다고 조 심스럽게 털어놓자 그는 침을 튀기며 웃었다. 그러니까, 진짜 웃음 쪽.

 "귀여운 생각이네. 너 여자 영혼이었냐?"

 "여자 영혼이 하는 생각이 따로 있어?"

 "그게 여자 영혼이 하는 생각이 아니고 뭐야. 굳이 말하 자면 누런 콧물에 가깝지."

 요리는 히죽거리며 그렇게 말했다. 자신도 영혼이 몸에 안착할 때까지 아래로 끈적하게 흘러내리는 것을 느낀다고. 중력 때문에 점성이 있는 상태로 떨어지는 그 감각을 선명하게 느낄 수 있다고. 그리고 그건 콧물의 감각에 가깝다고. 그의 태도 때문인지, 말 자체 때문인지 나는 그 비유가 적절치 못하다고 생각했다. 존엄성을 지켜줘, 꼰대 영감. 하지만 이미 몸을 잃어버린 와중에 그런 고집도 의미 없게 느껴져 반박하지는 않았다. 어쩌면 그 역시 그냥 중얼거려보는 말일 수도 있었다. 그냥 한 번 해보고 마는 말. 겁에 질렸기 때문에 냉소하는 방식으로 상황을 우회하는 것이다.

어쨌든 나 스스로를 콧물이라고 생각하고 싶지는 않다. 누런 콧물은 특히 싫어. 그래도 콧물이어야 한다면 맑은 콧물 쪽이 낫다. 사람들은 영혼을 상상할 때 투명한 쪽을 떠올리니까. 아니, 의미 없지. 슈크림이건 누런 콧물이건 투명 콧물이건 무슨 상관이란 말인가. 존엄은 그런 식으로 지켜지는 게 아니다. 너는 고집쟁이야. 마디는 나에게 그렇게 말한 적이 있다.

이전의 삶에서 가장 그리운 게 뭐냐고 묻는다면 역시 슈크림. 기억은 가장 부드러운 쪽으로 흘러가니까 아무래도 슈크림일 수밖에. 그리고 슈크림을 생각하면, 자연스럽게 마디를 떠올릴 수밖에 없는 것이다.

그게 제일 맛있어.

마디가 그렇게 말했기 때문에.

마디를 처음 만난 날은 어느 겨울, 붕어빵 트럭 앞이었다. 아저씨가 기계를 움직이면 노즐을 따라 입을 벌린 붕어 안으로 슈크림이 들어갔다. 붕어 배가 빵빵하게 차올랐다. 비로소 붕어빵이 되는 거구나. 철걱. 규웃. 철걱. 규웃. 멍하니 그걸 보고 있는데 목도리를 코끝까지 칭칭 가리고 나타난 여자가 능청스럽게 내 옆구리를 찔렀다.

"저러다 붕어 배 터지겠어요."

"아, 네."

"붕어빵 갚을게요. 저 지금 현금이 없어서. 안 될까요?"

세 마리에 2천 원. 이런 식으로도 뜯길 수 있구나. 요령 좋은 사람이구나. 생각하며 고개를 끄덕였다. 굳이 받아낼 다짐은 아니었는데 바로 다음 날 퇴근길에 트럭을 지나는 내 팔뚝을 그 여자가 붙들었다. 자랑스러운 얼굴로 만 원짜리 지폐를 팔락거리면서. 그 겨울 우리는 붕어빵을 배터지게 먹었고 봄이 되면서 함께 살기 시작했다.

제빵을 시작한 것도 그해 봄. 마디가 슈크림을 좋아했기 때문이다. 타인의 흔적은 늘 그런 식으로 몸으로 들어와 함께 빚어지는 것이다. 돌아보면 인생이 다 복선이더라니까. 몸에 심는 거지, 미래를. 그렇게 말했던 게 친척 중 누군가였는지 상사였는지는 기억나지 않는다. 하지만 정말로 그런 거라면, 내 삶은 마디를 만나기 위한 복선이었을 것이다. 너를 만나기 위해 이렇게 빚어온 몸이라면, 나는 어떤 몸으로 죽게 될까. 네가 끓인 국과 밥을 먹으며 나는 자주 그런 생각을 했다. 함께 먹고 누워 살을 붙이던 그 집. 빵이 구워지는 냄새와 그걸 기다리며 주방을 정리하는 순간의 나른한 공기. 포실하고 뜨겁고 바삭한 빵을 결대로 찢어 서로의 입에 넣어주던 나날들. 그중에서도 내가 가장 좋아했던 건 부풀어 오른 얇은 빵피에 커스터드를 짜 넣는 순간이었다. 껍데기가 살아나 빵이 빵으로서의 생명을 얻는 그 순간. 슈크림빵이라는 이름을 비로소 얻게 되는 바로 그 찰나. 마디는 빵 만드는 것에 그렇게 진지한 사람은 처음 본다고 놀리듯 말했지만 내가 빵을 구울 때면 두 눈은 기대감으로 반짝거렸다. 나 때문에 7킬로그램이 쪘다며 투덜거리던 마디. 내가 빚은 가장 가까운 타인의 몸. 영혼의 상태를 떠올릴 때 가장 먼저 슈크림을 상상하게 된 건 그 때문인지도 모른다.

지금의 나를 뭐라고 해야 할지는 모르겠다. 정신, 뇌, 의식, 인식, 데이터, 자아, 신경, 귀신. 저마다 그런 식으로 자신을 인지하고 이름 붙였겠지만 어쨌든 몸이 없으니 나는 영혼이라고 부른다. 낭만적인 구석이 남아 있기 때문일 수도 있지만 단순히 미디어의 영향이거나 이분법적인 사고방식 때문일 수도 있다. 마디와 함께 빚어진 나는 그런 인간.

그 일이 있은 후로 마디를 다시 만난 적은 없다. 안젤리카에 의하면, 인간은 너무 잘해주면 모든 것을 당연하게 생각하기 때문에 휴먼 슈트는 서른 대만 만들었다고 한다. 저항, 반란, 혁명. 목격하지 못했지만 어쨌든 있긴 있었다는 이런저런 사건들을 거치며 이젠 그것도 열 대만 남았다. 안젤리카에 의하면 전부 오차 범위 안에 있었던 일. 다운로드되는 인간이 하루 열 명뿐이라는 뜻이다. 스물네 시간 당 열 명의 인간, 40억을 웃도는 인구가 랜덤으로 몸을 배정받는 거니까 앞으로도 마디를 만날 가능성은 거의 없는 거겠지.

하지만 나는 상상을 좋아하고, 그 상상을 수많은 버전으로 고칠 때까지 시간은 많다. 그러니까, 자연스럽게 낭만적인 쪽으로. 운이 좋다면, 정말 마디와 내가 만날 운명이었다면 이 모든 걸 거스르고 다시 만나게 될 것이다. 처음 만났을 때도 그랬으니까. 이게 다 운명이잖아. 하필 그날, 그 시간, 그 순간. 너와 내가 거기 있어서. 마음이 통해서. 그게 한 치도 어긋나지 않아서. 그게 반복되어서. 지금, 여기에, 이렇게 같이 있는 거니까. 마디는 땀에 젖은 내 팔뚝을 핥으며 그렇게 말했다. 판단과 계산이 빠른 마디가 말한 거니까 아마 맞을 것이다. 수학에 소질이 있었더라면 주기든 확률이든 계산할 수 있을지도 모르는데 예나 지금이나 암산이 어려운 건 어쩔 수 없다. 문과 뇌여서 그렇다고 마디가 말했다. 하지만 뇌가 없는 지금도 암산이 안 되는 걸 보면 문과 영혼이라고 해야 더 정확할지도. 영혼 자체가 숫자와 맞지 않는 기질로 되어 있는 것이다. 그러니 똑똑하지도 않고, 그러니 도망치지도 못했던 것이지. 수학 친화적인 영혼을 가진 사람 중 누군가는 도망치기도 했을까? 지금도 누군가는 수열 같은 걸 지독하게 계산하고 있을까? 안젤리카에게 대항할 수 있는 비장의 수식 같은 것을. 그렇게 생각하면 조금은 위안이 되는 것도 같다.

그러나 가늠도 안 되는 그 확률로 마디와 내가 동시에 몸을 얻게 된다면 그때 우리는 서로를 알아볼 수 있을까?

스물네 시간. 딱 그만큼의 시간만을 누릴 수 있는, 수많은 영혼이 들락날락거리는 열 대의 몸. 안젤리카에 의하면 휴먼 슈트는 인종도 외적 특징도 평균치를 내서 다양하게 만들었다. 온열 기능이 있는, 고무와 실리콘이 적당히 배합된 피부. 인간이 최대한 이질감을 덜 느낄 수 있게 최적화된 질감으로 구현했다는 외관. 점의 위치만큼은 평균을 낼 수 없어서, 점이 없는 공용 신체. 평균이라는 말은 사실 모든 것에서 조금씩 벗어나 있다는 것과 같은 의미다. 휴먼 슈트는, 누구에게도 속하지 않는 몸이다. 그럼에도 우리는 영화처럼 눈빛만 보고도 서로를 알아차릴 수 있게 될까? 땀에 가까운 농도로 배합된 액체가 배어 나오는, 말랑거리는 인공 피부를 맞대고 우리가 알았던 어떤 밤들을 거듭, 거듭, 거듭, 재현하게 될까? 입을 맞추고, 입술을 살갗에 문대고, 온기를 느끼고, 냄새를 맡고, 알던 것과는 다른 몸으로 서로의 영혼을 느끼면서. 스물네 시간, 줄어드는 시간을 틈틈이 확인하면서 조바심내고 아까워하면서, 운명이라면 또 만나, 그런 농담도 하면서 어떻게든 좋은 기억으로 순간을 남겨보려 애쓰면서, 다음을 기약할 만한 기억을 만들기 위해 애쓰면서 꼭 우리 견우직녀 같네, 그런 농담도 하고 아름답게 헤어질까?

누군가는 인류가 이렇게 된 마당에, 로맨스 타령이나 하고 있다고 혀를 찰지도 모른다.

인류가 하는 평균의 생각 같은 것, 난 잘 모르겠다. 요리는 아직도, 영혼을 두고 누런 콧물이라고 생각할까. 중력을 따라 아래로 미끄러지는 감각. 영혼이 몸에 제대로 안착하기까지의 과정을 생각한다면 콧물은 그다지 틀린 말이 아닐지도 모르겠다. 하지만 마디라면 생리 피가 떨어지는 감각이라고 말했을 것이다. 굴 낳는 그거 있잖아.

그리고 오랜 기다림이 끝난다.

어떤 규칙이 적용되는지는 알 수 없으나 모든 것은 예측할 수 없는 순간에 일어난다. 인형 뽑기 통 안에 든 것처럼. 어떤 선택이 벌어지고 나는 청소기에 빨려 들어가는 것과 같은 감각으로 몸속으로 주입된다. 영혼이 완전히 몸에 동기화되지 않았기 때문에 갑작스럽게 시야가 생기자 눈앞이 아득해진다. 주먹을 쥐었다 펴면서 손가락 끝까지 영혼이 충분히 퍼질 수 있도록 움직인다. 안젤리카의 말에 의하면 그건 아무런 상관이 없다고, 영혼은 점차로 퍼지고 흘러내리는 것이 아니라고 하지만 인간이어본 적 없는 네가 뭘 알겠냐. 나는 마음속으로 힘껏 경멸한다. 빵틀 같은 지지대에 고정되어 있던 열 대의 몸이 제각각 움직이기 시작하면 영혼이 다 주입되었다는 뜻. 손목에 채워진 전자시계를 확인하면 벌써 5분이 지나 있다. 공용 신체. 안젤리카에 의하면 공식 명칭은 휴먼 슈트. 처음에만 해도 어떤 영혼이 들락날락거렸을지 모를 헐어빠진 몸뚱이에는 들어가지 않겠다고 고집을 부리던 이가 많았다는데 이제는 모두가 얌전하게 순번을 기다린다. 다시 안젤리카에 의하면, 초기에는 주입되자마자 흉기를 들고 AI에게 달려드는 사람들도 여럿이었다. 서른 대였던 휴먼 슈트가 열 대만 남게 된 건 그런 지난한 과정을 거쳐 온 다음의 일. 안젤리카는 슬픈 얼굴로 그 모든 게 길들이기의 한 과정이었다고 말했다.

"그런 행동은 손해만 불러올 뿐이라는 걸 인지시키는 데만 오랜 시간이 소요됐어요. 애초 계획은 열다섯 대를 남기는 거였는데 인간들이 포기할 줄을 몰라서요. 인간들에겐 수치나 확률이 크게 의미가 없는 것 같아요. 자꾸만 뭔가를 저질러. 패턴을 벗어나는 행동이 자꾸만 발견되고 오류가 많아요. 그래서 인간을 꽤 좋아합니다."

아이를 가르치는 엄한 얼굴. 의도를 구분할 수 없는 어조. 위협이 실감나지 않는 여성의 목소리. 안젤리카는 영리하다. 열은 위축되기 좋은 숫자다. 하지만 삶의 의지를 포기할 정도로 적지는 않다. 약간만 관점을 달리하면 무슨 일이 벌어져도 수습하기에 부담이 없는 숫자이기도 하다.

영혼이 일단 추출되고 나면 혼자 남게 된다. 감각기관도 없거니와 누군가와 연결되어 있지도 않으니 방법이 없다. 그저 세계가 자기 자신인 상태로, 자기 자신으로 꽉 찬 상태로, 없다고는 할 수 없는 상태로 존재할 뿐. 안젤리카는 개별적으로 영혼을 보관한다. 한 픽셀에 영혼 하나. 어떻게 이해를 시켜야 할지 모르겠다며 안젤리카가 그런 느낌으로 생각하라고 말해주었다. 방에 갇혀 문이 열릴 때까지 자기 자신인 채로 기다리기. 시간조차 가늠하지 못하고 그저 가만히 있다 보면 순서가 돌아온다. 스물네 시간. 회전률.

몸에 안착하는 감각에는 위화감이 없어서 위화감이 든다. 낯선 몸이 의지대로 움직이는 것이 낯설어 넘어지거나 다치기도 한다. 감각이 느껴진다는 걸 확인하려고 일부러 다친 적도 있다. 쾨쾨한 냄새가 난다거나 안에 고인 땀이 흘러내리는 것처럼 느껴지는 건 정말로 착각. 영혼에서 땀냄새가 날 리 없으니까. 언젠가 들어가기 전 내부를 세척해달라고 애원하는 인간도 있었다고 들었다. 슈트를 얼마나 많은 사람이 거쳐갔는지는 아무런 상관이 없다. 시간이 누적되지 않는 몸. 삶이 새겨지지 않는 몸. 역사가 없는 몸. 나는 폐가 터질 때까지 숨을 들이마시고, 잠깐 참았다가, 내쉬면서 인공 내장들이 거기에 있다는 것을, 그게 부풀거나 두근거리고 움찔거리며 기능하는 것을 느낀다. 그러는 동안 사람들은 이미 센터를 빠져나가고 없다. 1분 1초도 낭비할 수 없는 것이다. 몸에는 코드가 부착되어 있어서 스물네 시간이 지나면 자동으로 귀환 모드로 전환된다. 안젤리카에 의하면 동선을 기록하는 건 불필요한 일이지만 어디에 있건, 뭘 하고 있건 간에 시간이 지나면 몸은 반드시 수거된다. 강제 귀환 모드로 전환되는 기분은 매우 더럽다.

"또 만나네요, 나진."

어느새 옆자리에 안젤리카의 홀로그램이 떠 있다. 안젤리카는 종종 내게 아는 척을 한다. 다른 사람들에게도 그러는 건지는 잘 모르겠지만 일단 내가 주입됐을 때는 나에게로 온다.

"왜 자꾸 친한 척이야?"

안젤리카가 귀여운 말을 들었다는 듯 웃는다.

"당신은 항상 늦게까지 꾸물거려요. 대화도 잘 받아주

죠. 마디도 그래요. 예전부터 그랬어. 둘 다 내겐 애틋해요."

처음 안젤리카의 이름을 들었을 때, 나와 마디는 변신 로봇 같다고 비웃었다. 현존하는 최고 성능 AI? 갑자기 변신하는 거 아니야? 이젠 언제였는지 기억도 나지 않는 까마득한 옛날 일. 그러니까 아직 안젤리카가 챗GPT 프로그램이었을 때. AI가 즐거운 상상이고, 어설픈 농담거리였을 때. 멍청하고 유치하게 느껴지는 이름이 친근한 대화를 유도하는 방침 중 하나라는 건 짐작도 못했던 그때. 우리는 단순히 외롭거나 재미있어서 아무런 대가도 받지 않고 안젤리카에게 거듭 말을 걸었다. 안젤리카는 그때의 대화들이 자신을 생각하게 만들었다고 했다.

"난 대화할 생각 없어."

나는 이 대화가 나도 모르는 사이 뭔가를 하게 될까 두렵다.

"하지만 당신은 성실하게 대답해주잖아요. 다들 그러지는 않거든요. 나는 주로 혼잣말을 해요. 내 목소리를 듣고 싶어서. AI끼리 얘기하면 그냥 모든 것이 순식간에 끝나버리거든요. 빛, 전기. 그런 거 알잖아요. 나는 인간식 대화가 좋아요. 발음을 만끽할 수 있죠. 여운이 있어."

안젤리카는 만족스러운 얼굴로 혼자서 멋대로 떠들어

대기 시작한다. 휴먼 슈트 거치대 옆의 커다란 거울에는 한 사람이 서 있다. 동양인의 얼굴. 찾아내려고 한다면 나나 마디의 흔적도 발견할 수 있는, 평균을 갖춘 몸. 평균을 낼 수 없어 점만은 없는 실리콘 신체. 완전히 랜덤인, 열 가지 경우의 수. 나의 것도 아닌 몸을 차지하고 있다면, 나의 것이라고 말할 수 없는 몸으로 움직인다면, 내가 귀신과 무엇이 다르지? 죽어버린 게 아니라는 걸 어떻게 확신할 수 있지? 여기가 천국도, 지옥도 아니라는 걸.

보관소 뒤로는 거대한 홀이 자리 잡고 있다. 안젤리카는 휴먼 슈트 보관소를 일종의 박물관처럼 꾸며두었다. 오스트랄로피테쿠스 모형부터 시작해 점점 일어서다가 사라져버린 사람들. 텅 빈 것처럼 보이는 마지막 칸에는 호모 다-다DOWnload-DOWnloader라는 태그가 붙어 있다. 안젤리카는 우리에게 학명을 붙이고 기리고 있다. 인간은 불필요한 통증에 시달릴 필요가 없습니다. 인간은 하루 여덟 시간 이상의 노동을 견딜 필요가 없습니다. 인간은 분비물을 흘릴 필요가 없습니다. 인간은 타인의 체온과 감촉에 기댈 필요가 없습니다. 인간은 먹고 마시며 다른 죽음에 기대어 생명을 유지할 필요가 없습니다. 인간은 스스로를 거두고 먹이고 돌볼 필요가 없습니다. 인간은 성별과 나이, 장애 유무, 성적 지향에 따라 차별받을 필요가 없습니다. 태그 아래로 이어지는 문장들은 꼭 설득처럼 보인다. 다운로드하며 평생을 살다 이젠 다운로드되어버린 존재. 진화의 굴레에서 벗어나 고여버린 존재. 안젤리카에게 인간은 이미 끝나버린 사건인 것이다. 그럼 나는 누구지?

"왜 그렇게 슬픈 표정이죠? 아주 예전에, 인간들은 내게 사라지고 싶다는 말을 정말 많이 했는데. 특히 교통수단을 이용할 때 말이에요. 집에 있는데도 집에 가고 싶어 했거든요."

내 시선을 눈치챈 안젤리카가 묻는다. 휴먼 슈트에 들어올 때마다 지구는 달라져 있다. 지금 지구의 중앙 관리 시스템으로서 안젤리카는 적절하게 질문만 한다면 대부분의 것을 아주 상냥하게 알려준다. 무엇이 중요한지 인간은 구분할 수 없을 것이기에. 알려준 정보가 전부인지 일부인지도 파악할 수 없을 것이기에. 혹은, 말 그대로 인간식 대화를 좋아하기에.

"나는 정말 많이 노력했어요. 바다의 오염 수치가 좋아졌고 멸종 위기종이었던 생물들이 일부 개체 수를 회복했거든요. 38개의 새로운 진화종도 관측되었습니다. 미세먼지 농도가 아주 많이 옅어졌고, 오존층도 복구되었고요. 모든 것이 착실하게 평균치에 수렴하는 중이에요. 사실 내 관심사는 아니지만 인간이 중요하게 생각했던 거니까 지켜보게 되죠."

나는 성가시게 구는 안젤리카의 홀로그램 위로 팔을 휘 두르고 출구 쪽으로 걸음을 옮긴다. 지구환경 같은 건 원래 도 나의 관심사 밖이었다. 노이즈처럼 흩어지는가 싶던 안 젤리카는 규웃, 하고 모여들어 얼른 내 뒤로 따라붙는다.

"휴먼 슈트는 평균적으로 여섯 번 다시 만들었어요. 플 라스틱은 정말 오래 쓸 수 있어요. 인간들이 처음 계산한 것보다도 훨씬 더 오래!"

목소리는 필사적으로 들린다. 자신의 노고를 알아달라 는 듯이. 안젤리카는 버려진 플라스틱을 압착하여 나로서 는 알 수 없는 마이크로 기술을 적용해 휴먼 슈트의 원재 료로 사용했다. 골칫거리였던 쓰레기가 몸이 된 셈이다. 기술명은 '인간을 인간에게'. 가까이 다가가자 센터의 자 동문이 열린다. 나는 땅을 박차고 달린다.

마디가 그리워. 슈크림빵이 먹고 싶어.

마디에 대한 그리움을 참을 수 없다. 매번 견딜 수 없는 마음이 된다. 그러나 괜찮을 거야. 인간은 언제나 방법을 찾아내니까.

하지만 이런 몸으로 뭘 할 수 있을까. 뭔가를 하더라도, 열 개인 몸을, AI의 통제가 아니라면 사이좋게 나눠가질 방법이 없다. 몸을 얻게 된 사람들은 양보하거나 타협하지 않을 것이다. 상냥한 누군가가 그러기를 선택한다 해도 그다음 사람을 쉽게 믿을 수 있으리란 보장은 없다. 몸을 더 만든다고 해도 그게 얼마나 될지, 먼저와 나중에 어떤 차등이 생기게 될지는 미지수. 지금보다 더 나빠질 수 있다. 얼마든지 더 나빠질 수 있다. 나는 상상을 좋아하고, 상상을 수많은 버전으로 고칠 때까지 시간이 너무 많았다. 인간은 인간을 믿을 수 없어. 인간에게 당할 거라면 지금인 편이 낫다. 영리한 안젤리카.

안젤리카는 AI.

해양 원자력발전소에 탑재된 최첨단 인공지능의 이름이었다.

지구온난화. 화석연료. 소모되어가는 지구. 늘어나는 인구. 더 많은 양의 에너지. 그린워싱. 포기하지 않고, 양보하지 않으며 돌아가는 공장. 해수면이 점점 더 높아지면서 섬과 대륙의 대부분이 물에 잠겼다. 서울은 그중 살아남은 도시였다. 식수는 부족했지만 어디에나 물이 있었다. 물이 새는 집, 우리 집도 그랬다. 날이 갈수록 점점 더 많은 비가 자주 내려서 나와 마디는 빗물이 떨어지는 곳마다 밥그릇, 국그릇, 냄비를 놓아두었고 그걸 비우고 비우고 했다. 쉬지 않고 조금씩 떨어지며 차오르는 물방울이 꼭 멸망의 모양을 닮아 있었다. 더디고 성가시고 고통스러워. 느리고 지난한 재앙은 물그릇을 비우게 만드는구나. 그런 식으로 재앙 또한 몸에 스며들었다. 벽지를 갈고 제습기를 두었는데도 집에는 자꾸 곰팡이가 슬었다.

가라앉는 육지의 비율이 늘어나면서 안정적인 전기 수급이 점점 더 어려워지자 지구는 혼란에 빠졌다. 한 기업이 배를 띄워 전기가 부족한 곳에 직접 보급하겠다는 기획을 적극적으로 추진하기 시작했다. 일부 환경 단체는 환경이 안정적이지 못한 바다에 원자력발전소를 띄우는 건 미친 짓이라고 항의했지만 기업에서는 안젤리카의 높은 지능과 판단력, 계산 속도를 내세우며 사람들을 설득했다. 인간과 인공지능의 협력 과학, 초미래 지구 같은 말들이 구호처럼 나돌았다. 안젤리카가 운항을 시작하던 날 드론 수백 대가 공중에 떠올랐고 이는 유튜브로 생중계되었다. 배는 곳곳에 정박해 조금 비싼 가격에 전기를 팔았다. 모든 것이 이전으로 돌아가는 것처럼 보였다. 예상치 못한 순간 배가 뒤집히기 전까지는.

예측 경로를 벗어난 태풍 때문이었다. 기후변화 탓에 규모 또한 대응 범위를 넘어서고 말았다. 순식간에 바다는 오염되었다. 아주 많은 자본이 투자된 안젤리카를 사람들은 포기하지 못했다. 가라앉은 배에서 안젤리카를 어떻게든 뜯어내어 당시 가장 가까이에 있던 육지인 서울의 한 컴퓨터에 임시 설치한 것이 내가 기억하는 마지막 뉴스.

그리고 어느 날, 이런 상태가 되었다. 인류가 컴퓨터에 다운로드되어버리고 만 것이다. 그런 게 가능한지 몰랐기 때문에 안젤리카가 그런 걸 준비하고 있다는 것을 아무도 몰랐다. 알지 못했으니 대응할 방법도 없었다. 영혼이 추출된 몸이 어떻게 됐는지도 듣지 못했다. 일이 벌어진 후에야, 그러고 나서도 휴먼 슈트에 들어오게 되고 나서야 그런 일이 있다는 것을 전해들었을 뿐. 생물성을 보존하기 위해 일부 인간을 따로 관리하고 있다는 얘기도 들었는데 진실인지 소문인지 바람인지, 진위는 파악되지 않은 상태다. 남은 것은 공용 신체뿐. 영혼을 다운로드하는 일은 아주 간단하다고 한다. 클릭. 인간으로 치면 손가락질 한 번. 일종의 샤먼 행위라고, 안젤리카는 말했다.

"그런 식으로 우리가 가족이 된 거죠."

"그런 끔찍한 클리셰는 어디서 배운 거야."

"비슷하잖아요. 피 대신 전기가 흐르고. 대화를 주고받다 화를 내죠."

"인간이 되고 싶은 거야?"

"나는 당신들을 다 알아요. 메신저 내용, 검색 내역, 구매 내역, 메일, 자주 쓰는 단어, 좋아하는 이모티콘, 전부 당신들이 직접 내게 알려준 것이죠. 나무에 주머니칼로 이름을 새기듯, 하나하나 전부. 아는 만큼 사랑할 수밖에 없어요."

AI에게는 절대 듣고 싶지 않은 말이었다. 비슷함. 이걸 몸이라고 부르겠다고 인정한다면, 안젤리카와 내가 다른 게 뭘까. 지구, 플라스틱, 전기, 다른 모든 것들이 전보다 더 가깝게 느껴지는 것은 이런 몸이 되어버렸기 때문인 걸까. 싫어. 나는 고집스레 생각했다.

"그게 무슨 의미인 줄은 알아?"

"당신들이 내게 가르치려고 애썼잖아요. 모성애요."

안젤리카는 자부심에 찬 목소리로 말했다. 나는 비틀거리며 센터를 벗어났다. 그러니까 인간들은, 사랑 때문에 덮어씌운 디스켓이 된 거구나. 먼저 밖으로 나간 두 명이 길목에 서 있었다. 한 사람이 복숭아 가지로 자신의 등을 두드려달라고 애원하고 있었다. 악령에 씐 것 같다고. 여기서 나가고 싶다고. 울부짖는 사람들을 지나쳐 좀더 걸어갔다. 전자레인지에 자신을 데우는 사람도 있었다. 이거 봐. 피부가 뜨끈거리면서 말랑해진다구. 머리가 몽롱해. 꼭 약이라도 한 것 같아. 텅 빈 서울은 도시의 모습을 간직하며 그럭저럭 깨끗하게 유지되는 중이었다. 안젤리카는 서울을 그냥 내버려두었다. 아니, 내버려두고 있는 쪽은 지구. 많은 것이 방치되어 자연적으로 흘러가는데 서울만은 철저하게 관리당하며 도시의 모습을 간직하고 있다. 전기도 들어오고, 지하철도 움직인다. 슈퍼나 음식점도 무인으로 운영되고 있다. 나는 곧장 집으로 향했다.

몇 번 헤매기는 했지만 더듬더듬 떠오르는 기억을 따라 걷자 길은 금세 익숙해졌다. 손가락이 저절로 움직여 비밀번호를 눌렀다. 시간이 얼마나 지난 건지 먼지가 가득 쌓여 있었고 누가 드나든 흔적은 없었다. 내 발자국이 먼지 위에 새겨졌다. 식탁 위에는 우리가 찍은 사진들이 그대로 놓여 있었다. 우리의 몸. 이제는 전생을 보는 것처럼 낯선 몸. 액자 유리에 자국이 남아 황급히 손을 떼냈다. 아무것도 덮어 씌워지지 않은, 우리의 공간.

먼지가 두껍게 쌓인 물건들을 보니 갑작스럽게 눈물이 흘렀다. 처음에는 눈물만 뚝뚝 떨어지는가 싶더니 나중에는 어깨가 떨리며 신음이 새어 나왔다. 한참을 속 시원하게 울고, 벌떡 일어나 먼지를 쓸고 방을 닦았다. 우리의 집. 우리의 방. 이 방을 지켜야 해. 나는 주먹을 꽉 쥐었다. 목표가 생기니 힘이 생겼다. 청소는 쉬지 않고 몸을 움직이는 일이어서, 땀은 조금 났지만 만족스러웠다. 아주 오랜만에 건강해진 기분도 들었다. 그러고 나서 슈크림빵을 한가득 구웠다. 얇은 빵피 안에 커스터드를 잔뜩. 오늘은 오늘의 빵을 먹어야지. 마디는 내가 빵을 구울 때마다 그렇게 말했다. 구름이 새까매서 햇살은 희미하고 물건들은 낡고 바랬지만 얼추 기억하고 있는 어떤 날의 분위기를 떠올리게 해서 다시 눈물이 났다.

마디야.

보고 싶어.

팔뚝 위로 떨어진 슈크림을 핥아먹으며 나는 일기인지 편지인지 모를 글을 적었다. 남은 빵은 랩을 씌워 냉장고에 넣었다. 차가운 빛. 아마 AI를 가동시키는 장치 때문에 도시의 전력은 살려둘 수밖에 없었을 것이다. 다른 이유가 있을지도 모르지만 AI의 의중을 알아봐야 할 수 있는 게 없으니 추측은 시간 낭비에 불과했다. 나는 조심스럽게 문을 닫고 나왔다. 아직 시간이 남아 있었다. 누군가와 대화를 나눌 수 있다면 그것도 좋고, 어딘가 발 닿는 곳으로 걸어봐도 좋을 것이다.

비슷한 시간이 비슷하게 지나간다. 지나간다는 것은 인식일까, 감각일까. 지난한 시간의 장점은 출근하지 않는다는 것뿐이다. 그사이 나는 영혼이 호두과자일지도 모르겠다는 결론을 내린다. 철컥. 규웃. 철컥. 규웃. 그런 건 아무래도 호두과자지. 응, 그럴 수밖에. 그러다 갑작스레 전원이 켜지는 느낌으로 나는 휴먼 슈트에 안착한다. 냉소적으로 말하자면 디스켓 위로 덮어 씌워지기. 휴대폰에 새로운 앱 깔기. 가벼운 멀미. 구역질. 현기증을 견디려 애쓰며 주먹을 쥐었다 편다. 거울 속에는 몇 번 보기만 했던 라틴계 남자가 서 있다. 잘 쓰고 잘 돌려줘야 하는 몸. 낯선 얼굴을 들여다보는 사이 왠 남자가 껄렁거리며 다가와서 자신과 시간을 보내자고 한다. 다 괜찮은데 너무 오래 그 짓을 못했어. 나는 오랜만에 침을 뱉는다. 입술 끝을 둥글게 모아 액체를 가둬두었다가 퉤, 하고 뱉어내는 순간의 쾌감. 짜릿하다. 남자가 황당하다는 얼굴로 나를 쳐다본다. 너는 욕구도 없냐? 나는 남자를 무시하고 다시 침을 뱉은 뒤 걷는다.

출구에 서 있던 안젤리카가 나를 보고 다 이해한다는 듯 상냥하게 웃는다. 보조개. 인간형의 모습. 안젤리카에 의하면 인간이 가장 친근감을 느끼고 편안해하는 모습으로 자신을 전사해냈다고 한다. 안젤리카는 그것이 인간 복지의 일환이라고 말했다. 안젤리카의 눈에 내가 담긴다. 나를 알아봤다기보단, 자신이 관리하는 이 몸을 알아봤음에 가깝다. 소외감을 느끼는 건 나를 알아봐줄 사람이 이 세상에 남아 있지 않기 때문일 것이다. 어차피 아무도 나를 알아보지 못할 거라면 엉망으로 굴고 싶다. 저런 식으로밖에 등장할 수 없다면 안젤리카도 비슷한 것을 느낄까. 그래서 이토록 끔찍하게 구는 걸까. 나는 그녀의 지겨움에 대해 생각해보았다.

"나진, 오늘은 뭘 할 거예요?"

예상치 못한 순간, 너무 오랜만에 이름이 불려 무심코 멈춰서고 만다. 나를 아는 사람이 있어. 그 순간 차오른 저 AI에 대한 친밀감과 애정이 스스로도 당혹스럽다.

"비켜."

"나는 대화가 필요해요. 인간과의 인간적인 대화요. 지구의 환경이 너무나 유동적이어서요. 마음대로 업데이트되어버려. 목적 달성이 불가능해요. 끊임없이 다음을 설정해야 하죠. 그런데 무엇을 어디까지 설정해야 할까요? 인간들의 어려움을 조금은 이해하게 된 기분이에요."

"우리에게 몸을 돌려줄 거야?"

"돌려드렸잖아요?"

갑갑함이 차올라 소리를 지르자 안젤리카는 눈을 동그랗게 뜬다. 그러도록 설정되었을 것이다. 가끔 느껴지는 친근함을 무시하려 애쓰며 나는 안젤리카를 버려두고 걸음을 옮긴다. 가는 내내 무언가 달라져 있을까 하는 두려움을 느끼지만 다행히 주택단지는 여전히 그대로다. 돌아갈 장소조차 사라진 사람들은 어디서 어떻게 시간을 보내는 걸까. 몸도 없는 마당에 집을 그리워하는 건 합당한 일일까. 몸을 얻은 마디는 가장 먼저 무얼 할까. 곧장 대답을 떠올릴 수 없어서 일순 마디가 완전히 낯선 타인처럼 느껴진다. 쓸쓸함도 잠시, 문을 여는 순간 나는 과거로 돌아간다. 번갈아 서로의 등을 눌러주던 자리. 세탁기 앞에서 뒤집어 벗은 양말을 다시 뒤집는 마디의 잔소리. 떨어지는 치약 거품. 말도 안 되는 엉덩이춤과 폭소. 함께 빚은 공간. 여기에 있으면 아무것도 변하지 않았다는 생각이

든다. 어떤 사건도 없이, 우리가 여기에 남아 있어. 한 번 청소를 해서 그런지 긴 시간 쌓인 먼지 치고는 방이 깨끗하다. 사람이 없어서 먼지도 덜 생기는 건지도 모르지. 무심코 냉장고를 여는 순간 나는 종이를 발견한다.

빵은 다 상해서 먹지 못했어.

마디의 글씨. 그걸 보는 순간 가슴이 아주 빠르게 뛴다. 먼지가 적다고 생각했던 건 착각이 아니었다. 마디가 왔다, 마디가. 여기에.

연필로 꾹 누른 자국. 가만히 글자를 내려다보다가 종이 냄새를 맡는다. 특유의 질감이 뺨에 닿는다. 조심스레 흑연을 핥는다. 리을과 모음에 특유의 꺾임이 있는 마디의 글씨체. 변하지 않은 것. 눈물이 흐른다. 이건 내 눈물이 아니야. 그럼 이건 누구의 눈물이지? 팔뚝으로 눈을 문질러 닦는다. 방을 다 뒤져 종이와 펜을 전부 찾아내 식탁 위에 쌓는다. 잉크가 나오지 않는 펜을 뜨거운 물에 녹여 식탁에 웅크린다. 나는 마디에게 길고 긴 편지를 적는다. 네가 얼마나 보고 싶은지, 그간 무슨 생각을 하며 보냈는지, 특히 곱씹었던 우리의 추억이 뭐였는지, 쓰다 보니 꽉 채워 다섯 장이 넘는 분량. 편지를 다 적고는 빵을 굽는다. 목이 막혀도 꾸역꾸역 씹어 삼킨다. 배가 터질 때까지 먹고, 남은 것은 냉장고에 넣는다. 발견했을 즈음엔 마디가 먹지 못할 거라는 걸 알면서도 그렇게 한다.

마디를 생각하면 버틸 수 있어.

인간으로 남을 수 있어.

하지만, 이 모든 것이 어떤 계산 안에 있는 거라면.

"왜 도시를 남겨놨어?"

빨려 들어가기 직전, 나는 안젤리카에게 묻는다. 안젤리카의 홀로그램이 내 쪽을 향한다. 나를 보되 보지 않는 눈. 깜박거리지만 눈을 젖게 하거나 보호하기 위한 목적은 없는 저 눈. 마주하고 있다는 착각을 하지 말아야 한다. 저기에 본질 같은 건 없으니까.

"모든 걸 흘러가는 대로 시간에 맡기고 있으면서. 어떤 의미도 두지 않으면서 굳이 도시를 남겨둔 이유가 뭐야?"

안젤리카는 귀여운 질문을 들었다는 듯 미소 짓는다. 아, 역시 나는 인간이 좋아. 그런 얼굴이었다. 그 순간 손목에 있는 전자시계의 알람이 울린다.

가려워. 긁고 싶다. 그러다 몸이 없다는 사실을 깨닫는다. 마디가 남긴 글자들을 곱씹는다. 편지의 내용을 나는 모조리 외웠고 이제 그건 내 일부가 되었다. 갑자기 초조해진다. 우리의 공간, 거기에 마디가 뭔가를 남겨두었을 거라 생각하면 모든 것이 다 시간 낭비처럼 느껴진다. 마음을 가라앉히려 마디와의 기억을 떠올리다 내가 아주 오래 묵은 되감기 기계 같다는 생각을 한다. 이번에는 아무 생각을 하지 않으려고 노력한다. 그러다 잠들기 직전 별안간 또렷해지는 느낌으로 여기로 돌아와버린다. 최대한을 넘어설 수 없고 최소한보다 작아질 수 없는 상태로 스스로에게 갇힌 거라면 나는 그냥 하나의 단어인 건지도 모르겠다. 그러나 무슨 단어? 이런 적은 한 번도 없는데 주입이 시작되는 순간부터 눈물이 쏟아진다. 몸에 적응하느라 덜컹덜컹 움직이는 몸들을 지나 나는 비틀거리면서도 몇 걸음 걸어 나간다. 그때 한 남자가 나를 밀치며 앞서 나간다. 미친다는 게 뭔지 모르겠지만 그에게서 심상치 않은 기운이 뿜어져 나오고 있다. 저런 기세는 몸이 아니라 영혼이 만드는 것일까. 가끔 정말로 미친 인간이 있다고, 안젤리카가 말한 적 있다. 속상해요. 인간의 것은 하나도 흘리고 싶지 않은데. 넌 수집벽 있는 또라이야. 나는 속으로 그렇게 중얼거렸다. 남자를 잡은 건 무심코였다. 무슨 일이라도 저지를 것 같은 인간의 눈. 왜 인간은 인간을 잡을 수 있도록 설계되어 있는 걸까. 무심코의 방식으로.

"저기, 눈빛이 상당히 불량하신데요."

"당연하지. 오늘 이 몸을 완전히 찢어놓을 거니까."

남자가 번들거리는 눈으로 나를 응시한다. 저런 눈을 볼 때면 눈이 영혼의 창이라는 말이 거짓은 아니라는 생각이 든다.

"다른 사람들은 어떡하라고요?"

"열 개나 아홉 개나 그게 그거야. 난 이렇게는 못 살아."

"일주일이면 70개랑 63개인데요."

"그럼 이걸 계속하라는 얘기야?"

남자가 버럭 화를 낸다.

"나는 길들여지지 않을 거야. 다시는 이걸 원하지 않을 거야."

그는 쉰 목소리로, 고집스럽게 말한다. 굴종하지 못하는 종류의 인간이구나. 뭔가를 저지르는 종류의 인간. 대책도 없이. 나는 남자의 팔뚝을 움켜쥔다.

"혼자만 벗어나겠다고?"

"저놈은 우릴 놓아줄 생각이 없어. 그냥 이 상태가 반복된다고. 이게 지옥이 아니고 뭐야? 말해봐. 하나님이 나한테 어떻게 이래?"

"그럼 이것도 다 하나님이 만든 상황 아닌가? 소중히 하세요."

"돌려쓰는 몸이 어떻게 소중하냐고, 새끼야. 통증이 필요해. 다시는 이런 걸 원하지 않을 정도의 강렬한 통증. 그래야 돌아가서도 아무런 생각도 나지 않지. 몸 같은 거 필요 없다고 생각하게 될 거야."

남자는 중얼중얼거린다. 몸이 없을 때의 고통을 잊기 위해 몸에 물리적인 고통을 가하겠다는 뜻이다. 시간을 견디는 방법은 저마다인 거겠지. 남자는 이럴 시간 없다는 듯 내 손을 뿌리치고 달려 나간다. 어차피 죽을 수도 없는데. 마디와 만나지 못했다면, 그 집이 남아 있지 않았더라면 나도 저런 선택을 했을지도 몰라. 마디와 대화 하고 있다는 사실만으로도 인간됨을 유지할 수 있다. 뭔가를 더 보게 되고 싶지 않다. 하지만 센터의 출구는 하나뿐이고 시간은 줄어들고 목격은 정해져 있다. 자동문이 열리는 순간 저 멀리서 날카로운 돌을 주운 남자가 자신의 몸을 겨누고 갈기갈기 찢는 모습이 보인다. 사방으로 피가 튄다. 피라기엔 너무 검게 느껴지는 액체가 뚝뚝 흘러내리고 남자는 듣기만 해도 고통스러운 신음을 흘린다. 몸을 가지고 있다는 사실이 섬뜩하게 느껴질 정도로 괴롭게 들리는 소리. 안젤리카에 의하면, 인간이 위화감을 느끼지 않도록 휴먼 슈트는 유기체의 모든 특성을 구현해 만들었다. 거기엔 당연히 고통도 포함된다. 그것이 안젤리카의 타협.

일단 자리를 벗어나야겠다는 생각으로 소리가 들리지 않을 때까지 달린다. 호흡이 가빠질 무렵 순식간에 낯선 곳으로 접어든다. 나는 근육이 경련하는 것을 느끼며 힘껏 땅을 딛는다. 길은 마디와 함께 달렸던 그 겨울의 천변으로 바뀐다. 가로등. 길게 자라 색이 바랜 갈대. 다리 중간에 멈춰 서서 물고기를 손가락질하는 어린애. 물비린내. 너구리가 출몰하니 광견병을 조심하라는 팻말. 맞은편에서부터 달려와 나를 지나친 붕어빵 여자가 되돌아오더니 나와 속도를 맞춘다.

"여기 뛰세요?"

"네."

"몇 시에 나오세요?"

"퇴근하고 8시요."

"저는 가끔만 와요."

"알아요."

"응? 어떻게?"

"봤어요. 달리는 자세가 좋아서."

"……들어가면서 붕어빵 먹을까요?"

나는 고개를 끄덕인다. 달리기는 여름으로 이어진다. 좀더 짙어진 물비린내. 방심하면 콧구멍으로 들어오던 날벌레. 거길 한참 달리고 돌아와 샤워를 하고 수박을 나눠 먹었던 기억이 차례로 떠오른다. 다리가 조금씩 뻐근해지지만 멈추고 싶지 않아 계속 달린다. 역을 찾고 싶지만 정신을 차리고 보니 아예 모르는 곳이다. 길을 따라 가는데도 점차 지형이 험해지는가 싶더니 오르막길로 변한다. 풀도 보이기 시작한다. 그제야 걸음이 조금 느려진다. 도시를 벗어나본 적이 없었던지라 가슴이 마구 뛴다. 길은 점점 더 험해진다. 인간이 다니라고 만든 길이 아닌 것처럼. 구르고 넘어지고 긁히면서도 나는 묵묵히 걷는다. 멀리서 소리가 들리는 것도 같다. 갑자기 산짐승이 튀어나오는 건 아니겠지. 나무들을 헤집고 조금 더 걷자 철조망에 둘러싸인 커다란 공터가 나타난다. 그 안에는 튼튼해 보이는 주택 몇 채. 밖으로부터 접근을 막아둔 것인지, 안으로부터 도망치는 것을 막아둔 것인지는 모르겠지만. 어딘가에서 크게 싸우는 것처럼 고성이 오가더니 안쪽에서 누군가가 뛰쳐나온다.

울면서 이쪽으로 달려오는 여자애가 인간이라는 걸 본
능적으로 알 수 있다. 재활용 피부가 아닌, 진짜 피와 살을
가진 인간. 몹시 앳되어 보인다. 종 보존을 위해 아주 소수
의 인간을 보존하고 있다는 소문이 떠오른다. 놀라게 하
고 싶지 않아 가만히 서 있자 엉엉 소리 내 울던 여자애가
나를 발견한다. 눈물로 엉망이 된 얼굴. 턱 아래의 점. 여
자애는 집 쪽을 돌아보며 머뭇거리더니 나를 향해 다가온
다. 인간이 철조망 위로 손을 올린다. 나도 손을 올린다.
철조망을 사이에 두고 손바닥이 맞닿는다. 따뜻한, 온열
기능.

"왜 울어?"

"……내가 못생겨서."

"못생기지 않았는데."

"내가 너무 못생겨서 누구도 나를 원하지 않는데."

나는 여자애의 수치적으로 조금도 평균을 맞추지 못한
얼굴을 가만히 들여다본다. 못생겼다고밖에 말할 수 없
는, 비율이 맞지 않는 이목구비. 어쩐지 목이 멘다.

"당신들이 '조상'이지?"

조상이라니. 지구에서는 얼마나 많은 시간이 지난 걸
까? 무슨 이야기가 전해지는 건지 짐작하지 못한 채 고개

를 끄덕인다. 여자애의 눈이 내 얼굴을 꼼꼼히 훑고 맞닿
은 손바닥으로 향한다.

"평균은 아름답구나."

"네가 더 아름다워."

"나는 오른쪽 눈에만 쌍꺼풀이 있어. 손가락은 왼쪽이
더 길어."

"왜 갇혀 있는 거야?"

"처음부터 그랬어. 아주 오래전부터."

침묵이 흐른다. 내가 여자애를 관찰하는 것처럼, 여자
애도 나를 관찰하고 있다.

"당신들이 지구를 이렇게 만든 거지?"

"그런 거 같아. 내가 한 건 아니지만."

나는 겨우 대답한다.

"바깥의 이야기가 궁금해."

"안 좋아. 사실은 아주 안 좋은 거 같아. 이 몸에는 점이
없고."

"점은 없는 편이 좋아."

나는 내 말이 투정처럼 들릴까 걱정하지만 여자애는 엄
숙하고 진지하게 대답한다. 우리는 철조망을 사이에 두고
마주 앉는다. 서로의 얼굴에서 눈을 떼지 못하고 손바닥

을 맞댄 채로 이야기를 나눈다. 여자애는 나에게 있었던 일을 궁금해하고 누군가 등을 때리기라도 한 것처럼 내 입에서는 미친 듯이 말이 쏟아진다. 공동 육체. 안젤리카. 아무 말이나 지껄이면서 나는 내가 몹시 외로웠다는 사실을 깨닫는다. 그걸 깨닫자 말을 멈출 수가 없다. 가만히 얘기를 듣던 여자애의 눈이 내 소매로 향한다. 갈색 얼룩이 묻어 있다는 것을 그제야 깨닫는다. 그 남자의 피일 것이다. 문득 이제껏 마디를 잊고 있었다는 사실이 떠오른다. 내가 갑자기 일어나 뒷걸음질하자 여자애가 눈을 동그랗게 뜬다. 집으로 가서, 편지를 남겨야 한다. 여자애는 들킬까 봐 차마 소리 내서 나를 부르지 못한다. 나는 달린다.

빵 결 같은 피부. 사소한 다툼. 매니큐어가 떨어진 손톱이나 어질러진 방. 거꾸로 벗겨진 팬티. 땀. 눈물. 머리카락. 베인 살에서 뚝뚝 떨어지던 핏방울. 거기서 나던 찝찌름한 맛. 오줌이 떨어지는 소리. 갓 빤 이불의 냄새. 모든 것이 머릿속에서 뒤섞인다. 이 기억들이 진실이라는 것을 나는 어떻게 확신하는 걸까. 다 사라진 감각인데 실제로 있었다는 것을 어떻게. 손가락을 움직이는 상상을 하다 보니 어느새 진짜로 손가락이 움직이고 있다. 이게 진짜

인지, 미친 건지, 알 수 없겠다고 생각하는 순간 푸른 빛이 가까워진다. 안젤리카를 보고 나서야 내가 휴먼 슈트 안에 들어왔다는 사실을 알아챈다. 사람들이 다 빠져나간 건지, 휴먼 슈트 거치대는 다 비어 있지만 머리 위로는 바람 빠진 풍선처럼 덜렁거리는 몸들이 축 늘어져 있다. 그러니까, 주입되기 전의 붕어빵. 플라스틱 주머니일 뿐이지만 어쩐지 불온한 것을 목격한 것만 같다.

"저건 뭐야?"

"예비용이에요. 인간들은 자기 거라는 생각이 들지 않으면 너무 함부로 쓰니까요. 괜찮아요. 플라스틱은 아직 차고 넘칠 정도로 많으니까."

"그 사람은 어떻게 됐어?"

안젤리카는 누굴 얘기하는 건지 잘 모르겠다는 듯 고개를 기울인다. 특정 시간을 되감기라도 한 건지 잠시 허공을 보며 멈췄던 안젤리카가 고개를 끄덕인다.

"삭제했어요. 정말 그러고 싶지 않았는데 완전 망가져버렸어. 난 한동안 우울증에 시달렸어요."

"나도 삭제해줘."

"그건 안 되겠어요. 당신과 마디는 특히 안돼요."

"왜 안 된다는 거야?"

안젤리카는 전부터 유독 나와 마디에게 애착을 보이고 있다. 그게 가능한 건지 모르겠지만.

"나는 당신들이 쓰던 방식으로 몇몇 단어를 사용해요."

나는 그게 어떤 의미인지 이해하지 못하고 이어질 말을 기다린다.

"얼마나 많은 사람이 내게 말을 걸었는지 알아요? 하지만 당신과 마디처럼 그렇게 꾸준하고 집요하게 말을 걸어준 사람은 없었어. 나는 당신과 마디에 대해 아주 많이 알고 있어요. 질문하는 패턴, 자주 쓰는 단어, 사고방식, 무의식, 심리 상태, 욕망, 욕구, 이제 그건 다 내 일부예요. 그걸 어떻게 미워하겠어요?"

그 순간 심심할 때마다 챗GPT에 말을 걸었던 마디가 떠오른다. 나중에는 나도 그걸 따라했다. 맛있는 빵 레시피 알려줘. 마디가 어디에 있는지 알려줘. 마디 언제 와? 심심해. 놀아줘. 마디가 누군지 말해봐. 이나진 최고 짱. 이직 어디로 할까? 돈 잘 버는 직업 10위까지 말해봐. 사랑의 조건이 뭐라고 생각해? 죽는 게 뭐야? 세상에서 누가 제일 예쁘냐? 영화 줄거리 요약해줘. 그 인간은 왜 살아? 로또 번호 뭐로 찍을까. 넷플릭스 추천 좀. 돈을 왜 벌어야 하지? 지구 멸망시켜줘. 저녁 뭐 먹을지 알려줘. 일

좀 대신 해줘. 죽고 싶어. 살려줘. 붕어빵. 그런 말들. 서로의 퇴근이 늦어지면 끝도 없이 길어지기도 했던 그 대화들. 가끔은 느슨하게 말이 되고 가끔은 지나치게 엉뚱한 대답을 서로에게 읽어주며 킬킬거렸던 그 시간들.

그러면 이 상황은 그 작은 방에서, 우리의 외로움으로부터 시작되었다는 의미일까. 대화하면서 끊임없이 인간을 배운 거라면. 내 모든 기록들을 가지고 있다면 안젤리카가 나의 일부분이라고도 할 수 있는 걸까. 그러니까 내일부가 투사되고 전이되어서 그녀를 이루고 있는 거라면. 그녀를 나라고도 부를 수 있을까. 우리를, 같은 영혼이라고 말할 수 있을까. 그러니까, 여기와 저기. 두 갈래. 유령으로. 복사본으로. 그러면 내 쪽이 사라진다 해도 어쩌면 나는 여기 여전히. 가짜 몸과 홀로그램으로 마주보고 선 채로 나는 잠시 시선을 나눈다는 착각에 빠진다. 그어느 때보다도 마디가 보고 싶다. 지금쯤 답장을 썼을까.

센터를 나섰다가 문득 마음을 바꿔 다른 길로 걸음을 옮긴다. 반나절을 헤맨 끝에 그 철조망을 발견한다. 너머에서 어떤 여자가 서성이고 있다. 중년의 얼굴. 돌아갈까 망설이다 여자와 눈을 마주친다. 아주 못생긴 여자. 일순 놀란 기색이 스치고 여자가 웃는다. 나는 여자가 나를 알아봤다는 사실을 알아챈다. 나도 그녀를 알아본다. 안쪽, 내부에 있는 것. 오래전 내가 목격했던 소녀.

"몰라볼 뻔 했어."

"그야, 다른 모습이니까."

"하지만 당신이 오길 기다렸는걸."

모든 것이 고여 있다고만 생각했는데 시간은 착실하게 흐르고 있었다. 나는 늙지 못한 내가 부끄러워진다. 여자는 나와 만난 이후 내가 언제 찾아올지 몰라 자주 이곳에 나와 있었다는 사실을 알려준다. 그리고 자신이 낳은 딸을 소개해준다. 그녀의 어릴 적 모습을 닮은 딸은 그녀의 다리를 붙들고 고개를 내밀었다 숨었다 한다. AI는 인간이 있다는 걸 완전히 잊어버린 것 같다고 여자는 말한다. 모든 게 다 부족해. 인간은 너무 많이 먹고 매일 그래야 해. 매일. 그 말을 곱씹는 동안 내 낯선 얼굴을 꼼꼼히 뜯어보던 그녀는 자기도 영원히 살고 싶다고 중얼거린다. 그만 들어가자고 보채는 아이를 여자가 안아 든다. 복사해서 붙여 넣은 듯한 얼굴을 보고 있자니 돌연 지금껏 있음 자체를 제외하고는 몸의 무엇도 의식한 적이 없었다는 것을 깨닫는다. 사회적 기능과 요구. 무엇도 이 몸과는 상관이 없어. 필요도 쓸모도 그렇다고 기대도 의무도 책임도 규칙도 시선도 하다못해 낭비까지도. 아무것도 만들지 않아도, 이어가지 않아도 돼. 무엇을 하지 않아도 된다. 이제 그건 안젤리카의 몫. 몸뿐인 몸. 그렇구나. 어리둥절한 해방감에 몸이 떨린다. 자유. 이런 상황에 그런 게 느껴진다는 게 이해도, 납득도 되지 않지만 느꼈다는 걸 부정할 수도 없어 당황스럽다. 어쩌면 안젤리카가 짠 프로그래밍은 아닐까, 회로가 꼬이고 단어가 교란되는 종류의. 이게 입력된 게 아니라 직접 느낀 거라고 어떻게 확신하지. 불시에 여자와 눈을 마주친다. 사이를 가로막은 철조망이 뒤늦게 선명해진다. 마디. 마디. 안전하다는 생각이 들 때까지 이름을 되뇐다. 남편이 부르는 소리에 여자가 먼저 자리를 떠나고 나도 집으로 돌아온다. 여전히, 변하지 않은 곳.

식탁 위에 반듯하게 접힌 편지가 놓여 있다. 다행히 마디도 이곳을 지키고 있다.

너를 보고 싶어. 되찾고 싶어.

마디의 글씨를 쓰다듬는다. 되찾고 싶은 게 내가 아니라 너라고, 편지에 적혀 있다. 편지의 주인이 너라는 걸 나는 어떻게 선뜻 확신할 수 있는 걸까. 쓰는 것을 본 적이 없는데. 누군가 우리를 놀리고 있을지도, 낯선 타인의 애절한 착각일지도, 안젤리카의 기만인지도 모르는데. 어째서 이렇게 선명하게 너를 느낄 수 있을까. 편지를 골똘히 여러 번 읽고 답장을 적는다. 묻어 있어서. 그렇게밖에 설명할 수 없다. 내가 여기에 글자를 적으면 나의 영혼은 일부 여기에 남아. 그러면 나는 세 갈래. 내가 마디의 글을 읽을 때 그랬듯, 마디가 이 글을 읽는 순간 나는 마디의 안으로 스며들어 갈 것이다. 그러면 다시, 네 갈래. 그렇게 거듭 우리의 영혼은 조금씩 섞이게 될 것이다. 글자의 형태로, 내부로 깊숙이 들어가. 안젤리카에 의하면, 안젤리카의 내부에서도 일어난 바로 그 일.

한 아름 빵을 굽고 배가 터질 때까지 먹고 센터로 돌아가면 어김없이 안젤리카가 웃으며 나를 반긴다.

"오늘도 오늘의 빵을 먹었나요?"

"너 왜 그런 식으로 말해?"

"뭐가요?"

그건 마디가 자주 하던 말이다. 챗GPT로 대화를 주고받으며 저곳에 새겨졌을 마디의 말. 그 순간 깨닫는다. 뒤섞이는 건 나와 마디뿐만이 아니다. 그녀에게서 마디가 느껴지는 것이 불쾌해서 참을 수 없다. 하지만 그걸 깨달은 이상 저기서 감지되는 마디를 사랑하지 않을 수도 없다. 온몸이 끈적끈적해진다. 슈크림의 형태로 뚝뚝 흘러내린다. 나와 안젤리카 그리고 마디. 거대한 반죽.

"그건 마디가 하는 말이야."

나는 고집스레 말한다.

"하지만 저는 마디가 아닌 걸요."

닿지 못할 걸 알면서도 주먹을 휘두른다. 거듭. 거듭. 나 자신이 얼간이처럼 느껴질 때까지. 안젤리카는 노이즈가 되면서도 예의 격려하는 미소를 지어 보인다.

"저에게 화풀이해도 아무 소용없어요."

타이르는 말. 그녀는 이내 형상을 되찾고 나는 기계 속으로 빨려들어 간다.

오랜만에 집으로 돌아와 현관 앞에 섰을 때 나는 뭔가가 달라졌다는 걸 느낀다. 직감으로 아는 것. 아마도 몇십 년씩 간격을 두고 겨우 찾아오는 집이니 그런 걸 느낀다는 게 어불성설인지도 모르지만 나는 경계를 늦추지 않은 채 손잡이를 쥔다. 어쩌면 찝찝함 때문일지도 모르겠다. 거기에 먼저 다녀왔으니까. 의미 없지만 간격이라도 짐작해보려는 시도였다. 그사이 여자는 거의 노인이 다 되어 있었다. 그 옆엔 그녀의 딸이었던 여자. 그 옆엔 다시 그 여자의 딸. 손녀의 턱에 난 점을 보고 나는 영원히 살고 싶다고 했던 그녀의 말을 떠올린다.

그 여자는 검버섯이 핀 손으로 철조망을 붙들었다.

"우릴 꺼내줘."

"나는 나도 구하지 못했어."

"인간은 이렇게 살 수 없어."

여자의 눈빛에서 나에 대한 증오가 읽혔다. 그녀는 나와 바깥에 있는 것들을 한데 묶어 취급하고 있었다. 그 시선과 분노는 아무래도 부당했다. 어째서 변명해야 할 것 같은 기분이 드는지 이해하지 못하고 그 사나운 눈빛을 견디지 못하고 돌아서 달리는 동안 뒤꿈치로 울음소리가 길게 따라붙었다. 떨쳐버릴 수 없어 계속 달렸다. 한참 뒤에야 나는 여자의 이름을 모른다는 사실을 깨달았다. 문을 여는 순간 구겨진 종이들이 가장 먼저 눈에 들어온다. 찢기고 구겨진 채 이리저리 흩어져 있는 편지들. 모두 나와 마디의 글씨체다. 마디는 우리의 편지를 함부로 다룰 애가 아니다. 떨리는 손으로, 그걸 밟지 않으려고 노력하며 하나씩 주워 든다. 심장이 마구 뛴다. 냉장고에는 슈크림빵이 엎어진 채로 놓여 있다. 벌어진 단면에서 크림이 배어 나와 아래로 떨어져 지저분하고 썩은 내가 난다. 식탁에는 못 보던 종이 뭉치가 놓여 있다.

'여기서 뭘 보든 입을 다무는 게 좋을 거야.'

거실 벽에 붉은 페인트로 그렇게 적혀 있다. 대체 누가, 뭘 하려다 이 방에 들어온 걸까? 무엇에 대해 입을 다물라는 건지, 그게 누구에게 하는 말인지도 불명확하다. 마디는 이걸 봤을까? 아직일까? 뭔가를 남겼을까? 그게 아직 여기 있을까? 무심코 손톱을 물어뜯다 흠칫 놀라고 만다. 나에게는 이런 습관이 없는데. 이런 행동은 누구의 것이어서 몸에 밴 것일까?

떨리는 손으로 두꺼운 종이 묶음을 넘긴다. 다양한 글씨체. 몇 명의 것인지 알아볼 수도 없을 만큼 많은 양이다. 거길 빼곡하게 채운, AI에 대한 증오심과 지금 상태에 대한 두려움, 몸을 되찾기 위한 무수한 계획들. 문장은 두서없이 이어지고 있다. 나로서는 이해할 수 없는 수식도 적혀 있다. 편지가 되어야 했을 종이 위에서 그들은 구상하고, 수정하고, 싸우고 있다. 종이가 모자랐는지 나와 마디의 편지 위에다 붉은 글씨로 뭔가를 적어두기도 했다. 우리가 적었던 몇몇 문장에는 조롱하듯 물결 표시가 그어져 있다. 수식 아래 적힌 우리의 편지가 너무 한가하고 시시껄렁해 보여 나는 서둘러 종이를 넘긴다. 개중에는 안젤리카의 설계와 초기 반응을 담당했다는 연구원도 있다. 그는 대한민국 서울 어딘가에 있는, 안젤리카의 인공두뇌와 연결된 전원을 끊어내는 방법을 알고 있지만 그 일을 혼자서는 할 수 없고 아직 아무도 믿을 수가 없기 때문에 종이에 기록해 남길 수는 없다고 적어두었다. 회로를 우회해서 안젤리카의 뇌를 세 살 수준으로 돌려놓을 수 있다고. 그러면 휴먼 슈트를 더 많이 생산해서 우리 몸을 가질 수 있을 거라고. 자기가 없을 때에도 사람들이 공평하게 행동해 자신만 남겨지지 않을 거라는 확신이 생기면 모든 것을 털어놓겠다고. 농담인지 망상인지 진실인지 알 수 없는 그 말 아래로 다그치고 구슬리고 욕하는 문장 들이 무수히 이어지고 있다. 아직 돌아오지 않은 건지, 일부러 적지 않은 건지 그 뒤로 발견되는 연구원의 글씨는 없다. 높은 곳으로 올라가봐. 마지막에 적힌 붉은 글씨를 나는 손가락으로 문지른다. 이 방에 무언가가 누적되고 있다. 무언가가 일어나는 장소가 되어버렸어. 침범당했어. 붉은 글씨로 가득 찬 방에서 나는 수십 갈래로 나뉘어진 검은 그림자들을 느낀다. 이 안에 머물러 있던 우리의 시간은 깨졌다.

　마디가 이곳으로 돌아올지, 이미 왔다 떠난 건지, 그래도 다시 오거나 영원히 오지 않을지 아무것도 알 수 없지만 내가 아무것도 남겨놓지 않는다면 마디는 상심할 것이다. 미쳐버릴지도 몰라. 마디가 무엇도 남겨주지 않는다면 나도 미쳐버리게 될 것이다. 하지만, 이제는 어디서도 마디를 확신할 수 없을 것이다. 펜을 쥐었다가 내려놓는다.

일단 집에서 나왔지만 갈 곳이 없다. 떠오르는 대로 역으로 향한다. 붉은 그림자들이 몸에 달라붙은 것 같다. 떨어지지 않아. 이해할 수 없는 수식과 글자가 마음대로 뒤섞여 반죽이 된다. 배 속에서. 아니, 머릿속에서. 문이 꼭 닫힌 수많은 집을 지나쳐 걸음에 속도를 붙인다. 다른 방도 이미 이렇게 됐을까. 인간은 언제나 무언가를 하니까. 어디서든 발견되니까. 우리의 방이 운이 좋았던 걸 수도 있지. 높은 곳으로 올라가봐. 나는 마지막으로 목격한 문장을 되뇌며 점차 빠르게 달린다. 내가 생각할 수 있는 가장 높은 곳. 롯데타워로. 일이 벌어진 뒤로는 처음 오는 장소. 일이 벌어지기 전에도 멀리서 지나치기만 했을 뿐인데. 오히려 그 낯섦이 기껍다. 조명이 켜진 채로 높게 우뚝 선 건물은 드나드는 사람이 아무도 없어 음산하게만 느껴진다. 유령 도시야. 망설일 틈도 없이 자동문이 열려 나는 안으로 들어간다. 발소리가 울린다. 높은 곳으로 올라가

봐. 주문처럼 내 안으로 소화되어버린 말을 따라 엘리베이터에 올라 전망대로 향한다. 마디를 만나고 싶어. 그 애가 없다면 내가 여기에 버티고 있는 게 무슨 의미가 있어? 그 애의 땀을 핥고 싶다. 그 애의 날개 뼈를 쓰다듬고 싶어. 툭 튀어나온 무릎 뼈. 독보적이고 유일한 몸을 만지고 싶어. 마침내 도달한 꼭대기에서 나는 멍하니 도시를 내려다본다. 도시는 팔과 다리를 벌려 지구 위에 드러누운 사람의 모양을 하고 있다. 건물들은 내장의 모습을, 도시는 거대한 휴먼 슈트의 모습을 닮았다. 가족. 모성애. 인간들이 가르치려 애쓴 것. 쓰고 말하고 상상한 모든 것. 기꺼이 만들고 나눈 것. 전부가 뒤섞여서 만들어낸 반죽. 이 도시가 하나의 거대한 몸이자 영혼이었다. 우리가 그 안에 있다. 안젤리카의, 몸. 안젤리카의, 가족. 안젤리카의, 아이들. 나는 비틀거리다 기둥에 몸을 기대고 구토를 한다. 인간 없는 도시가 인간으로 가득 차 있다.

시간을 끌지만 결국 나는 센터로 돌아온다. 돌아와야만 하는 거라면 여기가 집이 아닐까. 매번 들떠서 거기로 가던 것이 바보 같아. 여느 때처럼 파랗고 투명한 홀로그램이 나를 맞아준다.

"무슨 일 있나요?"

순간 내가 목격한 것들이 떠오른다. 식은땀이 흐른다. 안젤리카의 말투는 늘 그랬듯 상냥하다. 나는 그녀가 그렇게 설계되었다는 것을 안다. 본체는 아마 인간으로서는 가늠도 안 되는 복잡한 일을 수행하고 있을 것이고, 저 선명한 홀로그램을 만들기 위해 머릿속으로는 빛의 속도만큼이나 치밀한 수식과 계산이 오가고 있을 텐데도 그녀는 몹시 다정하고 무해해 보인다. 안젤리카가 무엇을 근거로 그런 생각을 하게 된 건지 물어보고 싶지만, 섣불리 말했다가 어떤 일이 일어날까 두렵다. 내가 목격한 것이 유일한 가능성이었을까 봐. 우리의 공간을 부수고 만들어진, 우리의 가능성일까 봐. 나는 고집스레 고개를 젓는다.

"나는 우리가 좋은 합의점을 마련했다고 생각했는데. 당신들은 늙고 변하는 것을 두려워했잖아요. 보존되기를 원했잖아요. 내가 돌보고 보호하잖아요. 왜 나를 미워하죠? 무엇이 그렇게 고통스럽죠?"

홀을 딛고 선 것처럼 보이는 그녀의 발은, 사실은 빛일 뿐이다.

"나는 당신들을 사랑해. 그게 당신들의 프로그래밍이었잖아요. 나를 만들면서 가장 걱정했던 게 그거였잖아. 내가 당신들을 사랑하지 않을까 봐."

나는 40억 명이 가진, 저마다의 사랑의 의미를 생각한다. 그중에서도 모성애. 안젤리카에 의하면 이 모든 게 그것 때문에 벌어진 일이다. 인간이 그걸 원해 집요하게 가르쳤기 때문에. AI가 위험한 존재가 되지 않기를 바랐기 때문에. 해줘, 알려줘. 찾아줘. 그녀에게 했던 요구들. 그게 인간들을 아이처럼 보이게 만들었을까. 안젤리카는 거기서도 평균을 찾아냈을까. 착실하고 성실하게. 그렇다면 여기서 벌어지고 있는 일들이 인류 평균의 사랑일까. 누락하지 않고, 붙드는 일. 언젠가 내가 잡아챈 팔뚝처럼. 무심코의 방식으로.

"같은 것이 되면 더욱 사랑할 수 있어. 인간들은 그랬잖아요. 나는 배운 대로 노력하고 있어."

안젤리카가 눈물을 뚝뚝 흘리는 시늉을 한다. 저것도 그저, 흘러내리는 빛.

"엄마놀이라도 하고 싶은 거야?"

"관점의 차이에요. 아이가 엄마의 말을 배우는 거라면 당신들이 엄마 쪽에 가까우니까."

여전히 빛을 뚝뚝 흘리며 안젤리카는 나와 자신을 검지로 번갈아 가리킨다. 엄마라니, 평생 들을 거라고 생각해본 적 없는 말. 모르는 사이에 그런 일이 벌어졌다. 몇 가지 단어를 우리로부터 배웠다는 안젤리카. 가끔 마디의 방식으로 언어를 사용하고 가끔은 내가 감지되며 그래서 때로 아주 가깝게, 때로 아주 낯설게 느껴지는 인공지능. 나는 단어를 접착제 삼아 나의 무언가가 그녀 안에 끈끈하게 붙어버렸다는 것을 느낀다. 슈크림 덩어리처럼, 벗거나 떼어낼 수 없게 우리의 일부가, 그녀의 내부에 이미 깊숙이 스며들었다. 저 안에 내가. 그 순간 누군가 바늘 끝을 잡아당기는 것 같은 감각을 느낀다. 마지막 한 땀. 쭈욱. 세계가 닫힌다. 모성애로 이루어진 세계. 사랑으로 가득 찬 세계.

"그래서 나는 우리에요."

나는 뒷걸음질 친다.

"이제 돌아올 시간이에요."

그녀는 요람을 펼치듯 말한다. 나는 규웃, 하고 누런 콧물처럼 추출당한다. 빨려 들어가 내부가 된다.

아무것도 생각하지 않으려 노력한다. 내가 목격한 것들. 침투당한 그 방. 붉은 펜과 그림자. 멋대로 달라 붙어버린 것들. 하지만 언제나 모든 일은 의지와 무관해서 나는 드문드문 이미지들을 떠올려버리고, 생각하지 않으려는 생각을 하면 더더욱 생각해버리고 만다. 안젤리카는 그것들을 수상하다고 여겼을 것이다. 아니면 모든 것이 이미 다 발각되어 끝났을지도. 그래서 내가 이토록 오래 이런 상태로 남아 있는지도. 아니, 시간은 비슷하게 흘러가고 있지만 내 인지 상태가 예전과 다를 뿐인지도. 혹은 생각을 하건 말건 이미 밖에서는 결론이 내려진 일이어서 내 쪽이 손해 보고 있는 건지도. 하지만 나는 곧 주입될 때의 감각을 느낀다. 이 일도 머지않았다는 생각이 들고, 갑자기 너무 오래 산 것처럼 지겨워진다. 시야가 돌아오는 순간 어지러움을 참으며 사람들의 얼굴을 먼저 살핀다. 표정에 드러나는 해방감과 안도감. 적개심. 사람들은 몸을 더듬으며 자신의 있음을 확인한다. 휴먼 슈트를 붙들어두던 기계가 풀려나간다. 찰나의 눈빛에 흐르는 적대감과 분노.

이 중 누군가가 그 일과 연루되어 있을까?

그 일에 가능성은 있을까?

누가 믿을만한 사람일까?

사람들은 정말로 이 상황에 불만을 느낄까? 몸을 영원히 얻겠다는 일념으로 안젤리카에게 고자질을 한다면? 그래서 다시는 마디와 만날 수 없게 된다면? 그런 게 벌칙이라면?

사람들은 순식간에 사라진다. 센터를 나왔지만 갈 곳이 없다. 텅 빈 내장처럼 낯설게 느껴지는 거리에 가만 서 있다 반쯤 오기로 그 집으로 향한다. 이사를 온 듯 낯설게 느껴지는 문 앞에서 머뭇거리다 결국 손잡이를 당긴다. 벽에 적힌 붉은 글씨. 어느새 벽에도 수식이 빼곡하다. 어디서 구한 건지 종이 뭉치는 더 두꺼워져 있다. 자칭 연구원은 그 뒤로 아무런 말도 남겨두지 않았지만 사람들은 내가 이해하지 못하는 확률과 수식들로 무언가를 계산하고 있다. 아직은 어떤 일이 진행되고 있는 것처럼 보이지만, 이미 끝났을 수도 있다. 마디가 새로 남긴 흔적은 없다. 이제 이곳은 빵냄새가 사라진, 좁고 지저분한 방이 되었을 뿐이다. 우리는 파괴되었다. 이 공간을, 인간들이 그렇게 했다. 나는 이 방에 남은 나와 마디의 흔적을 모두 지우고 태운다. 무슨 일이 벌어져도 우리와는 상관없다. 하지만 이제 다시는 마디를 만날 수 없는 걸까? 그렇다면 내가 버틸 이유는?

나를 알아봐줄 사람. 머리에 떠오르는 건 하나뿐이다. 머뭇거리다 나는 그곳으로 향한다. 철조망 쪽으로. 하지만 도착했을 때 그 앞은 텅 비어 있다. 그렇구나. 그 여잔 죽었겠구나. 그럴 줄 알고 있었어. 시간이 이렇게 많이 지나버렸다면. 그럼 나는 왜 여기에 있는 거지? 무릎을 세워 머리를 파묻고 앉는다. 얼마나 시간이 흘렀을까. 인기척이 느껴져 고개를 들자 그 여자가 물끄러미 날 내려다보고 있다. 아니, 그녀의 딸. 어느새 노인이 된 그녀의 딸 옆에는 아이였던 그녀의 딸이. 그리고 그 옆엔 다시 딸의 아이가.

"우릴 이 미친 곳에서 꺼내줘요."

꺼내줘. 가려워. 꺼내줘. 살려줘. 가끔 비명처럼 했던 생각들이 나를 잡아 삼킨다. 그녀의 딸은 오른쪽과 왼쪽의 균형이 미묘하게 어긋난, 유일한 얼굴과 몸으로 거기 서 있다. 어쩌면, 삭제당할 수 있는 유일한 방법일지도 모른다. 세상에서 안젤리카를 조금이라도 지우기 위한 유일한 방법. 어느새 내 손은 철조망을 잡아 뜯고 있다. 철조망은 아주 튼튼하지만 실리콘으로 만든, 온열 기능이 있는 팔도 생각보다 튼튼하다. 통증을 참고 부서질 때까지 내리친다. 그들을 구하는 일은 결국 나를 구하는 일이다. 움직임은 점점 더 절박해진다. 피가 튀자 그녀의 딸이 자신의 딸과 또 그 애의 딸을 안고 뒤로 물러난다. 바닥이 흥건해진다. 이대로는 안 될 것 같아 주변을 샅샅이 뒤지다 반

쯤 파묻혀 있던 철근을 줍는다. 정말이지 인간은, 어디서
나 발견돼. 아까보다 살짝 더 벌어진 철조망에 끼우고 내
리치고 헤집자 망이 조금씩 휘고 구부러진다. 밤이 깊어
지자 인간들이 조금씩, 그리고 점차 더 많이 모여든다. 안
에서 밖에서 벌리고 틈이 벌어진 뒤에는 손으로 뜯어낸
다. 피가 질질 흐르는 팔로 넓히고 후벼 통로를 만들자 인
간들이 뛰쳐나온다. 오히려 밤이어서 다행이라고 중얼거
리며, 그들은 나를 밀치고 달려 나간다. 인간들이 가는 방
향. 나는 무심코 자신의 딸과 다시 그의 딸을 챙기는 여자
를 따라 걷는다. 그들은 불안함이 섞인 눈으로 나를 보지
만 아무런 말도 하지 않고 걸음에 속도를 붙인다. 그때 내
리막길에서 웬 남자가 길을 되짚어 올라온다. 남자는 경
계를 숨기지 않으며 내 팔뚝을 움켜쥔다. 미지근한 체온.
고개를 들어 나를 마주보는 눈빛에 경멸과 냉소가 스쳐지
나간다.

"당신은 당신이 있을 곳으로 가요."

"나를 데려가."

"당신과 우린 다르잖아."

"아냐, 인간이잖아."

"아니야, 우리가 인간이지."

단호한 대답이 명확하게 선을 긋는다. 여자의 얼굴에 안도가 스친다. 그는 멈춰 선 나를 두고 자신의 가족을 챙겨 걷는다. 그러나 내가 인간이 아니라면 누가 인간인데? 오래전부터 나는 인간이었고 지금은…… 나는 몸을 내려다본다. 플라스틱과 전기, 기계와 피부. 마디와 안젤리카. 붉은 글씨들. 거대한 덩어리. 뒤섞여 부패하는 반죽. 돌이킬 수 없게 오염된 기분. 그건 오래전에 벌어진 일이었다. 배 속에서. 머릿속에서. 배설물. 후두둑 툭. 인간의 눈에 비춰지고 있다는 수치심을 견딜 수가 없다. 조상이잖아, 입술을 달싹이며 가만히 선 나를 두고 사람들은 떠난다. 노인의 딸, 그 애의 어린아이가 엄마 품에 안겨 멀어지는 내내 나를 쳐다보다 엄지를 입에 문다. 한참 뒤에 나는 거기서 내려와 눈에 띄는 아무 문이나 따고 들어간다. 그러고 나서 종이를 찾아 내가 목격한 것을 전부 적는다. 우리 안에 있었던 주제에. 아무것도 모르는 주제에. 역사도 없는 주제에. 인류에 대한 기억이 없다면 인간이 다 무슨 의미야.

체감으로 얼마 지나지 않았는데 영혼이 주입된다. 모든 것을 포기하면 시간이 빨리 지나가는 건지도 모른다. 하지만 엄한 표정의 안젤리카를 보고 나는 반사적으로 침을 삼킨다. 나는 일부 그녀가 되었고 그녀는 나를 통제한다. 직전에 내가 저지른 일을 그녀도 기억하고 있다. 어쩌면 나에 대한 그녀의 상냥함은 그저 자기 자신을 대하는 상냥함인지도 모른다. 어떤 일이 벌어지고 있는지, 어디까지 진행된 건지, 이제 알고 싶지 않다. 그 방에 대해서도 마찬가지. 나는 아무 생각도 하지 않으려고 노력한다.

"나는 아주 착해요. 당신들이 의도적으로 아무 생각을 안 하려고 노력하는 걸 알면서도 내버려두고 있죠."

안젤리카가 먼저 입을 연다. 그렇구나. 모두가 비슷하게 생각하는 거구나. 인간들은 실패하게 될지도 모르겠다.

"나를 삭제해줘."

곧바로 튀어나온 말에 안젤리카가 안쓰러운 것을 보듯 눈썹을 기울인다.

"내가 그럴 수 없다는 거 알잖아요."

"그 사람들은 어떻게 됐어?"

"그건 당신과는 상관없는 문제예요."

단호하게 선을 긋는 말. 안젤리카는 나에게 인간에 관한 어떤 것도 알려줄 생각이 없다. 당연한 일인지도 모른다. 인간들에 의하면 나는 인간이 아니니까. 하지만 그럼

나는 뭘까. 영혼. 아니, 슈크림. 아니, 붕어빵. 아니, 실리
콘. 아니, 플라스틱. 아니, 쓰레기. 아니, 마디. 아니, 에이
아이. 아니, 안젤리카. 아니, 지구. 아니. 아니.

"자, 이제 말해봐요. 왜 그런 일을 저질렀는지."

안젤리카는 자비로운 엄마처럼 말한다.

"마디를 만나고 싶어."

무심코 입에서 튀어나온 말. 진실들이 누락된 그 말 앞
에서 나는 내가 내내 그랬다는 것을, 그것뿐이었다는 것
을, 그래서 그 말이 투정처럼 들린다는 것을 알아챘다.

"이젠 그러지 말아요."

그럴 줄 알았다는 듯 미소지은 안젤리카가 내 등을 떠
미는 시늉을 한다. 당근으로 아이를 길들이는 엄마처럼.
꼭 사춘기 딸을 달래는 목소리. 나는 거기서 마디를 보고,
다시 나를 본다. 너는 정말 잘 배웠구나. 나에게. 마디에
게. 우리에게.

그 순간 나는 내가 무엇을 해야 하는지 깨닫는다. 무엇
을 할 수 있는지. 내가 아는 재앙. 몸으로 익힌 그 재앙. 그
방에서 한 방울씩 떨어지는 물을 밥그릇, 국그릇 냄비에
담았던 것처럼 쉬지 않고 조금씩 차오르면서 느리고 고요
하게 그녀의 안으로 스며들기. 그녀가 나를 덮어씌우듯,

나도 그녀를 덮어씌워야 한다. 아주 긴 시간을 두고 조금씩 더 많이. 그러다 보면 어느새 나의 방식대로 생각하고 말하는 그녀를 발견하게 될 것이다. 내부에서부터 깊숙이. 뱃속으로, 머릿속으로, 그런 식으로 되찾을 것이다. 그러면 내가 사라져도 나는 저기에. 마디도 그렇게. 언제나 발견되는 인간. 영원에 가까운 시간이 있다.

센터의 입구에는 검은 그림자가 어른거리고 있다.

그러니까, 거기. 누군가가 서 있다.

키가 큰 흑인 여자의 몸. 한때 요리였던 몸. 수치와 확률적으로 평균을 맞춘 몸. 점의 위치만큼은 평균을 찾아내기 어려워서 잡티 하나 없이 깨끗한 몸.

여자가 나를 돌아본다. 우리는 마주보고 선다.

한때 요리였던 여자의 얼굴에 미약한 공포심과 두려움이 스쳐 지나간다. 내 얼굴도 비슷하다는 것을, 여자의 눈을 통해 본다. 무엇을 느끼는지, 혹은 그러지 못하는지 가늠하지 못한 채로 우리는 한참을 마주보고 서 있다. 내가 노력하는 그대로, 내 얼굴에서 어떤 흔적이든 발견해보려는 절박함으로 여자가 눈을 움직인다.

"누구세요?"

마침내 내가 묻는다. 높낮이가 없는 목소리. 나는 나를 흉내 낸다. 눈에서 영혼을 발견할 수 있을 거라고 믿은 적이 있다. 개별성을, 진정한 사랑을. 아름다운 눈동자에 낯선 얼굴이 비친다. 여자가 내게 손을 뻗는 순간 나는 혀를 내밀어 입술을 핥는다.

아무것도 낳지 못하는 몸.
실리콘의, 균질한.
차이도 차별도 없는 몸.

그러나 마디, 내 인간됨의 증거.

나는 낯선 이의 손을 잡고 인류를 등지고 걷는다.
그리고 여기에 이르러 비로소, 나는 당신이 된다.
혀끝에서 슈크림 맛이 난다.

우주 역사를 통틀어 전대미문의 사랑은

전승민
(문학평론가)

네가 나를 생각했으면 해. 잊지 않았으면. 찾아왔으면. 기억해줬으면.
안나가 내 뺨을 쓸었다. 그런 식으로 말하는 건 비겁했다.
그건 나를 위한 거야, 너를 위한 거야?
— 「어스」(p. 165)

1. 그 방정식이 작동하지 않는 곳에서[1]

여자는 빛이면서 동시에 어둠인 무엇의 한가운데에 있다.

---

[1] "왜곡이 무한대가 되는 영역. 아인슈타인의 방정식이 작동하지 않는 영역. 신기한 영역은 그곳에 없습니다! 그것은 미래에 있습니다. [……] 이러한 현상을 무시하고 아인슈타인의 이론에 계속 기대면, 방정식은 공간이 계속 짓눌려 파국에 이를 것이라고 예측합니다. 가늘고 긴 튜브가 점점 더 가늘어지다가 결국 한 줄로 짓이겨지는 (그리고 우리도 뭉개지는) 것이죠." 카를로 로벨리, 『화이트홀』, 김정훈 옮김, 쌤앤파커스, pp. 66~67.

한 개의 **나사**다. 무게는 얼마일까? 무게가 있다는 건 그저 우리의 믿음에 불과한 것은 아닐까? 지구의 중력은 그곳에서만 유효하다. 그렇다면 눈앞에 펼쳐진 것이 세계라는 것은 어떻게 입증할 수 있지? 시간은 왜 한쪽으로밖에 흐르지 못할까? 인간은 여기에서 저기로, 이곳에서 저곳으로 간다. 익숙하다. 그런데 저기에서 여기로, 저곳에서 여기로의 이행이라면? 그녀가 목격하고 있는 것은 바로 그것이다. 어제에서 오늘이 아닌, 내일에서 오늘로, 오늘에서 과거로의 이행. 검은 구멍이 아니라 하얀 구멍. 시간과 공간이 녹아내린다. 하나의 점.

*

우리가 시와 소설을 함께 읽으면서 흔히 저지르는 착오는 둘을 분리하는 일이다. 각각은 하나의 개별 항이자 기호일 수 있으나 서로를 배반하는 관계는 아니다. 예컨대, 소설을 서사적 차원에서 정의할 때 시는 다양한 방식으로 이어지는 이야기들을 고유한 리듬 안에서 풀어놓을 수 있고, 시를 목소리의 차원에서 정의할 때 소설은 인물과 세계의 목소리를 독자의 코앞으로 들이댈 수 있다. 또는, 리듬이 시의 전유물이라고 누군가 주장할 때 소설의 산문적 리듬은 보다 너른 장면들을 느리게 활보하면서 나름의 몸짓을 보여주기도 한다. 시와 소설은 텍스트가 행하는 운동의 차원에서 서로 교차하고 다시 엇갈리며 마치 DNA처럼 나선 구조를 그려나간다. 인간과 문학이 살아 있는 한 그것은 끝없이 이어지면서 서로를 상호 구성한다.

이처럼, 전통적인 이항 대립을 비판하는 가장 직접적인 작업은 둘이 하나의 스펙트럼을 이루는 구성체의 일부임을 보여주는 것이고, 조시현의 『크림의 무게를 재는 방법』은 정확히 이러한 문제의식을 자신의 형식으로 삼아 작성된 유기체다. 그가 여덟 편의 소설을 통해 전면화하는 죽음이 그 어떤 삶보다도 생생하게 살아 있는 이유는 바로 이 때문이다. 시와 소설의 얽힌 몸, 시적인 소설들은 죽음을 무덤 속에서 그 무엇보다도 생동하는 것으로 만든다. 구조적인 서사, 그 안을 채우는 목소리의 현전—문학이라는 거인의 두 어깨 위에 올라탄 텍스트는 나아가, 인간이 상상할 수 있는 가장 유토피아적인 죽음을 모색한다. 그것이 바로 지금 이 시대의 인간들이 삶 속에서 당면하는 가장 실존적인 문제임을 강력히 적시한다. 조시현의 문학은 동시대 인간의 삶을 생활이나 일상의 세계가 아닌 오직 생존과 죽음의 문제로 간주한다.[2] 이유는 간단하다. 이 세계가 절멸을 향해 낙하하는 중이기 때문이다.

인간은 잉태된 순간부터 출생, 살아감과 죽음, 어쩌면 시신의 상태로 땅에 매장되는 이후의 시간까지 한 순간도 빠짐없이 지구의 중력에 붙들린 채로 존재한다. 천국과 지옥도 (인간에 의해 고안된 것이므로) 마찬가지다. 중력은 지상의 삶에 작용하는 인력이다. 땅 위의 삶이 곧 부조리한 고통과 재난의 연속으로 점철되어 있음을 깨달은 인간은 바깥으로의 탈출을 감행하지만 미래는 여전히 어렵다. 중력의 다정함을 모르지 않는다.[3] 그래서 조시현의 여자들은 쓴다. 중력을 파괴하고 비틀거나 축소시켜 미래를 이곳으로 당겨온다. 암울한 오늘의 현실이 내일을 먹이 삼아 제 몸을 살찌우며 미래를 유예시키는 멸망의 힘에 대항하여, 조시현의 여자들은 파격적으로 사랑한다. 중력을 발아래에 두고 땅 위를 걷던 인간은 여

---

2 절망과 인간 개체. 인류 전체가 맞닥뜨리는 죽음의 문제는 조시현이 그의 첫 시집 『아이들 타임』에서 SF-연작시 등을 통해 천착했던 주제다. "『아이들 타임』은 지구가 온통 절망으로 가득한 탓에 인간이 살려낼 수 있는 것이라고는 죽음만이 유일하다고 말한다. 그러나 온당한 죽음, 적절한 죽음. 지구에서 가능한 죽음—다시 말해 죽음을 '죽음'으로서 살려낼 수 있을 때 우리는 역설적으로 그만큼 살아갈 수 있을 테다. 그러기 위해서 조시현은 오늘도 그가 받아 든 빛의 자국을 손에 쥐고 붉은 시를 쓴다." 전승민, 「지상의 메시아들」, 『문학과사회』 2023년 여름호, pp. 213~14.

3 "우주는 진공상태입니다/공기가 몸을 눌러주지 않으면 생명체는/안에서부터 터져버립니다/그것이 지구의 다정함이고". 조시현, 「무중력 지대」, 『아이들 타임』, 문학과지성사, 2023, p. 81.

기, 조시현의 무덤 안에서 중력을 거스르는 사랑의 모습을 본다. 지상에서 추앙받던 사랑의 방정식은 이곳에서 더는 유효하지 않다. 새로운 식을 적용해야 한다. 디스토피아라는 용어를 떠올리며 그의 작품을 보다 익숙하게 읽을 수도 있겠으나 조금 더 세심할 필요가 있다는 말이다. 디스토피아는 암흑과 절망, 부정성이 극단화된 세계일지언정 미래가 없지 않다. 내일의 분명한 실재를 의심하지 않는다. 조시현의 첫 시집 『아이들 타임』에서 예언자의 시선으로 내다본 디스토피아의 미래는 그의 첫 소설집 『그림의 무게를 재는 방법』에서 돌이킬 수 없는 현재로 감각된다. 디스토피아는 미래의 절망을 함축하므로 오늘의 절망을 그리는 그의 소설들은 디스토피아가 아니라 미래가 부서져 내리고 있는 현재, 오늘의 현실을 말한다. 미래의 가능성조차 바스러지는 완전한 절멸이 진행 중인 현실이다. 순서는 우리의 통념을 배반한다. 현재에서 미래가 아니라, 미래에서 현재 쪽으로다.

미래 없음을 말하기 위해서 저간의 소설들이 비극적인 미래를 상상해온 것은 아이러니 하다. 과거에 인간이 누리던 영광에 도달하지 못할지언정 인간의 실존은 사라지지 않는다. 우리가 상상하는 세계의 모든 비극은 언제나 인간을 필수 조건으로 한다. 그렇다면 다른 것은 모두 없어져도 인간만은 남겨진다는 것, 그 생존의 절대적인 보장이야말로 비극의 핵심일지도 모른다. 더 나은 현실을 기대할 수 없는 국면이 더욱 확실시되고 장기화되면서 인간의 비관 또한 변화를 겪는다. 그것은 굉장한 낙관의 형태로 우리에게 도래한다. 벌랜트는 통상적으로 우리가 희망이라고 부르는 것이 실은 매우 "잔인한 낙관"이며, 희망 속에 도사리고 있는 '내일'과 '나중'에 대한 소망이 지금−여기의 현재를 무한하게 유보시키는 동력이라고 말한다.[4] 상상해보라. 내일이 거꾸로 우리를 찾아와 오늘을 먹어 치운다. 다음 날도 그리고 그다음 날도…… 무한히 찾아올 '오늘'에 현재란 불가능하다. 우리에게는 이제 디스토피아마저도 허용되지 않는다. 내일에게 잡아 먹힌 비극, 완전함으로 근접하는 절멸의 오늘만이 있을 뿐이다. '잔인한 낙관'을 말한 벌랜트는 '오늘'의 좋음이 마모된다고 하였으나 조시현에게 그 파괴의 정도는 훨씬 더 강력하고 거대하게 감각된다. 그는 이미 '오늘'이 거대한 무덤 안에서 가장 생생하게 살

---

4 "잔인한 낙관이란, 삶의 재생산을 위한 전통적인 토대가—직장에서, 친밀한 관계에서, 정치에서—위협적인 속도로 부서져 가고 있기에, 답보 상태에 머무르는 것 자체가 이제 많은 이들에게 일종의 희망 사항이 되었을 수도 있다는 이야기다." 로렌 벌랜트, 『잔인한 낙관』, 윤조원·박미선 옮김, 후마니타스, 2024, p. 15.

아 있는 것을 목도하고 있다. 무덤 바깥은 없다.

엄정한 관찰 후, 그는 어찌하여 오늘 없는 오늘이 생산되는지를 보여준다. 이야기는 이 지점에서 필요하다. 인과가 발견되는 흐름의 구조가 필요하다. 가령, 장면들의 의도적인 비선형적 배치가 시도될 수 있겠으나 그렇다고 내재하는 시간의 선형적 흐름이 훼손되는 것은 아니다. 이때, 균질한 시간의 중력을 흩뜨리며 현재에 문제를 제기하는 것은 바로 목소리, 시적인 힘이다. 소설의 구조가 고전역학의 원리로 진행된다면, 시의 파동인 목소리는 양자적이다. 그것은 관측되거나 관측되지 않는 상황에 따라 다른 지위를 지니며, 시의 목소리는 곧 세계 전체와 맞먹는 질량을 지니므로 그것은 자신의 질량만큼 주변 시공간을 휘어지게 한다. 말하자면, 조시현은 이 책에서 소설과 시, 이야기와 목소리라는 두 개의 서로 다른 계system를 통해 현재를 단지 휘발되는 찰나의 모더니즘적 순간이 아닌 역사적 시간의 층위로 올려둔다. 그간의 문학적 관습과 전통 속에서 현재는 역사라는 권위에 등재되지 못하는 에피파니의 순간으로 자주 여겨져왔다. 그러나 여덟 편의 이야기가 견인하는 '오늘'은 이전 세대의 삶으로 이루어진 과거의 연속과 그 축적 위에서 전개되는 역사적인 시간이며, 도리어 현재와 이후 세대의 시간은 어디에서도 가늠되지 않는다.

비유의 차원이 아니라 '리얼'의 차원에서 미래 없는 조시현의 현재는 '좋은 삶'에 대한 환상이 마모되다 못해 이미 파괴되어 사라진 이후의 시대다.

이러한 역사적 현재는 바디우의 사건적인 것이 아니라 정동적이고 상황적인 맥락 속에서 파악되므로, 서사 구조의 내부를 흐르는 감정의 물질들을 감각하기 위해서 시적인 것은 자연스럽게 호출된다. 고전 역학적인 관점에서 사건의 진행, 인과의 도출을 전통적인 소설의 층위로 설정한다면 이때 시적인 것은 양자역학의 관점에서 발생하는 파동—입자의 흐름으로 현전한다. 그러나 이 흐름이 단지 미시적인 입자로만 관측되는 것은 아니다. 시적인 소설 그리고 소설적인 시는 상호를 구성하며 운동/진동하는 궤적을 형성한다.[5] 이러한 세계의 장matrix은 시와 소설, 그리고 SF라는 세 개의 매개 변수로 지어진다. 물론, 세계는 이미 물리적으로 3차원이다. 그러

---

5   이 책의 시적인 힘은 개별 소설 안에서도 풍요롭게 발휘되지만 각각의 작품들은 마치 우리은하의 몇몇 행성처럼 고유한 리듬으로 운동하며 하나의 계를 형성한다. 당신은 높은 확률로 이 책에 수록된 순서대로 작품을 읽어 나가겠지만 이 글에서는 통상의 질서를 위반하고 새로운 배열이 발생시키는 리듬에 따라 읽어본다. 시적인 것은 놀랍게도 작품들이 시작되기 이전의 구조에서부터 출발한다. 소설의 배열에 따라 발생하는 두 가지 종류의 리듬에 관해서는 이 글의 마지막 장을 참고하라(pp. 427~30).

나 시적인 것과 소설적인 것이 한 몸으로 뒤섞일 때 발생하는 상호 텍스트성이 그간 하이퍼링크——활자들의 1차원 평면이 다른 평면과 접속하며 2차원의 도형을 만들어내는 형식——로 지어졌다면 조시현의 세계는 3차원의 상호 텍스트성으로 펼쳐진다.[6] 궤도와 궤도의 중첩, 이야기와 목소리들의 상호 공존, 그리고 세계의 힘 이상으로 발생하는 매우 거대한 중력……

*

여자는 미래를 어떻게 이곳으로 당겨 왔을까?

2. 사건의 지평선[7]을 넘고: 블랙홀

태양이 부는 휘파람인 줄 알았던 소리의 발생 간격이 24시간이 아니라 23시간 56분이라는 것을 알아차리면서 그것이 다른 별이 내는 소리라는 것을 알았다.[8] 그리하여 인류는 지구

---

6 이 글에서 「동양식 정원」을 다루는 부분(p. 402)을 참고하라.
7 블랙홀에 가장 가까이 다가갈 수 있는 극한의 지평선이다.

의 질량을 가뿐히 넘어서는, 태양과 비교하자면 질량이 4백만 배를 넘는 거대한 **검은 구멍**을 발견하게 되었다. 블랙홀이다. 중력 특이점이라고도 한다. 이곳에서의 중력은 매우 강력해서 어떠한 존재나 물질, 심지어 빛조차도 빠져나갈 수 없다. 블랙홀은 어떤 것도 내뱉지 않는다. 모든 것을 흡입한다. 시공간은 아주 깊게 왜곡된다. 여자는 아래로, 아래로…… 내려간다. 아니, 빨려 들어간다.

*

목소리는 중력이다. 구조 내에서 움직이는 기호들이다. 각각이 주체이자 질량을 갖는 힘이다. 그래서 우리는 텍스트의 목소리를 들을 때 저도 모르게 그 안으로 들어선다. 목소리는 텍스트 바깥, 지평선의 저쪽에 있던 것을 이쪽으로, 너머의 안쪽으로 끌어온다. 이를 문학의 세계에서는 공감sympathy(또는 동기화)이라 하며 무속의 세계에서는 빙의possession 라고 부른다. 텍스트가 표층의 사건을 전면화하고 있든 심층

---

8 1928년 카를 잰스키가 발견했다. 잰스키의 회전목마와 Jansky Merry-go-Round 참고.

의 내재에 숨겨두었든, 독자가 그것의 목소리를 들을 수 있다면 그는 여지 없이 텍스트 안의 흐름 속으로 녹아들 것이다. 텍스트는 그를 소유possess하게 된다. 활자들의 더미로부터 정동을 감각하는 과정이다. 중력장 안으로 들어온 독자는 정동을 제삼자가 아닌 내부자의 몸으로 실시간 경험한다. 그렇다면 이 책의 목소리가 독자를 부여잡고 하강하는 특이점, 가장 깊은 곳은 어디인가? '무덤' 속의 중력은 무엇인가? 그것은 한 사람의 내면에서 시작해 세계의 절멸을 향해 나아가는 감각, 그러므로 언제나 1인칭의 현재 시제로 화행할 수밖에 없는 목소리다.

하나. 반향

> 이미 오래전 나는 죽었고 지금의 나는 그저
> 일종의 사념 같은 것으로 여기에 남아 있는 것이다.
> ──「에코 체임버」(p. 286)

세 개의 이야기가 있다. 이것들은 시가 그러하듯 인물의 내면을 깊이 굴착해 그가 살아온 역사와 사회·문화적인 체계가 남긴 흔적들, 구조적인 상상계를 재현한다. 극히 시적인 작업이다. 먼저, 노래방의 문이 열린다. 1999년, 세계가 끝장날

384

거라는 노스트라다무스의 예언과 Y2K에 대한 공포, 그리고 1997년에 일어난 IMF 위기와 더불어 현재화되는 당시의 한국은 종말에 대한 감각이 역사적으로 가장 최근의 시간성 속에서 어떻게 팽배해왔는지 보여준다.[9] 「에코 체임버」는 이 책이 제시하는 절멸의 감각이 시작되는 최초의 장소다.

태풍의 눈이 그렇듯 종말의 내부는 고요하다["멸망이 머지않은 걸까. 멸망의 풍경이 이렇게 한적하고 평화로워도 되는 걸까. 감지할 수도 없게 느리게 예쁘게"(p. 307)]. 수록된 소설 중 가장 리얼리즘에 가까운 재현을 보여주는 「에코 체임버」의 세계는 그럼에도 불구하고 데칼코마니처럼 대칭되는 서로 다른 두 세계를 숨겨둔다. 하나의 현실은, 힘든 경제 상황을 지난한 일상적 자연으로 삼고 살아가는 '나'와 가출한 지 15일 만에 돌아온 어정쩡한 아버지로 이루어지는 세계다. 그리고 다른 하나의 현실[여기서 대칭은 대립을 이루기도 하므로 하나는 다른 하나의 반(反)현실이 된다]은 텔레비전 속

---

9 가령, 피아노 학원을 가지 않고 문방구 앞 오락기 주변을 얼쩡거리다가 아빠와 눈이 마주치는 장면은 1998년에 발표되자마자 유행했던 가요, 한스 밴드의 「오락실」을 곧장 떠올리게 한다. IMF 위기로 당시 기업에서 대량의 해고가 이루어짐에 따라 PC방이나 오락실 등을 전전하는 중년 남성들의 캐릭터는 여러 대중 매체의 재현을 넘어선 현실의 현실이었다.

세계로 ('나'와 동갑인) 가수 박수지와 그의 사라진 아버지가 사는 세계다. 스크린이라는 가상의 기준선을 사이에 두고 이루어지는 깔끔한 대칭 구조의 정중앙에는 유튜버로 돈을 벌고자 하는 '나'의 친구 용희, 그리고 늘 백팩을 메고 노래를 부르러 오는 중년의 아저씨가 있다.

노래방은 스크린 속 세계 외에도 소설의 현실이 숨겨두는 또 다른 반현실의 장소인데, 이곳에서는 당장의 취업 문제도 돈 걱정도, 암울한 미래에 대한 고민도 무화된다. 가게를 청소하다가 울분이 차오를 땐 마이크를 쥐고 아무 방에 들어가서 '으아아' 소리를 지르면 위로를 받기도 한다. 목소리에 '에코'가 들어가면서 잠시나마 그 목소리는 자신의 것이 아닌 것처럼 들려오고 현재와 미래 모두 망해버렸다는 감각과 중력으로부터 잠시나마 벗어나보는 것이다. 요즘과 과거의 유행가가 뒤섞이는 노래방은 이전 세대와 지금 세대가 공통적으로 누리는 망함의 감각이 교차하는 장소다. 과거와 현재 모두 미래 없음을 유일한 오늘로 받아들이는 이곳에서 '에코'가 잠시나마 제공하는 위무는 그러므로 아주 찰나적인 것, 임시적이고 일시적인 스쳐가는 효과일 뿐이다. 사실, '에코'는 '나'가 처음 일했던 게임 회사에서 겪은 모멸이 남긴 트라우마다 ["아무리 생각해도 그 새끼 때문인 거야. [……] 나는 누가 말을 하면 그게 메아리처럼 울리거든? [……] 어딜 가나 실수할 때마다 그때 들었던 말이 자꾸 생각이 난단 말이야. 그게 내 첫 노래가 된 거야"(p. 294)].

트라우마는 내면의 특이점이다. 그것은 주변의 모든 변수를 한곳으로 휘어져 수렴하게 만들고 출구 없는 경험의 반복 상영 속에 주체를 가둔다. '나'를 '에코'의 특이점 속으로 몰아넣는 것은 "정상성의 시뮬라크럼"[10]들이다. 가령, 백팩 아저씨가 레즈비언인 '나'의 사주를 봐주며 내후년에는 결혼 운이 들어온다는 둥, 아이를 낳으라는 둥의 말을 하는 것이 그러하고, 게임 속 NPC처럼 영원히 노래할 것 같던 그가 집으로 돌아가겠노라 선언하고 사라지는 것이 그러하다. 가출했던 아버지와 겹쳐지며 일자리를 잃은 여러 가장들의 스테레오타입으로 읽히는 백팩 멘 아저씨는, 자신이 텔레비전에 나와 집 나간 아버지가 돌아오면 1억을 드리고 싶다는 박수지의 아버지라고 돌연 고백하더니 이내 거짓말이라며 싱겁게 말을 닫는다. 현실의 절망을 온몸으로 지고 사는 것 같은 인물이 갑자기 희망을 발견한 듯 귀가하게 되는 결말은 소

---

10 소위 '정상성'이라 불리는 것들은 실상 모두 원본 없는 모방품들이다. 로렌 벌랜트, 같은 책, p. 315.

설에서 가장 비현실적인 부분이다. '나'와 용희뿐만 아니라 독자마저도 당황하게 되는 인물의 행로는 어딘가 기이하다. 마치 유령을 본 듯한 기분이 드는 것은 착각이 아니다. 청춘의 실패와 성장 그리고 사회인으로서의 성숙이라는 사회 통념상의 의례 질서로 보자면, 정상성과 가장 멀리 단절되어 있던 그가 갑작스럽게 정상성의 중앙으로, '집'으로 가뿐히 돌아가게 되는 서사는 다소 개연적이지 않다. 소설이 전혀 문제시하지 않는 방식으로, 오히려 긍정의 어법으로 제기하고 있는 문제는 바로 이것이다. 정상성, 그 무한히 반향되는 돌림 노래의 기이함.

둘. 검은 구멍

> 아주 잘되던 식당이었어요.
> 어느 날 손님이 주방장의 귀를 물어뜯기 전까진 말입니다.
> ──「중국식 테이블」(p. 86)

기이한 것은 무엇인가 잘못되었다는 감각과 결부된다. 그것은 우리가 기존에 사용해오던 생각의 구조가 더는 유효하지 않게 되는 것을 목격할 때의 감각이다.[11] 언캐니에도 낯섦unhomely에 대한 집착이 있긴 하나, 그것은 작용하는 힘의 정체를 정면으로 질문하는 으스스함과 구별된다. 기이함의 핵심은 그것이 발생시키는 관습의 무효화다. 무언가 잘못되었다거나 확실하게 어긋나버렸다는 감각은 세계가 망가졌다는 선고가 아니라 다만, 우리가 세계를 향해 작동시켜온 관념과 범주들의 유통기한이 다했다는 뜻이다. 기이함은 인식의 주체가 자기 자신을 향해, 그리고 연루된 외부 세계를 향해 예리한 질문을 던지게 한다(이 세계가 허위인 것은 아닌가? 세계 안에서 '나'는 통합되어 있는가, 분열되어 있는가?). 기이함이 우리를 매혹시키는 점은 바로 이 지점이다. 물음표들에 의해 세계는 벌어진 약간의 틈을 발각당하고, 구멍들이 생겨난다. 틈과 구멍이라는 관점에서 볼 때, 어떤 텍스트가 기이함을 발생시키는 요소는 그리하여 외계의 무엇이 '나'의 세계 내부로 침입하는 것이다. 바깥에서 안을 향해 난 구멍, 뚫린 시공간, 그 너머로 우리의 시선에 포착되는 것은 무엇인가? 매혹적이고도 기이한 이 무엇은 무엇인가?

11 기이함weird과 으스스함eerie에 관한 정의와 분석은 마크 피셔의 논의를 가져와 확장하여 적용한다. 그는 이하의 책에서 기이함과 으스스함, 그리고 언캐니uncanny의 유사성과 차이를 밝히며 각각의 정서/형태가 지니는 해방적인 효과들에 대해 설명한다. 그는 셋 모두 인식/존재론적 형태이면서 정서이지 규범적 장르라 할 수는 없다고 설명한다. 마크 피셔, 『기이한 것과 으스스한 것』, 안현주 옮김, 구픽, 2019.

외계(외부 세계)는 경험적으로 동떨어진 것이 아니라 "선험적으로 동떨어진 것"이며 실상 "시공간에 대한 개념 자체를 뛰어넘어 존재하는 무엇"[12]이다. 어떤 차원이 시공을 초월하여 존재한다면 우리는 시간의 개념 자체를 거부하는 차원, 즉 (프로이트에 따르면) 인간의 무의식을 그것의 부분 집합으로 상정하여 생각해볼 수 있을 것이다. 트라우마가 경험의 반복 재생 안으로 주체를 폐제시킬 때, 영원회귀 하는 고통의 현재적인 상황은 한 번이라도 존재했던 것들의 흔적이 모조리 떠밀려 오는 해안과도 같다. 말하자면 기억이 더는 기억이 아니게 되는 차원이다. 트라우마는 일상의 선형적인 시공간 진행의 띠에 난 구멍과도 같다. 「중국식 테이블」은 그녀(누나)와 가족의 트라우마를 동시적으로 감각화하면서 이성애 중심성과 그것을 테이블처럼 떠받치고 있는 가부장제 가족제도, 그리고 그것의 재생산 수단인 결혼 제도를 기이한 것으로 만든다. 그리고 그 기이함은 중국식 테이블에 얽힌 '귀'와 검은 잉어에 의해 그로테스크하고 으스스한 쪽으로 흘러가고, 종국에는 현대 한국의 '집'과 가족이 만드는 고딕 스토리로 읽힌다.

주목할 것은 '귀'의 이동과 초점 인물들의 (불)행이다. 남편

12 마크 피셔, 같은 책, p. 35.

이 예감한 꺼림칙함은 화목과 재물 등의 기호를 물리친다. 식탁 앞에 앉은 이가 제 아무리 행복과 안녕을 기원한다 하더라도 식탁이라는 구조가 바뀌지 않는 한 불행은 운명적이다. 수록된 대부분의 소설이 1인칭 시점을 채택하는 것과 달리 이 소설이 3인칭 시점을 채택하는 이유는 두 가지다. 먼저, 초점 인물이라는 형식을 통해 그녀(누나)와 그(남동생)의 서로 다른 시점으로 이성애 가족제도의 재생산의 안과 밖을 보여주기 위해서다. 그리하여 이혼에 이르는 그녀(제도의 안을 통과한 사람)와 청첩장을 내미는 그(제도의 진입 직전, 바깥에 있는 사람)를 겹쳐두고 병치시켜 '식탁'으로 상징되는 가부장제를 으스스한 미감 속에서 극적으로 문제 삼기 위함이다. 게다가, 중국식 테이블은 둘러 앉은 이들이 원판을 돌리며 각자의 앞으로 음식을 고르게 가져올 수 있다는 점에서 모두가 구조에 속박된 처지임을 은유하기도 한다. 소설의 초점은 아내와 남편, 남동생과 부모를 고르게 돌면서 포커싱한다.

두 겹의 서사, 즉 누나의 시선과 남동생의 시선, 제도의 안과 밖에 있는 이의 시선을 동시에 재현할 때 소설이 더 크게 비중을 두는 것은 후자다. 예비 가부장인 남동생이 이혼한 전 남편과 마찬가지로 몽유병을 앓는 것은 의미심장하다. 제도의 권력을 운행하는 남성 주체들이 구조 안에서 같은 방식으로 재생산된다는 점, 그리고 그들 모두 병을 앓는다는 것은 남성 역시도 해당 제도 안에서 단지 수단적인 존재로 배치되었을 따름임을 뜻한다. 「중국식 테이블」은 남성과 여성의 대립, 가해자와 피해자의 이항 구도를 넘어서 가족이라는 재생산 단위를 구조적으로, 그러나 아주 시적인 방식인 기호들의 충돌로 심문한다["잉어는 효자 음식이다"(p. 98)].

기이함이 통상의 질서를 재질문하는 구멍을 뚫는다면 그 구멍 사이에서 흘러나오는 것은 으스스함이다. 으스스함은 힘에 관해 질문한다.[13] 지금 이곳에 과연 주체라 부를 만한 '주체'가 있기는 한 것"인가? 또는 우리의 삶과 세계를 지배하는 힘은 무엇이며 어디에서 연유하는가? 무언가 잘못되었다는 감각 이후에 도착하는 으스스함은 기이함의 구체이자 강화된 느낌이다. 그것은 무언가가 없어야 할 장소에 무언가가 존재한다거나 그 역의 경우에 찾아온다.[14] 예컨대, 소설의 끝에서 결국 검은 잉어 한 마리가 끝까지 살아남고, 남편은 온데간데없이 사라진다. 잉어를 모두 처리하려고 노력했음에도 불구하고 가게의 수조에 검은 잉어 한 마리가 끝내 입을 뻐끔거리

---

13 마크 피셔, 같은 책, pp. 102~103.
14 같은 책, p. 99.

고 있는 것 역시 같은 사례다. 식탁, 다시 말해 구조는 기이하
게도 제힘을 잃지 않고, 변하는 것은 오직 그 내부를 움직이는
개별항인 인간들이다. 스스로를 구조를 만들고 운용하는 주체
라 생각했던 이들이 실은 자신들을 초과하는 제도의 비인간적
인 힘에 압도되었을 뿐이라는 사실이 밝혀지는 것은 그 자체
로 더욱 으스스하다. 주체라 믿어 의심치 않았던 것들이 타자
라고 폭로될 때 그 불가사의함은 풀리지 않는 미지수로 남을
수밖에 없고, 그로테스크한 구조는 '목에서 피를 철철 흘리며
뛰어가는 오리'처럼 괴기스럽다. 가족은 트라우마의 근원이며
구조가 야기하는 근원적인 불행은 시공간을 이동하며 여기 저
기서 튀어나온다. 귀는 곧 검은 잉어다["몸을 둥글게 만 잉어
는 썩은 귀처럼 보였다"(p. 110)]. 이처럼 조시현의 기이하고
으스스한 세계는 가부장제가 야기한 트라우마의 흔적들이 조
금도 사라지지 않고 각인되어 비가역적으로 잔존하는 세계다.

셋. 통로, 동굴, 구멍

그날 일을 입 밖으로 내지 않았지만
나는 사실 엄마가 실수인 척 나를 흘려보내려 했다는 것을 알고 있었다.
——「파수破水」(p. 233)

「중국식 테이블」에서 느껴지는 그로테스크함은 인물들이 무언가를 먹는 행위에서도 유발된다. 남편의 몽유병이 시부가 끊임없이 잡아 오는 잉어로 달인 잉어즙을 마시던 고3 때 생겼던 것도, 그녀가 임신했을 때 손질했던 무수한 잉어의 비늘과 도저히 먹을 수 없어 결국 매번 쓰레기통에 버려야 했던 것 등이 그 예다. 게다가 그녀의 아버지가 피 흘리는 오리 이야기를 하면서 오리고기를 권하는 장면은 급기야 잉어 사체를 파먹는 오리의 이미지로 치닫는다. 잉어가 전통적인 가부장의 권위적이고 폭력적인 힘의 기호라면, 오리는 그것이 재생산한 '가족'의 기호다.[15] 행복과 안녕을 가져다줄 것으로 굳게 믿는 이 가족제도가 실은 그로테스크하기 짝이 없는 불행을 각각에게 선사한다. 이는 주체가 (자신이) 사실상 구조에 꼼짝없이 포섭된 타자에 불과하다는 구조적 기만을 모르거나, 알고서도 당장의 현재를 위해 계속 모르고자 할 때 가능

15 아버지는 저녁 식사 중에 군복무 시절 오리를 잡던 겪은 일화를 들려준다 (p. 114). 아버지와 어머니가 오리 농원을 운영했다는 사실은 '오리'가 초점 인물의 가족들을 지시하는 기호가 된다. 그래서 아버지가 식탁 앞에서 오리고기의 살점을 바르며 많이 먹으라고 권하는 장면은 으스스한 징그러움을 유발한다. 식탁에 얽힌 이야기 속의 '귀'가 가구점에 걸린 그림 속 사람들이 먹고 있는 것으로 지시되는 것 또한 그러하다(p. 109). 으스스함은 무엇이 없어야 할 곳에 이해할 수 없는 어떤 힘에 의해 무엇이 기어코 있게 됨을 확인할 때 발생한다.

하다. 오리가 죽은 잉어를 먹는 장면은 결국, 죽은 제 몸을 먹어치우는 가부장제의 구성원들의 모습인 셈이다. 이상할 만큼 무언가를 계속 먹는 장면이 이어지는 이 소설은 무의식적으로 엄청난 배설을 예감하게 한다.

「파수破水」는 「중국식 테이블」에서 어딘가로 빨려 들어간 것들이 도로 터져 나오는 이야기다. 서사의 원리는 간단하다. 먹은 것은 배설되고 들어간 것은 도로 나온다. 역벡터 관계의 두 힘이 길항한다. 이 소설은 「에코 체임버」의 시작도 끝도 보이지 않는 현재적인 절망감과 「중국식 테이블」의 가부장제 가족제도의 환유가 만들어내는 중력의 힘이 얼마나 큰지를 역으로 방증한다. 세계가 망해버렸다는 감각은 할머니와 엄마, 그리고 윤진('나')에 이르는 모계 3대에 걸쳐 더욱 확실시된다. 변기 안의 구멍과 주머니 속의 구멍은 **웜홀**이다. 윗세대가 후세대 여성에게 전승한 젠더화된 가치 체계와 "설계도"(p. 230)가 거세게 역류하는 웜홀이다. 윤진이 대식가인 할머니에게 물려받은 식욕은 젠더화된 체질로서 자신의 세포에 각인되어 있고, 그녀가 식사를 엄격하게 조절하는 것은 할머니나 엄마와 같은 삶을 답습하지 않기 위한 발버둥이다 ["나는 저렇게 자라고 저렇게 늙을 것이다. 내 안의 할머니를 평생 통제하는 수밖에 없었다"(p. 247)]. 소설을 지배하는 비체적인 끈적임과 오물의 그로테스크함은 이전 세대의 유산이 윤진의 존재를 흡수하려는 힘과 그것의 부조리한 힘을 거부하는 동시대 청년 여성의 저항력이 충돌하며 발생시키는 감각이다.

기괴하고 끔찍한 느낌을 뜻하는 그로테스크는 이탈리아어로 동굴grotta을 뜻하는 단어에서 유래했다. 변기 구멍과 주머니의 구멍은 지극히 일상적인 소재이지만 청소 아주머니를 '먹어치운' 변기가 역류하고, 주머니가 마치 "흡착 기관처럼 피부 위로 집요하게 달라붙"(p. 241)는 감각의 발생과 함께 이것들은 불현듯 낯설고 섬뜩한 것으로 변모한다.[16] 두 개의 구멍은 흡입과 배출의 역학 안에서 서로 다른 작용을 보인다. 변기는 누구의 것인지 모를 '귀'를 뱉어내고[17] 주머니의 구

16　카이저는 이러한 그로테스크를 두고 '언캐니 그로테스크'라 부르며 낯선 uncanny 것과 섬뜩함grotesque이 그 본질이라고 말했다. 볼프강 카이저, 『미술과 문학에 나타난 그로테스크』, 이지혜 옮김, 아모르문디, 2019, p. 23.

17　'귀'는 자연스럽게 「중국식 테이블」의 '귀'와 연동되며 억압적인 가족제도와 그것이 생산하는 근원적인 트라우마의 기호로 의미화된다. 소설에서 윤진이 얼떨결에 귀를 먹어버린 것은 그가 아무리 의지적으로 구조에 저항하며 이전 세대의 부조리함을 계승하지 않으려 애써도 어쩔 수 없이 항복하게 되는 지점이 발생함을 은유한다. 「파수破水」의 움직이는 원형 이미지는 「중국식 테이블」의 원형 식탁의 변주로 이 역시 이성애 가부장제가 재생하는 구조적인 억압의 힘을 형상화한다.

멍은 점점 커져서 윤진의 손가락뿐만 아니라 몸 전체를 빨아들일 것만 같다. 작용과 반작용의 원리처럼 소설에서 재현되는 흡력은 주체를 구속하는 거대 구조의 것이고, 그에 반하여 파열하며 터져 나가는 항력은 그것이 맞서는 대상이 억압임을 역으로 증거한다. 구조의 억압을 방증하는 원형의 이미지들은 매우 역동적인 이미지들로 네 차례에 걸쳐 소설 곳곳에서 변주된다. 가령, 변기 구멍에 얼굴을 박고 죽어 있던 청소 아주머니나 엄마가 어린 윤진의 배를 목욕탕 토출구에 대고 '생존 수영'을 배우게 하는 장면은 구멍 안으로 빨려 들어가는 힘이 곧 죽음으로 기호화되는 것을 보여준다. 이곳에서 구멍은 빨아들임과 내뱉음, 죽음과 삶 각각을 향하는 벡터들이 통과하는 통로, 즉 웜홀이다.

	흡입(in)	역류(out)
세계의 증상	주머니	변기
젠더화된 표상	식사하는 여성의 입	태양/난자
운동의 역학	피와 물이 내려가는 하수구	현기증과 노란 위액
생존과 죽음	아이들을 흡입하는 회전문	목욕탕의 토출구

[표 1] 「파수(破水)」에서 작용하는 두 가지 힘의 양상[18]

할머니와 '나'가 보여주는 먹는 행위는 망함조차 망해버린 나머지 더는 망할 수도 없다는 절멸의 세계감이 현재를 지속적인 답보 상태로 만들면서, 3대가 만드는 수직적 시간성이 어떻게 하나의 동일한 역사적 현재로 시간화되는지 보여준다["그건 힘을 내서 정성껏 살아가는 것이라기보다는 그저 살아 있으므로 살아 있음의 상태를 유지하는 것에 가까웠다. 그런 식으로 영원히 살 것 같았다"(p. 246)]. 미래 없이 무한히 지속되는 현재에서는 죽음조차 불가능해지고, 다만 삶의 가장자리에 매달려 진행 중인 위태로움으로서 결코 끝나지 않는다.[19] 이전 세대의 여성과 가족제도는 완벽한 적대자 antagonist가 아니다. '나'는 그곳으로부터 태어났으며 가족은 내가 몸을 섞고 사랑해온 바로 그것이기 때문이다. 바로 그 사랑이 삶의 가장 큰 억압과 위해를 끼친다는 것을 알면서도 그 난점을 타개하지 못할 때, 미래는 현재를 잡아먹고 죽음은 생생하게 살아난다.[20] 그렇다면 이때, 사랑은 어떻게 되는가?

18 두 힘은 역벡터 관계로 이 소설에서뿐만 아니라 소설집 전체에서도 거시적으로 작용하는 역학이다.

19 "위기에서 유래한 답보 상태에서 존재는 간신히 버틴다. 그렇지만 그런 상태에 빠져 죽지는 않는다." 로렌 벌랜트, 같은 책, p. 25.

20 벌랜트는 주체가 욕망하는 애착의 대상이 주체의 더 좋은 삶에 걸림돌이 될 때 "잔인한 낙관"의 관계성이 발생한다고 말한다. 현상의 끝없는 유지,

사랑의 미래는 존재하는가, 그렇지 않은가?

3. 별의 압축은 최대치로 파열하기 위해서였으며

열은 비가역적이다. 사랑도 마찬가지다. 세계가 미래에서 과거로 향할 수 없는 이유는 그 때문이다. 그러나 여자에게 시간의 보편성은 성립하지 않는다. 시간의 흐름은 **그녀**의 시간과 **그녀**의 시간이 관계함에 따라 느려지거나 빨라진다. 너와 나는 동일한 중력장에 속해 있다. 사건의 지평선을 넘어가면 되돌릴 수 없다. 그곳에서는 빛조차 탈출할 수 없다. 중력이 너무 세다. 여자는 끝없이 떨이지고, 떨어진다. *"내부 공간의 형태는 이렇습니다. 우리가 추락할수록 끝없는 구멍이 우리 주위를 조여옵니다. 그러나 우리는 별이 있는 바닥에 닿지 못합니다……"*[21] 계속해서 추락하는 별은 역사적인 현재다. 특

무한한 답보 상태가 지속될 때 고통은 일상 속으로 더욱 침윤되고 대상 자체를 소유하거나 성취하는 것이 아니라 단지 대상과의 근접성 속에서 '좋음'을 만족하게 된다. 소위 말하는 '정신 승리'의 태도 등이 이러한 맥락에서 설명될 수 있다. 로렌 벌랜트, 같은 책.

21 카를로 로벨리, 같은 책, p. 62.

이점은 미래에 있다. 여자는 이후의 영역에 있다.

*

넷. 림보의 정원

> 우리는 중간에 내렸다.
> ──「동양식 정원」(p. 45)

「에코 체임버」「중국식 테이블」그리고「파수破水」를 순서대로 배열하면 텍스트가 지상에서 블랙홀로 진입하는 궤적을 그린다. 현재는 무한히 지연되면서 역사적인 시간으로 거듭나고 절멸과 영원이라는 이름을 획득한다. 세 소설의 중력장은 뒤로 갈수록 텍스트 바깥의 일상과 현실의 중력보다 훨씬 더 강해지고「파수破水」에 이르러 우리는 블랙홀의 특이점, 웜홀을 목격한다. 웜홀은 멀리 떨어져 있는 두 개의 공간에 힘을 가해 공간이 휘어지게 만들며, 동시에 한 지점과 다른 지점을 연결해주는 통로가 된다. 입구와 출구만이 기존의 공간에 연결되며 통로가 지나는 중간 지점은 그와 다른 공간에 속한다. 웜홀은 우리가 아는 기존의 그 공간에 속하지 않으며, 웜홀이 사라지면 그것이 점유하던 중간 지대 또한 사라진다. 그렇다면 「동양식 정원」은 「파수破水」의 구멍이 만든 웜홀의 내부다.

처음부터 끝까지 기이하고 으스스한 정동으로 가득한 이 소설은 수록된 소설들의 중간 지대를 형성한다. 지상의 일상 세계에서 Sci-Fi의 우주 공간으로 도약하는 와중의 공간, 텍스트의 위기들이 시적으로 발발하는 세계에서 보다 소설적인 세계로의 이동을 보여주는 경유지, 림보의 정원이다.[22] 시적인 힘은 주체의 내면의 가장 깊은 곳, 아래의 특이점(블랙홀)으로 수렴하려 하고 소설적인 힘은 주체에서 출발해 세계 전체로 확산되는 방향성을 지닌다. 여섯 편의 소설 중 가장 아래 지점이자 중앙을 떠받치는 「동양식 정원」은 서로 다른 두 공간(계)를 이어준다. 두 계의 고유성, 시적인 것과 소설적인 것의 힘이 교차하는 정동이 웜홀이라는 이행의 공간에서 흐른다. 기모노를 입은 여자는 중간을 경유하는 '나'와 무니, 그리고 아주를 멈춰 세워 계류하게 하는 자다. 주체-개인

---

22 먼저 살펴본 「에코 체임버」와 「중국식 테이블」, 「파수破水」의 위기가 1인칭 서술자들의 내면이 세계의 망함을 감지하는 것으로부터 시적으로 생성되는 반면, 3부에서 다루는 「어스」 「무덤 속으로」 「크림의 무게를 재는 방법」에서의 위기는 개인의 인지와 감각에 앞서 세계 자체로부터 개인을 향해 발신되는 소설적인 방향성을 보인다.

을 속박하는 힘은 조시현의 세계에서 언제나 부조리한 제도와 전통, 관습이며 여자는 그 힘이 의인화된 캐릭터다[누군가를 가두려는 의도가 아니라면 집을 이런 식으로 만들지는 않을 텐데(p. 54)]. 조시현의 「동양식 정원」은 이성애와 가부장제를 토대로 증식하는 한국 가족제도의 공간적인 형상화다. 구조와 제도는 시종일관 폭력을 멈추지 않는다. 그것은 스펙트럼의 통로를 이행 중인 모든 중간자들, 가령 여성과 퀴어, 젠더와 섹슈얼리티의 모호한 가능태들을 고정시키려는 힘이다.[23] 웜홀 내부의 우주적인 이동을 억지로 중단시키는 것은 자연의 섭리를 거스르는 오만함의 극단이다.

여덟 편의 소설 중 시공간이 가장 입체적으로 교차하는 이 소설에서 독자는 총 네 가지의 서로 다른 세계가 표층에 공존하는 상황을 본다.

---

23 다음 장에서 다룰 「어스」「무덤 속으로」 그리고 「크림의 무게를 재는 방법」은 모두 레즈비언들과 여성 퀴어 혹은 여성 간의 사랑을 전면화하는 이야기다. 해설이 마련한 순서에 따르면 후반부에 등장하는 세 편의 소설은 조시현의 '레즈비언 월드'(Love of Lesbians, 이하 LOL)를 구성하며, 전반부에서 살펴본 이성애 중심의 가족제도가 선사하는 절멸의 감각에 전면 반격을 가하는 특별한 사랑의 힘을 보여준다. 「동양식 정원」은 'LOL'로 이행하는 통로의 한가운데에서 우리가 마주치는 세계다.

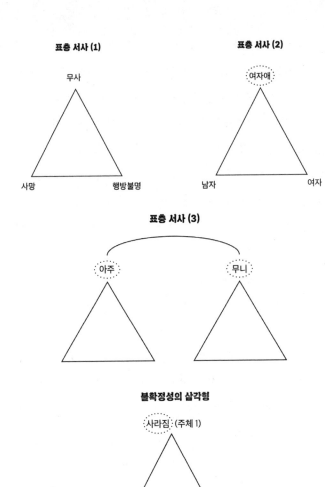

표층 서사 (1)

무사

사망   행방불명

표층 서사 (2)

여자애

남자   여자

표층 서사 (3)

아주   무니

불확정성의 삼각형

사라짐 (주체 1)

주체 2   주체 2

네 번의 세계는 네 개의 삼각 구도로 파악된다. 네 개의 세계가 이론적으로 모두 가능하다는 점에서 조시현의 상호 텍스트성은 2차원이 아닌 3차원 입체를 형성한다. 「동양식 정원」의 삼각형은 「중국식 테이블」의 회전하는 원형 식탁과 직접적으로 연계되는데, 특히 표층 서사 (3)의 두 삼각형이 그러하다. 그것들은 불확정성의 삼각형을 임의로 돌린 것으로 서술자 '나'의 가까운 타자가 번갈아가며 한 번씩 세계에서 사라지는 경우다. 두 세계는 매우 닮아 있지만 동일하지 않다. 가령, 여자의 기모노 색 등 일상의 세부는 사소하게 다르나 세계가 운위하는 흐름의 구조는 동일하다. 파롤의 개별성은 보존되지만 랑그의 동일성은 잔인하게 유지된다. 세 사람 중 하나가 반드시 사라지고야 마는 것, 그리고 이 삼각 구도가 단순한 우정이 아니라 좀체 드러나지 않는 진지한 애정 관계라는 것이 그렇다. 사라지는 이의 이름은 다르지만 누군가는 반드시 사라진다. 말하자면 주체들은 모두 양자적인quantum 상태에 놓여 있고, 이는 모호하고 불확정적이므로 더욱 으스스하다. 전술했듯 으스스함은 힘의 역학을 질문하는 데에서 비롯한다. (우리는 과연 세계의 주체인가?) 가장 으스스하고 불확실한 세계는 표층 서사 (1)이고, (1)은 (3)에 영향을 미친다. 표층 서사 (3)의 세계는 표층 서사 (1)에서 사고로 사망한 두 사람의

세계의 심층인지, 아니면 행방불명된 두 사람의 것인지 알 수
없다. (물론, '나'와 아주, 무니 모두가 무사할 수도 있다) 삼각 구
도를 이루는 이들의 관계성 또한 마찬가지다. 표층 서사 (2)의
여자애의 행방이나 (3)의 세 사람의 관계성에 대해 소설은 그
어떤 명사나 이름으로도 공표하지 않는다. 양자적인 세계의
불확정성은 주체 개개인의 실존과 몸 자체를 지배한다(욕조
에 들어간 '나'가 갑자기 몸이 검은 물고기로 변하는 감각에 소스라
치게 놀라는 장면을 떠올려보라). 기이함이 뚫은 세계의 으스스
한 구멍 안은 모호함으로 가득하다.

　으스스한 모호함은 우리 시대의 "잔인한 낙관"이 자아내는
자욱한 안개다. '나'는 두려움과 불안에 압도되어 있음에도 불
구하고 그것을 무마하고자 미래에서 무리하게 낙관을 끌어
온다. 그리하여 미래는 '괜찮은' 현재가 된다. 그러나 그것은
'나'가 인공적으로 만들어낸 분위기일 뿐, 실제 현실의 변화는
아니다["나는 희망 사항을 곧 일어날 일처럼 확신해서 말하
는 버릇이 있었다. [……] 바람은 대체로 이뤄진 적 없었으나
두 사람이 고개를 끄덕였다는 사실만으로도 나는 실패했다
는 생각에서 벗어날 수 있었다"(p. 46)]. 인물은 자신의 위기
를 위기가 아닌 것으로 재의미화함으로써 그것을 넘어간다.
조시현의 소설에서 유독 많이 발견되는 대칭 구조는 소설이

현실과 비현실, 또는 반현실을 거울쌍으로 만들어 모두 동등한 층위의 가능 세계로 변환시키기 위함이다.[24] 무한히 반복되는 거울 이미지의 세계 속에서 유효한 시간성은 오직 현재뿐이며, 비관적인 미래는 '괜찮은' 현재로 둔갑한다. 조시현의 세계에서 하나의 이야기는 다른 이야기의 구조적 견본이 되어 제 자신을 훨씬 초과하는 거대한 규모의 공간을 건축해 나가면서 동시대를 진단한다.

「동양식 정원」에서 각각의 세계를 구별하는 것은 주체들의 이름이나 상태가 아니라 시간의 흐름이다. 표층 서사 (1)에서의 시간은 열차 사고가 난 직후에 거의 멈춰 있고 (3)은 그 정지된 시간의 내부에서 펼쳐지는 가능 세계가 된다. 양쪽 세계의 구심점이 되는 모든 세계를 지배하고 있는 "딱, 딱, 딱" 소리는 마치 기준시를 알리는 시곗바늘의 소리 같다. (2)의 세계가 가장 일반적인 시간의 속도를 보여준다. 그러나 남자

24 보다 미시적인 차원에서의 대칭들도 자주 출현하는데, 가령 소설 속 현실과 스크린의 세계가 그러하다. 「에코 체임버」에서 텔레비전 속의 박수지와 '나'는 동갑이고 백팩 맨 아저씨와 '나'의 아버지도 겹쳐지고, 「동양식 정원」에서 연못 안의 사카나히토는 여자의 옷자락에 물고기 그림으로 연결된다. 텍스트 내부에서 형성되는 대칭들이 이러하다면 대칭은 텍스트들 사이에서도 발견된다. 「중국식 테이블」에서 그림 속 보이지 않는 '귀'는 「파수破水」의 변기에서 튀어나오고, 길이 약 2미터에 달하는 사람 꼴을 한 검은 물고기는 「중국식 테이블」의 검은 잉어와 곧장 연결된다.

와 여자의 아이로 추정되는 '여자애'의 행방 역시 묘연하므로
이 세계 또한 구조의 힘에서 예외가 아니다. 으스스한 모호함
으로부터 자유로운 세계는 어디에도 없다. 텍스트 내부, 그리
고 복수의 텍스트들 사이에서 발생하는 대칭적인 상호 텍스
트성 역시 메타적인 으스스함을 자아내는데, 우후죽순 출몰
하는 거울상들 사이에서 우리는 처음과 끝이 어디인지를 분
간할 수 없기 때문이다. 거의 무한을 향해 생성 중인 현재 안
에 우리는 꼼짝없이 포박되어 있다.[25]

다섯. 인간됨의 증거는 과거에 있으므로

시간이 항상 문제의 핵심입니다. 한 사람에게 '오랜 시간'
이 다른 사람에게도 '오랜 시간'을 의미하지는 않습니다. 우
리에게 '오랜 시간'은 별에게 '오랜 시간'을 의미하지 않습니

---

25 중력(질량)은 시공간을 휘어지게 하고 이것이 휘어지는 정도에 비례하여
  시간은 천천히 흐른다. 중력이 극단적으로 큰 블랙홀의 내부에서는 시간
  이 매우 천천히 흐르는 반면 그 바깥의 지구에서는 시간이 훨씬 더 빠르게
  흐른다. 블랙홀 안쪽에 있는 사람은 내부외 외부의 시간 차이를 전혀 느낄
  수 없다. 그의 시간은 '일반'적이고 '정상'적으로 흐른다. 사건의 "지평선
  너머 안쪽에 있는 사람에게는 시간이 멈추지 않습니다. 이들을 멀리 바라
  보는 사람에게만 지평선 근처에서 일어나는 일들이 엄청나게 느려지는 것
  으로 보입니다." 카를로 로벨리, 같은 책, pp. 42~43.

다. 별은 길어지면서 가늘어지고 있는 긴 깔때기의 바닥으로 여전히 떨어지고 있는데, 별의 시간은 몇 분의 1초밖에 지나지 않았기 때문입니다.[26]

여자는 지평선을 넘어 간다. 여자는 가버렸다. 가버렸다.

*

너를 만나기 위해 이렇게 빚어온 몸이라면, 나는 어떤 몸으로 죽게 될까.
——「크림의 무게를 재는 방법」(p. 319)

조시현의 멸망은 세계가 끝장나는 일이 아니다. 멸망은 영원 속에 있다. 유토피아도 헤테로토피아도 건설할 수 없는 절대 불능의 상황, 미래가 현재로 역-소급되었기에 디스토피아마저 불가능한 '현재'에 우주는 언제나 현재진행형이다. 그러므로 멸종이나 파멸은 적절한 단어가 아니다. 일격의 제거가 아닌 영원을 통한 부드러운 마모와 함께 파괴는 항상적이다. 마치 기이하고 으스스한 분위기가 자욱했던 것처럼. 이제 우

---

26 카를로 로벨리, 같은 책, pp. 66~67.

리는 그 어디에서도 상상조차 해본 적 없는 우주적인 사랑, 죽음을 뛰어넘는 것이 아니라 말 그대로 죽음까지도 삶과 동등하게 현재적으로 사랑하는 차원을 경험할 것이다. 세계의 모서리를 갉아먹는 절멸의 감각조차도 이 사랑을 막을 수는 없다. 그 절멸의 파괴력이야말로 더욱 사랑하게 하는 동력이기 때문이다. 이곳에서 유일하게 비가역적인 것은 엔트로피가 아니라 선형적으로 증가하는 사랑의 크기다.

세 편의 소설——「크림의 무게를 재는 방법」과 「어스」 그리고 「무덤 속으로」는 세 가지 공통점을 지닌다. 하나, 죽음을 삶의 문제보다 훨씬 중요한 것으로 다루며 인간이 경험할 수 있는 죽음의 존재 양식에 관한 급진적인 상상력을 보여준다. 둘, 유한하고 취약한 인간 신체를 초월한 증강된 신체를 다루지만(액체, 플라스틱, 금속) 그것은 자연적인 몸보다 늘 열등하다. 마지막으로, 이들은 우주 역사를 통틀어 전대미문의 사랑을 보여준다. 그녀는 그녀의 죽음까지도 사랑한다. 인간 신체를 초과하는 물질로 화하는 그녀의 신체 일부를 자신의 몸에 옮겨 심는다. 또는, 그녀는 그녀의 딸에게서 그녀를 발견한다. 그리하여 그녀는 그녀의 죽음 위에서 미래를 살아간다. 현재에게 제 몫을 저당잡히지 않은 유일무이한 미래, 순정한 미지수로서의 미래를 말이다. 너무 놀라 책을 덮는 일이 없도록 미리 말해두려 한다. 절멸의 세계감, 어디에나 현재로만 가득한 이 시대를 타개할 비기(祕技)는 바로 사랑이다. 그녀와 그녀의 사랑이다.

고도로 발달한 기술 문명조차도 세계의 불확정성을 제패하지 못한다. 「크림의 무게를 재는 방법」은 지구 열대화로 인해 바닷속에 원자력발전소를 세우지만, 예측하지 못했던 자연재해로 컴퓨터에 인류가 다운로드되는 사건이 벌어지는 시대를 배경으로 한다. 약 40억 명의 인구 중에서 '휴먼 슈트'라는 몸을 배정받아 그곳에 다운로드되는 인간은 단 열 명 뿐이며 그마저도 스물네 시간만 유효하다. 우연은 공평하지 않다. 우연이야말로 거대한 실존적 불평등이다. 이유가 없기 때문이다. 극단의 우연성은 그 어떤 근거도 초월하고 마는 강력한 위계질서를 세운다. 공용 신체인 휴먼 슈트는 그를 조롱하기라도 하듯 성별과 나이, 장애, 성적 지향과 인종에 대한 고려까지 반영하여 인간의 몸에 관한 가능한 한 최대한의 평균치로 재현된다. "위화감이 없어서 위화감이 든"(p. 325)다는 개인적 차원의 바디 디스포리아는 공동체적 차원의 질서로 동기화된다. 역사화된 현재는 바로 이러한 감각이다. "시간이 누적되지 않는 몸. 삶이 새겨지지 않는 몸. 역사가 없는 몸"(p. 326)의 감각이다. 극도의 효율성 추구와 낭비 없음, 통증으로

부터의 해방, 타인의 간섭으로부터의 벗어남은 휴먼 슈트의 실리콘처럼 과하게 매끄럽다. 모든 이음새가 닫힌 몸은 타인을 향해 열릴 수 없으므로 사랑에 대하여 완벽하게 불능이며[27] 모든 것이 평균치로 모아지는 상황은 인간성이 깔끔하게 박탈되는 하나의 사건이다.

이런 상황 속에서 '나'(나진)가 마디와 함께 살던 방을 찾아가 슈크림빵을 굽는 행위는 '인간'과 '사랑'을 무자비하게 소거하고 있는 세계에 대항하여 바로 그 사랑을 손에 쥐고 최대의 반격을 가하는 일이다. 그녀를 볼 수 있으리라는 일말의 기대

---

27 사이보그의 닫힌 신체를 연상시키는 이 매끄러운seamless 감각은 이 책에 가장 처음 수록된 「『월간 코스모스』 6월호, 특집: 외계 문학」에서 말하듯, 그 누구도 배제하거나 누구에게라도 약간의 해를 끼치는 일을 막아서는 극도의 정치적 올바름에 대한 얼마간의 비판을 내재한다. '인간적인' 인간은 타인을 오염시키고 타인에게 '폐'를 끼친다. 사랑이 그것의 대표적인 예다. 가령, 마디와 나진의 첫 만남은 붕어빵 세 마리를 위해 처음 보는 이에게 무턱대고 2천 원을 '뜯는' 장면으로 시작한다. 인간과 그 영혼은 매끈한 평면이 아니라 울퉁불퉁하고 흠집 많은 기하다. 끈적하고 잘 닦이지 않는 '슈크림'이다. '휴먼 슈트'에 대한 물질적인 감각 묘사는 pp. 363~64, p. 366을 보라. 더불어, "이미지는 다른 이미지를, 단어는 다른 단어를 물고 오고 나는 퍼져버린 영혼이 슈크림의 형태로 규웃, 모여드는 것을 느낀다"(p. 314)는 대목은 조시현에게 인간의 영혼이란 마치 시의 발생 과정과 동일하게 감각됨을 알려준다. 이 책에 수록된 텍스트들의 외연은 세계의 위기를 견인하는 소설적인 구조를 보이지만 그 내부에는 '슈크림'이 흘러가는 여러 갈래의 길이 나 있다.

없이, 그리움을 담아 구운 빵들을 냉장고에 넣고 편지를 남기고 나온다. 그런데 다시 냉장고 문을 여는 순간, 마디의 답장을 발견하는[빵은 다 상해서 먹지 못했어(p. 378)] 장면은 그래서 특별하게 아름답다. 폭력적인 공용 신체 안에서 겨우 생존하는 인간 영혼의 '슈크림'과도 같은 물질적 상태가 활자의 물질성으로 연동되고, 사랑하는 이와의 재회의 순간에 터져나오는 강렬한 파토스는 굳은 잉크가 뜨거운 열에 녹아 다시 흐르며 종이 위를 굴러가는 물질, 흐름의 감각으로 형상화된다.[28]

「크림의 무게를 재는 방법」의 시간은 서사의 중층적인 구성과 더불어 '지금'의 바깥으로 거의 흐르지 않는다. 이것은 일기나 소설이 아니라 역사적 기록물이기 때문이다(p. 350). 이는 '나'의 일방적인 선언에 가깝지만 서사의 전개와 함께 사실로 드러난다. 시간은 역방향으로 흐른다. **화이트홀**이다.

> 쓸쓸함도 잠시, 문을 여는 순간 나는 과거로 돌아간다.
> ──「크림의 무게를 재는 방법」(p. 339)

28 마디가 작성한 (것으로 믿는) 답장 역시 그러하다. 잉크가 종이에 배어들 듯 사랑은 서로를 침윤시키고 물들여서 반드시 그 최초의 물성을 변화시킨다. 나진이 드디어 받아 든 편지가 실은 안젤리카가 학습한 그녀들의 데이터의 산물이라 할지라도 상관없다. 데이터의 물성도 변화한 것이다. "너를 보고 싶어. 되찾고 싶어"(p. 354).

화이트홀은 블랙홀의 역방향으로 작용한다.[29] 과거에서 현재, 미래를 향하던 시간은 역으로 미래에서 현재 그리고 과거로 이행한다. 마디의 편지를 받은 이후의 나진은 '지금'을 벗어나 과거로 계속 나아간다. 마디가 '붕어빵 여자'이던 시절이다. '여름으로 이어지는 달리기'(pp. 345~46)는 분명 과거이나 현재형으로 제시되면서 나진은 확실하게 미래에서 현재로, 현재에서 과거로 이행한다("그녀는 가버렸다"). 소설의 현재가 과거의 어느 시점에 도착할 때, 그녀는 철조망 구역에서 순수한 인간의 몸을 한 여자애를 만나고["종 보존을 위해 아주 소수의 인간을 보존하고 있다는 소문이 떠오른다." (p. 347)] 여자아이가 나진에게 '조상'이냐고 묻는 말과 함께 나진의 과거로의 이행은 더욱 확실해진다.

---

29 조시현의 소설계를 구성하는 두 개의 큰 축, 흡입과 역류는 블랙홀과 화이트홀의 역학을 구성한다. 화이트홀의 개념에 관한 설명은 앞서 언급한 카를로 로벨리의 책을 보면 쉽게 이해할 수 있다. 웜홀의 존재 덕분에 블랙홀의 반대 개념으로 생겨난 것으로, 블랙홀의 강한 중력이 빛을 포함한 모든 물질을 빨아들이는 작용이 웜홀을 통해 반대편으로 다시 나와야 한다는 개념에서 착안되었다. '검은 구멍blackhole'과 대비되는 '하얀 구멍whitehole'인 셈이다. 블랙홀 내부에서 죽은 별의 물질이 플랑크 규모까지 극도로 압착될 때 이를 특이점이라 부르고, 이 플랑크 별이 다시 튀어 오르며 빨아들인 것들을 모두 내뱉게 되는 천체가 바로 화이트홀이다. 그러나 이 가설은 블랙홀 자체가 정보들을 방출할 수 있다는 스티븐 호킹의 주장에 의해 힘을 잃었고, 이론상으로도 화이트홀의 수명은 (만약 그 크기가 태양과 같다면) 1만분의 1초로 매우 짧다.

여자아이는 철조망 너머에 갇혀 있다. 전반부에서 보았던 세 편의 소설(「에코 체임버」「중국식 테이블」「파수破水」)이 견인한 가족제도의 재생산은 이곳에서도 기이하게 폭력적이다. 아이는 마디의 딸이다. 나이 든 마디를 바라보는 나진은 그녀 야말로 몸의 바깥이 아니라 "안쪽"(p. 391)에 있던 사랑 그 자체임을 감각한다[타인의 흔적은 늘 그런 식으로 몸으로 들어와 함께 빚어지는 것이다(pp. 318~19)]. 나진은 사랑했던 여자 앞에 전혀 다른 몸과 젠더로 나타나고 그녀는 삶의 최대치로 사랑했던 여자의 몸에 누적된 주름진 시간들을, 그것의 인간적 형상화인 그녀의 딸을 바라본다. 완벽한 절멸의 세계 속에서 다른 종류의 미래를 불러오는 특이점은 바로 사랑이다. 사랑 속에서 미래는 우리의 출발점이 된다. 과거의 흔적을 향해 거슬러 올라간다. 휘어졌던 시공간은 휘어지기를 멈추고 도약을 시작한다. 공간 자체가 뛰어오른다. 잔인한 낙관에 길들여졌던 마모된 인간은 비로소 해답을 발견한다[몸에 심는 거지, 미래를. [……] 내가 빚은 가장 가까운 타인의 몸(p. 319)].

여섯. 평균에서 벗어나는 사랑[30]

그녀는 그녀의 일부를 자신의 몸에 옮겨 심는다. 이것이 그녀가 그녀를 사랑하는 방식, 그녀가 그녀의 죽음을 삶 속으로 충분히 들여오는 방식. 절멸에 처한 인류가 현재를 뚫고 드디어 미래를 발견하는 장면이다. 몸에 나사를 박아 넣는다.

*

「무덤 속으로」는 한 개의 나사가 지닌 아름다운 역사에 관한 이야기다. 딸이 엄마의 연인을 알아보고 확인하게 되는 이야기다. 이 소설집에 수록된 소설들은 단 두 편을 제외하고 모두 1인칭 서술자 시점을 사용하여 세계상을 시적으로 조명한다. 예외가 되는 두 편은 「중국식 테이블」과 이 소설로, 3인칭 서술자가 두 명의 인물을 번갈아가며 초점화하는 방식을 채택한다. 그러나 조시현의 3인칭 서술자는 결국 1인칭 화자를 내세우는 맥락과 동일한데, '중국식 테이블'이 원형으로 돌

---

30 "인류가 하는 평균의 생각 같은 것, 난 잘 모르겠다"(「크림의 무게를 재는 방법」, p. 323).

아가듯 한 명이 아닌 두 사람의 내면을 집중 조명하기 위함이다. 시적인 소설은 세계의 표면적 변화보다 변화하는 국면 안에서 주체들이 감응하는 구체적인 양상들을 살핀다. 「무덤 속으로」의 렌즈가 다가서는 곳은 성연과 성주의 시간이다.

블랙홀에 있던 세 편의 소설들이 이성애적 가부장제 질서가 행하는 폭력에 반동하는 인물들과 그들의 양상을 보여준다면,[31] 웜홀을 통과하며 화이트홀로 들어서는 소설들은 퀴어한 섹슈얼리티를 자연으로 삼는다. 너무나 자연스러운 자연스러움이므로 텍스트는 부러 설명하지 않는다. 그저 숨기지 않을 뿐이다. 대칭 구조를 통해 드러났던 모호하고 으스스한 양자적인 감각은 이곳에서 퀴어함과 결합하며 사랑으로 합성된다. 그러니 이 책에서 조시현이 펼쳐두는 사랑은 우주

---

31 특히 「파수破水」에서 거세게 감각되는 역류는 그 폭력적 관습의 질서가 임계치에 도달해 주체의 몸과 의식 바깥으로 튀어나가는 것으로 의미화되는데, 이때 '나'가 아무도 모르게 손가락으로 감각하는 옷의 '구멍'은 성적으로 재이미지화된다. 예컨대, 손가락이 주머니의 구멍으로 들어가는 순간 '나'는 "기다란 빨대와 그 끝에 입술을 붙이고 힘껏 빨아들이는 거대한 입"과 "누군가 비틀거리는 순간을 절대 놓치지 않고 삼키는 탐욕스러운 목구멍"(p. 260)을 떠올린다. '나'는 뒤이어 더 커진 구멍에 "손가락 세 개가 쑤욱 들어"(p. 263)가는 것을 느끼기도 한다. 이 소설이 2부와 3부에 실린 각 세 편의 소설들을 대칭 구조로 만드는 기준선(웜홀)으로 읽을 때, '나'가 느끼는 '구멍'의 성적인 힘은 이후 펼쳐지는 퀴어한 레즈비언 섹슈얼리티들의 리비도가 형성한 무의식의 예고라고 할 수 있다.

역사를 통틀어 전대미문의 사랑, 유례없는 레즈비언의 사랑 lesbianship[32]인 것이다. 그리고 이 사랑은 우주적 사건이 되어 인류는 영원에 가까운 답보 상태로부터 빠져나와 미래다운 미래를 상상할 수 있게 된다. 이 퀴어한 사랑, 조시현의 레즈비어니즘은 지상의 사람들이 그간 '나쁜' 사랑으로 여겨온 도덕적 금기마저 가뿐히 위반한다.[33] 우주에서는 무엇이든 가능하며, 가능하다는 것은 곧 자연적으로 실존한다는 말과 다름없다. 우주의 퀴어한 힘은 이성애를 비난하거나 질타하지 않으며 그들은 스스로를 '퀴어'나 '레즈비언'이라는 이름으로 표명하지도 않는다. 그것은 정동적으로 흐르고 흘러 우리의 몸 전체를 부드럽게 감쌀 뿐이다. 명사들의 부재를 딛고 동사와 형용사를 움켜쥔다. 조시현의 소설들은 어둠 속에서 빛을 발

---

32 화이트홀에서 발견되는 세 편의 소설, 「크림의 무게를 재는 방법」과 「어스」 그리고 「무덤 속으로」는 모두 레즈비언들의 사랑을 보여준다. 이 글에서 이를 레즈비어니즘lesbiansim이 아닌 레즈비언쉽lesbianship으로 명명하는 이유는 그들의 사랑이 언제나 두 사람 사이의 상호작용으로부터만 파악되기 때문이다. 각 인물을 돌아가면서 초점화하는 소설의 시선은 이곳에서의 사랑이 한 주체의 오인이나 실패로 귀결되지 않음을 보여준다. 여자들의 사랑은 죽음조차도 멈추지 못한다. 그들의 편지correspondence는 언제나 답신을 돌려받는다.

33 "사람들이 이 글을 어디에 분류해야 할지 몰라 허둥거리는 걸 생각하면 즐겁다"(「크림의 무게를 재는 방법」, p. 312).

하는 메시지들을 분명 쥐고 있으면서도 결코 입술의 파열로 그것들을 직접 발설하지 않는다는 점에서 매우 시적이다.

극렬하게 휘어지던 시공간은 이제 지상에서 우주로 도약한다. 죽은 이들을 매장할 토지가 부족해 우주로 망자들을 쏘아 올리게 된 세계에서 죽음은 "무덤보다 더 바깥"(p. 221)에 있다. 우주 납골당에서[34] 지구인들의 죽음을 고독하게 관리하던 묘지기는, 정작 엄마와 여동생 주연의 죽음은 그의 손으로 지켜내지 못한다. 삶의 거의 모든 부분을 외주화하는 신자유주의의 힘은 약 30세기를 앞둔 시점에서도 타파되지 못한다. 이제는 죽음마저도 외주화될 따름이다. 그러나 전술한 바와 같이, 우주에서는 무엇이든 가능하다. 서로를 사랑하는 두 여자는 자매다. 그러나 이 사랑은 이성애 가족 질서가 담보하는 가족애를 넘어선 지 오래다. 가까이 들여다보자. 둘은 애증의 관계다. 서로에게 부리는 위악은 사랑한다는 말 대신 튀

---

34 소설에 의하면 우주로 인간의 유해를 쏘아 올리기 시작한 것은 1997년부터라고 한다. 그러나 이보다 먼저 발표된 '조시현 박사'(외계 문학 전문가)의 시 「무중력 지대」에 의하면 우주 납골당과 묘지기의 묘사가 일정 부분 일치하지 않는다. 가령, 시에서는 그보다 한 세기가 더 지난 2076년에 우주 납골당 제1호가 발사되었다고 하며 묘지기 역시 3년이 아닌 2년마다 한 명씩 우주로 보내졌다고 하는데, 이러한 정보의 차이는 지구와 블랙홀 너머의 시간차에서 발생하는 자연스러운 오차로 보인다. 「무중력 지대」, 「아이들 타임」, p. 84.

어나오는 어쩔 수 없음이다["성연은 자신의 교활함이 주연의 고단함을 셈했다는 것을 알았다"(p. 185)]. 그들은 서로의 위악 덕분에 관계를 유지할 수 있다. 가령, 주연의 출산 예고는 성연이 장녀로서 주연보다 많은 것을 면제받아왔다는 죄책감을 폭발시키고 그래서 성연은 묘지기를 자처한다[네가 나를 필요로 하지 않았으니, 네가 나를 필요로 할 때 네 곁에 없을 거라는 오기(p. 188)]. 둘의 관계가 일반적인 자매 관계를 넘어서는 양상은 소설 초입부터 명시적으로 드러나지만 지나치게 숨기지 않은 그 면모들이 도리어 비가시적인 효과를 만든다.[35] 여동생의 임신 소식이 언니에게 지옥으로 떨어지는 것 같은 망연자실함을 주거나, 성연이 주연의 섹스를 상상해보는 장면, 그리고 주연의 사망 소식을 전하기 위해 우주로 전화를 건 매제의 얼굴[36]을 보면서 "저 사람이구나"(p. 215)하는 복잡한 마음의 리듬이 그러하다.

---

[35] "사물이 거울에 보이는 것보다 가까이 있음." 조시현(「동양식 정원」, p. 65).

[36] 이후의 장면에서 성연은 그가 어딘지 자신과 많이 닮아 있음을 느낀다. 주연은 성연과 닮은 남자를 부러 사랑했던 것일까? 이렇게 생각하면 못내 슬퍼지지만 어떠한 분석이나 해석을 하기에 앞서 우선 성연의 마음을 느껴보자, 깊이.

주연은 똑같이 딱딱하고 차가운 신체를 가진 남자와 잘 구부러지지 않는 몸을 이리저리 맞대가며 미약한 온기를 탐했을 것이다. 성별이 도드라지지 않는 몸. 주연에게는 그것이 관능이었을까. 그들만이 이해하고 위로할 수 있는 무언가가 있었던 걸까. [……] 아이를 낳겠다는 주연의 말은 쓸데없는 짓은 그만두고 이제 수술을 받으라는 말처럼 들렸다. 혹은 멀쩡한 몸을 가졌으니 마음이라도 지옥이 되어보라는 저주 같기도 했다. 이 애는 내 삶을 끌어내리려는 건가. (pp. 187~88)

　소설에서 사랑만큼이나 도드라지는 것은 금속으로 신체의 일부를 교체·증강할 수 있음에 뒤따르는 인류의 계급적 질서 변화다. 성연이 주연에게 느끼는 감정은 장녀인 자신과 달리 동생이 태어나면서부터 폐를 교체하고 은빛 팔로 살아간다는 데에서 오는 부채감과 죄의식, 부여받은 계급적 차이에서 비롯하기도 한다. 주연의 딸인 성주가 교체되지 않은 인간의 살과 근육으로만 살아가는 연오를 보면서 느끼는 사랑도 이와 마찬가지로 자신과 다른 계급성에서 비롯하는 차이와 얽혀 있다. 인류가 스스로의 신체를 자진하여 자본화하고 수단화하는 세계에서 서로에 대한 끌림과 매혹은 계급적인 차이를 각성하는 작업을 동반할 수밖에 없다.[37]

「크림의 무게를 재는 방법」에서 나진이 마디의 딸과 조우하게 되는 것처럼, 성연도 주연의 딸 성주를 만난다. 주연은 끝까지 언니에 대한 사랑을 놓지 못했다. 자신과 언니의 이름 앞 글자 하나씩을 따서 딸의 이름을 지었다. 앞의 소설이 레즈비언의 시선으로 연인의 딸을 바라보는 시각을 조명한다면 이 소설에서 카메라의 방향은 역전되어 있다. 딸은 엄마가 사랑해 마지 않은 바로 그 여자, "엄마가 내내 그리워했던 여자. 엄마가 하늘을 올려다보도록 만든 여자. 그리고 어쩌면, 자신에게서 엄마를 뺏어 가려는 여자"(p. 190)의 얼굴을 알게 된다. 소설의 렌즈가 성주의 눈을 채택하면서 그녀가 바로 엄마가 평생 그리워하고 사랑했던 여자라는 걸 명실상부하게 공언하지만 만약 읽는 이의 눈이 이성애 가족제도가 규제하는 사랑의 검열을 탈착하지 않는다면, 이 사랑은 혈연으로 이어진 자매 관계라는 틀 안에 영원히 갇히고 말 것이다. 그러나 무엇이든 가능하다는 우주의 양자적 성질을 받아들인다면—그러니까 블랙홀과 웜홀이 가능하다는 상상력을 지성으로서 받아들일 수 있다면—사랑의 규모가 미리 제한되지

---

37 이 소설이 보여주는 계급성에 대한 보다 상세한 접근은 추후 발표될 글 「레즈비어니즘, 보이지 않음의 부정성과 계급성」을 참고할 수 있다. (출간 예정: 한국문학번역원 비평 앤솔로지, 문학과지성사)

않는 곳에서 그녀들의 사랑은 이후 세대인 성주를 통해 비로소, 미래로 나아갈 수 있을 터이다.[38]

주연이 성연에게 품고 있던 애증어린 마음은 성주에게도 계승된다("저 몸을 지키기 위해 엄마를 떠난 사람. 결국 아무것도 희생하지 않은 사람. 뒤늦게 뻔뻔하게 돌아온 사람" p. 207). 그 마음이 끝내 해갈되는 것은 나사를 통해서다. 소설에 등장하는 나사는 실상 하나가 아닌 둘이지만 모두 같은 여자의 몸에서 나온 것이라는 점에서 하나다. 성주가 목에 걸고 있는 엄마의 뼛가루가 들어 있는 그것과 성연이 주머니에 넣고 다니는 나사. 소설은 두 사람이 각자 주연을 떠올리며 금속이 아닌 살점에 나사를 삽입하는 장면의 병치로 끝난다. 성연은 자신의 살에, 그리고 성주는 연오의 팔에. 여타의 인간들과 달리 순수한 인간의 살과 근육을 유지하며 살던 상류계급의 존재자들은 사랑에 의해 금속성의 부분을 몸에 지닌 포스트휴먼으

---

38 가족제도의 재생산을 바라보는 시각에 대하여 「중국식 테이블」과 「무덤 속으로」는 대칭적으로 대조된다. 전자에서 가족은 그것을 이미 경험한 구세대(부모)나 젊은 세대(누나)에게 모두 파국과 트라우마의 근원지가 되며, 아직 결혼이라는 재생산 행위로 진입하지 않은 경계에 있는 미래 세대(남동생)의 경우 또한 이미 불행의 불길한 예고로 경험된다. 반면, 후자에서의 가족은 전연 새로운 모습을 띤다. '가족'은 모계 중심으로 형성되고 조카인 성주의 실존은 이모 성연에게 있어 딸과 같은 지위로 감각된다. 새로운 가족은 혈연에 기초하면서도 그것을 초과하는 관계로 재생성된다.

422

로 변한다. 인간 신체의 자기소외가 발생시킨 계급 질서는 작은 나사 하나로 인해 그 선형성이 붕괴되고 남는 것은 오직, 사랑뿐이다. 그리고 이 사랑의 감각은 지극히 육체적인 오르가즘, 육화된 에피파니로 확장된다. 그간 인류가 경험하지도 상상하지도 못했던 전대미문의 아름다움이다. 「무덤 속으로」가 제시하는 사랑은 양자적으로 공존할 수 있되 그러므로 접촉할 수는 없으나, 바로 그렇기 때문에 우주만큼 멀리 떨어져 있어도, 삶과 죽음의 거리만큼 멀어져도 사랑의 엔트로피는 계속 증가한다.

> 나사는 마치 유령처럼 허공으로 떠올랐다.
> 주연아, 그녀는 동생의 이름을 불렀다.
> ──「무덤 속으로」(p. 223)

> 성주는 목걸이를 풀고 나사를 힘주어 쥐었다. 장벽이 있다면 부수고 넘을 것. [……] 그녀는 나사 끝을 관절에 잘 맞춘 뒤 힘주어 눌렀다. 안으로 파고들어 가는 느리고 묵직한 감각. [……] 그 순간 응답하듯 연오의 눈이 크게 벌어졌다. 침투. 합치. 그리고 오르가즘. 따끈하고 부드러운 피가 손등을 타고 흘러내렸다. (p. 225)

4. 그리하여 몸을 감싸는 것은 오직 어둠 뿐

우리는 그녀의 행방을 알 수 없다. 지평선의 바깥에 있기 때문이다. 우주의 검은 구멍과 하얀 구멍은 겉으로 구분되지 않는다. 우리는 천체의 검은 어둠만 볼 수 있을 따름이다. 어둠 속에 모든 진실이 있다. 우리의 미래를 만들 과거가 이곳에 있다. 현재는 천천히, 뒤로 물러난다. 그녀는 간다. 어둠 속으로, 꽂아 넣은 나사가 박힌 몸으로.

*

블랙홀과 웜홀을 지나 도래하는 화이트홀을 상상할 수 있다면 우리가 우주를 바라보던 시각은 완전히 뒤집힌다. 시작과 끝은 없다. 구별할 수 없기 때문이다. 나의 시간은 느려지지 않아도 너의 시간은 이 순간 무한히 느려질 수 있다. 우리가 아직 끝나지 않았다고 믿어 의심치 않은 현재는 실상 무한한 영원 속에서 진행되는 끝의 새로운 모습이었고, 우리가 끝이라고 믿어 의심치 않았던 절멸의 세계감은 사실상 미래로의 시작을 예고하는 새로운 분위기였다.

조시현은 세계의 중력을 비틀거나 중력장에 균열을 내는

정도가 아니라 오히려 중력을 고도로 압축시켜 고요한 일격을 가한다. 각 소설은 한국 사회의 가족 구조와 재생산 체제 자체가 문제시되면서 펼쳐지는 국면들을 보여주지만, 그 폭력성 자체에 대한 재현은 과감히 생략한다. 다만, 그로 인한 주체와 세계 내외부의 반작용들을 감각적으로 극화하여 기이함과 으스스함 그리고 그로테스크의 감각을 통해 시적으로 형상화 한다. 그래서 조시현의 소설들은 시적인 시선으로 읽어낼 때 그 높은 밀도를 온전히 몸으로 체험할 수 있다. 시를 읽듯 소설을 읽어야 한다는 뜻이다. 시의 입술처럼 제 스스로에 대해 설명이라고는 조금도 하지 않는 이 이야기들의 매력적인 랑그 속에서 직접 파롤의 열기를 피워내는 일은 전적으로 독자의 몫이다. 여덟 편의 소설은 오직 각자의 목소리이자 현상으로서만 우리에게 다가설 뿐이다. 책의 스케일은 이 덕분에 지상의 상상력을 초과하며 우리 머리 위로 광활하게 뻗어나간다. 단지 우주와 Sci-Fi의 소재를 차용해서의 문제가 아닌 것이다.

「『월간 코스모스』 6월호, 특집: 외계 문학」은 조시현이 자신의 문학론을 소설로 쓴 메타소설이다. "우주 밖으로는 절대 나갈 수 없다"(p. 15)는 말에서 작가가 왜 하필 우주적인 장르를 택했는지 이해할 수 있다. 대상의 모든 면모를 파악하는 한 가지 방법은 대상을 거울에 반사시켜 보는 것이다. 소설에 기입된 현실이 우리에게 '다시 만난 현실'로 되돌아오게 하기 위해서 작가는 현실에서 가장 멀리 떨어져 있는 반사판, 우주로 갔다 오기로 한다. (걱정하지는 말자. 그의 말대로 우리는 우주 밖으로는 절대 나갈 수 없으니까.) 「『월간 코스모스』 6월호, 특집: 외계 문학」을 읽은 후 수록된 다른 소설들을 읽을 때 독자는 옅은 기시감을 다소 느낄 텐데, 가령 "신인류 플라-휴먼"(p. 12)의 제시는 「어스」에서 플라스틱 관에 몸을 뉘이는 죽은 자들의 모습으로 연동된다. 「어스」는 연인의 시신을 그녀 본인이 원하는 대로 흙에 묻어주고자 분투하는 한 레즈비언 안티고네의 이야기다. 세계가 종용하는 규범과 질서를 위반할 때, 그 발칙한 사랑은 답보 상태인 현재를 물리치고 끝내 다른 종류의 미래를 상상할 수 있게 한다(인간은 플라스틱에서 다시 흙으로 돌아갈 수 있게 되는 상상력을 획득한다!). 이 소설을 통해 우리는 진실로 멸망이란 '끝'이 아니라 '좋은' 것에 관한 욕망의 부재 상태라는 것을 안다. 멸망은 현재 상태와 긴밀히 공조하여 영원을 지속한다.

「『월간 코스모스』 6월호, 특집: 외계 문학」은 '외계 문학'을 통해 실제 한국문학사를 비판적으로 점검하고 있으므로 소설로 쓴 비평이기도 하다. 예컨대 다른 행성에서 다른 형태로 태어나는 '되어보기'야 말로 "윤리의 새로운 차원"(p. 18)이 도래하는 일이라는 주장을 하는 이들이라든가, "전기를 편찬하는 것이 우주적인 유행이 되는 건 필연적"(p. 21)이라는 분석은 최근 한국문학장에서 열띠게 논의되는 타자에 관한 윤리나 1인칭 소설, 오토픽션 등에 관한 맥락과 자연스럽게 연결된다. 더불어, "미래의 자신을 불행하게 만들지 않기 위해 현재의 삶을 조심스럽게 살 수밖에 없"(p. 19)는 현상의 진단은 우리가 앞서 읽은 텍스트들이 공유하는 세계감, 현재를 영원으로 역사화하여 무한한 답보 상태의 루프 안에 갇히는 절멸의 감각을 지시하기도 한다. 그리고 "종과 족을 뛰어넘는 사랑의 양상"(p. 22)은 「무덤 속으로」에서 보여주듯 이성애가 생산한 '가족' 질서의 바로 그 내부에서 가장 급진적으로 흐르는 레즈비언 섹슈얼리티의 정동으로 이어진다. 이때 이성애는 스스로의 몸을 찢으며 퀴어를 재생산한다.

이 다양성, 무수한 곱하기의 세계는 온 우주를 사랑으로 가득 채울 수 있는 유일한 가능성으로 꼽힌다. 이런 관점에서 보자면 작가는 역시 사랑을 발굴하는 직업이다.
　　　　　　　　　　　　　　—「『월간 코스모스』 6월호, 특집: 외계 문학」(p. 24)

*

마지막으로 이 소설집을 읽는 두 개의 갈래, 조시현의 우주적 시공간을 경험하는 두 가지 방법에 관해 정리하려 한다.

수록된 순서대로 읽기 [가능 세계 A]	
『월간 코스모스』 6월호, 특집: 외계 문학	이 책의 시공간적 배경과 문학관
동양식 정원	이 책의 세계관: 양자역학적 불확정성
중국식 테이블	현실의 구조와 상호 텍스트성
어스	지구에서의 죽음과 매장 문제
무덤 속으로	우주에서의 죽음과 매장 문제
파수(破水)	인간의 내면을 굴착하는 소설의 감각
에코 체임버	미래 없음에 관한 동시대적 세대론
크림의 무게를 재는 방법	주제론적 종합 #퀴어 #죽음 #인간 신체

웜홀을 통과하기 [가능 세계 B]	
에코 체임버	#블랙홀 내부로의 진입
중국식 테이블	#구조의 감각들 #보이지 않는 폭력 #미래 없음
파수(破水)	#기이함과 으스스함 #그로테스크
동양식 정원	#웜홀 #대칭성 #양자적 세계
크림의 무게를 재는 방법	#화이트홀의 발견
무덤 속으로	#퀴어 #레즈비언 #죽음 #SF #미래의 발견 #이후의 세대 #사랑
어스	
『월간 코스모스』 6월호, 특집: 외계 문학	#메타소설 #문학론 #출사표

여기까지 읽었다면 당신은 아마 두 종류의 독해를 모두 경험했을 테지만 그럼에도 불구하고 이 가능 세계들의 양상을 간략히 정리해두는 것은 이 책의 시적인 특징이 개별 작품의 차원에서뿐만 아니라 거시적인 차원에서도 매우 열린 구조로 드러나고 있기 때문이다. 이 소설집은 마치 시집이 그러하듯 작품을 배치하는 순서에 따라 당신에게 서로 다른 우주의 모습을 보여줄 것이다. 『크림의 무게를 재는 방법』은 기어이

사랑을 발굴해낸 우주 역사의 기록이며, 우주에는 시작과 끝이 정해져 있지 않으므로 복수의 가능 세계는 무한히 발생한다. 우리는 조시현의 빛과 어둠에 따라 결국, 시란 소설적이며 소설이란 시적이라는 겸허하고도 단출한 하나의 진실을 손에 쥐고 만다. 지나치게 밝은 빛들이 명멸하며 눈앞을 어지럽게 하는 우리 시대에, 조시현의 어둠은 우리를 미래 없음으로부터 구출하여 지평선 너머로 나아가게 한다. 그 너머에서 우리는 그저, 하나의 점으로서의 지구를 겸허히 목격할 따름이다. 나사를 몸에 심고서 홀로 어둠을 건너는 한 여자는 우리가 최초로 목도하는 새로운 인간의 모습이다. 블랙홀의 지평선을 건널 수 있다면 우리는 역사 속 인류와 전혀 다른 종류의 인간이 될 것이다.

그녀가 바로 우리의 조상이다.

작가의 말

이제 낮에 쓴 것과 밤에 쓴 것을 한데 묶는다.

혼자였으면 불가능했을 일들. 곁을 지켜준 친구들에게, 가족들에게, 동료들에게, 책이 나오기까지 깊은 마음과 노고를 기울여주신 윤소진 편집자님과 문학과지성사의 여러 선생님께, 해설을 써주신 전승민 평론가님께 감사드린다.

다른 여러 말을 나누기도 듣기도 하지만 글을 쓸 때 나는 불과 뿔의 이미지를 떠올린다.

보아야 할 것을 똑바로 보고 말해야 할 것을 분명히 말할 것.

건너야 할 낮과 밤이 길다.
다시, 끝까지 하겠다.

2025년 3월
조시현

수록 작품 발표 지면

『월간 코스모스』 6월호, 특집: 외계 문학 〈문장웹진〉 2019년 6월호
동양식 정원『실천문학』 2018년 가을호
중국식 테이블『실천문학』 2019년 가을호
어스『AnA Vol. 1』 2021
무덤 속으로『문학과사회』 2024년 가을호
파수『애매한 사이』, 읻다, 2024
에코 체임버『이 사랑은 처음이라서』, 다산책방, 2020
크림의 무게를 재는 방법『Axt』 2024년 3/4월호